FOLIO POLICIER

Pierre Magnan

La Folie Forcalquier

Denoël

ESSAI D'AUTOBIOGRAPHIE

Auteur français né à Manosque le 19 septembre 1922. Études succinctes au collège de sa ville natale jusqu'à douze ans. De treize à vingt ans, typographe dans une imprimerie locale, chantiers de jeunesse (équivalent d'alors du service militaire) puis réfractaire au Service du Travail Obligatoire, réfugié dans un maquis de l'Isère.

Publie son premier roman, *L'aube insolite,* en 1946 avec un certain succès d'estime, critique favorable notamment de Robert Kemp, Robert Kanters, mais le public n'adhère pas. Trois autres romans suivront avec un égal insuccès. L'auteur, pour vivre, entre alors dans une société de transports frigorifiques où il demeure vingt-sept ans, continuant toutefois à écrire des romans que personne ne publie.

En 1976, il est licencié pour raisons économiques et profite de ses loisirs forcés pour écrire un roman policier, *Le sang des Atrides,* qui obtient le prix du Quai des Orfèvres en 1978. C'est, à cinquante-six ans, le départ d'une nouvelle carrière où il obtient le prix RTL-Grand public pour *La maison assassinée,* le prix de la nouvelle Rotary-Club pour *Les secrets de Laviolette* et quelques autres.

Pierre Magnan vit avec son épouse en Haute-Provence dans un pigeonnier sur trois niveaux très étroits mais donnant sur une vue imprenable. L'exiguïté de sa maison l'oblige à une sélection stricte de ses livres, de ses meubles, de ses amis. Il aime les vins de Bordeaux (rouges), les promenades solitaires ou en groupe, les animaux, les conversations avec ses amis des Basses-Alpes, la contemplation de son cadre de vie.

Il est apolitique, asocial, atrabilaire, agnostique et, si l'on ose écrire, aphilosophique.

P.M.

Je venais juste d'acheter le corbillard qui devait faire ma fortune. Je descendais de Saint-Symphorien où j'avais conquis de haute lutte ce char funèbre sur un maquignon de Céreste, lequel voulait le peindre en rouge afin d'en agrémenter les cavalcades taurines où il participait du côté d'Arles. Il en offrait un prix déraisonnable que je ne voulais pas suivre, aussi ne m'était-il plus resté que la ressource de lui frapper sur l'épaule avant la transaction et de l'inviter à boire au seul café de Saint-Symphorien, lequel d'ailleurs allait fermer ses portes pour toujours.

Là, je lui avais versé dans son verre quelque anodin édulcoré dont j'ai le bonheur d'avoir le secret. Il dormait encore, le nez contre le marbre de la table, lorsque je traversai le pont de la Reine-Jeanne sur le Vanson, aux rênes de mon corbillard.

Il était en parfait état. Un maire mégalomane, mais qui ne perdait pas le nord, se l'était commandé à lui-même (car il était charron) douze ans auparavant, alors que la commune à la suite du choléra ne comptait déjà plus que vingt-cinq habitants. Depuis il n'avait été utilisé que quatre ou cinq fois et notamment en faveur de ce maire lui-même, qui pour être avisé et lucide dans ses affaires n'en était pas moins mortel. Autant dire qu'il était flambant neuf. Loin d'avoir été imbibé par la fréquentation constante de la mort, il exsudait les senteurs suaves du temps où ses planches n'étaient encore que des arbres dans les bois de Mélan, et moi qui suis perméable à tant de choses de la nature, ce dont par prudence je me tais, je pouvais percevoir parmi cette aimable odeur de planches neuves les senteurs que transportait le vent dans les ramures, du temps où mon carrosse des morts était encore un hêtre.

Rien n'est plus rassurant pour l'homme que l'odeur de la menuiserie et, s'il en est accompagné par une nuit étrange sur une longue route, il est dans ce parfum comme au coin du feu.

Aussi, parmi les ombres claires des haies de peupliers, avais-je tout lieu de cheminer le sifflotis aux lèvres, effeuillant, pour passer le temps, la liste de mes bonnes fortunes. Bien qu'elles fussent peu nombreuses encore, je me trompais toujours dans cette énumération. J'avais beau les évoquer lentement, en égrenant leurs prénoms sur mes doigts comme les stations d'un chapelet, néanmoins j'en oubliais toujours quelqu'une et non des moindres. Je pestais à voix basse contre mon peu de reconnaissance du ventre mais, en même temps, j'étais tout fier d'être déjà si bien pourvu que je puisse ainsi perdre quelque nom en route.

J'avais aussi un autre motif de satisfaction : quelque part, en tel lieu de l'Est dont je ne me souciais guère, l'empereur venait de prendre des mains de

Moltke une raclée qui ne pouvait — tout patriotisme mis à part — que réjouir le Forcalquiérois que j'étais. Si les choses allaient leur train nous en serions bientôt débarrassés. J'avais eu maille à partir avec ses sbires lorsque j'avais quinze ans. Je m'étais alors laissé enrôler bêtement parmi les deux cent cinquante Bas-Alpins sur cent mille qui s'étaient courageusement opposés au coup du 2 décembre.

Ça s'était terminé au crépuscule dans les marais de Villeneuve en compagnie d'Ailhaud le superbe. Là, j'avais frisé la mort inutile. Dans Les Iscles, autour de moi, les soldats clouaient au sol les blessés et ils exécutaient à la lueur du fanal quatre ou cinq de mes camarades qui allaient mourir à leurs pieds en embrassant les guêtres de leurs bourreaux. Les soldats entravés par ces embrassades devaient les crever à la baïonnette. Pendant ce temps, je faisais dans ma culotte, blotti sous des saules épineux.

Par miracle, les soldats étaient fatigués de tuer. On a beau dire, à la fin, ça fait mal aux muscles. On n'enfourne pas une baïonnette dans un corps vivant comme on embroche un rôti de porc. Et c'était l'heure, sans doute, de la popote du soir.

Je regagnai Forcalquier en toute une nuit de détresse par le lit du Bèveron hoquetant mon aventure comme une indigestion. Je vomis dans l'herbe à plusieurs reprises mon dégoût d'être un homme. Cette réaction organique me sauva de l'extrême amertume. Les moribonds perdant leur substance sans qu'il y paraisse dans le sable sec des Iscles devaient soubresauter encore, avec cette surprenante vitalité des organismes de dix-sept ans, arrêtés en plein essor. Je songeais à tous ceux qui plus tard, ceints de quelque écharpe tricolore et devant un plastron de gendarmes, se targueraient de ces cadavres en rappelant leur sacrifice. Je n'étais fier ni de moi ni des soldats ni des rescapés. On a beau dire : il n'y a de héros sans reproche que mort, et j'étais vivant.

Depuis ce temps, ayant vu tant et tant d'irréductibles se rallier insensiblement, je me l'étais tenu pour dit et faisais servilement comme eux. Je ne criais pas : « Vive l'Empereur ! » mais j'avais l'air sur toute ma personne de jubiler si fort à son seul nom que les plus chatouilleux des informateurs me tenaient quitte.

Respirer le bon air de Forcalquier en toute quiétude valait bien cette petite humiliation que j'étais seul à connaître. Toutefois on n'est jamais à l'aise d'avoir été pleutre et c'est pourquoi je soupirais à cette évocation parmi mon sifflotis de bonheur. J'aurais aimé, moi aussi, me couvrir de gloire posthume. Hélas le courage irréfléchi ne m'a pas été donné en partage et finalement, durant tout ce temps de servitude, je m'étais contenté de vivre benoîtement.

Pour autant je n'avais jamais pardonné à Badinguet de m'avoir tenu la tête si longtemps face aux défauts de mon caractère. On ne se regarde pas de force dans un miroir pendant dix-huit ans sans haïr celui qui vous contraint à le faire.

Aussi aujourd'hui étais-je tout joyeux de sa déconfiture. La rumeur des batailles nous avait appris qu'il avait dirigé toute la guerre, tourmenté par un calcul gros comme un dé à coudre coincé à l'entrée de l'uretère. J'avais déjà vu tels malades aux prises avec cet inconvénient. Leur douleur ne cessait d'être insoutenable que lorsqu'ils faisaient vivement à quatre pattes le tour de leur salle à manger en hurlant.

Évoquer Badinguet en selle et s'efforçant à la prestance avec une gravelle d'un gramme embusquée dans un tuyau de son bas-ventre m'était particulièrement agréable. Aussi je sifflotais de plus belle, les rênes hautes, humant l'air de la nuit que j'ai toujours aimé.

Mon cheval, un auvergnat raplot, râblé et plein d'esprit, ne se tenait pas de joie non plus. Il hennissait de temps à autre, la tête levée comme une trompette, vers tous les corridors de la vallée. Il avait troqué mon char à banc mal équarri, aux roues voilées et rechignant au mouvement, contre ce carrosse élégamment noir, parfaitement équilibré qui se dandinait sur ses galbes avec le mouvement d'un balancier de pendule et qui, quoique funèbre, possédait des essieux libéralement graissés et de beaux ressorts moelleux. Un corbillard qui grince est un mauvais présage. Il rappelle trop les souffrances passées de celui qu'il transporte, c'est pourquoi le charron de Saint-Symphorien en avait soigné le silence.

Mon auvergnat l'appréciait fort et tirait allégrement. J'étais parfaitement paisible et sans alarme. Je savais qu'un homme jeté de nuit par les drailles peu sûres des Basses-Alpes n'a pas besoin d'arme pour se défendre s'il gouverne un corbillard. On sait bien qu'il n'y a rien à monnayer sur un pareil véhicule, et cet emblème qui souligne lourdement la manifestation matérielle de la mort met sur son passage tout le monde au garde-à-vous. D'autant que j'avais insisté pour qu'on me remît en prime les plumets en casoar de la première classe et que je les avais arborés aux quatre coins du baldaquin. C'étaient comme autant d'espiègles fantômes que le vent balançait devant les vivants en leur promettant d'impalpables amours.

Je jouissais en paix du fruit de mon astuce lorsqu'il me sembla entendre derrière moi un galop effréné qui me parut déraisonnable. Je me dis à voix haute :

— Quelqu'un est en train de crever sa bête.

Je me trouvais alors à l'entrée des Mées, sous les pénitents de pierre courbés par l'érosion, tous dans le même sens. Un vent léger qui aiguisait leurs silhouettes en pain de sucre provoquait leur murmure. J'occupais le mitan de la chaussée, au petit trot, avec la conscience tranquille de celui qui se sait seul éveillé, à deux heures du matin, parmi tout un peuple endormi. Mais je me trompais, le galop effréné se rapprochait et les secs coups de fouet pour exciter la bête faisaient, même de si loin, pointer les oreilles à mon propre cheval. Ce tintamarre de mauvais augure ne me disait rien qui vaille. Il augmentait cependant, menaçant me sembla-t-il.

La chaussée qui va de Malijai aux Mées est une méchante piste sablonneuse que parfois, lors des grandes crues, les alluvions de la Durance recouvrent en effaçant les limites. Il y en avait eu une l'hiver précédent, de sorte qu'il était impossible de passer ici à deux de front. Afin de ne pas contrarier un homme si pressé, je profitai d'un départ de chemin vicinal pour tirer à dia mon auvergnat et je n'en eus que juste le temps. Une tornade de poils, de sueur et de bruit m'éclata au visage à la vitesse de l'éclair. Je vis un cheval bai dont la transpiration brillait sous le clair de lune. Je vis un cabriolet couvert d'une capote noire et des mains grasses qui serraient les rênes comme le cou d'une victime qu'on étrangle. Je sentis au passage de la trombe cette odeur d'équarrissage qui accompagne pour toujours gens et objets qui touchent aux abattoirs. Je m'écriai à voix basse :

— Le maquignon !

C'était lui. C'était ce maquignon de Céreste que j'avais cru endormir. Si je n'avais pas arboré ces casoars malencontreux, sans doute n'eût-il pas vu sous l'ombre des tilleuls mon char noir comme de l'encre. Mais allez donc empêcher des plumets de première classe de chatoyer sous le clair de lune ! Le maquignon dut les distinguer en un éclair avec d'autant plus de présence d'esprit qu'ils ornaient le véhicule tant convoité. Il tira sur les rênes si violemment que je vis le cabriolet tanguer devant moi. Il l'arrêta sur la berme et sauta à terre.

Je ne l'avais pas si bien distingué — alors qu'il était dans la lumière et que maintenant il était dans l'ombre — lorsque je lui offrais à boire là-haut à Saint-Symphorien. C'était un homme volumineux, planté sur de forts pieds, de forts genoux, de fortes cuisses. Sur le paletot en bataille, il brimbalait contre sa poitrine, luisante aux rayons de la lune, cette chaîne de fer propre à tous les maquignons qui leur soude le portefeuille au corps, de sorte qu'il faut les tuer pour les dévaliser.

Il accourait vers moi par le plus long, en zigzaguant sur la chaussée et me traitant d'enfant de pute sur le mode répétitif. Manifestement il était ivre. Il me parut vindicatif en diable et rien, pas même un corbillard, n'a jamais pu arrêter un maquignon ivre. En outre, il devait peser plus d'un quintal. Si, emporté par l'élan, il se jetait sur ma longue maigreur, il allait m'écraser sous son simple poids, de même, s'il m'extirpait hors du siège, son poids l'emporterait sur le mien.

J'avais heureusement dans le poignet trois ou quatre tours de fouet qui m'avaient naguère encore servi de bonne sorte. Je tirai la chambrière hors de sa douille. C'était une longe de cuir faite à ma mesure, lestée d'un plomb au bout dont je n'avais jamais — que Dieu garde ! — effleuré l'auvergnat mais avec laquelle il m'arrivait de m'entraîner sur le tronc des arbres, parfois, lorsque je me savais seul au fond des bois.

Je sautai à terre vivement. J'entendis le dernier « enfant de pute » alors que le maquignon était encore à cinq mètres de distance. Il était superflu de parler ou de poser quelque question. Je lui avais joué un tour de salaud, j'en avais parfaitement conscience. Il accourait pour me le faire payer. C'était légitime. Une inquiétude me traversa : il avait une encolure de taureau, des tendons gonflés comme des muscles. Les veines devaient battre là-derrière bien à l'abri des surprises, mais je n'avais plus le choix. Je le visai sous les oreilles qu'il avait détachées. La lanière du fouet siffla. À la suite de son pendule de plomb, elle s'enroula trois fois autour du cou de l'agresseur. Je tirai de toutes mes forces sur le manche. Le maquignon s'immobilisa au garde-à-vous mais il ne tomba pas. On l'aurait pris dans la pénombre pour une grosse toupie au bout de sa ficelle et prête à virevolter. Je le voyais à un mètre de moi, la bouche ouverte, les deux mains sur la gorge cherchant à desserrer l'étreinte du garrot. Il était sous le clair de lune couleur lie-de-vin. Il puait toute sorte d'alcool dont il avait dû entretenir sa hargne.

J'hésitais si j'allais insister jusqu'à ce qu'il morde la poussière, lorsque, par-dessus ses épaules, je vis poindre de la lumière sur la route, du côté de Malijai d'où nous venions. C'était le balancement de quatre lanternes qui s'avançaient nonchalantes aux cahots d'un tombereau. Elles avaient des éclats rouges et verts. Ces couleurs étaient réglementaires. Nul civil n'avait le droit d'en user ni d'être éclairé en telle profusion. Était-ce alors des militaires ? Par les temps qui couraient, ils devaient être occupés ailleurs que dans les Basses-Alpes Sauf les gendarmes bien sûr. S'il s'agissait de gendarmes, la lanière de mon fouet enroulée autour du cou d'un quidam qui portait sur la poitrine une chaîne de portefeuille si ostensible, allait faire le plus mauvais effet lorsqu'ils nous croiseraient.

D'un jeu de poignet très sec, je commandai à mon fouet de donner un peu d'air au maquignon la gueule ouverte qui faisait entendre l'aboiement rauque d'une otarie suppliante. Il en avait bien pour une ou deux minutes à retrouver la qualité de l'air. C'était suffisant pour ce que j'avais à lui communiquer. Je m'approchai de son visage tenant bien en main la poignée de mon fouet pour pouvoir de nouveau couper l'air au compagnon le cas échéant. Je lui dis :

— Écoutez-moi bien : nous reprendrons notre querelle en tout lieu qu'il vous plaira mais, pour l'heure, je vois poindre dans votre dos quelques éclats de lanternes réglementaires qui me paraissent bien annoncer une paire de gendarmes. Vous avez un fanal, vous ?

Il cessa incontinent de faire le phoque. Il me parut que le mot *gendarmes* qui fulgurait dans son esprit lui faisait oublier le péril qu'il courait à l'instant. Il s'exclama :

— Oh pute de mort ! Je l'ai oublié à Céreste !

— Et moi à Forcalquier, lui avouai-je.

Je donnai du jeu au fouet meurtrier. Le maquignon s'en dégagea en toute hâte. Il mettait à m'échapper, depuis qu'il s'agissait de gendarmes, une force plus désespérée que tout à l'heure quand je lui serrais le cou. Sans un regard pour moi, son ennemi, il fonçait bien droit vers son cabriolet. L'ivresse était tombée de lui comme si elle lui avait été extérieure. Je pris d'ailleurs le temps de réfléchir là-dessus tandis que je le regardais fuir. Il escalada son siège en cinq sec. Donner l'ordre au cheval fut simultané. L'attelage à fond de train se fondit dans la nuit. Il me parut, mais je devais être partial, que ce maquignon avait bien autre chose à se reprocher qu'un défaut de lumière.

En soupirant car j'avais menti par vantardise au maquignon, je regagnai mon corbillard pour allumer ce fanal que je n'éclairais jamais par principe. Nous étions nombreux ainsi à lutter lamentablement à notre manière, en bravant au moindre risque les règlements de son administration, contre Napoléon le petit. Errer la nuit sur un véhicule sans signaler sa présence pouvait coûter une pièce de cinq francs. Nous en faisions bravement le sacrifice pour défendre nos idées.

J'étais là à méditer sans aucune indulgence sur ma médiocrité mais sans aucune intention non plus d'en alléger mon caractère (elle m'était bien trop utile pour vivre agréablement) lorsque je m'avisai que ces gendarmes-là ne faisaient peut-être pas cette nuit la chasse au fanal.

Au bruit du véhicule qui cahotait sur la route noire, je compris d'abord qu'il s'agissait d'un convoi, qu'il était lent, qu'il s'avançait comme à regret. Chacun de ses grincements, à chaque tour de roue, évoquait le mouvement régulier d'une pendule ponctuant le destin en marche.

J'ai parfois des intuitions qui me mettent mal à l'aise et dont je me passerais bien. J'avais déjà le doigt sur la mollette du silex et je m'apprêtais à souffler sur l'amadou incandescent pour allumer mon fanal au timon. Je me ravisai sans raison. Je ne sais pourquoi dans sa lenteur et aussi pour quelque atmosphère étrange que j'inventais sans doute mais qui selon moi nimbait ce véhicule réglementaire, je flairais une mauvaise affaire qui se tramait quelque part.

Nous avons tous vocation à témoigner pour la postérité et nous ne devons jamais refuser d'espionner ou de faire le voyeur lorsqu'il s'agit seulement pour nous de nous souvenir et d'aider à traverser le temps à certaine trame que, pour raison de forfaiture, on tient à nous garder secrète. Je ne me suis jamais fait faute d'obéir à ce principe sacré et c'est pourquoi sans plus réfléchir je me jetai derrière un buisson de lentisque pour éviter d'être touché par un éclat de lanterne.

Il fallut encore quelques minutes de cahots grinçants au chariot inconnu pour qu'il se présentât enfin à ma vue. C'était un tombereau de ferme à deux roues et plus tout jeune. J'avais cru qu'il grinçait mais, en réalité, il cliquetait d'un tour de roue sur l'autre. Comme mes plumets aux quatre coins du corbillard, on avait fiché quatre lampions aux angles du tombereau sans doute pour ne jamais perdre de vue ce qu'il contenait.

C'était un personnage debout qui s'équilibrait tant bien que mal à chaque cahot. Il était maigre et long. Il portait, la tête haute, un air de grande simplicité sur son visage blafard. Quoiqu'il fût déjà assez vieux, ses traits étaient empreints d'une certaine beauté en dépit d'un nez qui, chez tout autre, eût porté à rire mais qui chez lui imposait silence. En guise de vêtements, une sorte de cylindre en jute serré d'une corde à la taille augurait qu'il devait avoir passé plus de nuits sous les *argeïras* et les térébinthes du bord des routes que dans un lit ou sur la paille des granges car c'était, chez nous, la tenue favorite des braconniers.

Devant lui, probablement assise, une grosse femme formait un tas sur lequel l'homme posait les mains en un geste de consolation. Elle avait une tête de chien sous des cheveux rares et sur ses traits perdus de graisse se lisait l'immense dégoût de tout ce qui représentait la vie.

Il y avait un homme sans importance qui cheminait à côté du cheval pour le faire avancer. Néanmoins, lui aussi avait droit au clair de lune qui révélait sur son faciès toute une misère du monde qui allait bien au-delà de la sienne propre.

Les deux gendarmes qui encadraient le convoi

ne piquaient du nez sur leur plastron que parce qu'ils dormaient sans doute au pas berceur de leur monture mais pour leurs chevaux, celui de l'attelage et pour le pauvre diable aussi qui le guidait, c'était bien une contrition véritable qui les tenait ainsi piteusement, la tête penchée vers le sol.

À contempler ce défilé tête basse qui marchait lentement vers son destin, il me revint à l'esprit un pasquin qu'on nous apprenait lorsque j'étais écolier chez les prémontrés de Manosque, en mon enfance si digne de foi. Un de ces poèmes auxquels on ne songe jamais, dont l'auteur lui-même n'a pas laissé de nom et qui surgissent à la surface de l'âme à de certains moments comme s'ils étaient en vous depuis toujours et constamment. Je me pris à le réciter à voix basse dans l'ombre du lentisque tandis que l'attelage défilait devant moi et qu'il disparaissait avec ses lampions verts et rouges comme lumière de fête :

Lorsque Maillart, juge d'enfer, menait
à Montfaucon Semblançay l'âme rendre,
à votre avis, lequel des deux tenait
meilleur maintien ? Pour vous le faire entendre
Maillart semblait homme que mort va prendre
et Semblançay fut si ferme vieillard
que l'on cuidait pour vrai qu'il menât pendre
À Montfaucon le lieutenant Maillart.

Pourquoi diable ce personnage entravé, long, maigre et blafard, m'avait-il fait aussitôt penser, debout dans son tombereau, au grand argentier de François Ier pendu pour concussion à un âge avancé ?

C'est une chose étrange que la mémoire.

Longtemps longtemps, je suivis des yeux les cahots du tombereau parmi les méandres du chemin plat. Il était nimbé de tragédie comme un char fantomal que j'aurais croisé en rêve.

Je revins en soupirant vers mon corbillard noyé dans l'ombre. Il n'était plus à sa place. Durant ma courte absence, l'astucieux auvergnat l'avait pendant ce temps tiré au clair d'un pré humide qu'en dépit du mors il essayait de tondre. Je le morigénai mais tendrement car, que peut comprendre un cheval aux interdits humains ?

Lorsque Maillart, juge d'enfer, menait
à Montfaucon Semblançay l'âme rendre...

Je marmonnais ce distique, alors que j'étais déjà juché très haut sur mon siège de conducteur de la mort et que l'auvergnat philosophe me traînait vers Forcalquier de son pas solennel. Le visage entrevu s'était imprimé dans ma mémoire aux lueurs vertes et rouges des lampions réglementaires et je ne cessais d'y songer. Il avait encore le regard noir et impérieux de qui n'est pas dompté. Vers quel destin le traînait-on ? De quelle sentence était-il frappé ?

J'ai l'habitude de classer en ordre mes pensées dans la tête, et, sous le maigre visage du prisonnier debout dans son tomberau, ne manquaient pas d'apparaître en filigrane les traits fort communs de cet habitant de Céreste auquel j'avais gravement manqué, quoique par nécessité. Je m'étais fait un nouvel ennemi de ce maquignon et bien que ce ne fût ni le premier ni le seul et pour n'avoir encore subi aucune représaille d'aucun d'entre eux, je tenais cependant pour acquis que je ne perdais rien pour attendre et qu'il fallait me garder sur le qui-vive.

Perdu dans mes pensées je vis à peine grincer au vent l'un des quatre réverbères dont s'enorgueillissait Peyruis. Grâce au merveilleux silence de mon attelage, à quoi participait de toute sa subtilité mon discret auvergnat, j'entendais le bruit des fontaines sur les placettes. J'ai toujours été très sensible au bruit des fontaines et comme d'habitude mes sombres pensées fondirent à leur musique.

« Voici des fontaines, me dis-je, que les malheurs de l'Empire laissent limpides. »

Il n'y avait pas que les fontaines d'ailleurs. À contrevents clos et toutes lumières éteintes, sauf ces réverbères rassurants qui veillaient sur leur sécurité, quatre cents Peyruisiens, j'imagine, dormaient d'un sommeil uni.

Ces pensées me réjouissaient l'âme. Il ne m'était pas indifférent que le fracas des batailles laissât complètement froids ces habitants des campagnes qu'on avait tant ignorés, tant pressurés et tant méprisés. Il n'y avait guère que l'amour qui, à cette heure, eût pu les tenir éveillés en son exigence.

Cette idée égrillarde m'entretint dans ma bonne humeur pendant un ou deux kilomètres encore. Puis sans raison je m'assombris. Était-ce l'effet de l'office de nuit qui tintait au cloître de Ganagobie pour tenir les moines en angoisse chrétienne ? Était-ce l'ombre des yeuses qui s'épaississait et soudain formait voûte au-dessus de la chaussée ? L'auvergnat lui-même, pourtant habitué de ces lieux, semblait plus que jamais marcher sur la pointe des sabots.

C'est que personne en ces temps-là n'abordait la côte de Giropée sans un sentiment d'angoisse. C'était, imaginaire, le monument aux morts le plus parlant de toutes les Basses-Alpes qui en comptent tant.

Nul ne sait pourquoi cet endroit, maléfique et pourtant si riant, a si souvent été choisi par les bandits de grand chemin pour y perpétrer leurs forfaits, mais le fait est qu'il a été le théâtre de drames dont les morts, si on les avait ici alignés, auraient constitué tout un cimetière et il était étonnant que les cris d'horreur qui y furent poussés ne se fussent pas imprimés sur le silence serein que soulignait, seul parfois, le murmure de la Durance voisine sur ses galets.

La route montait ferme dans le dernier kilomètre et l'auvergnat tirait tant qu'il pouvait. Je n'avais pas besoin de l'encourager, il tenait de lui-même à sortir au plus vite de ces trois lacets meurtriers où tant des siens avaient été achevés à coups de pistolet ou bien de sabre en des temps plus lointains. D'autant qu'il savait qu'ensuite ce serait le salut. Nous allions quitter ce grand chemin à bandits où, de Marseille à Grenoble, s'écoule toute la lie des villes et bifurquer vers notre Forcalquier par l'aimable route sous les tilleuls où se nichent les fermes heureuses et les villages à beaux noms. Moi, je voyais déjà tapie dans l'ombre du jasmin sous l'escalier quelque charmante qui m'aurait attendu, en dépit du serein et tout à l'heure de la rosée. J'ai l'imagination fort vive lorsque la convoitise érotique la titille et la chose m'était arrivée une fois (la postulante était fort anguleuse) et depuis je ne me lasse pas d'espérer. On a beau dire, en dépit des démentis cinglants, l'homme croira toujours que les grives finiront par lui tomber dans la gueule toutes rôties.

J'achevais à peine le sourire que ces réflexions désabusées venaient de tirer de mes rides précoces lorsque l'auvergnat se planta sur ses jambes et refusa d'avancer. Oh, il ne donnait aucun signe de panique · je l'avais acheté lorsqu'il avait à peine trois ans à un sergent-fourrier qui avait participé avec lui à la dispersion des garibaldiens à Montana. C'est dire qu'il en avait vu de toutes sortes. Simplement il s'était planté solidement en terre et il encensait. C'était sa façon à lui de signifier qu'il ne bougerait plus.

C'était un peu après le relais de La Burlière où vivent mal de certains Monge. À deux cents mètres de là environ il existe une halte au bord de la chaussée sous trois yeuses énormes dont l'ombre ne permet aucune autre croissance végétale que la leur propre. L'endroit aussi obscur qu'une grotte est maléfique. C'est là que les rouliers relâchent pour faire médianoche lorsqu'ils remontent des ports vers les Savoies.

— Qué as ? (Qu'est-ce que tu as ?) dis-je en patois à l'auvergnat.

Il répondit en encensant de plus belle et en faisant entendre un petit bruit de gorge qui me parut vouloir dire, car je l'avais entendu en d'autres circonstances :

— Vas-y voir !

J'ai toujours été peureux mais je n'ai jamais su résister à l'envie de savoir, ce qui paraît incompatible mais qui est pourtant très commun. Beaucoup de couards incorrigibles sont morts solennellement en héros à cause de leur téméraire curiosité. J'allais être un de ces jours de ceux-là si je n'y prenais garde. Et pourtant cette fois encore je ne pus résister. Jamais l'auvergnat n'avait fait preuve d'inconséquence. S'il me demandait d'y aller voir c'est qu'il y avait quelque chose à voir.

Je m'emparai donc fermement du fouet que j'arrachai à sa douille. Je mis pied à terre. Le sol de poussière, de galets ronds et de fondrières creusées par les orages me parut mal assuré sous mes pas, néanmoins je m'avançai vers le bouquet d'yeuses sans barguigner.

Sous le clair de lune au bord de la lisière, luisait un objet que d'abord je n'identifiai pas. Il me fallut me pencher et le saisir entre mes mains pour en connaître la nature. C'était une lourde planche mortaisée à ses extrémités et qui me parut être d'un bois très compact. Je la soupesai pour en connaître la nature. Je la fis miroiter au clair de lune. Il me parut qu'elle était sombre, probablement peinte mais sans que je puisse en distinguer la couleur. Elle s'était sûrement détachée d'un chargement lors d'une halte de roulier. Néanmoins un détail m'intriguait : au milieu de cette planche, une demi-lune était évidée dont la courbe était parfaitement lisse, ce qui me fit augurer que ce matériau était un très vieux bois de chêne.

Je reposai doucement l'objet sur le sol exactement où je l'avais trouvé. J'étais aussi circonspect que mon cheval et aussi ombrageux. J'étais beaucoup plus enclin à détaler à toutes jambes à la moindre alerte qu'à m'avancer courageusement dans l'obscurité. Néanmoins c'est ce que je fis.

Mais, d'abord, j'allai détacher le fanal du corbillard que finalement j'avais éclairé par acquit de conscience et je m'avançai sous la grotte, lumière haute.

La première chose que je tirai de l'ombre assez loin de la planche qui m'avait d'abord intrigué, ce fut un long morceau d'une corde solide lovée dans la poussière. Autour d'elle les traces récentes d'un attelage se discernaient emmêlées à des empreintes de pas piétinantes qui témoignaient qu'on avait fait faire demi-tour à un chariot aux roues larges, qu'on avait eu du mal, que les chevaux dont apparaissaient aussi les empreintes des fers étaient de lourdes bêtes de trait.

Mais l'auvergnat ne se serait pas changé en statue de sel pour une planche oubliée, un morceau de corde et des traces d'attelage dans la poussière. Et d'ailleurs j'ai l'habitude de la nuit. Je m'y déplace en connaissance de cause. Je sais les différents poids de ses silences. Je sais s'ils sont déserts ou peuplés. Celui-ci me parut habité mais d'étrange façon.

Je m'étais avancé lumière brandie qui me gênait en projetant des ombres lorsque soudain je donnai du pied contre un autre pied. J'abaissai alors ma lanterne et je contemplai le premier le spectacle qu'on avait sans doute tenu à mettre sous les yeux de quelqu'un d'autre.

C'était un alignement de cinq cadavres dans un ordre parfait. À égale distance les uns des autres, les orteils dressés vers le ciel, les paletots reboutonnés, même s'il était patent qu'ils eussent subi quelque désordre, les mains ouvertes dans le prolongement des bras collés au corps, les yeux fermés et tous comme au garde-à-vous. On avait dû profiter de ce qu'ils étaient encore chauds pour procéder à cette mise en scène.

Je fus frappé d'abord par l'aspect des trois morts qui étaient au centre de l'alignement. Ils étaient endimanchés de drap noir solide, quoique brillant, comme s'ils revenaient d'une noce ou d'un enterrement. C'était en tout cas des vêtements de gala qu'ils arboraient et, même, un peu de linge brodé jabotait autour de leur gorge ouverte.

J'ai l'habitude d'être précis et minutieux dans mes curiosités. Aussi, en dépit de l'affligeant spectacle, je me forçai, aux tremblements de la lumière incertaine, à contempler le visage de ces trois morts. C'étaient des faces d'hommes sérieux, débonnaires, habités encore, me sembla-t-il, par la préoccupation d'un travail délicat qu'ils avaient à finir et par le déplaisir de n'avoir pu le mener à bien. De la poche de l'un d'entre eux dépassait une simple ficelle. Ce fut la seule imprudence qui m'échappa. Je ne pus me retenir de tirer sur cette ficelle. Elle se terminait par un bout de métal lourd. C'était un fil à plomb. Je le remis vivement en place. Des maçons ? Il semblait bien en tout cas que ces trois êtres, juste avant de trépasser, étaient à mille lieues d'imaginer qu'une chose pareille pût leur arriver précisément à eux.

On avait déposé délicatement, de part et d'autre du trio, un gendarme chamarré de rouge et de bleu auquel on avait remis le bicorne à cocarde, en dépit de la vilaine blessure que tous deux aussi portaient à la gorge. Il ne s'agissait plus ici de maille à partir avec un maquignon quelconque mais d'une confrontation brutale avec le silence du mystère.

— Au garde-à-vous, me dis-je à voix basse. Alignés comme pour la parade. Morts comme pour servir d'exemple...

C'était du travail de fonctionnaire. Entendez qu'avec une logique primaire les assassins s'étaient dit qu'il n'y a de fumée que s'il reste du feu. Ils avaient donc exterminé tout le monde.

Sauf le fil à plomb qui s'était pour ainsi dire offert à moi, je n'avais pas fouillé les victimes, mais j'étais certain qu'on ne leur avait rien pris. Les portefeuilles gonflaient les paletots. Les chaînes de montre barraient les gilets. On avait voulu souligner qu'en aucun cas le vol n'était le mobile du crime. C'était surtout du travail de bon artisan. Pas de passion : un seul trait de tranchet bien affûté sur les carotides de chaque victime. Pas de haine, pas d'extravagance ; le sol balayé après la péripétie comme au lendemain d'un bal de village. C'était du travail certainement bien payé et qu'on avait voulu propre.

J'avais présent à l'esprit que j'étais venu détruire ce bel ordre avec mes empreintes de pas inconsidérées. J'avais un peu le gosier sec, en dépit de mon flegme, à l'idée que la fine poussière conserve le souvenir de ceux qui l'ont foulée.

Il importait d'abord de ne plus marcher du tout et d'effacer mes traces car elles étaient les seules à pouvoir être utilisables. Les autres étaient trop emmêlées parmi les piétinements de l'attelage.

D'ailleurs, çà et là, gisaient sur le sol quelques-uns de ces balais de cantonnier qu'on peut improviser chez nous sur-le-champ avec du genêt d'Espagne qui abonde sur les bermes des routes. Je ramassai l'un d'entre eux et pas à pas, en retraitant, je m'efforçai d'effacer entièrement les empreintes de mes brodequins. Je chausse du quarante-cinq, ce qui n'est pas une pointure ordinaire, et j'aurais aimé qu'on ne recherchât pas dans la région ceux qui en étaient affligés.

Je ne me relevai que lorsque je fus revenu sur la chaussée inégale où roulaient les galets de Durance qui ne retiennent pas les empreintes.

J'étais sous une frondaison épaisse comme un arc de voûte de pierre. Je levai les yeux et le fanal. Là-haut, dans l'entrelacs des branches, se balançaient deux brins de corde qu'on n'avait pas jugé utile d'emporter. Les gaillards s'étaient donc laissés choir sur leurs victimes de cinq mètres de hauteur. Je frissonnai devant cette détermination, cette précision, ce guet-apens si soigneusement ourdi. Je me représentais l'état des agresseurs après cet exploit. Leurs victimes avaient perdu tout leur sang. Elles étaient blanches comme du marbre en leur alignement. Ça faisait vingt-cinq litres de sang qui s'étaient écoulés peu à peu sur les épaules de ceux qui avaient transporté les morts pour les déposer sur le talus de safre. Les assassins devaient être englués de sang comme valets d'abattoirs. Ils devaient avoir perdu deux heures ensuite, une fois rentrés chez eux, à laver avec acharnement pantalon et chemise, user leurs yeux à vérifier qu'aucune trace n'y subsistait et aller les étendre au plus loin de leur domicile, sur des genévriers bien cachés.

Tout cela était bel et bon mais pour moi, pauvre témoin inopiné qu'on cernerait de baïonnettes si l'on me trouvait sur place, il importait de rentrer à Forcalquier par toute autre route que celle-ci.

Mon auvergnat n'avait pas bougé d'une ligne et il me sembla qu'il me regardait venir. Mon maigre corbillard si bien assorti à ma maigre personne rutilait tout noir au clair de lune, de tous ses cimiers en casoar sur un fond irréel de Durance et de montagnes. Le lit de la rivière était livide sous cette lumière froide et il éventrait comme une vilaine blessure la plaine et ses villages heureux. La tête de l'Estrop, drapée dans ses neiges, prolongeait la clarté de la lune. Elle faisait de mon char, en scintillant elle aussi, un carrosse royal. Je me dis à voix basse :

— Il me va comme un habit bien coupé.

Je songeais au corbillard bien sûr. J'aurais été tout simplement tranquille sans le spectacle navrant que je venais de contempler. Je pris l'auvergnat par la bride. Il émit un discret raclement de gorge qui signifiait bien : « Qu'est-ce que je t'avais dit ? » Je lui répondis par un grognement indistinct et fis faire sur la chaussée demi-tour à mon attelage. Je replaçai le fouet dans sa douille et le fanal au timon. J'allais escalader le marchepied lorsque l'idée me traversa que je venais précisément, quand l'auvergnat s'était immobilisé, de dépasser un endroit habité. Je me précipitai à la boucle du lacet de route pour contempler La Burlière au-dessous de moi.

Le relais de roulage était tout noir. Nul n'y était sur le qui-vive. Cette grande bâtisse en forme de cercueil, entre les quatre flammes vertes de ces cyprès qui la veillaient comme des flammes de cierge, m'avait toujours mis mal à l'aise lorsque, souvent, je passais devant elle. Cette nuit, elle était à peu près anodine. Seul sur un étendoir, un pantalon qu'on avait oublié de ramasser hier au soir se balançait au vent de la nuit.

— Va daïsé ! (Va doucement !) dis-je à l'auvergnat à voix basse.

Il n'avait pas besoin de cette recommandation. Il n'avait pas besoin que je lui explique pourquoi on allait allonger l'itinéraire alors que l'écurie était maintenant si proche. C'était un cheval de guerre rompu aux astuces. Depuis toujours — et je ne l'avais pas changé — il répondait au nom de Cinabre.

Il me fit dépasser La Burlière en silence où je perçus piaffer deux ou trois chevaux de renfort qu'on n'avait pas dû pouvoir loger aux écuries. Je me retrouvai traverser Peyruis dans l'autre sens. L'un des réverbères vacillait faute de combustible. Une loupiote végétait derrière les vitres sales de la lucarne au poste de gendarmerie. On devait y veiller la mort de l'Empire. Je serrais les fesses. L'auvergnat et le corbillard glissaient parmi les ornières avec le silence des ombres. Seuls le murmure des fontaines et le vent dans les arbres tissaient avec nonchalance un incertain duo. Je m'attendais pourtant à m'entendre crier « qui-vive ? » par quelque pandore zélé, lequel demain, quand le pot aux roses serait découvert, se souviendrait que, cette nuit, je courais par chemins.

Mais non, la douleur là-dedans, ou bien le sommeil, devait neutraliser les hommes.

Je poursuivis comme si j'allais vers Sisteron jusqu'au bas-fond du Mardaric où je tournai à gauche. Bien que sanctifiée voici neuf siècles par le passage de saint Donat, la route qui monte vers Mallefougasse en longeant le Mardaric n'a pas meilleure réputation que la côte de Giropée. Elle a simplement été moins meurtrière de tout temps parce que, à part les voitures du gouvernement et les charrettes des charbonniers qui vont à Lure ou en reviennent, nul ne l'emprunte jamais qui n'y voit nécessité et qu'elle est souvent déserte de jour comme de nuit.

Néanmoins, elle est effrayante par son aspect de chemin qui ne peut mener nulle part et si la montée de Giropée est un tunnel, celui-là ne dure que quelques centaines de mètres alors que la chaussée du Mardaric se faufile durant des heures de chevauchée sous des arcs d'yeuses et de chênes pubescents, à travers lesquels les rayons de la lune ne filtrent même pas.

Je ne me risque jamais dans ces parages où il n'y a personne à soigner parce que aucune ferme ne saurait y prospérer et puis aussi parce que la sainteté, même usée par le temps, ne s'accorde pas à mon tempérament. Ne sachant si je crois ou non, la seule vue d'un crucifix ou d'un calvaire me met mal à l'aise. Je n'ai jamais aimé la sainteté et même ne fût-ce que son odeur à mille ans de distance. Elle est peut-être la seule chose de l'homme qui ne me fasse pas rire. Aussi serrais-je les fesses de plus belle, davantage inquiet encore de cette présence immatérielle dans ces parages que de celle des gendarmes pleurant Napoléon, là-bas, à Peyruis.

Cinabre sans doute partageait ma crainte, ma désapprobation, car jamais attelage perdu parmi la nuit ne fut plus humble que le nôtre dans son prudent silence.

Il y avait de quoi : d'abord, je ne distinguais pas même les oreilles du cheval (car le fanal bien entendu était éteint). Les rênes se dissolvaient dans l'obscurité. L'auvergnat avançait à l'aveuglette, tant bien que mal guidé par son habitude des nuits sombres et son expérience des situations scabreuses. La lune ne perçait pas l'épaisseur des frondaisons. Tout était secret, clos, inconsistant et je n'avais devant mes yeux ouverts que le spectacle de ces cinq cadavres alignés sur le safre, là-bas, dans la côte de Giropée.

Ce fut dans cet état d'esprit que je reçus comme un cadeau une lueur diffuse qui peu à peu fouillait les ténèbres des feuillages. Cinabre lui-même s'y trompa et l'accueillit par un bref hennissement mezza voce. J'aurais dû, bien sûr, avant de me réjouir, m'assurer de ce qu'elle était cette clarté, mais l'être humain est ainsi fait qu'il espère d'abord et réfléchit ensuite. Il faut avoir l'âme bien mieux trempée que la mienne pour percevoir la menace d'un incendie sous les espèces d'une lueur d'espoir.

Néanmoins, en y réfléchissant... Quelle raison y avait-il pour que soudain fussent visibles les berceaux des ramures sous le ciel noir, les rugosités des écorces de chêne et parfois, furtivement, les reflets de l'eau courante sur les galets du Mardaric ? La lunaison s'achevait. Elle avait balancé devant moi de Saint-Symphorien à Peyruis son croissant indécis, à peine épais comme une lame de faucille. Elle ne m'avait pas permis de percer les ténèbres de la grotte végétale où gisaient les cadavres.

Actuellement (il était trois heures du matin) elle devait se coucher, la lune, là-bas, au-delà de Forcalquier. Elle n'avait plus assez de force pour percer les feuillages des yeuses. Il s'agissait d'autre chose, d'autant que la lueur qui révélait maintenant de plus en plus de détails et notamment trente mètres de route devant moi, depuis que j'avais pris conscience de sa présence, s'irisait de reflets rosés comme ceux de l'aube, ce qui était peu probable à trois heures du matin.

Cinabre de nouveau me parut compter ses pas sur la route dont le profil se redressait brusquement et s'incurvait sur un lacet à gauche. Je modulai du bout des lèvres un murmure indistinct qui signifiait que je ne tolérerais pas un nouvel arrêt intempestif. Le cheval enregistra d'un couinement des babines qui répondait fermement :

— À ton aise !

Pendant ce temps le ciel à travers les feuillages était devenu tout rouge. Il n'était plus question de lune. Ce fut moi qui tirai sur les rênes pour immobiliser l'attelage. Je demeurai peut-être une minute, debout sur mon marchepied, le fouet en main de nouveau, à contempler au-dessus de moi le ciel noir et rouge. J'ai déjà dit que je suis comme tout le monde un animal peureux auquel la moindre curiosité suffit pour qu'il se sente protégé par elle comme par la cuirasse d'un héros. La chose ne date pas d'hier : de même Pline l'Ancien, il y a deux mille ans, incapable de résister à l'attrait du mystère, alla se faire étouffer sous les cendres d'Herculanum au lieu de contempler tranquillement, depuis son jardin de Capri, le spectacle du Vésuve en éruption.

Je mis donc pied à terre, le fouet à la main. Je gravis à grands pas le tertre bien connu où je savais trouver le monument qui de tout temps m'avait si fort impressionné. C'était le sanctuaire que la dévotion des foules avait voué à saint Donat. Il est tapi, invisible de toute part en dépit de ses proportions (les colonnes romanes qui le soutiennent ont dix mètres de hauteur), au plus profond de la forêt, enseveli sous le manteau vert qui tapisse les monts de Lure jusqu'au sommet. On ne le découvre que lorsqu'on a le nez dessus et alors, la première fois, on crie : « Oh ! » et on reste la bouche ouverte.

Ce ne sont pas tant les proportions du bâtiment qui vous font retenir ce cri. Il existe de plus grandes églises et de plus belles. Non, ce qui vous frappe, c'est le désert qui règne partout alentour. La moindre brouettée de pierres a été apportée ici par quelqu'un qui vivait au moins à cinq kilomètres de là. Et il fallait une foi peu commune, il y a mille ans, pour braver les embûches d'une forêt profonde, truffée de bêtes sauvages, de coupe-jarrets, de lépreux avides de vous toucher par toutes leurs boursouflures, et surtout pour braver la peur de soi-même et du surnaturel.

Et il avait fallu œuvrer durant tous les loisirs pendant cent vingt ans, cent vingt ans à faire escalader ce mamelon par des brancards chargés de pierres, cent vingt ans à se passer des oiseaux* lourds de mortier équilibrés sur les épaules, les vieillards à bout de souffle et de péchés saisissant les plus jeunes, avides d'expier aussi, de cet outil rudimentaire, le seul qu'on eût encore imaginé ; cent vingt ans durant lesquels les femmes avaient dû, en attendant, traîner leurs genoux dans la poussière pour adorer leur Donat en plein air, sans autel, sans sépulture, les os provisoirement entassés dans un sac. Je n'arrêtais pas de penser à ces cent vingt ans d'obstination, chaque fois que je contemplais l'énormité trapue de cette forteresse mystique au pied de laquelle aucune maison, aucun village (sauf bien plus tard) n'avait prospéré. L'éternité énigmatique de ce saint fragile et longtemps contesté par l'Église, mort tout seul en tête à tête avec Dieu, là-bas, au fond de sa doline, de l'autre côté du vallon, n'avait jamais cessé de m'emplir l'âme d'une terreur sacrée.

Aussi, par cette nuit, encore tout secoué par ce que j'avais déjà vu, je gravissais la calade empierrée, mon fouet dérisoire bien en main, en renâclant, en me traitant d'imbécile, en me demandant pourquoi je n'avais pas tout simplement passé mon chemin, au lieu de vouloir à tout prix connaître l'origine de cette lueur d'aube qui m'intriguait si fort. Et néanmoins je hâtais le pas, dévoré de curiosité.

On avait dû surmonter des difficultés sans nombre pour asseoir parmi ces effondrements, au plus près de la doline du saint, un espace suffisant où

* Palette de bois munie de poignées qui servait à monter le mortier dans les échafaudages.

construire l'église et sur cette bosse mal arasée, à l'orienter dans l'axe de Jérusalem. Finalement, il n'était plus resté de place pour l'attroupement des fidèles et le déroulement des processions. Afin d'aller rendre leur dévotion à saint Donat, les pèlerins devaient escalader tant bien que mal un méchant tertre boursouflé qui tenait lieu de parvis et même se hisser par quelques très hautes marches inégales, lesquelles d'ailleurs avaient disparu au cours des âges. La foi en ces temps-là ne descendait pas au-devant des fidèles. Il fallait s'efforcer vers elle.

Néanmoins comme pendant des siècles il y avait eu fêtes en maintes occasions autour de ce sanctuaire, il avait fallu en organiser le charroi. On avait donc déblayé sur son flanc droit, pour les équipages des grands et les charrettes du commun, une esplanade chaotique sans arbres et aux limites incertaines.

C'était là, au centre de cet espace vide, tout seul, sans garde, dans un silence impressionnant que brûlait un grand feu en lequel, dans l'état de désarroi où je me trouvais, j'identifiai tout de suite un bûcher. Les flammes repoussaient la nuit hors d'une vaste coupole qu'elles illuminaient et où se tordaient de grasses volutes de fumée noire qui sentaient le goudron. Je me pris à gémir tout seul :

— Qu'est-ce que je verrai encore aujourd'hui ?

Ce brasier était aussi haut que moi. Il avait été organisé, au départ, de bon bois sec, autour de trois ou quatre poutres à section carrée et rouges comme les flammes elles-mêmes. Ces poutres se consumaient difficilement. C'étaient elles qui vomissaient cette fumée, rouge elle aussi au départ puis devenant noire à mesure qu'elle se fondait dans l'obscurité. Je m'approchai des flammes dans le fil du courant d'air qui s'efforçait de les coucher au sol. Je vis qu'une des solives s'était disjointe des autres pour s'écrouler parmi les braises d'où elle dépassait toute festonnée de fumerolles. Je m'en approchai le plus que je pus. Oui, elle était bien de couleur rouge et non peinte en rouge mais rouge dans son essence même, rouge jusqu'au cœur.

Il me vint à l'esprit je ne sais pourquoi de tâter ce bois avec précaution. Il devait y avoir déjà un long moment qu'il s'était écarté du bûcher car il était à peine tiède. J'effleurai cette surface lisse, patinée comme un vieux meuble. Alors sur la section invisible du madrier, je sentis sous mes doigts une rainure renforcée d'acier où suintait un peu d'huile grasse. En même temps parmi les flammes qui l'avaient déjà largement entamé, je distinguai une sorte de plateau rouge lui aussi, échancré en son milieu d'une encoche en demi-lune identique à la planche qui brillait au clair de lune tout à l'heure, dans la grotte de Giropée. Je compris à l'instant. Je retirai ma main de la poutre comme si elle eût été en contact avec un essaim d'abeilles. Je m'écriai à voix haute, sans précaution :

— Pute de mort ! La guillotine !

Je sautai en arrière pour m'éloigner du brasier comme si ces poutres inoffensives avaient pu me mordre, tant est vivace en chacun de nous la répulsion pour l'ignoble machine autrefois dressée en place de grève. Je regardai vivement autour de moi, afin de vérifier si âme qui vive avait pu entendre mon imprudente exclamation. Non. J'étais seul. Là-bas, les murs de Saint-Donat scintillaient aux lueurs de l'incendie comme sous les caprices d'un feu de Bengale.

Sauf ceux qui passent leur tête dans la lunette ou les impardonnables qui en font leur gagne-pain, personne, j'imagine (car les autorités en font un secret d'État enfoui dans quelque arsenal comme si la vue de cette horreur ne devait être réservée qu'à quelques initiés de choix), personne, dis-je, n'avait jamais contemplé une guillotine d'aussi près et si longtemps que je le fis cette nuit-là.

Ces éléments qui brûlaient mal avec une odeur et des fumées de goudron, je comprenais pourquoi ceux qui avaient voulu les anéantir les avaient encerclés par tant de bon bois sec. Les flammes en silence se tordaient à plus de cinq mètres du sol. C'était solennel et terrible. Je frissonnais en dépit de la chaleur du brasier, devant tant de rouge et tant de noir et surtout devant cette grande corbeille d'osier, laquelle bien qu'entièrement embrasée refusait de perdre, pour quelques minutes encore, sa forme rassurante de malle de voyage.

Le montant qui tentait d'échapper aux flammes portait en son milieu une ganse savante de cordage qui prouvait qu'il avait été récemment arrimé sur quelque véhicule. On avait sectionné ce cordage au ras du nœud pour gagner du temps. C'était de la bonne corde, presque neuve, semblable à celle que m'avait révélée la flamme du fanal, dans la grotte de Giropée, lorsque j'avais découvert ce pot aux roses. D'autre part, le madrier était gravé d'un numéro au fer rouge sommé d'une couronne de lauriers autour de deux lettres capitales : RF que soulignaient ces quatre mots que j'eus du mal à déchiffrer tant ils étaient modestes : « Propriété insaisissable de l'État. » Comme si l'Administration avait prévu des temps où l'idée viendrait à quelqu'un de confisquer cette machine répulsive.

Soudain, le tableau de cette nuit si rassemblée me sauta au visage et je le reconstituai en entier. Tout au souci de mon acquisition et rêvant à ses suites, je n'avais pas, au moment même, prêté assez d'attention au tombereau mené par les pandores qui nous avait fait prudemment tirer au large, le maquignon et moi. Le prisonnier brimbalant entre les ridelles, je ne l'avais pas non plus suffisamment observé. Je le connaissais pourtant : l'an passé *Le Journal de Forcalquier* avait publié le dessin de son profil noble, lorsqu'il faisait face à ses juges, les mains haut garrottées derrière le dos comme il convient à un gibier de potence.

C'était Onésime Zinzolin, le réprouvé de Lure, l'homme qui avait échappé aux sbires de Napoléon III depuis le coup du 2 décembre, il y avait de cela dix-neuf ans. L'homme qui attaquait les voiturins vert et doré de l'Empire, au sommet de tous les cols scabreux, en épargnait les convoyeurs, mais faisait mettre nus et lâchait en rase campagne les agents de l'État qu'il jugeait suffisamment gras pour s'être enrichis au détriment du peuple. Ensuite après avoir averti les populations du lieu de ses exploits, il semait sur les routes à leur intention ou il portait aux pauvres de sa connaissance, et ils étaient nombreux, de quoi faire dévier leur destin. Parfois, il éparpillait les billets au vent de la forêt, pour bien montrer qu'il ne faisait pas ça pour de l'argent. Onésime Zinzolin ! Dix-huit ans insaisissable, aidé par notre montagne tutélaire car les profondeurs de Lure, au nord, coupées de rares sentiers et truffées d'avens profonds, n'ont jamais été bien vues par les gendarmes. Elles débordent ensuite sur les déserts de la Drôme aux étranges sommets et conduisent jusqu'aux sapinières noires de l'Isère. Zinzolin s'y fondait quand c'était nécessaire. Il trouvait refuge partout où un père ou un oncle, autrefois, avait trouvé la mort dans les armées du premier Napoléon ; chez des sauvages irréductibles qui vivaient, parmi les combes, de deux ou trois chèvres et d'un arpent de pommes de terre, lesquels, analphabètes, ne démêlaient peut-être pas bien pourquoi ils étaient contre l'Empire mais qui l'étaient farouchement.

Seulement l'Empire avait donné une patrie aux Piémontais et toutes les familles de Lure qui vivaient du charbon de bois étaient piémontaises. Il s'en était trouvé une sur cinq mille peut-être, qui pour un sac d'écus avait trahi Zinzolin au détour d'une vente.

Soixante gendarmes avaient réussi à l'acculer tel un loup au plus profond de la sapée de Cruis, là où il fait sombre même à midi. En dépit de la maritorne fidèle comme un chien qui l'accompagnait dans le tombereau de la mort et qui était légendaire, il reçut trois balles et un coup de baïonnette à travers la cuisse. Néanmoins on l'eut vivant, Dieu merci. Un mort les armes à la main eût été un exemple pour trop de jeunes gens. On tenait fermement en haut lieu à ne pas lui épargner l'échafaud. Sur les ordres d'un subtil préfet qui le consigna dans son rapport, un ténébreux sous-fifre de noir vêtu jusqu'à l'âme bourra les poches de Zinzolin avec des napoléons d'or afin de couper court à son prétendu désintéressement, tandis que sur sa civière on le tenait pour mort.

Les sœurs impériales des hospices le soignèrent avec dévouement, avec amour, de sorte qu'on put condamner à avoir la tête tranchée un homme parfaitement valide, droit comme un i, sans âge précis et beau par surcroît. Il refusa le secours de tout avocat, se bornant à demander à faire une déclaration liminaire, laquelle fut interrompue par le marteau discrétionnaire du président mais qui se résumait à ceci :

— Je demande à tous ceux qui me veulent du bien et auxquels j'en ai fait de s'abstenir de venir témoigner en ma faveur car ils risquent à leur tour l'arrestation et la mort.

On découvrit, au hasard de l'instruction, que Zinzolin était un nom de frime et que ce délinquant se nommait en réalité Népomucène, baron de Montbrun. Il descendait d'un sinistre tortionnaire dont les exploits se perdaient dans la nuit des temps. Néanmoins, il lui restait une ruine de château, quelque part, aux confins de la Drôme. C'était là, selon les coutumes de l'époque qui voulait qu'on exécute les condamnés devant le lieu de leurs crimes, c'est-à-dire devant leur maison, que l'on conduisait Zinzolin, tout à l'heure quand j'avais croisé sa route.

La justice une fois repue peut dormir longtemps tel un chat sur ses proies jusqu'à les négliger par système, sauf à s'offrir de temps à autre quelque poussiéreux inventaire. Il avait fallu huit mois pour qu'un greffier quelconque exhumât d'un tas de dossiers celui fort lourd de Zinzolin.

— Et celui-là ! s'écria cet homme de bien. Vous le gardez pour le Jugement dernier ?

Huit mois. Il était bien excusable dans ces conditions que, parmi les occupations légères de ma joyeuse vie, j'eusse oublié l'affaire Zinzolin. Elle venait de me sauter sauvagement au visage avec les griffes mordantes du destin qui s'attaque à la bonne conscience. Ma quiétude et ma frivolité étaient en pièces au pied de ce bûcher, et une sourde terreur imposait silence à mon esprit persifleur.

Je ne doutais pas qu'à l'heure qu'il était, Zinzolin, le fusil tapant sur ses maigres fesses, regagnât à cheval les confins de la Drôme, tandis que deux cadavres de plus de gendarmes méritants brimbalaient dans un tombereau tiré par un percheron solitaire qui s'acheminait tranquillement vers l'écurie.

La logique appelait cette conclusion hâtive mais tout concordait : la rencontre du tombereau de la mort, les cadavres du bocage obscur et maintenant ce grand brasier où se consumaient les bois de justice en un feu de joie silencieux. C'était en vain que Zinzolin avait tenu à prouver toute sa vie que le vol n'était pas le mobile du crime : ses libérateurs avaient volé la guillotine !

Tout cela respirait l'improvisation éblouissante d'un cerveau qui avait distingué en un éclair le parti qu'on pouvait tirer, pour sa convenance personnelle, de l'effondrement d'un Empire. C'était du travail de désespoir de cause, entrepris sauvagement comme un cri de protestation et qui avait réussi par miracle comme tout ce que Dieu veut. Il y avait là de quoi trembler et surtout, de quoi n'avoir rien vu car la seule chose qui fût certaine dans cette péripétie, c'était que nous avions affaire à un caractère peu commun, d'une clairvoyance sans faille et qui avait veillé sans relâche à guetter l'occasion. Quelqu'un qui savait que les choses administratives suivent leur cours accoutumé quelles que soient les catastrophes dont souffrent les nations, semblables en cela aux segments d'un serpent qui continuent à se tordre dans l'herbe, ignorant que leur tête a été coupée il n'y a pas cinq minutes.

Ainsi le désastre de Sedan ne pouvait empêcher ni retarder ni accélérer le geste de ce juge apposant bruyamment son sceau sur l'ordre de mener au supplice deux condamnés à mort sur les lieux de leurs crimes. Il fallait s'incliner devant et craindre cette intelligence qui avait anticipé cet événement et l'avait fait avorter. Il convenait d'abord de s'éloigner au plus vite (le jour allait bientôt venir) du théâtre de ses exploits.

Il y eut cependant un geste dont au péril de ma vie peut-être je n'eus pas le cœur de me priver. Ce fut de réinstaller au beau milieu des flammes la poutre mal brûlée où brillait arrogamment l'emblème RF que l'Empire, trop jeune encore sans doute, n'avait pas eu le temps d'effacer sur toutes ses propriétés.

Il restait aussi deux ou trois fascines de pin sec dont les agresseurs, sans doute pressés par le temps, n'avaient pas eu le loisir d'augmenter le brasier. Je le fis à leur place et ne m'éloignai de l'autodafé que lorsque je fus certain qu'aucune des poutres rouges n'échapperait à l'incendie.

Alors seulement je regardai en face de bas en haut et sans ciller le sanctuaire de saint Donat où pulsait le reflet des flammes sur le mur orbe haut de quinze mètres.

Ce n'était pas un bien grand acte de courage que ces deux fagots ajoutés au brasier mais il était proportionné aux dimensions de mon caractère lequel, en tout, se refusait à l'excès. Je m'en voulus d'ailleurs par la suite d'avoir tant attendu, d'avoir tant risqué. Et je n'étais pas le seul dans cet état d'esprit. Lorsque j'eus dévalé le tertre pour regagner mon attelage, je n'étais pas plutôt installé sur le siège que mon cheval hennit brièvement, pour moi seul, comme il savait si bien le faire. Je compris qu'il désapprouvait ma conduite imprudente.

Je lui rendis les rênes pour regagner Forcalquier où j'entrai ostensiblement, le fouet claquant haut, par la route de Fontienne sur laquelle il ne s'était rien passé. Je m'arrêtai devant la sous-préfecture au pied d'un platane pour le compisser. Je soulignai même ma présence par un sonore éternuement qui se répercuta jusque dans mes parties.

Naturellement, en dépit de mes souhaits du début de la nuit, nulle charmante apparition ne m'espérait sous le berceau du jasmin dénudé, devant ma riante maison aux volets bleus que desservait un escalier de pierre blonde jusqu'au pilier qui soutenait la loggia.

Après avoir gouverné Cinabre à l'écurie, je me retrouvai soudain seul, les bras ballants, au milieu de ma cour pavée, à contempler sans joie mon corbillard mirobolant.

La rencontre d'un échafaud, à trois heures du matin, même s'il ne vous est pas particulièrement destiné, même s'il est en train de se consumer en feu d'artifice, n'est pas de nature à entretenir l'homme dans une insouciance sereine. Je courbais l'échine en escaladant lourdement l'escalier. J'avais ma moustache des mauvais jours.

Je crois bien que, de la nuit, je ne me suis pas dessaisi de mon fouet car au matin je le découvris sur la courtepointe, horizontal, parallèle à mon corps, semblable en sa maigreur à la mienne propre.

J'ouvris l'œil sur l'horreur de ma nuit. Le matin où dans le jasmin et la glycine sans fleurs et sans ramures s'égosillaient mille oiseaux chanteurs, ce matin-là comme d'ordinaire était beau à sourire. Mais mon âme était noire.

J'étais en train, en dépit de mon trouble, d'admirer mon acquisition debout sur ses quatre roues graciles et les brancards levés. Elle occupait toute la cour et c'est là d'un seul coup qu'il me vint l'idée de la peindre en bleu céleste avec des lisérés d'or. Mes pratiques qui n'auraient jamais vu de corbillard ainsi endimanché en tomberaient sur leur derrière. Elles achèteraient machinalement et presque à tâtons, tant elles seraient subjuguées par mon équipage, les flacons d'orviétan dont je confortais leurs maux.

Mon visage était semblable à un ciel tourmenté : tantôt riant lorsque j'envisageais mon modeste avenir, tantôt lugubre si j'évoquais les étranges spectacles auxquels mon rôle de témoin m'avait astreint d'assister au long de cette nuit si rassemblée.

J'étais là, à mi-chemin de l'escalier extérieur qui dessert ma pièce principale au-dessus du jasmin, lorsque le piéton de la poste poussa à reculons et à coups de derrière le portillon découpé dans la porte cochère car le battant coinçait toujours un peu. Se retournant alors, cet homme s'écria :

— À la bonne heure !

Et il resta bouche bée en présence du corbillard pendant une bonne minute. J'achevai de descendre et lui posai la main sur l'épaule.

— Il sera peint en bleu ! lui dis-je pour le rassurer.

— Il n'empêche, dit-il. Ce sera toujours un corbillard.

Il avait le regard noir de celui qui vient de rencontrer un présage. Il branlait du chef tristement mais j'aurais juré que ce n'était pas mon char funèbre qui le tourmentait. Je vis qu'il avait adorné sa cocarde tricolore d'une fleur de feutre noir qui annonçait un grand deuil.

— Tout est fini ! soupira-t-il.

En même temps, il me tendait un rouleau de parchemin fermé par un sceau comtal quoique affranchi à cinq centimes comme l'État l'exigeait.

— Ce format n'est pas admis ! me chuchota le piéton. Mais eu égard à la position actuelle de monsieur le Comte, monsieur le Receveur a bien voulu glisser outre.

Ce piéton avait bien prononcé *eu égard à* et *glisser outre.* J'aurais pu croire qu'il se fichait de moi si j'avais ignoré que l'Auguste Faux, notre faiseur de bons mots, l'avait un jour traité d'*homme de lettres.* Cette apostrophe agissant sur le cerveau de ce simple à la manière d'un adoubement, aussitôt il s'était mis à beaucoup apprendre et, depuis lors, il châtiait son langage. C'était pourtant un simple Corse avec un nom de grande maison à laquelle ses ancêtres avaient dû appartenir. Il s'appelait Bellinfante.

Bien que d'ordinaire fort négligents sur la syntaxe en nos propos, il ne nous déplaît pas que quelqu'un, en notre présence, châtie son langage. Nous voyons là une sorte de déférence à notre endroit qui comble d'aise notre amour-propre.

Je souris donc avec bienveillance à ce facteur et lui donnai deux gros sous de bronze où la mouche du *petit* et son nez droit étaient encore, hélas, incis. Cette largesse ne dérida pas le visage contraint du piéton. Je connaissais ses opinions : il vivait le drame du bonapartiste floué. Il s'était fait, par fidélité, une moustache à la Badinguet que depuis quelques jours il cirait tous les matins en noir, ce qui contrastait curieusement avec ses cheveux roux, et s'il arborait ce nœud noir autour de sa cocarde réglementaire, c'est qu'il portait le deuil de l'Empire.

Néanmoins de ce facteur inconsolable j'avais compassion en dépit de ses opinions et je le suivais des yeux apitoyé, qui trébuchait en cheminant dans la montée pierreuse de Fontienne.

Forcalquier était sous mes yeux. Depuis ma loggia, par-dessus le mur de la cour où se traînaient les branches nues de la glycine centenaire, je pouvais assister au réveil des uns et des autres dans les rues et sur les places. Dix coups assourdissants sonnaient à la concathédrale. Je jetai un regard fort aise sur les lointains et l'environ.

Quand on habite le plus beau pays du monde, on n'en est pas peu fier et l'on s'en tait, de crainte de le désigner à l'attention générale qu'il n'est jamais bon d'éveiller. Forcalquier était le plus beau pays du monde et Dieu merci personne d'autre que nous ne s'en avisait. Nous nous taisions si fort sur notre bonheur d'y vivre que nous en paraissions chagrins.

Nous affichions les mines chafouines de qui fait la grimace sur ses récoltes trop abondantes afin que l'État ni les pauvres n'en soient trop alléchés. Nos rires et nos joies n'explosaient jamais qu'aux fêtes carillonnées et toutes portes closes. C'était à telle enseigne cette réserve et ce quant-à-soi que les fonctionnaires nommés chez nous se faisaient plaindre par leurs pairs à l'unisson.

— Ce pauvre Chaffard, disait-on de notre sous-préfet, il s'est laissé nommer à cette triste sous-préfecture. Faut-il qu'il soit sans appui ! Il va périr d'ennui et sa femme de consomption.

Depuis, ce Chaffard se démenait comme un diable pour ne quitter Forcalquier que le plus tard possible. À peine moyen à son arrivée, son esprit s'était aiguisé pour esquiver les avancements et résister aux crocs-en-jambe. Il avait eu l'adresse de se faire oublier car il était passé maître dans l'art de faire l'imbécile zélé, incapable de mieux faire comme de faire plus mal.

Je raconte cette bagatelle pour faire toucher du doigt les bonheurs dont nous jouissions et que nul, faute de les connaître, ne nous enviait. Nous les camouflions comme des trésors enfouis au fond de notre conscience tranquille et nous n'en faisions jamais état, nous contenant au contraire à paraître toujours périr d'ennui et de pauvreté, ce qui nous donnait cet air maussade, tant brocardé par nos voisins manosquins, lesquels faisaient profession de paraître toujours hilares.

J'aurais donc pu en ce beau matin d'hiver être heureux à la forcalquiéroise, sous les nobles rides précoces qui me composaient un visage de bonne compagnie si un trouble importun n'était venu me faire rebouillir sitôt que j'évoquais cette nuit pleine de prodiges.

Mon soleil était obscurci par la vision des poutres rouges que dévorait l'incendie, il n'y avait pas dix heures de cela, sur le parvis de Saint-Donat et je ne cessais de les imaginer que pour évoquer les trois cadavres endimanchés alignés comme à la parade entre deux gendarmes en serre-file. Ma gorge séchait à ce souvenir car il me paraissait impossible qu'à la fin on ne parvînt pas jusqu'à moi grâce à mon quarante-quatre fillette dont, dans l'obscurité, je n'étais pas certain d'avoir effacé toutes les traces.

Aussi je guettais anxieusement sur la ville la rumeur qui ne manquerait pas de s'amplifier sitôt que la nouvelle du crime atteindrait la place publique. Mais comme elle tardait et que je suis d'un naturel léger, je me rassurais peu à peu sans raison et je suivais, l'œil mi-clos, ce suppôt des napoléonides, notre facteur des postes, qui peinait douloureusement sur les raidillons des écarts.

Cela ne m'empêchait pas de me caresser la joue avec volupté à l'aide de ce parchemin grenu, fermé d'un sceau comtal et qui m'était nommément destiné :

Monsieur Félicien Brédannes
3, montée des Escarayats
Forcalquier (Basses-Alpes)

Je différais de l'ouvrir par une longue connaissance de la volupté qui m'a toujours fait préférer les plaisirs alentis aux transports fougueux, mais je ne pus très longtemps tenir cette gageure. Je rompis le sceau et déroulai le parchemin. Il contenait au beau milieu, largement étalées et négligemment écrites, ces seules lignes :

Vous avez l'honneur d'être prié, le 15 février à vingt heures précises, au château de Gaussan, à l'occasion de ma traditionnelle soirée ortolane
Gaussan, comte Pons
P.-S. — Grand décolleté pour les dames, jabot blanc et tenue sombre pour les hommes.

« Vous avez l'honneur. » Le comte était là tout entier. Mon ami le facteur des postes, en dépit qu'il fût bonapartiste, était aussi celui de ce hobereau hautain. Celui-ci prenait parfois par l'épaule ce préposé pour le raccompagner au long de l'allée de sycomores, à Gaussan, qui faisait un si beau bruit à l'automne sous le vent. Il lui expliquait chemin faisant que longtemps il s'en était tenu à la formule banale : « j'ai l'honneur de » mais que toujours une espèce de scrupule le démangeait chaque fois qu'il reproduisait cette courbette épistolaire. Or tel jour qu'il se contemplait avec bonheur dans l'un des miroirs du salon, la vérité l'avait enfin ébloui. Il dit au facteur qu'il s'en était écrié tout seul :

— Mais parbleu ! Ce n'est pas moi qui ai l'honneur, ce sont eux !

Il s'en était redressé d'un pied, tout seul dans son salon. Depuis, ses invitations étaient enfin devenues originales. Il en était de même pour cette particule guillotinée telle une ci-devant (une

Béatrice Pons de Gaussan avait eu la tête tranchée du côté de Bar-le-Duc, durant la Terreur). Depuis que Napoléon avait biffé la plupart des particules au titre de ses barons, la vraie noblesse avait voulu lui prouver qu'il n'avait rien inventé et qu'elle aussi, autrefois, bien avant d'Hozier, se contentait de son patronyme. Quand le comte signait de son nom tout entier, il écrivait simplement : « Henri Gaussan, comte Pons » et ça suffisait.

Hélas, il en est des vieux titres comme des vieux vignobles : la proximité d'un château prestigieux jouxtant un autre qui l'est bien moins, a toujours conduit, sous couvert de vassalité, à de fâcheuses contrefaçons viticoles.

Pareillement, on ne sait en quel siècle ni en quelles circonstances, peut-être à la faveur de quelque tortueuse histoire d'amour, ces quelconques Gaussan avaient poulié leur nom jusqu'à ces Pons poussiéreux, piétons de Raymond Toulouse à la première croisade. Mais l'heur et le malheur de ces preux avaient permis, à force de gros jeu et de mariages consanguins, que s'anéantissent les biens et les héritiers, de sorte qu'en ce siècle il n'en demeurait plus que cette enture laquelle tenait, tant bien que mal, sa place dans le monde.

N'importe, pour un Félicien Brédannes qui avait un nom par miracle, c'était encore trop beau d'être invité chez cet usurpateur. En effet, je n'avais pas à faire la fine bouche sur les origines d'autrui. Je tenais la mienne de justesse, du fait que mon bisaïeul, médiocrement langé et hurlant de faim, avait été trouvé sur le lac d'Annecy, face au riant village de Brédannaz, au fond d'une barque à la dérive dont, par surcroît de précaution, on avait gratté le nom. Quand on a subi cette sorte de pal brisé dans sa généalogie, tout autre nom que le vôtre vous paraît noble à l'excès.

J'étais donc au comble de la vanité satisfaite et je m'éventais complaisamment à l'aide du parchemin pour quelque érubescence d'orgueil qui m'échauffait le nez. Quand on est pourvu d'une nature qui n'est bonne que parce qu'on la tient solidement en lisière, la moindre fortune qui vous échoit ne vous importe pas tant quant à vos amis qu'elle comblera d'aise mais bien par rapport à vos ennemis qui vont en crever de dépit. J'étais ainsi fait hélas et je me mis furieusement à inventorier la liste de tous ceux que mon invitation chez le comte allait désobliger.

J'allais en remontrer au Dr Pardigon qui avait cru politique de faire montre sous l'Empire d'un républicanisme gourmé et sans concession ; j'allais rendre plus cramoisi encore le garrot du pharmacien de première classe Aldobrandini, déjà couleur d'aubergine et qui me toisait longuement en chaque rencontre ; j'allais donner la jaunisse — ce pourquoi j'avais un excellent remède — au notaire Gueydan qui eût révélé tous les secrets d'alcôve qu'il détenait pour cette soirée tant préconisée par ceux qui n'y étaient pas priés. Ces trois-là et quelques autres allaient m'en haïr davantage et lorsqu'on est haï, c'est qu'on est important.

Il y avait là de quoi rendre un homme heureux et ce bienfaisant parchemin me faisait presque oublier les tribulations de la nuit. À trente-cinq ans que j'avais alors, j'étais maigre, en parfaite santé, célibataire par la grâce de Dieu. Par surcroît si je m'étais jusqu'alors contenté, pour mes tournées dans les foires, d'un modeste char à banc qui ne soulignait en rien ma personnalité, j'allais ce prochain soir faire sensation en alignant, parmi les calèches de ces dames, ce carrosse funèbre, encore muni de ses plumets de casoar et que je n'aurais pas encore eu le temps de faire repeindre couleur bleu ciel liséré d'or comme j'en avais l'intention formelle.

Les populations bas-alpines ont été de tout temps plus captivées, pour leurs distractions, par les facéties désordonnées du diable que par l'harmonie universelle que la religion leur promet. C'était pour avoir observé cet étrange phénomène que je m'étais décidé à leur jeter un corbillard en pâture.

« Tenue sombre », recommandait l'invitation. J'étais toujours vêtu strictement de noir. C'était un noir dont on n'aurait pu dire s'il était tenue de soirée ou sortie de deuil ; un noir qui inspirait le respect aux enfants, aux mères et aux maris ; un noir qui me vieillissait en diable ; un noir prétexte et convenable qui permettait aux femmes de me regarder dans les yeux en me parlant et aux lavandières de se trousser sans façon devant moi pour me montrer quelque dartre à l'intérieur de la cuisse à laquelle je pouvais peut-être porter remède. Les hommes de loi, de bonne heure, m'avaient fasciné par leurs jaquettes sombres sévèrement boutonnées. D'autre part je n'avais pas entendu dire qu'aucun modeste vêtu de noir eût jamais fait de mauvaises affaires.

« Jabot blanc », cela me gênait un peu. J'enfilais en tout temps des chemises humbles, bises ou écrues, autant que possible, pour être utilisées plusieurs jours par les poussières des grands chemins et des champs de foire et me tenir à la hauteur de ma clientèle peu chemisée d'ordinaire. J'y nouais couramment à la diable, autour du col, un cordonnet de cuir également noir et susceptible de servir en maintes occasions : de garrot pour arrêter quelque venin de vipère avant qu'il ne monte au cœur ou quelque hémorragie ; de lien pour fagoter une gerbe de plantes rares rencontrées par hasard, voire d'entrave pour immobiliser les mâchoires d'un épileptique avant qu'il ne se tranche la langue. Il pouvait aussi, ce cordonnet, servir à lier les mains de quelque malandrin car on rencontre de tout par les chemins ombreux quand on exerce mon métier.

Il me restait donc à faire l'emplette d'un jabot et de manchettes *Au célibataire coquet,* chez la Marie Garcin, une demoiselle qui courait sur ses quatre-vingt-cinq ans mais bon pied bon œil. Je sortis donc de ma cour serrant mon parchemin roulé comme un bâton de maréchal.

Autour de moi, l'ordonnance ordinaire de Forcalquier au dimanche matin s'offrait à ma modeste ambition. Déjà quelques damotes, voulant se débarrasser des corvées avant la messe, portaient délicatement sur les bras un carton *Au jardin des délices,* de chez Henry le pâtissier. Il y avait quatre fumeurs de pipe qui se la contaient au plus juste, au pied de l'arbre de la liberté. Un homme en blouse noire et foulard rouge passait devant l'église en tenant grand ouvert *Le Journal de Forcalquier,* afin que nul n'ignorât ses opinions. Une chienne en chaleur traînait dans son sillage une meute disparate de chiens de chasse à grelots qui hurlaient à la mort parmi des grappes d'enfants.

Le bourdon de la cathédrale s'assenait là-dessus assourdissant, tuant toute conversation, forçant chacun à se taire. Et pourtant, je vis l'abbé, un instant masqué par le lecteur au foulard rouge. Il était déjà enchasublé pour la messe et levait les bras au ciel devant quelqu'un qu'hélas je ne reconnus pas. Ils parlaient en dépit du bourdon ou plutôt ils se criaient à pleine tête des insanités sans doute à en juger par l'air furibond de l'abbé. Celui-ci tenait tête à une paroissienne décemment endimanchée qui ne levait elle qu'un seul doigt vers le ciel mais péremptoire mais menaçant.

Sauf la bouchère à la fontaine qui n'y voyait goutte à dix mètres, nul sauf moi ne put s'étonner de cet étrange couple devant l'église, d'une bourgeoise et d'un prêtre qui paraissaient exiger l'un de l'autre des choses exorbitantes. L'abbé avait les pieds à l'intérieur du narthex, la bourgeoise était encore sur le parvis. Il semblait que l'un défendît à l'autre l'accès du lieu sacré.

Si les dieux ne m'avaient pas frappé de cécité à cet instant précis, si j'avais prêté plus d'attention à cette mimique, si je m'étais négligemment avancé pour capter ces paroles qui me paraissaient irrémédiables par les éclats de voix qui les émaillaient, peut-être qu'alors j'aurais pu éviter bien des malheurs. Seulement voici : à l'instant même se penchait sur la fontaine cette bouchère de mes amours, longue taille et tournure abondante, elle portait par surcroît pour me plaire ce pince-nez impertinent de myope dont l'expérience m'avait appris qu'il annonçait en secret les plus beaux tempéraments amoureux. Elle lavait à grande eau une bassine de tripes sous le canon de la fontaine. J'allais hardiment lui chuchoter quelque promesse, couvert par le tintamarre des cloches, lorsque deux gendarmes à cheval jaillirent à fond de train au débouché de la rue Mercière. Ils étaient armés jusqu'aux dents. Ils n'avaient cure de rien ni de personne. Une mère et son landau eurent juste le temps d'escalader le trottoir malcommode pour ne pas être écrasés. À leur suite, une sorte de panique s'emparait des passants. Derrière les vitres de la boulangerie tout le monde parlait à la fois. La bouchère remontait en toute hâte sa bassine sous le bras et les seins ballottants sous un caraco mal boutonné. Je fonçai rue Grande vers la boutique de la Marie Garcin. Elle et moi, nous nous heurtâmes au sommet des trois marches alors qu'elle s'escrimait sur le bec-de-cane dans l'intention de le retirer. Elle me cria à tue-tête :

— Vous croyez pas que non ! Il y a eu cinq morts cette nuit dans les parages de Giropée ! Et ce n'est pas tout ! Le Zinzolin s'est évadé !

Ça je ne le savais pas mais je l'avais prédit. C'était dans la logique des choses.

— Tenez, monsieur Brédannes ! Vous qui êtes le plus beau ! Gardez-moi le magasin deux minutes ! Que j'aille prévenir la tante Constance ! Que Dieu garde ! Si elle apprend tout ça d'une autre bouche que la mienne, elle est capable de me déshériter !

Elle trottait déjà vers la place Saint-Michel sur ses jambes sans mollets mais, au bout de dix pas, elle se ravisa et revint vers moi vivement.

— Et vous savez pas puis encore ? Ils ont brûlé la guillotine !

— Puis encore ! fis-je atterré.

— La guillotine ! Vous vous rendez compte ! Mais en quel temps nous vivons ?

Elle levait les bras au ciel en s'enfuyant. La civilisation tout entière s'écroulait à ses pieds.

Il y avait du désarroi et du scandale par toute la ville. La rumeur avait atteint Forcalquier.

J'avais trouvé mon jabot foisonnant, des manchettes de dentelle au point de Pont-Aven et j'avais inventé devant mon armoire à glace quelques jolis mouvements de poignet pour les faire mousser. Hélas je n'avais pas encore eu le temps de transformer mon corbillard en carrosse mais j'avais passé à la pâte à sabre les sabots de Cinabre, ciré les harnais de cuir, et aucun cabriolet ni aucune calèche ne pouvait se prévaloir de mes plumets en casoar de Bennett que j'avais peignés avec soin.

J'arrivai devant Gaussan à la pointe de la nuit, un peu après sept heures car j'avais eu à préconiser quelque emplâtre chez un patient souffrant de luxation auquel le Dr Pardigon, avec un médiocre succès, avait appliqué les secours de la médecine.

Je ne sais pas, madame, si vous verrez jamais Gaussan, Paris est si loin, mais je le déplore car c'est toujours un grand spectacle que de s'enfoncer sous les sycomores et de les contempler défiler durant les six cents mètres de l'allée principale. Le vent mène là-dessous grand tapage même s'il fait calme alentour et vous annonce toujours plus de malédictions qu'il ne vous promet de félicités. En un luxe suprême inventé voici cent cinquante ans par un grand jardinier, le dernier tiers, en courbe, de l'allée, vous jette littéralement le château au visage comme un cadeau du XVIIIe siècle. Ce ne sont que fenêtres rutilantes par les flammes de leurs carreaux à défaut et colonnades corinthiennes à demi engagées pour soutenir le fronton. Chaque façade compte quatorze hautes croisées à chacun de ses étages. Et pour vous souligner cette magnificence comme en une aquarelle, sa meilleure façon de se montrer, Gaussan, les soirs de gala, se voile la façade sous un fragile filigrane d'eau qui s'élève tremblant au-dessus des bassins comme une jolie femme dissimule le tiers de son visage sous un éventail.

Ce soir, le comte Pons avait agrémenté le ciel nocturne par des girandoles croisées de lanternes vénitiennes, laissant dans la pénombre douce la riante façade de Gaussan, lequel, ainsi deviné, faisait encore plus grand que nature.

Dès que je passai le portail, je mis l'auvergnat au trot sous prétexte que, si j'avais du retard, du moins m'efforçais-je de le rattraper. C'était un calcul de croquant. J'arrivai sur le terre-plein, parmi les grands arbres, auréolé par le froid de la mort. Je crois que la soirée durant, le comte me tint rigueur de lui avoir ainsi éclipsé ses illuminations.

Il y avait en effet dans le crépuscule grand monde qui avait fait le même calcul que moi, s'efforçant savamment d'arriver en retard et qui s'affairait à descendre des équipages en se rendant à peu près présentable. Les dames se gonflaient comme des poules en s'escrimant à équilibrer leur faux cul. Les hommes s'entraînaient à quelque tour de canne ou bien rallumaient leurs cigares éteints. Quelques-uns se montraient du doigt l'élégance de la façade. On avait délivré plusieurs jets d'eau de leur mutisme ordinaire par temps d'hiver. Ils chuchotaient leur pluie sur les deux pièces d'eau.

Tous les arrivants, on le sentait bien à la rumeur joyeuse, se savaient le meilleur gré du monde d'être là en compagnie si choisie car il n'y avait guère qu'une douzaine d'équipages et à peine un peu plus de convives.

Quoi qu'il en soit, le mien, d'équipage, fit sensation et arrêta bien des gestes qui ne furent jamais achevés. On me dit plus tard, je ne l'avais pas remarqué, que la petite Mme de Kérénez, exilée de Bretagne à cause d'un mari procureur, s'était trouvée mal, qu'il avait fallu littéralement la porter en haut du degré où elle avait repris ses esprits devant la magnificence des lustres.

Je gravis à mon tour, du plus lentement que je pus, les six marches du perron. Le comte recevait ses invités devant une haute porte-fenêtre à imposte, ouverte à deux battants. Il s'efforçait pour chacun à l'amabilité, ce qui ne lui était pas ordinaire. À moi, il tendit deux doigts distraits et me fit l'honnêteté de ces quelques mots :

— Eh bien, monsieur Brédannes ! Vous voici ! Original comme toujours ! Vous avez encore inventé cette nouveauté pour séduire les dames ?

Du menton, il désignait au loin mon corbillard incongru.

— Mais il est aussi tout à votre service ! lui répondis-je en souriant. Et si quelque jour quelque luxure... du poignet, il va sans dire !

Il me gratifia d'un rire glacé à fortes dents qui ne présageait aucune indulgence à mon égard si je lui tombais sous les mâchoires. C'était un bon vivant secret qui masquait cette qualité sous une austérité de commande de laquelle elle dépassait toujours quoi qu'il fît. Il avait la trogne d'un sylvain pour sculpteur antique, pourvu de gros yeux, de gros sourcils proéminents courroucés comme à plaisir, un front cabossé, l'air et l'encolure d'un bûcheron mal équarri et qui aurait conquis son titre au tranchant d'une cognée plutôt qu'à la pointe d'un sabre. J'étais si obsédé par mes tribulations diverses lors de cette étrange nuit dont les échos commençaient à peine à s'estomper que je trouvai au comte, bien planté sur ses fortes jambes écartées, l'allure d'un bourreau espérant de pied ferme son futur supplicié, plutôt que le maintien aimable d'un hobereau de campagne recevant ses invités. J'en eus l'échine glacée pendant quelques secondes.

Heureusement arriva sautillante la baronne Raiberti laquelle, comme toujours, quoique en grand habit, avait escaladé le perron plutôt qu'elle ne l'avait gravi, ce qui détourna de moi l'attention du comte. Il était veuf. La baronne Raiberti l'étant aussi d'un colonel tué sur son cheval à la bataille de l'Alma, avait jeté en vain son dévolu sur ce noble incommode mais encore de grand avenir. Elle n'était pas laide, elle n'était pas maigre, elle n'était pas sans appas. Elle était parfaitement grasse aux bons endroits et pouvait même se prévaloir d'une étonnante chute de reins. Toutefois, elle exprimait par ailleurs cette mièvrerie fade, misère de quelques femmes, laquelle augure qu'on s'ennuiera avec elles dès potron-minet et qu'il faudra alors essuyer leurs pleurs.

Le comte n'était parti pour essuyer les pleurs de personne. Si Dieu voulait, il allait être élu du peuple et cette large invitation qu'il avait lancée par la poste n'était que pour s'assurer le soutien de quelques-uns qu'il jugeait utiles à sa cause.

Nous devions tous cette distinction au désastre qui frappait la France et qui réveillait soudain les ambitions politiques que le Bonaparte avait tenues sous le boisseau durant son règne. Certains ducs, et non des moindres, s'étaient avisés que l'heure était propice à quelque restauration saupoudrée d'assez de démocratie pour que le peuple se persuadât qu'elle émanait de lui. Ils avaient sonné aux portes des châteaux, offrant des places de sénateur. Le comte Pons avait répondu présent parmi les premiers. Il lui fallait donc mettre en place le dispositif électoral à quoi il pensait que les invités de ce soir lui seraient propices. Je m'écriai à haute voix :

— Parbleu !

— Eh bien, monsieur Brédannes ! Vous parlez seul maintenant ? Que signifie ce *parbleu* ?

C'était le Dr Pardigon, l'œil étincelant sous son monocle de théâtre car il y voyait aussi bien que moi. On avait donc raclé les fonds de Forcalquier en quête de grands électeurs. Même la République faisait son entrée au château sous les espèces de ce médecin aussi maigre que moi. J'aurais donc ce soir un ennemi de moins qui m'envierait puisqu'il était là lui aussi.

Je secouai la tête sans répondre, en mauvais joueur incapable de masquer sa déconvenue. En vérité, ce *parbleu,* c'était la conclusion que je devais à mon esprit de l'escalier. J'avais en vain, tout à l'heure, tenté de me préciser la préoccupation qui assombrissait le front du comte lorsqu'il m'avait accueilli. Je venais de trouver enfin. Cette mimique pérennisait clairement cette phrase qu'il ne pouvait pas répéter indéfiniment et qu'il avait chargé son visage d'exprimer : « L'heure est grave ! » L'heure est toujours grave pour certains lorsqu'il est question de se partager quelques grasses prébendes. En ces jours, c'en était l'occasion.

J'allais pénétrer dans le vestibule éblouissant de jolies femmes, lorsque je m'avisai que j'avais oublié dans la chambrière du corbillard un flacon de génépi rose que j'avais l'intention d'offrir au comte. Je fis donc demi-tour à la hâte et dévalai légèrement le degré. Je vis l'abbé qui descendait assez lourdement du boghet du comte qui l'avait envoyé chercher par son garde-chasse. Je me hâtai pour l'aider au marchepied. Sous sa douillette, il arborait une soutane flambant neuve, lui qui n'en portait jamais que de verdâtres et ocellées de taches de cire.

Ce prêtre avait la détestable manie de vous présenter sa main par le dessus comme s'il eût été évêque et vous tendît son anneau à baiser. Certaines femmes parfois s'y laissaient prendre sans qu'il leur opposât autre chose qu'un grand air distrait. Je me contentai quant à moi de la lui serrer et la trouvai fort froide. D'autre part la douce lumière des lanternes vénitiennes ne semblait pas convenir à son teint que je trouvai blafard.

Il était étonnant à plus d'un titre que le comte eût invité ce vieillard. Par soir de mistral, trois ans auparavant, allant porter le saint sacrement à un malade, l'abbé avait été offensé sur le côté de la tête, mais suffisamment pour perdre connaissance, par un réa de grenier que la bourrasque venait d'arracher à sa potence vermoulue. Depuis, il divulguait les secrets de la confession, certains soirs de grand vent. Oh, pas à tout le monde et pas tous !

Quand le mistral soufflait parfois à Forcalquier, j'allais le soir les bras chargés de dons heurter à la porte du presbytère où toujours j'étais bien reçu. C'était commode : par la ruelle du Fangas, je n'avais que trois cents mètres à faire et cette ruelle n'est bordée que de murs de jardins. Il n'y a pas de maisons. Et comme ces relations de bon voisinage s'étaient nouées avant l'affaire du réa, nul ne pouvait y trouver à redire.

Outre mes talents d'herboriste, j'excellais aussi dans celui des liqueurs. J'en faisais d'exquises aux goûts étranges, aux couleurs irréelles et douées de vertus qui parfois m'étonnaient moi-même. Je venais expérimenter leurs effets, de temps à autre, chez ce prêtre volontiers consentant.

Et il fallait que j'eusse le cœur bien accroché (mais je l'avais) car outre cet inconvénient que j'ai dit sur le secret de la confession, le visage mou de cet ecclésiastique était un *memento mori* où nous pouvions tous lire à livre ouvert notre propre déchéance future. Sa joue gauche était en effet affectée d'une apostume de la grosseur et de la forme d'une sorbe talée. Nous assistions, impuissants et peureux depuis des années, au développement de ce cancer qui ne fut d'abord qu'un grain de beauté.

C'était donc une étrange idée qu'avait eue le comte d'inviter ce *memento mori* en ce jour de liesse où précisément on allait manger avec délicatesse des choses pourries, exquises certes, mais pourries.

En fait, c'était bien là la preuve que le comte Pons nourrissait de furieuses ambitions politiques car ce prêtre avait sur l'humus catholique la meilleure influence. Son éloquence était d'autant plus remarquable que dans la pénombre de l'église, au sommet de la chaire, son cancer devenait invisible et l'on n'entendait plus que sa voix de basse, échappée d'un corps puissant.

Je me remémorais tout cela en me hâtant vers ma voiture pour y prendre le génépi que je destinais au comte. Je revins à la même allure vers le château car cette fois j'étais bien le dernier. Les valets distribuaient de l'avoine aux chevaux des équipages dont on avait desserré le mors et le vaste degré était vide de ses toilettes et de ses fracs. L'antichambre aussi était déserte. Mes pas y retentissaient sur le joyeux brouhaha qui montait du salon.

Je me hâtai vers le vestiaire aménagé entre deux colonnes et où l'Hilarion du comte et sa soubrette de fille vous débarrassaient de vos surplus. Je tendis à l'un mon chapeau et à l'autre ma limousine. La fillette avait quinze ans et elle était encore médiocrement pourvue d'appas, aussi la gratifiai-je d'un sourire paternel et peu prolongé. Elle était vêtue en colombine rougissante et il était certain que le comte, qui ne négligeait aucun détail, l'avait mise là ainsi vêtue pour donner à songer à quelques invités qu'il savait portés sur les fruits verts.

L'Hilarion du comte avait grande allure en habit à la française, surmonté d'une perruque à cadenette, mais on eût dit d'un bandit des grands chemins qui vient de se camoufler à la hâte sous une défroque de valet de comédie. Ses chaussures à boucle étaient encore poussiéreuses d'avoir trotté autour des équipages à porter les flambeaux avec ses deux garçons d'écurie. Il avait comme à l'accoutumée sa mine basse de conspirateur toujours prêt au coup de Jarnac.

Il me gratifia d'un sourire à la Sodoma qui exprimait la douleur de devoir me servir. Il ne me pardonnait pas de l'avoir guéri un jour que le recul du fusil lui avait démis l'épaule. J'avais tiré d'un coup sec et il avait dû hurler en dépit de sa morgue. Mais surtout il me tenait jusqu'alors pour un charlatan et ça lui avait fait mal de devoir en démordre.

Je lui tournai le dos et me dirigeai résolument vers le salon en contrebas de l'antichambre par trois ou quatre marches ménagées entre les colonnes. On avait pour la circonstance et à cause des chaussures de gala des convives que l'on savait facilement sujettes à glisser, agrémenté le damier noir et blanc du plancher par une carpette rouge sombre qui amollissait le pas. J'étais à trois ou quatre mètres encore de ce degré qui me séparait du reste de la compagnie. Je vis luire, blanc sur le rouge de la carpette, un morceau de papier qui déparait l'ordonnance des choses. Je me baissai machinalement pour en débarrasser le tapis et aller le jeter au prochain porte-parapluie ou peut-être dans l'un de ces cache-pots d'un vert insultant qui abondaient un peu partout, garnis de plantes d'appartement. Seulement, dès que je l'eus en main, je m'aperçus en le palpant que le grain de ce papier ne se chiffonne pas d'ordinaire à la légère. Son seul contact confirmait qu'on ne pouvait le jeter à la poubelle sans d'abord avoir réfléchi.

Mais est-ce qu'on réfléchit dans ces cas-là ? On agit machinalement. Je compris au toucher que je tenais un billet plié en quatre. Je l'ouvris et sous le grand lustre qui dispensait sa clarté, je le lus.

C'était une lettre en effet. Elle ne comportait pas de date, pas de suscription, aucun envoi, aucune indication de destinataire ni de formule de politesse. Bien entendu elle était aussi sans signature et disait simplement :

Ainsi que nous en avions décidé, j'ai veillé à ce que le tombereau soit expédié à votre convenance et par l'itinéraire prévu, sitôt que le télégraphe électrique Chappe m'eut indiqué que l'exécution était prévue dans la journée et que les bois de justice étaient déjà en route.

Je vous serais fort reconnaissant en retour — il me serait fort agréable — que vous tinssiez vos engagements.

Moi qui me précipitais jusque-là inquiet de mon retard, j'étais soudain rivé au sol par mes deux pieds solides comme si l'on m'avait appuyé le canon d'un fusil contre les côtes en m'interdisant de faire un pas de plus. J'étais emprunté de ma lettre éblouissante de blanc et si fort visible, comme un insecte qui vient de se prendre les pattes sur la glu d'un papier tue-mouches, réfléchissant à toute vitesse, jetant autour de moi des regards apeurés.

Il existait en effet plusieurs possibilités concernant ce billet : on l'avait laissé choir par inadvertance en extrayant un portefeuille pour donner un pourboire ou en tirant un mouchoir de sa poche ; quelque élégante écervelée, qui le cachait dans son manchon, l'avait extirpé hors de cet abri accroché par quelque bracelet ; un innocent l'avait jeté parce qu'il lui brûlait les doigts ou alors, on l'avait déposé bien en vue précisément à cet endroit, une minute avant mon passage, pour m'en embarrasser. Peut-être que là-bas, dans l'ombre d'une colonne, quelqu'un m'épiait pour savoir ce que j'allais décider. Il me semblait, parmi plusieurs suppositions, entendre la terrible voix du comte donnant ses instructions à son âme damnée :

— Tenez, Hilarion ! Jetez donc ce papier sous les pas de M. Brédannes et venez me rendre compte ensuite de ce qu'il en aura fait.

Je fis l'imbécile heureux. Tout souriant, je roulai, en dépit de son grain, la lettre en boule entre mes doigts et je me dirigeai vers le plus proche cache-pot où prospérait, enrubanné de rose, un énorme aspidistra en fleur. Là, d'un geste ostensible, je lançai le billet au pied de la plante verte. Après quoi mais cette fois nonchalamment et tournant vivement les mains afin d'aérer mes manchettes, je gagnai le degré qui commandait le salon.

Ce lieu était tout bruissant d'allégresse entre les six colonnes qui soutenaient les caissons du plafond et les miroirs qui en décuplaient encore les proportions. Des rires discrets ou éclatants fusaient parmi les froissements de la soie. Trois trombones et un cor de chasse donnaient l'aubade aux convives afin de charmer leur attente. Je ne vis pas une mine grave sauf celle de l'abbé dont le regard éteint toisait avec indifférence ce peuple léger.

Jamais on n'eût pu croire qu'au loin Paris la grand-ville était à feu et à sang, qu'on y fusillait à tour de bras, qu'on y mangeait du rat (quelle horreur), que le Prussien campait sur les terrasses de Saint-Germain et, ce qui était le plus grave, qu'il s'était répandu sur toute la bienheureuse Champagne.

Selon Grognard, le marchand de vins, les bouteilles de brut n'arrivaient plus. Les barbares (qui avaient fort bon goût) en chargeaient des trains entiers pour Berlin d'où d'astucieux négociants (car même à Berlin tout le monde n'avait pas les moyens de s'en payer) nous en restituaient le surplus par la Hollande, à prix triplé. Heureusement, disait Grognard, il en avait fait une bonne provision l'hiver passé *en cas de quelque chose* et nous n'en manquerions pas, quoique un peu plus cher, pour nos fêtes. Il avait eu raison si j'en jugeais par le joyeux tintement du cristal qui ponctuait en sourdine toute cette frivole agitation.

Je descendis subjugué les quatre marches d'apparat. Mon regard dominait encore cette assemblée de quinze convives policés qui se faisaient des ronds de jambe et des baisemains. Tous, comme l'avait recommandé le comte, en grand habit pour les femmes, en frac pour les hommes.

Cependant, parmi cette société choisie et fière de son quant-à-soi, s'étaient glissés un ou plusieurs individus qui avaient assassiné un bourreau, ses aides, deux gendarmes, fait évader un condamné à mort et brûlé une guillotine. Sinon comment expliquer ce billet trouvé sur le plancher, dans l'antichambre de Gaussan ?

C'était d'ailleurs parfaitement conséquent. Il ne m'échappait pas en effet que, dans le désordre qui sévissait parmi les corps constitués, il parût important à chacun de régler ses comptes au plus vite avant que les créateurs permanents du Pouvoir ne se fussent ressaisis. Déjà, les tronçons embryonnaires d'un gouvernement quelconque s'efforçaient tant bien que mal de se ressouder en barbotant parmi le désastre, préoccupés au plus haut point de persuader au plus vite le peuple que la menace d'être gouverné ne s'était pas volatilisée en même temps que le despotisme, par l'opération du Saint-Esprit. En dépit de la carence d'autorité, le mort, quoique détestable, avait saisi le vif.

D'où l'urgence, avant que ce geste solennel ne fût entériné par quelque assemblée, de se payer un de ces actes décisifs susceptibles de changer le cours des destins individuels.

Jamais tant de dossiers classés sans suite n'auraient chance de s'accumuler sur les rayons des archives judiciaires qu'en cette période où le pouvoir était en quête d'un sauveur. C'était une de ces solutions de continuité dont l'Histoire est si avare, et celui qui avait la chance de s'en apercevoir à temps pouvait légitimement espérer qu'il n'aurait pas de comptes à rendre car parmi tant de malheurs qui frappaient soudain la patrie, de quel poids pouvaient peser un bourreau assassiné et deux gendarmes de plus, victimes du devoir ?

Mais c'était aussi le temps où si l'on avait des ennemis à droite à gauche, il convenait de bien prendre garde à soi. Voici une chose dont je ne m'étais pas encore avisé. On ne sait jamais qui vous hait vraiment tant la haine rend sournois. Aussi étais-je un pied en l'air au sommet des quatre marches, en observant s'agiter la moire des belles robes et des éventails de bon goût et je me demandais avec angoisse lequel parmi ces convives était cet assassin de haut vol qui peut-être m'en voulait à mort ? Mon regard circulaire s'attardait sur chacun mais toujours l'espace d'un éclair car un éclat de regard entre moi et tel ou telle suffirait peut-être à me livrer le coupable, et que celui-ci s'en aperçût aussitôt ou qu'il crût simplement que j'en avais le cœur net, ce dont pour ma tranquillité, je ne me souciais guère. Aussi était-ce avec circonspection que mes yeux faisaient le tour de cette assemblée où chacun tenait en main une flûte élégante où pétillait le vin d'Ay.

C'est ainsi que j'aperçus avec déplaisir, il mesurait plus de six pieds, le notaire Gueydan et son épouse ridiculement fagotée comme toujours quelque mal qu'elle se donnât pour enjouer son corps sans grâce. Cette femme irréprochable me toisait avec mépris sitôt qu'elle m'apercevait. Il lui arrivait, quand je bonimentais sur la foire, de demeurer plantée là, armée d'un sourire railleur, durant de gros quarts d'heure, à me jauger en silence, tel l'œil d'Abel dans la tombe de Caïn. Elle avait le rare don de faire tomber de moitié mon emprise sur mes pratiques. Il ne manquait plus ici que le notaire Gueydan et son épouse. Il était donc écrit que ce serait un repas où il y aurait tout le monde.

D'ailleurs, je découvris aussi parmi le grand nombre l'Auguste Faux qui avait toujours l'air d'un marquis bien qu'il ne fût que comptable, mais le plus spirituel faiseur de bons mots de toute la ville. Il avait investi de ses galanteries à double sens la baronne Raiberti par laquelle il s'efforçait depuis longtemps de se laisser séduire, ce à quoi il renonçait toujours au moment de sauter le pas à cause d'une réputation, probablement légendaire, qui l'accompagnait fidèlement dans tous les salons qu'elle fréquentait. Les hommes de Forcalquier l'appelaient palourde parce qu'à la faveur d'un orgasme excessif elle avait mordu le sexe de son amant. Forcalquier en avait ri pendant un an. Toutefois bien que sa chute de reins en fît rêver plus d'un, il était extrêmement difficile à cette aristocrate de lever ici quelque bonne fortune désormais. Il lui fallait jeter ses filets à Manosque ou ailleurs, partout où le bruit de son aventure ne s'était pas répandu. Elle ramenait ses conquêtes dans son hôtel de Mane sans aucune crainte car elle nous connaissait assez pour savoir que l'heureux élu serait tenu dans l'ignorance, tant nous espérions que la chose se renouvellerait afin de rire un peu.

Mais quand je dis « nous » c'était pure inadvertance car cette évocation ne déridait pas mon visage rendu austère par la peur. Sous quel masque, peut-être sous celui de la passionnée baronne, se cachait cet assassin qui alignait si bien ses victimes et qui pouvait aussi bien m'en vouloir à moi ? Le billet qui s'était trouvé sous mes pieds, il me paraissait de plus en plus improbable qu'il eût été semé là par erreur.

Cependant le procureur d'Empire (on ne savait pas encore s'il fallait utiliser le mot République ou en tout cas on n'osait pas) Kérénez me faisait signe de loin m'ayant aperçu. Nous avions des relations qui n'avaient rien à voir avec la justice. Il avait certainement à me relater quelque défaite d'alcôve car il se perdait en conjectures avec son épouse de quinze ans sa cadette qui opposait à ses transports une soumission polie. (C'était la dame qui s'était évanouie à la vue de mon corbillard.) Je compris que le procureur voulait venir vers moi mais qu'il en était empêché par un personnage couleur jaune canari qui s'accrochait à la croix de la Légion d'honneur que le procureur arborait lorsqu'il était de sortie. C'était le directeur, nommé par le comte, des soufrières de Biabaud dont les quinze tâcherons, à la faveur de la panique générale, avaient levé pelle et pioche et retourné les brouettes, en réclamant trois sous de plus par quinzaine. À sa mine embarrassée, je comprenais que ce magistrat s'efforçait de dégager sa cravate de l'importun. J'entendis d'ailleurs sa voix si bien faite pour assener les sentences et qui dominait le joyeux brouhaha :

— Allons, Brec ! Un peu de tenue ! Vous me réclamez des sanctions contre vos ouvriers et je ne sais même pas moi-même si un de ces jours ce ne sont pas eux qui me destitueront ! Croyez-moi, actuellement, il vaut mieux laisser glisser les choses !

Il est vrai qu'au dernier plébiscite, il s'était beaucoup agité en faveur de Napoléon.

J'avais encore descendu deux marches sans distinguer le sous-préfet dont j'avais pourtant aperçu le cocher en mettant pied à terre. C'est qu'il était en civil. Depuis des semaines cet homme, sans beaucoup d'espoir, s'efforçait de louvoyer dans les ténèbres politiques profondes afin de ne pas quitter Forcalquier. Il n'osait plus sortir en uniforme, ne sachant si l'ordre nouveau qui éclosait péniblement ne lui tiendrait pas rigueur pour quelque ornement du col ou du bicorne que l'empereur — qui aimait à dessiner les costumes de ses serviteurs — avait imposé ces temps derniers.

Depuis la déculottée de Metz et le surcroît de celle de Sedan, ce fonctionnaire ne s'asseyait plus que sur une seule fesse. Même son fauteuil vert, conservé constellé d'abeilles à travers les régimes, par économie administrative, il ne pouvait plus s'y carrer sans qu'il lui en cuisît. Un sous-préfet sans gouvernement précis est comme un navire privé de sextant. L'océan du pouvoir est soudain une énigme. Il lui faut naviguer à vue. La pagaille était si noire à Versailles que ce fonctionnaire se trouvait couvert seulement par l'irresponsabilité générale où le pays venait de sombrer.

Cet homme était donc la proie de vives préoccupations et j'aurais dû en être fort aise car depuis quelque temps, la sous-préfète et moi, nous tâtions de loin avec prudence sans savoir comment nous y prendre pour nous rencontrer enfin.

C'est qu'une sous-préfète, ça n'évolue pas dans une ville de trois mille habitants comme une simple particulière. Cent espions peuvent la percer à jour. Un seul faux pas de ma part ou de la sienne et elle me deviendrait inaccessible. Je comptais beaucoup sur la dislocation des pouvoirs pour qu'une occasion se présentât enfin.

J'étais arrivé sur la dernière marche, à peine au-dessus des parfums et des odeurs de cette assemblée où le fumet du cigare se mêlait à plaisir aux fragrances du vétiver. J'évoluais sournoisement vers la chevelure blonde de ma convoitise que je distinguais au loin, parmi la houle des visages. Le passage s'ouvrit devant moi. Je la voyais en pied, délicieuse dans une robe à motifs d'hortensias bleus où l'audace calculée du décolleté interdisait pourtant qu'on y portât les yeux. Autant que la prudence l'y autorisait (elle parlait avec la notairesse) je voyais son regard filtrer de biais vers moi, à travers le jeu négligent de l'éventail. J'aurais dû être au comble du désir qui est celui du bonheur pour qui n'est pas né pour aimer. Je ne l'étais pas. Au travers de sa capiteuse personne, je voyais, en abyme, brûler la guillotine.

J'avais la sensation aiguë de respirer en même temps et dans le même lieu que celui ou celle qui cette nuit-là avait eu tous les courages ou toutes les inconsciences, et que Dieu avait aidé au plus haut point. Dans cette nuit toute de silence que j'avais traversée moi-même avec tant de candeur, des passions déchaînées avaient sévi qui auraient dû à tout le moins se traduire par des imprécations et des jurements. Elles n'avaient pourtant fait aucun bruit et il n'était pas jusqu'au sinistre brasier de Saint-Donat qui n'eût flambé sans pétiller. Il était étonnant que même dans ce salon, ces passions fissent si peu d'éclat. Elles auraient dû pourtant brasiller de tous leurs feux.

Je me promenais parmi tous ces gens comme au milieu de fauves en puissance en les fixant droit dans les yeux mais brièvement pour éviter d'être pris au dépourvu par quelque parole ou par quelque signe et ne leur accordant qu'un chiche sourire ou quelque molle poignée de main, lorsque la proximité était trop grande pour m'en dispenser. Et tandis que j'évoluais lentement parmi eux, mon flacon d'élixir à la main, à la recherche du comte à qui je le destinais, je ne cessais de ressasser dans ma tête ces trois propositions que j'examinais sous toutes leurs faces depuis la nuit tragique : il fallait savoir ; il fallait que le mobile fût capital ; il fallait en tenir le moyen.

Plongé dans mes réflexions je m'étais enfin glissé parmi les convives. Les tournures encombrantes, les ronds de jambe avant le baisemain, les grands gestes du cigare à la recherche d'un cendrier sur pied, tout cela tenait beaucoup de place dans le salon et m'empêchait de rejoindre mon hôte que je voyais là-bas, devant un miroir, appuyé contre une crédence et tenant conversation au notaire Gueydan.

Il était flanqué par une *habitude* dénichée à Aix en désespoir de cause par la fille de Gaussan et par sa femme de chambre délurée. Grande, osseuse, et les fesses carrées, il paraissait, au dire de tout Forcalquier, que cette habitude menait le comte tambour battant en l'alcôve, à coups de martinet.

Je vis en un éclair le procureur qui m'avait fait signe de loin à l'instant et qui maintenant fonçait vers moi sans doute pour obtenir quelque apaisement ou quelque espérance. En matière de virilité, il avait pris l'habitude de me considérer comme un oracle mais il fut retenu par le pan de son habit. C'était le comte qui saisissait l'occasion de se défaire du notaire Gueydan, lequel venait pourtant de prononcer, pour faire sa cour, cette phrase que le comte répétait souvent :

— Il nous faut un homme à poigne !

Il faisait de son poing fermé le geste de serrer un écrou.

Je sentis sur mon frac quelques coups légers comme si quelqu'un frappait contre mon épaule pour s'inviter chez moi. Je me retournai. C'était la fille du comte qui tenait fermé l'éventail qui m'avait effleuré.

— Monsieur Brédannes, me dit-elle, j'ai entendu tout à l'heure mon père prétendre que vous deviez votre invitation à son ami Fouques, lequel a fait défaut pour cause d'apoplexie. N'en croyez rien s'il vous plaît. C'est moi qui vous ai invité.

Je m'inclinai fort bas devant elle pour ces paroles qui m'ôtaient encore quelques illusions.

— Ne vous excusez pas, dit-elle, et s'il ne vous fallait qu'un seul titre pour accéder jusqu'à moi, je vous donnerais le mien !

Elle parlait avec nonchalance, en souriant, à deux empans de mon visage, sur le ton de la conversation ordinaire. Le brouhaha des interpellations entrecroisées et le souffle de meute des trombones qui attaquaient une polka faisaient que pour tous ses paroles s'éparpillaient sous les lustres sauf pour moi qui les entendais.

Ses yeux railleurs — mais se moquait-elle de moi ou d'elle ? — ne me laissaient pas le loisir de lui dérober mon regard. Tandis que je m'inclinais devant elle pour lui baiser la main, elle avait plongé dans une sorte de révérence pour rapprocher de ma vue son décolleté sans artifice. Il était profond, bien dessiné, et la pénombre propice de l'échancrure ne me laissait rien ignorer de sa tenue ni de son galbe.

Je vis aussi, mais sans y attacher l'importance qu'elle méritait, une sorte de chaîne d'or très ténue, prolongée par une petite croix dont les branches s'achevaient en forme de larmes. Tout entier à la vision de cette gorge parfaite, le signe que me faisait le destin par ce bijou ne me fut pas perceptible.

Cette attaque de front, menée par tous les moyens avec une intrépidité qui m'épouvantait, profitait de l'agréable ambiance de ce soir de fête pour passer inaperçue. Nous étions quinze et nous étions seuls, tant chacun, plié dans le tissu du grand drame qui traversait l'Histoire, en avait à penser sur soi-même et sur l'avenir.

Elle était devant moi avec tout ce que je savais d'elle, avec tout ce qu'elle savait de moi. Elle m'apparaissait sournoisement embrasée comme ces saules, après l'écobuage, qui brûlent encore dans la nuit, à l'intérieur du tronc, avec juste une gerbe inépuisable d'étincelles qui s'échappe à mi-hauteur par un nid de pic-vert. Sous le regard direct de ses yeux écartés où se lisait tout l'étonnement du monde que je ne fusse pas encore à me rouler à ses pieds, je me tortillais comme un ver. Tout m'appelait chez elle, même cette ombre légère de moustache, fréquente chez les brunes et fruit de l'érotisme concentré qui la consumait vivante, sous son nez impertinent et qui la rendait prometteuse à souhait. Pour ma part si elle n'avait voulu qu'assouvir — qu'assumer — ces dispositions érotiques, je me serais volontiers porté en avant.

Mais non ! Elle m'aimait ! D'amour tendre ! La bouchère de mes rêves ne me l'avait pas laissé ignorer en me pinçant jusqu'au sang.

— Elle vous aime ! De tendresse ! D'admiration ! De tout ce que vous voudrez ! Elle a dit à sa femme de chambre, qui me l'a rapporté sous le sceau du secret, qu'elle était même prête à avoir un enfant de vous !

Là, ma bouchère avait éclaté en sanglots car cette pauvre femme était bréhaigne et vivait amèrement cet état. Mais moi, après cet aveu, j'étais bien incommodé aussi car voici la chose du monde qui m'est le plus étrangère. J'ai en horreur d'être aimé de quelque amour que ce soit. Je me dispute avec ma sœur depuis ma plus tendre enfance parce qu'elle m'aime trop. L'amour m'est aussi incompréhensible — je veux dire à mon égard — que le sexe des anges ou la confession de la foi. Je puis concevoir qu'on s'aime. C'est un sentiment auquel, sans l'envier aucunement, j'acquiesce volontiers chez autrui. Il me paraît aussi nécessaire à la bonne marche de la création que le balancier de la lune ou la sage consumation du brasier à l'intérieur de la terre. Les tourtereaux sous la charmille ; les personnes raisonnables assises dans la vie sur le conjungo et quantité d'enfants ; les vieillards qui constatent incrédules que le temps a passé, qui se scrutent dans leurs yeux qui ont changé de couleur, en supputant les heures qu'il leur reste à vivre ensemble ; tout cela est bel et bon, mais précisément, pour l'éviter, j'ai horreur que l'amour s'exerce à mon endroit.

Et d'ailleurs pas plus que je ne veux être aimé je ne veux aimer. Le grand spectacle de l'humanité souffrante sous le ciel incompréhensible, je tiens qu'il doit être mon unique souci avec, bien entendu, la contemplation de la nonchalante nature autour de Forcalquier. Je n'ai jamais cessé de remercier le ciel pour m'avoir fait naître en un si beau lieu ni en si belle disposition d'esprit. La vie d'autrui, ouverte devant moi comme un livre et qui se déroule ici parmi tant de beautés, ai-je besoin d'autre chose que de m'y plonger passionnément ?

Il va sans dire que pour vivre tranquillement cette particularité de mon caractère à refuser la passion, je devais la dissimuler avec soin, ne jamais en faire état.

La profonde méditation et l'air préoccupé étaient mon unique rempart contre les tendres sentiments qu'on voulait m'exprimer, le tout accommodé d'un silence total en guise de réponse. Mais quelque chose m'avertissait ici que ce ne serait pas suffisant pour détourner l'attention de cette sombre cavale brune, le regard funèbre et qui traquait le mien avec une insistance de fauve. Il y faudrait un bien autre choc.

Elle devait s'apercevoir que je la désirais et s'apprêtait sans doute à exécuter devant moi quelqu'un de ces tours érotiques qui vous livrent au destin toute méfiance balayée. Je ne vis que la vulgarité pour me dépêtrer du piège tant bien que mal. La vulgarité est un puissant remède contre l'amour et celui qui en fait montre peut être assuré d'en tirer profit tôt ou tard s'il ne veut pas être aimé. Je lui dis :

— Hé ! Je n'ai pas les moyens de m'offrir une femme aussi dispendieuse que vous !

Mais elle m'opposa seulement un sourire dissimulé et me fit cette réponse qui me cloua le bec :

— Moi dispendieuse ? Je monte à cru mon cheval et sans culotte s'il vous plaît !

Elle me toucha de nouveau avec le bout de son éventail.

– Et il vous plaira ! dit-elle.

Elle fit une pirouette pour s'en aller puis se ravisa.

— Je vous ai placé à ma droite, dit-elle. Nous parlerons !

Le procureur Kérénez s'interposa entre elle et moi, me la masqua, m'écrasa tout de suite sous son inquiète familiarité. Il voulait me conter par le menu son dernier échec conjugal comme certains vous décrivent leurs triomphes supposés. Mais il n'était plus temps.

Précédée d'un appel de trombone rappelant le faste des cours, l'ouverture des portes de la salle à manger se faisait à deux battants pour nous permettre d'y entrer par couples. J'étais impair dans le nombre. J'eus donc l'honneur de passer seul. Il y avait quantité de valets pour notre commodité. C'étaient des tâcherons de la mine de soufre que le comte habillait à la française pour ses raouts, en dissimulant sous les gants blancs leurs mains brûlées par l'acide.

La table était un diamant qui scintillait sous les lustres. Tout était fait, semblait-il, pour notre seul plaisir, alors qu'en réalité le comte jouait avec nos fracs, nos robes de soirée et les habits à la française de ses valets comme un général déliquescent joue avec des soldats de plomb.

Tout ce beau monde sentait les grands chemins à plein nez. Entendez qu'ils ne parvenaient pas, quelque soin qu'ils en prissent, à grand renfort de patchouli et d'ilang-ilang, à chasser de leur personne, sous les habits de fête, cette profuse exhalaison des longues collines qui nous encerclaient, laquelle collait à leur peau et qu'ils avaient gagnée en chevauchant à corps perdu sur des sentiers bordés de buis centenaires, de lentisques géants, d'ajoncs épineux, enfin de tout ce qui fait l'austérité de nos déserts et leur poignante nostalgie.

Ce sont odeurs et fragrances qui ne s'effacent jamais et chaque Bas-Alpin assez huppé pour nourrir un cheval respirait cet arôme de sous-bois violés. Même le parfum de la sarriette était monté depuis son humble hauteur jusqu'à la ceinture des convives, jusqu'à leur jabot, jusqu'aux seins des dames, jusqu'à leur visage vermeil.

Lequel, lesquels d'entre nous, sauf moi, chevauchaient il y a cinq nuits, du côté de Giropée ou de Saint-Donat où les buis sentent si fort qu'on croit toujours qu'une escouade de chats est venue ici se préparer à l'amour ?

Je pris le temps de faire faire à mon regard le tour de la table. Il ne s'entendait plus ce joyeux brouhaha accompagné de tintements de flûte à champagne qui avait agrémenté au salon les premiers contacts.

J'étais placé entre l'Auguste Faux flanqué à sa gauche par la baronne Raiberti et une chaise encore vide devant laquelle, parmi les cristaux, une carte blanche annonçait : « Aigremoine Pons. »

Aigremoine... La sombre beauté qui tout à l'heure m'attaquait sans merci répondait à cet étrange prénom qui grinçait comme un couteau dans une pomme verte dont le seul énoncé vous contractait l'intérieur des joues avec l'âpreté de la prunelle verte. Aigremoine... Ce prénom était tout le contraire des formes épanouies de celle qui en était affublée et qu'elle contraignait tant bien que mal sous les artifices de ses dessous, mais, en revanche, il rendait compte avec une étonnante exactitude de ce qu'elle voulait bien montrer de son âme.

Tandis que nous prenions place, Faux me dit en confidence :

— Le comte a fait deux tirées cette année : l'une pour les gens de sa caste, l'autre pour nous. À cause des élections en vue, me précisa-t-il.

Il savait que j'avais la faiblesse de me complaire en noble compagnie et tenait à me désenchanter tout de suite. Je lui répondis sur le même ton :

— Tant mieux ! Ainsi nous nous ennuierons moins !

La compagnie s'asseyait bruyamment dans la joyeuse attente de ce repas tant convoité. À Forcalquier nous dînons à sept heures et il en était déjà neuf.

On avait mis dans un fauteuil le sous-préfet, lequel en civil ressemblait à n'importe qui. On l'avait assigné en bout de table, pour l'honorer sans doute car c'était le seul couple qui eût été séparé. La sous-préfète me faisait vis-à-vis bien dans l'axe de mon regard et déjà elle abusait de cette position pour me fixer droit dans les yeux et sans danger car entre nous il y avait ce volumineux baron de fleurs dont la forme épousait celle de la table ovale pour l'agrément de notre vue. Je ne pouvais pas lui dire qu'elle eût à prendre garde, que ce n'était pas sans intention qu'Aigremoine m'avait placé à sa gauche.

Il faut préciser que la sous-préfète et moi ne nous étions jamais adressé la parole que pour des commandes de simples qu'elle me passait sur la foire, en vue de renouveler ses provisions pour ses *five o'clock* du mardi où ces dames consommaient force infusions. Mais les blondes aux yeux bleus de son espèce sont fort rares à Forcalquier et entre deux pesées minutieuses sur ma balance pour bureau de tabac, je le lui avais galamment souligné.

C'est que je la savais vulnérable à plus d'un titre. Elle s'ennuyait à Forcalquier, nous trouvant tous médiocres et grossiers. Et d'autre part l'imposante Marseillaise qui lui servait de cuisinière et que je soignais pour des varices, à grand renfort de salsepareille et d'herbe-à-pauvre-homme, m'avait fait savoir que le ménage n'était pas des mieux assortis.

— Et pourquoi ? lui dis-je. Il est bel homme le sous-préfet.

— Bel homme ! Comme si ça se mangeait ! Elle s'appelle Évangeline et il s'obstine à l'appeler Angèle.

Cette femme de bien avait alors bouffonné en imitant son patron :

— Enfin ma chère ! Quelle aberration occulta l'esprit de votre mère le jour où elle vous affubla de ce prénom à cinq syllabes ? Vous me voyez traversant quelque salon du grand monde en vous hélant à tue-tête ?

La cuisinière pouvait alors contrefaire la voix musicale de sa maîtresse :

— Hélas ! Vous n'en traverserez jamais que de fort médiocres où vos appels passeront inaperçus !

Je savais donc qu'il me suffirait de prononcer avec passion les cinq syllabes de ce prénom pour me faire bien venir de cette Évangeline. Je comptais aussi sur le malheur des temps pour m'en fournir l'occasion et en attendant, moi qui n'aime rien tant que me tenir longtemps en haleine, j'en avais pour toute une soirée à cultiver d'agréables pensées les yeux dans les yeux avec cette Évangeline.

Je constatai d'ailleurs avec plaisir, car j'aime voir les gens heureux, qu'on avait installé la petite Mme de Kérénez qui me parut fort rose et bien remise de sa défaillance, à la gauche du sous-préfet et comme elle s'appelait simplement et plus courtement Roseline, j'imaginai que la conversation pourrait foisonner entre eux.

Le procureur Kérénez semblait tirer vers ce couple qui paraissait bien assorti comme un chien tire sur sa laisse car son épouse après cinq ans de vie commune lui paraissait toujours une énigme mais le comte machiavélique l'avait flanqué de sa propre maîtresse, laquelle, en dépit de ses fesses carrées, offrait la gorge la plus profonde sur quoi pût méditer un magistrat austère.

Je supposai que cette femme très fine en dépit de ses gros traits devait avoir reçu quelques consignes du comte pour tenir les pieds chauds au magistrat. Ce procureur en effet au milieu de quelques excès de zèle avait fait cependant assez intelligemment semblant de tenir égal le fléau de la balance sous l'Empire. Il avait notamment requis faiblement, voici un an, contre quelques trublions dont l'Empire aurait voulu faire un exemple, et cela le plaçait bien aux yeux de l'étrange République qui s'annonçait.

Sachant ce que je savais, mon regard faisait lentement un tour de table, supputant, pesant à travers les paroles, les mimiques, la crispation des traits ou leur sérénité, la mobilité ou l'immobilité des mains, quel était celui des convives qui avait tenu le moyen ? Quelqu'un de ceux-ci en effet avait bien perdu dès le vestibule ce billet malencontreux que j'avais abandonné au pied de l'aspidistra.

Je vous serais fort reconnaissant en retour — il me serait fort agréable — que vous tinssiez vos engagements.

En dépit de la tragédie qui sous-tendait ces mots, je frétillais de curiosité à l'idée de ce que pouvaient être ces promesses au pluriel et à qui les avait-on faites ? Sous ces visages bonasses, enjoués, hilares, tout entiers aux aguets de la grande chère qu'on allait servir, où se cachait cet assassin sans merci ? Un tigre, un lion, un naja, un orage, un volcan annoncent la couleur. On sait qu'ils distribuent la mort le cas échéant. Mais un homme, mais une femme ?

Quelqu'un autour de la table avait dû ne pouvoir se tenir d'interroger le sous-préfet sur l'événement qui défrayait les conversations car celui-ci le doigt levé était en train de clamer :

— Imaginez l'étendue du désastre ! Ici même, à Forcalquier, parmi nos paisibles populations ! Ils ont osé : il s'est trouvé des hommes assez perdus de crime pour assassiner l'exécuteur des hautes œuvres ! Lequel, soit dit en passant, était un bon père de famille comme vous et moi !

L'Auguste Faux penché vers sa voisine lui glissa à voix basse :

— C'est que les hautes œuvres en avaient assez d'être exécutées !

La baronne Raiberti pouffa discrètement à l'abri de sa serviette. Je constatai à cette occasion qu'elle avait de bien trop grasses épaules pour montrer de l'esprit. Elle riait de chic.

— C'est bien ce que je disais : il nous faut des hommes à poigne ! s'écria le notaire Gueydan.

Il acquiesçait ainsi au secret désir du comte qui rêvait d'être l'un de ces hommes. Le notaire avait fait de ses deux mains le geste d'étrangler quelqu'un. Était-ce la gueuse ? Était-ce l'Empire ? Le secret dans sa tête était bien gardé.

Aigremoine avait fait si peu de bruit et si peu de remous en s'asseyant que seul le contact de son éventail sur mon poignet me tira de ma contemplation. J'eus le temps de voir les yeux bleus de la sous-préfète exprimer la surprise puis la haine en un éclair mais immédiate, mais solide. Je compris que son regard venait de croiser comme un fer celui d'Aigremoine. Celle-ci avait fait disposer les sièges de telle sorte par ses valets que seules nos deux chaises se touchaient presque. Il était impossible qu'à tout propos son bras ne frôlât pas le mien.

Elle ne me parla jamais durant tout le repas que sur le ton de la complicité de longue date établie et presque sans quitter des yeux la blondeur érubescente de la sous-préfète qui n'abaissait pas son regard.

À voix basse, après son coup d'éventail, Aigremoine me disait :

— Mon père est furieux ! Il ne vous aime pas !

— Je lui ai pourtant rendu service durant son accident de chasse.

— N'importe ! Ne comptez chez lui sur aucune reconnaissance du ventre !

Je m'essuyai les lèvres d'un médoc de bonne venue lequel en outre accompagnait un vol-au-vent financière qui n'aurait dû souffrir nulle conversation. C'était une faute de goût que de s'en distraire, Aigremoine n'aurait pas dû la commettre, mais elle avait apparemment décidé de me donner l'assaut.

— Et vous, lui dis-je, l'aimez-vous ?

— Quoi ? Le vol-au-vent ou bien mon père ?

Elle éclata de rire, ce qui eut pour effet de rendre très présent son bras contre le mien. Je sentais son odeur, ce n'était pas un parfum. Je m'étais vite rendu compte qu'elle prenait soin de n'être pas parfumée, et d'offrir brut son bouquet de femme. C'était comme chez tous ici, moi compris, l'air de colline de chez nous, du buis, du chêne vert, de la truffe sous-jacente, tous végétaux qui n'offrent pas de fleurs apparentes. Aigremoine avait derrière elle, par ses ancêtres, mille ans de cet arôme des grands chemins qui était le pal écartelé sur le blason de Forcalquier. Si l'on aimait ce pays, il eût été difficile à quiconque de ne pas aimer Aigremoine.

Les valets défilaient de l'autre côté de la table sur une sorte de podium pour présenter la suite du repas sur les plats inclinés.

— Chevreuil sauce grand veneur à la Montmorency ! annonçait pompeusement le maître d'hôtel.

Des murmures flatteurs sourdaient çà et là et même quelques exclamations de plaisir chez certains dont j'étais qui n'en avaient jamais mangé. Le notaire Gueydan et madame corsetée à mort en prenaient visiblement plein leur orgueil pour l'avenir. D'autant que le comte en avait flanqué sa personne à droite et à gauche. Sa voix forte s'élevait *urbi et orbi* à la suite sans doute d'une réflexion du notaire.

— Ah ! vous me faites rire ! s'exclamait-il hargneusement. Badinguet avait beau être un tyran et un usurpateur, tant bien que mal il gouvernait !

Le notaire esquissait un rire à dents fermées qui faisait mal tant il craignait par quelques mots, pourtant fort anodins, d'avoir indisposé le comte, lequel ne faisait que poursuivre une poliorcétique électorale savamment pourpensée.

— Enfin ! poursuivait-il. Je vous le demande : fallait-il être balourd pour se faire prendre dans une nasse avec cent mille hommes !

Il en levait les bras au ciel. Ce Prince était captif et n'y eût-il eu qu'une chance sur un million pour qu'il revînt chasser la République qu'il ne fallait pas la courir. Le procureur de Kérénez sentit le danger et dit :

— Il a fait montre d'un héroïsme surhumain et j'aurais bien voulu vous voir commander une armée avec une pierre dans la vessie !

— C'est de la biche ! glissa Auguste Faux dans l'oreille de la baronne Raiberti si près qu'il la fit frissonner.

— Mais quoi donc ? s'exclama-t-elle.

— Le chevreuil à la Montmorency ! C'est de la biche !

Il affirmait sa conviction à très haute voix. Il acheva sur le ton de la confidence mais de manière audible pour tout le monde :

— Je crois d'ailleurs que je l'entends pleurer.

Je vis que le comte lui glissait un regard meurtrier. Pour ainsi oser le braver avec cette impudence, il fallait que ce comptable eût barre sur lui par quelque tour pendable. J'entendis tomber dans les assiettes avec un bruit découragé les couverts de ceux qu'on avait déjà servis. Rappeler ainsi, alors qu'on va s'en régaler, qu'une biche pleure au fond des bois avant de mourir, était du dernier mauvais goût.

— Nous sommes tous mortels ! s'écria d'une voix forte l'abbé que je n'avais pas encore repéré.

On l'avait placé avec un art infini dans la pénombre de deux chamérops qui faisaient berceau au-dessus de sa tête, l'ombrageant de la lumière des lustres, de sorte que son visage et sa vilaine apostume n'apparaissaient plus que comme en abyme.

— Et savons-nous nous-mêmes, grommela-t-il, à quelle sauce nous serons mangés ?

Il me parut qu'il allait poursuivre. Il m'apparut que son regard s'efforçait de dévisager quelqu'un en particulier. Il enfonçait les mains dans les poches de sa soutane, cherchant, fébrilement me sembla-t-il, à en extraire quelque chose qui ne s'y trouvait pas.

— Son vulnéraire ! me dis-je.

Je le lui avais fabriqué pour quelque accès d'asthme qui le prenait parfois, au printemps. Mais nous étions en hiver. La consternation envahissait son visage en ne le trouvant pas. Il se calmait, il haletait. Son regard s'abaissait, ne dévisageait plus personne.

— Du reste Dieu..., dit-il.

Il n'acheva pas sa phrase. On l'acclamait. Tout le monde avait pris sa sortie pour une autorisation formelle à goûter en fin gourmet de la biche pleureuse. Les vins, le champagne en apéritif, tout cela avait déjà pas mal allégé les consciences.

— C'est moi, me dit Aigremoine, qui ai eu l'idée de l'enfoncer un peu dans l'ombre. Il me paraissait indécent d'étaler son cancer au grand jour. Pour nous... Et pour lui.

Je considérai l'abbé avec insistance. Il me parut qu'en dépit de sa sortie il avait du mal à lutter contre une certaine torpeur. Il se tassait dans le fauteuil dont par sollicitude on avait remplacé sa chaise. Il me sembla qu'il éprouvait quelque difficulté à porter son verre à ses lèvres. Je vis d'ailleurs que le Dr Pardigon suivait lui aussi avec attention les gestes de l'abbé.

Ce médecin était coincé entre la maîtresse du comte et la sous-préfète. Presque en face de moi, lui aussi, bien droit, bien raide, les coudes au corps, il s'efforçait de n'effleurer ni l'une ni l'autre de ses voisines non pas comme si elles eussent été divinement tentatrices mais comme si elles étaient contagieuses.

Je n'avais jamais vu sous une telle clarté le Dr Pardigon. Il me scrutait lui aussi, de temps à autre à la dérobée. Ce qui devait troubler au plus haut point ce jeune praticien, c'était notre étonnante ressemblance. Il ne paraissait pas, non plus que moi, qu'il recherchât la tendresse, voire la simple amitié. La façon dont il grignotait du bout des dents et sans grande conviction les viandes qu'il chipotait dans son assiette n'augurait pas d'une grande confiance en l'innocuité des mets qui lui étaient proposés.

Nous devions ensemble avoir découvert que pour se conserver lucide, en état d'alerte permanente et en parfaite harmonie avec son corps dont on ne devait jamais sentir la présence, il suffisait de se maintenir en état de soif et de faim raisonnable, de ne jamais être repu. Nous partagions en conséquence la même haute maigreur un peu voûtée qui annonçait qu'en notre vieillesse si nous y atteignions, nous serions affligés de la même tête penchée sur des vertèbres cervicales en bec de corbin. En outre, à contempler son air désenchanté sur tant de merveilles offertes il devait, quoique d'un autre point de vue, partager à peu près les mêmes réserves que moi sur les progrès de l'humanité et sur la marche du monde. Il y avait en toutes ces similitudes de quoi attiser la fureur de quelqu'un qui déjà ne vous aime pas.

L'Auguste Faux ne parlait plus. Il ne frôlait plus la baronne. Il s'occupait avec beaucoup de gourmandise de sa tranche de biche pleureuse.

Cela me mit en joie. Il faut dire que, depuis quelques instants, je considérais mes semblables avec une indulgence coupable et la vie avec un optimisme déraisonnable. Il fallait en effet avoir bu pas mal de bon vin pour prononcer légèrement cette phrase que ma prudence naturelle aurait dû m'interdire. Je dis à Aigremoine :

— Et pourquoi diable votre père ne m'aime-t-il pas ?

Je frissonne encore aujourd'hui en pensant à la façon dont sa tête tourna sur ses épaules et me força à la dévisager.

— Parce que moi je vous aime, dit-elle posément.

Dieu merci, à cet instant précis, il se faisait autour de la table un grand brouhaha de soie froissée qui venait de la porte ouverte à deux battants. Tous les valets disponibles plus quelques soubrettes de comédie que le comte avait embauchées en extra, le tout dirigé avec poigne par l'affreux Hilarion, s'agitaient autour de nous en un ballet bien réglé.

Des arceaux d'osier gracieux comme des crinolines voltigeaient de main en main au-dessus des convives. De grands linceuls de lin planaient un instant dans l'air et s'abattaient sur les arceaux. On nous priait avec politesse de nous tenir un peu penchés sur nos couverts. On nous isolait les uns des autres. Je me souviens même qu'on eut quelque mal à insérer nos arceaux entre ma voisine et moi tant nous étions serrés et que Hilarion lui-même dut venir s'en occuper, avec quelque brusquerie, me sembla-t-il.

La sous-préfète, Aigremoine, l'Auguste Faux, le reste des convives, disparurent à mes yeux. Dans la laitance d'une lumière glauque je me trouvai seulement face à face avec un couvert amputé de son assiette et les trois quarts d'un verre de Sauternes dans du cristal à plomb.

— C'est ainsi sans doute qu'après le Jugement dernier, nos spectres se tiendront attablés pour l'éternité, méditant sur le vain fumet de ces oiseaux innocents car nous gagnons, ce jour, le paroxysme de notre enfer !

Ce fut ce que me glissa l'Auguste Faux tandis que le voile de mousseline l'ensevelissait à côté de moi.

C'était l'heure ortolane du comte. Chaque année, il piégeait lui-même sans remords parmi les ornes de ses vignes, deux grosses d'ortolans en ses tirées. On le rencontrait par les matins blêmes bardé de filets tel un rétiaire dans l'arène, formant un sinistre couple avec cet Hilarion Richebois, son âme damnée, son valet à tout faire, sa conscience à charge.

Il mettait tout cela à faisander avec soin sur un lit d'épeautre desséchée au soleil et saupoudrée de sarriette, de consoude, d'herbe-à-pauvre-homme et de quelque autre chose encore qui était son secret.

« L'ortolan, avait dit La Reynie autrefois, l'ortolan est le seul mets qu'il convient de déguster par le nez. »

De là ce grand appareil des crinolines d'osier et de mousseline qui nous isolaient sous leur linceul. Il convenait en effet de laisser seuls en tête à tête l'officiant et ses victimes. Il fallait, dans la meilleure acception du terme, achever de consommer ce crime dans l'intimité. Les valets vous passaient par le côté, sous le tissu soulevé, votre assiette chaude copieusement garnie. On était face à face avec les ortolans sur leurs canapés et dans le silence. Il vous était alors loisible de méditer sur eux tout votre saoul car le comte, dans le souci d'être aussi barbare que ses ancêtres, avait couché les oiseaux comme lorsqu'ils meurent naturellement, le bec en l'air, les pattes sagement repliées dans l'attente, eux aussi, de la résurrection.

— Humez à pleins poumons ! recommandait le comte d'une voix forte.

Et je dus reconnaître en lui obéissant que tout Forcalquier et son terroir montaient alors dans mes narines en un arôme sublime, et qu'en dépit de ma pitié pour ces oiseaux sacrifiés je ne devais jamais oublier.

Les doigts d'Aigremoine sans hésiter avaient réussi à se glisser sous la mousseline pour se poser sur mon poignet. Je fis la main morte de celui qui ne s'aperçoit de rien autant qu'il fut en mon pouvoir. Je n'avais plus faim. Trois copieux services préalables : vol-au-vent financière, truffe sous la cendre et venaison de chevreuil à la Montmorency avaient eu raison de mon appétit. C'était le but recherché. L'ortolan ne doit être servi que lorsque le convive est repu afin que sa consommation soit une offrande, non une nourriture.

Je sortis de cette étuvée aromatique, le visage ruisselant de fragrances diverses. Nous avions tous un tant soit peu transpiré et les valets circulaient autour de nous avec des serviettes chaudes dont ils nous épongeaient le visage. Chacun émergeait comme il pouvait de cette épreuve gastronomique, avide de se retrouver le torse bien droit et de contempler ses voisins et voisines après ce bain de solitude. Aigremoine avait retiré sa main de la mienne.

— Vous n'avez rien mangé ! dit-elle. C'est un péché !

Je lui rétorquai :

— Vous en êtes un autre ! Et il faut plus de constance pour résister à votre tentation qu'à celle de tout un vol d'ortolans !

— Et pourquoi diable résisteriez-vous ?

Tout occupés par notre marivaudage, c'était à peine si nous avions pris conscience du brouhaha soudain qui s'enflait au haut bout de la table. Tout le monde se dressait à la hâte en bousculant sa chaise. Tout le monde faisait cercle autour d'un point précis sous les chamérops en berceau qui tamisaient la lumière des lustres.

L'abbé ne s'était pas relevé. L'abbé gisait, le buste tout du long étendu sur les canapés d'ortolan qu'il écrasait sous sa belle soutane neuve. Le Dr Pardigon se rendait utile, faisait écarter tout le monde, demandait deux volontaires pour faire transporter l'abbé sur quelque divan. J'arrivai le premier, suivi du notaire Gueydan. À nous deux nous étendîmes l'ecclésiastique sur l'ottomane du salon que voisinait un piano. Je me rendis compte tout de suite que tout soin était inutile et que l'abbé avait cessé de vivre. D'ailleurs, il était déjà anormalement glacé. Le hochement de tête qui m'échappa renseigna tout le monde et je vis passer sur les visages, parmi la consternation des yeux, l'ombre d'un soulagement.

Ainsi donc, l'abbé ne mourrait pas de son apostume. Nous ne verrions pas son cancer crevé obscurcir peu à peu les zones claires de sa grosse figure molle. Nous n'entendrions pas, au hasard des conversations, parler avec force détails des progrès du mal. Ce serait trop dire que nous étions joyeux en ces dramatiques circonstances mais enfin nous avions tous tellement eu peur de recevoir bientôt de mauvaises nouvelles de l'abbé et de ne pouvoir faire autrement, de fois à autre, que d'aller le réconforter sur son lit de douleur que de le voir là, mort, quasi sans souffrance préalable, nous remplissait d'un doux étonnement.

Il y a des vilenies propres à chaque sexe et d'autres qui sont équitablement réparties entre les deux. Je ne vis pas à cette occasion sur le visage des femmes présentes plus de charité que sur les nôtres. Aigremoine, notamment, en dépit de sa vive préoccupation à mon égard, laissa fuser d'elle un léger soupir d'aise. Elle aussi avait pensé aux servitudes qu'une agonie prolongée de l'abbé n'aurait pas manqué de lui valoir. La noblesse en effet délègue volontiers ses pouvoirs aux femmes, dès lors qu'il est question d'horreur.

Il y eut bien quelques signes de croix et quelques prières à tête baissée mais fort brèves. Et l'abbé fût monté au ciel sans autre forme de procès et tout eût été pour le mieux dans le meilleur des mondes si le Dr Pardigon s'était contenté de constater le décès et de faire évacuer le corps vers le presbytère où de saintes femmes seraient venues lui faire toilette et veiller autour des cierges.

Je ne dis pas qu'alors nous aurions pu passer au dessert et moi me livrer à cette dangereuse occupation qui consistait à jouer au toréador autour d'Aigremoine mais enfin, nous nous serions retirés avec décence, en bon ordre, présentant nos condoléances au comte dont cette mort incongrue avait tué la soirée.

Mais non ! Le Dr Pardigon s'était mis à flairer le cadavre sur toutes les coutures et à le palper un peu partout. Il était à genoux au pied de l'ottomane où gisait le prêtre. Il n'en finissait pas de faire des « tsitt tsitt tsitt » de doute entre ses dents et de branler du chef. Nous faisions cercle autour de lui, les domestiques même s'étaient joints à nous. Le bel ordre qui régnait jusqu'alors s'était peu à peu mué en une monstrueuse pagaille. Il y avait des assiettes d'ortolans assassinés sur toutes les dessertes et toutes les consoles. La salle à manger derrière ses portes ouvertes à deux battants fumait d'odeurs diverses. Nul d'entre nous n'avait envie d'y retourner.

Quand le Dr Pardigon se releva enfin du tapis, ayant bien sollicité la dépouille de l'abbé, il fit signe au comte et au procureur de le rejoindre vers l'escalier du salon qui nous séparait de l'antichambre.

Il les prit tous les deux par l'épaule sous la protection de sa haute maigreur. Il leur parla quelque peu sur le ton du conciliabule. Je vis à tel moment les deux hommes esquisser un haut-le-corps significatif et en même temps j'entendis leurs éclats de voix.

— Vous dramatisez ! dit le procureur.

— Vous n'y pensez pas sérieusement ! dit le comte.

Le Dr Pardigon fit le geste de celui qui s'en lave les mains.

— Vous croyez vraiment ? s'exclama le comte.

— J'en suis à peu près certain ! confirma Pardigon.

Le trio revenait vers nous fort ennuyé. Le comte se caressait le menton. Le procureur faisait jouer ses mains dans les manchettes. Il était visible que l'un et l'autre songeaient à leur carrière. Il me parut que, derrière son lorgnon, le docteur triomphait sans modestie. Il venait de mettre des bâtons dans les roues des ambitions de son hôte.

— Hilarion ! appela le comte.

L'âme damnée fut aux pieds de son maître à l'instant même, l'interrogation respectueuse aux lèvres.

— Courez à la gendarmerie ! ordonna le comte.

Le procureur s'interposa.

— Avec discrétion ! dit-il. Qu'ils viennent mais avec discrétion !

— Mais rapidement ! dit Pardigon le doigt levé.

Le comte se tourna vers nous et dit :

— Mes chers amis, je suis consterné. Non seulement l'abbé est mort mais encore le Dr Pardigon prétend...

— Affirme ! grommela le docteur.

— Affirme, concéda le comte, que l'abbé Saint-Samson n'est pas mort naturellement !

Il était trois heures du matin. Nous étions sombres, atterrés et frileux. Les calorifères et les cheminées négligés par les domestiques ne tiédissaient plus l'atmosphère, les effets chaleureux de l'alcool et des nourritures se dissipaient dans nos corps. Les cols blancs étaient gris, les jabots de dentelle s'avachissaient progressivement. Les toilettes, les coiffures savantes fanaient comme le baron de fleurs qui ornait la table en début de soirée.

Par décence, le comte avait fait descendre les lustres et on les avait éteints. Seuls les chandeliers ordinaires posés sur les meubles et quelques tulipes à huile éclairaient la scène. Il n'y avait, quoique fort pâle, que le visage de l'abbé pour marquer quelque sérénité.

— Pas de mort naturelle ! ricana l'Auguste Faux. Ah ! qu'en termes galants ces choses-là sont dites ! Différentement, il a été assassiné !

La petite Mme de Kérénez jeta un cri et l'on craignait qu'elle ne pâmât de nouveau. Mais non. Elle avait simplement posé son éventail sur sa bouche et ses yeux s'écarquillaient d'horreur. Je m'aperçus à cette occasion qu'elle n'était pas mal faite.

Les gendarmes, ils étaient quatre, naviguaient sur la pointe de pieds parmi tout ce beau monde. Ils en référaient sans cesse au procureur qui avait l'air de prendre tout sur lui. Pour ma part, avant leur arrivée, il m'était soudain venu à l'esprit le billet que j'avais imprudemment confié, roulé en boule, à un pot d'aspidistra. À la lumière de cet élément nouveau, il me paraissait prudent de le soustraire à la curiosité des gendarmes. Il ne fallait pas oublier que deux d'entre eux avaient trouvé la mort durant cette horrible nuit dont j'avais été le seul témoin. S'ils mettaient la main sur le billet, l'aube se lèverait que nous serions encore tous là, livrés à leurs inquisitions.

Je manœuvrai donc pour gagner le plus vite possible l'antichambre où j'avais caché ce billet. Mais il me fallait escalader sans raison apparente les quatre longues marches qui surélevaient le vestibule. Dieu merci il n'y avait plus personne là-haut ni soubrette au vestiaire ni dame chargée de nous conduire à la garde-robe, le cas échéant.

Je plongeai ma main dans le pot d'aspidistra. Le papier était toujours là. Je l'enfouis vivement au fond de ma poche et tandis que j'achevais ce geste, il me sembla qu'une silhouette traversait en face le sombre miroir de Venise qui reflétait la pénombre, mais longtemps, très longtemps, il ne me fut pas loisible d'en avoir le cœur net.

Pourtant je passai outre à cette sensation fugitive et dès lors, durant tout le reste de cette nuit, je crois bien que ma main ne quitta plus ce papier empoisonné. Il ne m'échappait pas que si les gendarmes le découvraient sur moi, j'étais bon pour la guillotine. Ils en feraient venir d'ailleurs (il ne devait pas en manquer) facilement une autre.

Pourtant, même cette perspective ne m'avait pas retenu. Tout à coup, ce papier inconsidérément froissé et jeté comme à la poubelle m'apparaissait du plus haut intérêt et avoir valeur de relique. J'étais aussi, à mesure que la soirée avançait, devenu incrédule sur la teneur du billet. Je n'en croyais pas le premier témoignage de mes yeux. J'avais dû me tromper, mal lire. Je voulais vérifier, comparer, étudier. Il fallait que ce secret fût mien.

Je passerai rapidement sur les sordides et fastidieux détails qui concernent un crime dès lors qu'il est découvert et sur les inconvénients qui en résultent pour de malheureux témoins éventuels.

menté à vingt lieues à la ronde et qu'en conséquence le *de cujus* lui appartenait jusqu'à ce qu'il en ait tiré tous les enseignements. Pour reprendre un certain ascendant sur la situation le comte lui demanda :

— Mais que prétendez-vous en faire ?

— L'autopsier !

Imitant le bruit d'une éventration, le docteur fit le geste d'ouvrir en deux un sac de blé. On eût dit qu'il prenait plaisir à effaroucher les dames.

Quand les gendarmes s'en allèrent, ils ployaient sous trois grands sacs de détritus de cuisine et sous le poids de la vaisselle sale pour laquelle ils avaient dûment signé une décharge au comte Pons et dont le Dr Pardigon les avait incontinent chargés.

— J'ai besoin d'analyser tout ça ! avait-il expliqué.

Le coq criait au meurtre à tue-tête, le crépuscule de l'aube détachait à peine la nuit du jour lorsque, dans le désordre, chacun regagna son équipage. Nous étions tous défraîchis comme ces marionnettes que le montreur envoie rejoindre le tas d'oripeaux lorsqu'il a cessé de les animer.

Au marchepied, secouant brusquement le bras de son mari qui la serrait étroitement, la petite Mme de Kérénez vint me jeter un regard mortel bien en face :

— Vous et votre corbillard ! clama-t-elle.

Elle me tourna brusquement le dos. Ses poings menus se serraient rageusement comme pour me maudire ou comme pour m'étrangler.

J'étais en train, un bout de langue entre mes dents serrées, de fignoler le dernier liséré d'or destiné à souligner les panneaux céruléens désormais de mon joyeux corbillard.

Il m'avait été livré par le charron, modifié selon mes directives, c'est-à-dire tous les panneaux rendus mobiles de façon à se transformer en éventaire dont, debout sous le baldaquin, je commanderais les trois côtés. Aux colonnes de ce baldaquin j'aurais tout autour suspendu à une ficelle les grosses médailles, déjà nombreuses, gagnées sur les foires et les comices agricoles par mon savoir-faire. Elles tinteraient allégrement au vent dominant comme des clochettes.

J'attendais merveille de ces dispositions pour amuser, scandaliser ou rassurer ma clientèle suivant sa complexion. Ces trois choses pouvaient paraître incompatibles. En réalité, elles visaient toutes le même objet : faire parler de moi et me rameuter les badauds.

Quand j'arriverais sur les champs de foire avec mon gai corbillard, mes flacons brillant de riches couleurs, mes bocaux chatoyant aux lumières diverses, mes parfums attirants comme des talismans, je serais un printemps dans la vie monotone de ces pauvres femmes des solitudes, mes pratiques, mes compagnes, mes sœurs.

Déjà ce matin-là, derrière le mur de mon courtil, de joyeux Forcalquiérois allant aux champs commentaient en passant ma dernière acquisition et il y en avait deux d'entre eux tout à l'heure qui ne m'avaient pas envoyé dire ce qu'ils pensaient de moi et ils parlaient assez fort pour que leurs éclats de voix percent l'épaisseur de ma porte cochère.

— Oh ! Arnoux ! Tu as vu ? Le Brédannes s'est acheté un corbillard !

— Qué monstre ! Il va nous faire payer ses cataplasmes deux fois plus cher !

— De tout sûr ! Et nous, nous pourrons continuer à les appliquer sur notre jambe de bois !

Ils s'esclaffaient tous les deux.

— Tu le fais venir, toi, le Brédannes, quand tu as quelqu'un de fatigué ?

— Par Dieu pas ! Mais ma femme oui ! Et sa mère alors ! Son père, du Brédannes, il l'a soi-disant sauvée du *miserere* quand elle avait vingt ans. Alors... Tu imagines !

Ils s'éloignaient riant de plus belle, me laissant à mon amertume. Escrimez-vous après cela à vous dévouer pour votre prochain. Leurs paroles toutefois n'étaient pas absolument désespérantes. Ils admettaient l'un l'autre que mon acquisition entraînerait forcément une petite augmentation de mes tarifs.

Mais je n'avais pas le cœur au commerce. L'autre mardi, au Charmet de Cruis, trois jours après les agapes tragiques chez le comte, j'avais rencontré le Dr Pardigon. Nous nous retrouvions parfois lui et moi, par accord tacite, parmi les fourrés de quelque gorge ombreuse, où se glissait la route pour atteindre un ponceau.

Notre notoire inimitié nous était profitable. Tel membre des familles, lorsqu'il y avait un malade intéressant, nous faisait venir en cachette l'un l'autre s'il y avait des dispositions à prendre. Et nous étions réputés l'un et l'autre pour prédire au plus juste l'issue fatale. Seulement nous commettions des erreurs et tantôt c'était lui et tantôt c'était moi. De sorte que nous nous partagions équitablement à Forcalquier les familles où l'on ne voulait plus entendre parler soit de l'un soit de l'autre.

Nonobstant nos rencontres étaient toujours en vue du bien public. Il voulait m'avertir qu'une variole tournait mal au hameau des Payans et que lui il baissait les bras : si je voulais m'y casser les dents... Ou bien c'était moi qui venais lui avouer que le coup de défense de sanglier au jas des Pousterle chez les Esclangon, en dépit de mes emplâtres, tournait carrément à la gangrène et qu'un peu de morphine ne ferait pas de mal.

Quant à ce jour-là précisément, il venait de prévenir un futur veuf père de trois enfants que, pour l'esquinancie de la mère, les choses allaient suivre tranquillement leur cours et que ce n'était pas la peine qu'il revienne. Je venais moi de réconforter quelque pauvre vieille qui allait bientôt rester seule dans une ferme malcommode au diable Vauvert et à laquelle je n'avais pu dire que : « Tant qu'y a de vie y a d'espoir. » Bref, nous étions au comble de nos défaites. Et moi, en plus, j'avais dans ma poche cette lettre brûlante que je relisais souvent.

Je vis de loin, sous les arbres d'un bosquet, son étroit cabriolet à deux roues avec sa capote rapiécée. Je pris par le plus long un chemin de traverse contre le vent afin de ne pas me présenter sous les naseaux de sa cavale. C'était une jument ombrageuse comme une vieille fille qui avait repoussé, au besoin à coups de dent et les fers haut levés, les assauts de tous les étalons du pays. En revanche, elle en pinçait pour mon hongre qui n'en pouvait mais. Chaque fois qu'ils se croisaient c'était un charivari à n'en plus finir de joyeux hennissements et de parade du fessier à faire péter les brancards du cabriolet. Pardigon avait toutes les peines du monde à empêcher sa jument de volter pour suivre mon auvergnat. Il y a de telles aberrations chez les chevaux comme chez les hommes, et cette comique circonstance n'était pas faite pour modérer l'inimitié que ce médecin me portait. Il y voyait de ma part quelque tour de cochon.

J'enrênai mon cheval à bonne distance du cabriolet et partis à la découverte. Pardigon était là-bas, à côté de la curieuse chapelle rogatoire que les fidèles de Cruis ont dédiée à saint Roch, et qui n'est qu'une ancienne bergerie hâtivement sommée d'un clocheton et d'une croix. Le médecin était à moitié invisible derrière le socle de l'oratoire érigé en ce lieu par la mission de 1832. Je ne voyais que son air furibond dont il ne se départait jamais, même quand il se savait seul. Je m'avançai de l'autre côté du socle et me mis moi aussi en devoir de le compisser.

— Eh bien ! me lança Pardigon. Vous devez être satisfait de votre orviétan ! Il a envoyé l'abbé *ad patres* !

— Si vous voulez parler de la potion que je lui prescrivais...

— Sans aucun droit ! coupa Pardigon. Moi seul ai le droit de prescrire !

— Admettons ! Il m'avait dit souffrir d'insomnie et je lui avais préparé une tisane.

— Jusquiame, salsepareille, alkékenge plus force guimauve et abondance de tilleul. Je sais ! Malheureusement...

Il sortait de derrière son socle en se secouant la verge mais me tournait le dos. Je fis de même. Nous étions semblables à deux duellistes qui comptent les pas avant de se faire face pour s'abattre. En réalité, nous ne voulions ni l'un ni l'autre — qui sait pourquoi ? — nous montrer notre sexe.

— Malheureusement... répéta Pardigon, il y avait un anodin mêlé à tous ces palliatifs. Savez-vous à quoi a succombé l'abbé ?

Je commençais à m'en douter mais je me tins coi. Nous étions maintenant côte à côte, l'un contre l'autre jetés par les ornières du mauvais chemin.

— L'autopsie l'a révélé : comme Socrate ! L'abbé a bu la ciguë !

Je m'exclamai :

— Parbleu ! Je le sais bien ! Vous auriez pu vous passer d'ouvrir cet homme en deux, ce qui doit être exténuant, si vous m'aviez d'abord interrogé ! Je lui ai serré la main le soir de sa mort. Elle était froide comme du marbre ! J'ai aussi regardé ses yeux après sa mort que personne n'avait songé à refermer. J'ai tout de suite pensé à la ciguë !

— Vous triompherez moins lorsque vous saurez que ni la vaisselle que j'ai fait saisir ni les fonds de casseroles, de bouteilles ou de verres, ne contenaient la moindre trace de conium. En revanche il y en avait abondance dans la fiasque que l'abbé serrait au fond de ses guimbardes et qui contenait aussi votre fameux mélange, soi-disant soporifique, jusqu'à ce que mort s'ensuive ! acheva-t-il en ricanant.

Je haussai les épaules tout en boutonnant ma braguette.

— Je lui ai préparé cette potion une bonne quinzaine avant son décès. N'importe qui pouvait y ajouter n'importe quoi.

Il branlait sa tête de chèvre de manière à ne dire ni oui ni non.

— En tout cas, dit-il, à force de jouer au médicastre, un jour ou l'autre vous irez trop loin et vous finirez au bagne !

Je ne répondis pas tout de suite et le considérai entre haut et bas avec une certaine tendresse.

— Dans le fond, lui dis-je enfin en soupirant, ce qui vous exaspère c'est que je suis aussi maigre que vous !

Ce fut la seule fois où j'obtins de lui la vérité, du moins je le croyais.

— Non ! s'écria-t-il. C'est que vous exercez indûment et avec une libéralité coupable un art que j'ai mis dix ans pour acquérir et que vous induisez en espérance des malheureux qui vous font confiance au lieu de venir me trouver ! Hors de moi pas de salut ! acheva-t-il en se frappant la poitrine.

On eût dit d'un académicien morigénant quelque écrivain autodidacte. Il en levait le même sourcil courroucé. Je lui répondis, conciliant :

— Allons allons ! Il en est mort autant de votre côté que du mien ou si vous préférez nous en avons autant sauvé l'un comme l'autre.

Il grommela.

— Sans doute ! Mais vous ce fut par accident !

Il me jaugeait d'un air dubitatif, à la dérobée, comme s'il m'avait jusque-là sous-estimé.

— Il me semble, dit-il d'un ton rogue, que l'autre soir vous étiez bien disert avec la fille du comte ?

— Hé hé ! Elle est bien diserte elle-même !

— Savez-vous au moins qui elle est ?

— Vous ne me faites pas par hasard l'honneur d'être jaloux ?

Il éructa péniblement un béguètement de chèvre que sans doute il prenait pour un rire.

— Comme si j'avais loisir de m'arrêter à ces bagatelles ! dit-il. C'était un simple avis de pair à compagnon. Nous avons trente-cinq ans tous les deux et donc nous sommes des proies. Si vous n'en faites pas votre profit tant pis pour vous !

Je le laissai s'éloigner de quelques mètres avant de lui lancer :

— Il y a quelque chose qui m'intrigue...

— Quoi donc ?

— J'ai vu les gendarmes tantôt. Ils ne m'ont pas parlé de cette fiasque dont vous faites état ?

— Je ne leur ai pas dit non plus que le contenu avait été bouteillé par vous.

— Dans l'amitié où vous me tenez cela m'étonne !

Il secoua la tête avec pitié en me dévisageant de bas en haut et il me dit :

— Je ne vous crois pas assez bête pour encombrer votre vie d'un crime, alors que votre commerce marche si bien. Il y a assez de suspects sans vous ajouter à la liste. Si je parle de vous aux gendarmes, ils fouilleront dans votre passé et ils trouveront cette malencontreuse aventure dans les marais de Villeneuve quand vous aviez quatorze ans.

Je l'interrompis fort étonné :

— Mais c'était contre l'Empire et que je sache nous sommes en République !

— Nous le sommes, nous le sommes... Avec une furieuse envie pour quelques-uns de ne pas y rester. Je ne sais pas si les gendarmes même y sont déjà ! De plus, on leur a tué deux hommes récemment. Ils doivent avoir soif de coupables !

À cet instant précis, un long hennissement de passion qui ressemblait à une pâmoison de femme éclata au profond des bois et nous fit dresser les cheveux sur la tête à tous les deux.

— Tron de pas dieu ! jura Pardigon. Vous aurez encore attaché votre attelage trop près du mien !

Il s'enfuit à toutes jambes en me couvrant d'imprécations.

— Elle va me casser les brancards ! criait-il. Je vous tiendrai pour responsable ! Je vous ferai payer les réparations !

Je regardai la cime des arbres qui balançait doucement. C'était simplement le vent qui avait tourné. Il avait apporté sous les naseaux de la cavale l'odeur de mon hongre. Celui-ci hennissait doucement lui aussi comme pour demander pardon à la jument de n'être que ce qu'il était.

Je réfléchissais sur cette rencontre, la langue coincée entre les dents, en achevant en queue d'aronde une arabesque d'or que je venais d'inventer pour rehausser mon travail de peintre. Ainsi donc l'abbé avait bu la ciguë et il s'était éteint lentement pendant le repas comme un cierge à la mèche coupée, aux effluves des ortolans, sous l'effet de ce miséricordieux anodin. Et cela lui avait épargné, à terme, une fort laide mort.

Cette ombellifère est parmi nos chemins creux aussi commune que l'ivraie. Il faut débusquer, j'en sais quelque chose, la belladone, l'aconit et même la grande digitale parmi les taillis ombreux ou blottis dans les hautes herbes. La ciguë au contraire, sous toutes ses espèces, il y en a plusieurs, s'offre à vous en toute abondance sous la blancheur verdâtre de ses ombelles. On peut même se tromper de bonne foi (ou se le faire accroire) en la confondant avec l'œnanthe qui lui ressemble comme une sœur.

La ciguë fait au printemps aux pistes forestières, aux chemins muletiers, une haie triomphale sous les aubépines et les prunelliers. Elle exhale, paraît-il, une odeur fétide. J'en sais cependant qui s'en enivre en plongeant le nez dedans, songeant combien, grâce à elle, on pourrait se simplifier la vie. D'autant qu'une victime de la ciguë ne souffre pas et que son cadavre offre cet aspect marmoréen bien propre à absoudre ceux qui l'ont mis dans cet état.

Quoi de plus naturel, de plus idyllique, que d'aller au printemps, enjoué, cueillir un gros bouquet de ciguë pour ensuite le suspendre aux solives de la galerie du grenier en attendant qu'il sèche. Il suffira alors d'en faire une décoction corsée à force d'ébullition pour l'avoir à portée de la main, à toutes fins utiles. On m'a dit, il y a longtemps, que ce système n'était pas très sûr, qu'on pouvait en réchapper. La mort de l'abbé en tout cas prouvait le contraire.

Or depuis Procuste, depuis Maheul d'Artois, la Médicis et la Brinvilliers, il était de notoriété publique que le poison constituait le seul recours des faibles femmes contre la rustique brutalité des hommes.

Je songeai, je ne sais pourquoi, au parterre de jolies dames qui virevoltaient l'autre soir, à l'ortolanerie du comte. Qui sait si l'une d'entre elles n'avait pas confié imprudemment à l'abbé quelque secret de confession que, connaissant la faiblesse de ce prêtre depuis son accident, elle aurait voulu reprendre ?

Tout en œuvrant au soleil sur la peinture de mon corbillard, je songeai à chacune en particulier. Elles avaient un dénominateur commun : aucune d'entre elles ne manquait de caractère ni n'avait froid aux yeux.

Mme de Kérénez, Roseline, avait été fille de famille avant d'épouser le procureur. On tenait pour certain que la fortune venait de son côté et qu'elle en était fort jalouse. Mme Gueydan avait été femme de chambre chez un marchand d'amandes d'Aix qui lui avait laissé sa fortune bien avant qu'elle épouse le notaire. La maîtresse du comte avait mené ailleurs une vie qui ne lui eût pas permis d'atteindre les trente-cinq ans qu'elle avait alors si elle eût été sotte. La baronne Raiberti était un peu grasse et fort sensuelle, elle aimait camoufler sa subtilité sous une imbécillité jubilante qui la faisait pouffer de rire dix fois le jour mais pour avoir tel équipage et tel train de vie sans qu'on lui connût d'amant autre que de passage, il fallait la créditer d'une lucidité à toute épreuve sur le chapitre des affaires. Quant à Évangeline, la sous-préfète, que j'étais tenté de croire la plus innocente de toutes, elle avait eu un père pourvoyeur des armées qui avait dû lui enseigner à tout le moins le pragmatisme. En outre l'ingéniosité qu'elle déployait pour me promettre, sans une parole, le don de son adorable personne, prouvait qu'elle avait l'esprit inventif et que, m'ayant bien examiné, elle tenait à me souligner qu'elle n'en était pas à son coup d'essai.

Il restait Aigremoine, la fille du comte, qui souffrait à mon endroit d'un amour hélas légitime et qui visait à l'exclusivité tant de son fait que du mien. Que de fois avais-je été tenté de lui dire :

— Ah ! Aigremoine ! Combien nous pourrions faire l'amour avec joie si vous ne m'aimiez pas !

Je m'en étais abstenu par prudence car elle était certainement celle qui m'était le plus difficile à percer à jour et qui recelait le plus de secrets.

— Savez-vous au moins qui elle est ? m'avait jeté Pardigon lors de notre rencontre.

Ma foi, je n'en savais que ce que tout Forcalquier n'ignorait pas et c'était déjà beaucoup.

J'ai oublié de dire, concernant le comte Pons, qu'à une certaine époque, il était perdu de jeu. Il jouait à n'importe quoi avec n'importe qui. Lui si chatouilleux sur ce qu'on devait à son titre, il se commettait avec des palefreniers pour peu qu'ils eussent le même vice. Il rencontrait toute sorte de gens de corde en des lieux infâmes et en secret pour assouvir sa passion. On l'avait à deux reprises roué de coups, se méprenant sur ses avances, croyant voir en lui quelque pédéraste en mal d'adolescent, alors qu'il cherchait tout simplement à perdre son argent.

Il vous tirait de sa poche à tout propos un jeu de cartes crasseux comme d'autres tirent leur épée en défi. Il vous provoquait à coups d'œillades comme racole une putain.

Or, trois ou quatre ans auparavant, un soir d'orage, un homme inconnu se présenta à Gaussan. Il boitait bas. Il dit qu'il s'était fait une entorse entre Saint-Michel et Porchères, sur ce mauvais chemin. Il venait demander l'hospitalité pour la nuit si ce n'était pas trop exiger. Il se présenta. Il s'appelait Turpin. À l'aide d'une douzaine de tâcherons, il extrayait le soufre du côté de Biabaud, sur ce penchant mystérieux de Pèlegrin où rien ne pousse qu'une bauque blonde stérile et qui domine le Largue.

— Allez, lui avait dit le comte, vous restaurer à l'office. Hilarion, conduisez-le. Faites-lui donner une couverture et menez-le à la soupente, sur les écuries. Monsieur, je vous souhaite la bonne nuit.

Il avait incontinent tourné le dos à ce manant crotté qui lui gâtait le tapis du salon. Seulement entre la console dorée où il se tenait accoudé fumant son cigare et l'entrée dudit salon, il y avait vingt-cinq pas. Ce fut hélas suffisant pour que le comte se ravisât. De loin, il apostropha le visiteur :

— Dites-moi, mon ami ! Vous m'avez bien dit que vous exploitiez les mines de Biabaud ? Vous avez donc quelque bien. Est-ce que par hasard vous joueriez aux cartes ?

Il y avait quinze jours que sur les instances de sa fille qui menaçait de lui couper le douaire inaliénable qu'elle tenait de feu sa mère et qu'elle lui abandonnait généreusement, le comte n'avait plus touché une carte. Il en mourait à petit feu comme un avare privé d'or.

Tandis qu'Hilarion restait cloué sur place, le Turpin revenait vivement vers son hôte. Il triturait obséquieusement sa casquette à pont, un peu penché en avant, trottinant en une attitude de courbette perpétuelle. C'était un homme laid. Et il tenait sa laideur plutôt de son for intérieur que de son aspect physique absolument quelconque. Hilarion qui ne s'y était pas trompé faisait de loin des signes désespérés au comte mais celui-ci voyait en ce Turpin le parangon des beautés du moment qu'il allait consentir à jouer.

L'hiver menaçait d'être long. Les grands érables devant le château jusqu'à perte de vue faisaient entendre aux hommes ce lamento désespéré qui souligne notre solitude. Le comte en avait plein les oreilles. Ce n'était pas un contemplatif. Il lui fallait à tout instant quelque forte émotion pour meubler sa vacuité.

— Ma foi ! dit Turpin. Il m'arrive de m'y escrimer quelque peu lorsque je m'ennuie.

Il arborait un visage bon enfant de pierrot lunaire mais, au lieu d'être couleur de farine, il était jaune comme s'il s'était enduit les pommettes avec le soufre qu'il exploitait.

Comme un spadassin tire son épée, le comte exhiba brusquement ce jeu de cartes couleur de suie dont il ne se séparait jamais. Il ouvrit largement sa main pour désigner une table verte entre deux colonnes du salon. Il commanda :

— Asseyez-vous là et rendez-moi raison !

Turpin répondait :

— Du maître je ne suis pas digne !

Il saluait à cul-ouvert, la casquette contre son cœur, mais il reculait épouvanté.

— Asseyez-vous là ! tonna le comte. J'ai besoin de jouer ! Ce soir est un anniversaire horrible ! Auriez-vous le cœur de refuser un verre d'eau à un homme qui meurt de soif ?

Turpin posa une fesse sur le reps vert du fauteuil.

— Il avait l'air, dit plus tard Hilarion qui racontait cette histoire, d'un homme qui a la cheville prise dans un piège à loup. Je voyais sa pomme d'Adam monter et descendre sous l'angoisse. Il donnait à sa personne tout le dessin d'un pauvre homme. Sa casquette trempée par l'orage n'était plus qu'une serpillière, sa grosse chaussure d'ouvrier avait laissé sur le tapis une demi-motte de glaise jaune. Dieu lui-même s'y serait trompé.

Le comte s'installa face à son souffre-douleur en le fixant au milieu du front comme un aigle contemple un lapin. Il posa le jeu sur la table.

— À vous l'honneur ! dit-il. Vous êtes mon hôte !

— Ce Turpin, dit Hilarion, avait les mains qui tremblaient. Ses gros doigts de journalier trituraient les cartes avec une maladresse qui menaçait à tout instant de les écorner. Ils commencèrent par jouer un écu...

Ils passèrent la nuit ensemble. La pluie battante ne cessa pas. En dépit du grand vide des pièces et de l'épaisseur des murailles, on entendait s'entrechoquer les branches d'érable qui venaient heurter timidement aux contrevents de la façade nord.

Ils jouaient parcimonieusement un ou deux écus et Turpin s'excusait inlassablement de ne pouvoir exposer davantage. Il n'avait pas prévu le cas, disait-il.

À trois heures du matin, ils arboraient des têtes de gens qui ont fait trois fois l'amour. Le portefeuille du comte était vide. Autour de Turpin s'entassaient des objets hétéroclites qu'il avait gagnés en sus de l'argent. Un vase de Chine, un narguileh turc, le portrait d'une ancêtre aux joues suaves par un élève de Boucher.

— Le croquant tremblait de tous ses membres, rapporta Hilarion. On aurait dit que c'était lui qui avait perdu. Mon maître était plus altier que jamais. Il avait ses côtelettes qui blanchissaient à mesure mais lui, il ne tremblait pas. On aurait dit un Romain ! Il s'est levé, il est allé vers le mur où il a décroché le portrait de sa femme et je l'ai entendu dire : « Je suis bien seul sans vous... Voyez à quelle extrémité votre absence m'oblige. »

Le comte en vérité hésita une seconde s'il allait aussi jouer ce tableau puis il se ravisa et soupira avant de le raccrocher. Il alluma un cigare et revint vers la table verte où il se rassit posément.

Les cartes attendaient sur le tapis en un seul tas bien rassemblé.

— Mon château contre votre mine ! prononça le comte.

Les arbres alentour par leurs gémissements lui commandaient de ne plus jouer serré. Le jour où sa femme était morte, il avait eu envie d'embraser le château autour de sa dépouille et de s'asseoir sous un arbre à le regarder brûler sans un geste. Le moment était sans doute venu, puisque la comtesse ne voulait pas le quitter, de se punir plus cruellement encore : faire que le château existât toujours mais ne lui appartînt plus.

— Mais ma mine ne vaut rien du tout ! s'exclama Turpin.

Ce n'était pas l'avis du comte. La vigne devenait populaire et le vin se vendait bien, étant toute la consolation d'un peuple sans espérance. Les confiseurs d'Apt absorbaient tous les fruits de la vallée. Le soufre était nécessaire à leur transport et à leur conservation. Avec quelque apport d'argent, la mine pouvait être d'un bon rapport et Pons savait par ses observateurs que là-bas, au fond d'une galerie nouvelle, une veine de lignite avait soudain brillé que les ouvriers avaient contournée respectueusement. Il ne s'agissait que de l'exploiter. D'autre part, il n'était pas possible que ce croquant inculte continuât longtemps à bénéficier d'une chance aussi insolente. Assurément le sort allait tourner.

— Je me suis jeté aux genoux de mon maître, raconta Hilarion. Je l'ai supplié d'y renoncer. Turpin était de l'autre côté du fauteuil, à genoux aussi — l'enfant de pute ! — et nous tenions chacun une jambe du forcené, moi en pleurant, lui criant qu'il eût à s'en tenir là. Il nous a secoués comme des roquets importuns. Pour ma part je suis allé dinguer contre le pied de la grande table et le comte a ordonné à Turpin de s'asseoir en face de lui. Il m'a crié : « Si vous êtes incapable de voir plus haut que les biens périssables, allez donc vous coucher ! Je ne vous retiens pas ! » Mais non ! Je ne voulais pas me coucher ! Je voulais savoir ce que le destin allait faire de cet homme plein d'orgueil. Je me suis assis au coin de l'âtre que je garnissais à mesure dans la grande cheminée. Je me souviens ! Là-haut, sur la mitre du conduit de fumée, j'entendais le vent qui sifflait sa menace comme s'il contenait tous les serpents du monde !

Ainsi parla Hilarion plus tard. Il dit qu'à la fin, coincé entre le mur de l'âtre et la réserve de bois, moitié assis moitié debout, il s'assoupit au bruit sec des cartes qui s'abattaient sur le tapis.

Et dès lors nous n'avons plus que le témoignage du comte qui se raconta longtemps, volubile en sa vieillesse. À l'aube il était atterré devant le tapis vide. Turpin avait confisqué le paquet de cartes et il le battait lentement avec une habileté consommée qui révélait le joueur averti. Gaussan était tombé entre ses mains sans coup férir. Le comte regardait toujours son hôte entre les deux yeux, mais ce n'était plus d'un regard d'aigle. Turpin parlait lentement sur un ton de maître mais mesuré.

— J'ai surveillé le temps, dit-il. Il pleut depuis trois semaines. Vous ne pouvez pas chasser, vous ne pouvez pas marcher, la terre colle aux chaussures comme vous avez pu le constater par les miennes. Vous ne pouvez tourmenter aucun de vos commensaux car nul ne vient vous voir par ce temps de malheur. Il ne vous reste que vos domestiques à vous mettre sous la dent, mais c'est là un bien piètre gibier pour un homme de votre qualité. Alors je me suis mis en marche par cette nuit pensant que jouer gros jeu vous consolerait un peu.

— *Sutor ne supra crepidam !* gronda le comte. Je vous prie, monsieur, de ne pas vous élever jusqu'à la hauteur de mes états d'âme. Vous n'en êtes pas digne !

— Excusez ma grossièreté, monsieur le Comte ! N'y voyez que ma sollicitude à votre égard. Et surtout, rassurez-vous : je n'ai pas l'intention de vous chasser de votre maison. Nous allons faire une dernière partie que je perdrai celle-là ! Je vous joue votre château,

— Contre quoi ?

— Votre parole d'honneur !

— Pour obtenir quoi ?

— Votre fille.

Hilarion raconta alors que ce fut le bruit de la table de jeu renversée sur Turpin les quatre fers en l'air qui le tira de sa torpeur. Son maître était debout, un pied de la table, qui s'était brisé, solidement en main pour achever le croquant.

— J'ai vu mon maître les chaînes aux chevilles, parmi la chiourme, dit Hilarion, et je me suis jeté sur lui pour le désarmer. Mais je n'ai pas pu l'empêcher de saisir Turpin au collet, de lui faire traverser le salon au pas de course, remonter de même les marches du vestibule et de le jeter dehors par la grande porte vitrée qu'il m'avait commandé d'ouvrir. Vous savez quel homme fort c'était ? Il était capable de mettre à genoux deux palefreniers qui lui résistaient. Il leur commandait de se battre contre lui et lorsqu'ils s'empoignaient, il était difficile de distinguer le maître des goujats d'écurie.

Turpin s'était soulevé péniblement au bas du perron en se soutenant les reins. Il brandissait un rouleau de papier dont il menaçait le comte :

— Vous avez signé ! criait-il. Tout est à moi !

Aigremoine s'éveilla un beau matin dans le vacarme des paons qui clamaient des « Léon ! » éperdus. Ils s'enfuyaient sans savoir où parmi les déménageurs au travail. À l'écurie, les chevaux brutalement tirés de leurs stalles hennissaient de peur sous d'autres mains que leurs panseurs ordinaires. Il y avait de grandes triqueballes au bas du perron où l'on entassait des meubles qui n'avaient plus vu le grand air depuis cent ans et parmi ceux-ci, commandant des balourds hauts de six pieds et tout jaunes, un petit homme jaune lui aussi, vêtu de velours côtelé et qui désignait de l'index la façade du château comme s'il en était le maître.

Aigremoine ne fit qu'un saut jusqu'au chevet de Pons qu'elle trouva dormant encore, le jeu de cartes serré entre ses mains comme un jouet d'enfant. Il dit :

— Hortense !

C'était le nom de sa chère défunte.

— Réveillez-vous ! cria Aigremoine. On vous dévalise !

Pons la fit asseoir sur la courtepointe et lui confessa tout par le menu, y compris l'infâme marché que Turpin avait osé lui proposer et dont elle était le principal enjeu.

— Vous êtes fou, mon père ! s'exclama cette fille de vingt ans pleine de bon sens. Vous êtes fou ! répéta-t-elle avec force. Le château est irremplaçable ! Pas moi ! Sans château, sans la satisfaction de vanité qu'éprouvent vos commensaux à gravir votre perron, vous ne serez jamais sénateur ! En revanche nul ne vous demandera compte de votre fille !

— Votre honneur ! Votre nom ! Et cet homme grossier ! balbutia le comte. Et la mémoire de votre mère !

— Être sénateur vous remplacera tout, y compris ma mère. Avantageusement ! souligna-t-elle. Et d'ailleurs, dit-elle, attendez-moi là une minute ! Puisqu'il faut absolument vous dire la vérité !

Elle sortit vivement dans le corridor qu'elle parcourut en courant. Elle ferma les yeux en appuyant sur la cadole de la serrure qui commandait la chambre de sa mère. Ici, sauf le silence, à quoi cette femme charmante ne permettait jamais de s'installer, rien n'avait changé depuis que la comtesse s'était fait sauter la cervelle d'un coup de pistolet. Contre le capiton du chevet et sur les bouillons du ciel de lit, personne n'avait effacé les traces noires de sang séché qui étaient tout ce qui restait de tant d'exubérance, de tant de vie, de tant de beauté.

Aigremoine n'ouvrit les yeux qu'une fois la porte refermée sur elle. C'était elle, première accourue qui avait découvert le pantin aux bras écartés qu'était devenue la charmante comtesse

Pons dont le crâne déboîté n'avait plus que des orbites en guise de regard. Et c'était après avoir fait ce même geste d'appuyer sur la cadole et de pousser le vantail, un geste que depuis elle n'accomplissait plus qu'en aveugle, en tâtonnant.

La pièce était assez vaste pour qu'Aigremoine pût la traverser en biais sans que son regard rencontrât le lit. Elle se dirigea droit vers le secrétaire entre les deux fenêtres. C'était un meuble fait de douze bois assemblés et différents. Aigremoine sans hésiter en fit jouer l'abattant et manipula deux ou trois tiroirs qu'elle laissa entrouverts à différents niveaux. Alors sur le montant épais de l'abattant, une trappe en bois de santal glissa doucement et sans bruit. Elle se détachait à peine de la marqueterie. Aigremoine plongea la main dans l'ouverture et ramena un paquet. Après quoi elle referma la trappe et remit l'abattant en place. C'était la dernière fois que cette cachette servait de secret. Aigremoine en avait assez de voir le comte se détruire ainsi à coups de jeu depuis que sa femme était morte.

Elle traversa tout le corridor le paquet brandi à bout de bras. Elle ouvrit en coup de vent la chambre où Pons n'avait pas bougé. Elle lui jeta sur la courtepointe le paquet qui s'éparpilla. C'étaient des missives sur papier vergé où il était aisé de reconnaître l'écriture fantasque de la comtesse.

— Tenez ! dit Aigremoine. C'est parce qu'on les lui a rendues sans doute qu'elle s'est tuée ! C'est ainsi je crois chez les amants : ils se rendent leurs lettres lorsque l'un d'eux se lasse ! En tout cas, elles sont toutes signées d'un H ! Vous les lirez à tête reposée ! Il n'y a qu'une chose que vous ne saurez pas : c'est le nom du personnage ! Mais avant d'entreprendre votre lecture, laissez-moi courir après ce croquant qui se croit déjà seigneur de Gaussan !

Elle lui dit tout cela d'un ton posé et comme un aveu, en ce beau matin d'automne tout pimpant d'allégresse, où les coqs des fermes chantaient avec une vigueur accrue et où les sous-bois apportaient jusqu'aux fenêtres du château leur odeur de girolles sous le soleil. Et déjà elle lui tournait le dos et claquait la porte en courant.

Elle dévala le grand escalier ébréché au centre par les fantaisies de son aïeule laquelle, lorsqu'elle était grise de champagne, forçait son cheval à en gravir les marches. Elle fut en deux sauts au bas du perron. Elle cria :

— Monsieur !

Sur le ton de quelqu'un qui réclame un cartel. Elle était raide et blanche. Ses ongles s'enfonçaient dans ses paumes. Je la vois comme si j'avais assisté à la scène. Elle avait le geste excessif de qui ne se contente pas des sentiments ordinaires. Il lui fallait des sorties de théâtre, des phrases éloquentes, de l'imprévu auquel se mêlent les dieux. Je la savais aussi assez solide pour assumer plusieurs grands deuils.

Turpin, qui lui offrait le spectacle de son gros derrière pataud et de ses courtes jambes, lui fit face brusquement. Elle n'eut que le temps d'apercevoir son visage lunaire curieusement peint en jaune. Déjà il se cassait en deux, tortillant sa casquette prétexte et offrant sa calvitie au soleil matinal.

— C'est vous, monsieur, qui osez me vouloir ?

— Je ne suis pas digne ! protestait-il avec terreur.

Ce devait être son retranchement favori.

— Bien sûr que vous n'êtes pas digne ! Mais la dure nécessité s'est arrangée pour que vous teniez un pistolet braqué sur mon père ! Ce billet que vous allez vite brûler devant moi !

— Brûler ! s'exclama-t-il.

— Oui, brûler ! Contre ma parole d'honneur ! En présence de vos tâcherons que vous allez bien vite appeler afin qu'ils témoignent ! Vous me voulez ? Prenez-moi !

Il était déjà en train de crier des ordres hargneux à ses portefaix comme si c'étaient eux qui eussent pris l'initiative de déménager le château.

Je ne sais pas, je me suis longuement demandé, si c'était bien par esprit de sacrifice à l'égard de la carrière de son père qu'Aigremoine s'offrit en holocauste.

Le comte arma lui-même d'un poignard le fidèle Hilarion et le jeta sur la trace du Turpin. Aigremoine en eut vent juste à temps par la fille de l'intendant qui avait la faiblesse d'aimer son père.

— On remontera jusqu'à vous, dit Aigremoine au comte. Ne vous mêlez plus de cette histoire et laissez-moi faire !

La nuit de noces ne fut pas modeste. Ils restèrent couchés deux jours. Le Turpin en question était trapu et il aimait l'amour. Et, en dix ans de privation à cause de ses grosses mains et de son air commun, il avait eu le temps de s'exagérer ce bonheur dont il ne jouissait pas. Aussi y avait-il l'esprit le plus inventif du monde.

Au troisième jour, il l'emporta à Biabaud pour la montrer à ses tâcherons jaunes comme lui. Il s'était fait bâtir un rêve de maçon. C'était au flanc de Pèlegrin, entre Largue et Laye, une folie telle que peut en rêver un mineur enrichi. Ç'avait été autrefois un relais de poste. On en avait fait cette folie frileuse, c'est-à-dire ajourée de grandes fenêtres et dont on avait découpé la façade en dentelle. Devant cette débauche de chantilly rose on avait dessiné un jardin à la française, aménagé des boulingrins ponctués de buis taillés en robe de ballerine.

Mais comme l'ensemble était adossé contre une austère colline bien décidée à ne pas s'effacer et où hurlaient les chênes au vent d'hiver, l'ensemble ne pouvait donner le change. Nous n'étions toujours pas en Île-de-France mais dans les Basses-Alpes de pierres et de déserts ombreux. Ces boulingrins d'ailleurs étaient perdus de taupes qui y érigeaient leurs monticules sans vergogne.

Le salon était jaune canari, la chambre à coucher jaune d'or. Les trois domestiques évoquaient la couleur du soufre comme leur maître.

Quand on était habitué au superbe équilibre altier du romantique Gaussan, il pouvait être mortel à l'âme de subir la promiscuité baroque de cette folie rêvée par un homme naïf. Mais Aigremoine était toute à son grand dessein et ne voyait même pas le décor.

Ils occupaient le lit dix heures par jour. Ils s'obligeaient à de longues siestes sans sommeil. La femme de chambre qu'Aigremoine avait ramenée de Gaussan n'en revenait pas. C'était une luronne ambivalente qui portait lorgnon et connaissait

Aigremoine sur le bout des doigts. Elle entendait bien ce que sa maîtresse avait en tête et cette façon de régler ses comptes lui plaisait infiniment. Un matin où il lui sembla qu'Aigremoine était un peu à bout de souffle, elle lui glissa :

— En dépit de tout le respect que je dois à Madame... Je crains fort que Madame n'y parvienne pas toute seule.

Le reste se passa entre leurs deux regards longuement accordés.

— Mais ma chère ! s'exclama Aigremoine charmée. Je vous en prie ! Ne vous contraignez en rien !

Le soir même quand la soubrette en guimpe immaculée vint émousser les chandelles, Aigremoine comme par jeu la renversa cul par-dessus tête aux pieds de Turpin parmi des rires crapuleux. C'était un songe que ce Turpin avait toujours cru bien au-dessus de sa condition.

Il fut enchaîné à ces deux cavales érotiques avec toute l'aigreur d'un économe à quoi son état de marchand de soufre l'obligeait. Il bâfra dans le stupre comme un chat affamé au sortir de l'hiver. Il tenait tête dix heures par jour, à force de ruses, à deux femmes exténuées qui ne ménageaient pas leur peine.

Mais tout a une fin. Certain jour, un mourant titubant heurta sans force à ma porte cochère. J'entendis par miracle ces coups trop légers. C'était lui : Turpin le maître de mine. Il était flasque comme une outre vide. Tout en le soutenant vers mon escalier, je lui dis :

— Eh bien eh bien ! Vous voilà dans un bel état !

Je n'avais pas encore vu d'homme en train de mourir d'amour. Il me donna sa version édulcorée de l'aventure, laquelle ne différait pas beaucoup de ce que se chuchotaient entre elles les lavandières de Forcalquier parmi les roseaux des rinçoirs. Ce que celles-ci ne savaient pas elles l'avaient inventé et au bout de l'histoire les deux versions concordaient.

Il me dit que le Dr Pardigon l'avait envoyé paître et que j'étais son unique recours. Je le confortai tant que je pus par des remèdes de moi seul connus.

— Mais, lui dis-je, voyagez ! Courez aux Amériques ou prenez la malle des Indes ou allez vous faire manger par les cafres. Mais seul ! Sinon vous ne mourrez pas : vous vous délayerez ! Vous disparaîtrez en consomption !

Ce fut cette nuit-là ou la suivante qu'il tomba dans le puits des Naves dont l'orifice comme chacun sait est à ras de terre et profond de huit mètres. La nuit était fort noire, le sentier malaisé, l'homme moribond. Il n'empêche qu'on se demanda longtemps ce qui avait bien pu l'attirer vers ces ruines incendiées, au silence éloquent et où le chemin ne conduit nulle part ailleurs et se heurte très tôt à l'orée des bois.

On lui fit un catafalque à Gaussan où ses ouvriers vinrent le saluer. L'Auguste Faux dit :

— Il est mort d'une indigestion d'amour.

Aigremoine tint à le montrer à son père.

— Le voici ! dit-elle. Mais n'y revenez pas !

Elle lui tourna le dos en un violent mouvement de déplaisir. Ce fut à cette occasion qu'elle acquit le droit de porter du noir en toute quiétude.

C'était la seule absence de couleur qui lui seyait vraiment. Sa gorge était un peu abondante, le noir la modelait plus modeste. Elle était callipyge. Le noir estompait ses lunaires ondulations. Elle était d'un châtain un peu fade, le noir la rendait blonde comme un épi. Son visage un peu trop rond était un peu trop ingénu à cause de ses hautes pommettes, son nez un peu trop impertinent, le noir auquel elle se voua désormais lui donna tout de suite trente ans alors qu'elle n'en avait que vingt-trois. Sans doute avait-elle hâte de se signaler aux amants éventuels.

Ce qui transparut tout de suite au grand jour ce fut que l'affaire n'était pas mauvaise. Turpin dès le mariage avait testé en faveur d'Aigremoine. Elle héritait de la folie, de la mine et de ses quinze ouvriers jaunes.

Tout de suite elle se retira en la folie, laissant son père à Gaussan. Bien qu'il se déplaçât comme de coutume de ses vignes à ses tirées, bien qu'il continuât, comme tout un chacun, à s'opposer raisonnablement à l'Empire sans donner prise au pouvoir, il semblait que cet homme était demeuré roide mort depuis le jour où sa fille lui avait jeté à la figure ce paquet de lettres découvertes dans le tiroir dérobé d'un secrétaire, chez la comtesse où nul n'avait plus pénétré depuis qu'elle était morte.

Il gardait de cette révélation un visage figé dans la stupeur. Il ne nous apparaissait plus toujours gourmé dans sa morgue. Son regard passait à travers nous alors que jusque-là il faisait tant de cas de notre présence, guettant dans notre miroir obséquieux les raisons de sa puissance et de son ascendant.

Cette perte d'orgueil alarma Aigremoine. Ce fut elle qui alla lui chercher cette particulière d'Aix, décemment quelconque, sauf le regard où perçait souvent la canaillerie la plus salace.

Lorsque le comte, hélé par sa fille, découvrit cette femme voyante au milieu de son vestibule, parmi deux mètres cubes de bagages, il voulut incontinent la renvoyer d'où elle venait.

— Ne vous méprenez pas ! dit Aigremoine. Primo : une maîtresse assoira votre réputation et fera oublier vos déboires conjugaux. Elle vous est indispensable pour assurer vos visées politiques. Le peuple aime les hommes qui osent ce qu'il n'ose pas faire. Sans maîtresse vous vous singulariserez et l'on se méfiera de vous. Secundo : si vous en aviez pris une de son vivant, peut-être y auriez-vous puisé quelque enseignement et ma mère ne vous eût pas trompé !

Voici ce que je savais moi d'Aigremoine lorsqu'elle se mit à m'aimer sans raison : ce que tout Forcalquier savait. Mais ce que tout Forcalquier ignorait et que je ne savais pas non plus était encore à venir.

C'était le gros de l'hiver et le cœur de la nuit. La saison et l'heure où Forcalquier se teinte de la plus poignante grâce lorsqu'on sait la voir, la sentir et la respirer.

J'avais ouvert ma fenêtre au silence et j'avais accordé aux étoiles sur Lure un dernier regard complice. Jamais je ne me lasserai de contempler tourner la Grande Ourse dans le ciel de cette montagne. Mon fantôme sans doute passera son éternité à l'étroite lucarne de ma chambre qui donne en plein nord sur les courbes et les cirques d'ombre qui empreignent de volupté ces rondeurs suaves qui font à mes yeux de cette montagne une femme couchée.

Je la vois nue, elle m'attend. Ses plantes m'offrent de quoi vivre. Il n'est pas un pli de sa chair que je n'aie un jour humé à foison. Je suis comme tous les gens d'ici : je sens Lure à plein nez. Nos rêves ont été encerclés par elle de tout temps, nous n'avons pu les extirper d'elle. Nous songeons en fonction de Lure. Nous voulons bien tous les changements et tous les départs, à la condition formelle de l'emporter avec nous, de la charger sur nos épaules. Nous ne partirons pas sans elle

Et si j'avais tant de peur depuis ces événements qui avaient secoué ma tranquillité, ce n'était pas pour de vaines craintes de prison, de jugement, voire d'échafaud. C'était que toute agression à mon égard m'arracherait d'abord à Forcalquier, m'éloignerait de Lure. Même mes os n'y reviendraient jamais. Oh, je conçois bien la vanité de croire que nos os nettoyés de nos chairs sont encore sensibles à la terre qui les consume mais pour qui ne croit plus en rien, il reste que les os demeurent entiers très longtemps, empreints de cette éternité qui finit par les apparenter à la roche en quoi enfin ils se fondent.

On peut se leurrer là-dessus lorsqu'on a l'âme pure, ce dont je me flatte, encore que nombre de mes commensaux poufferaient de rire à m'entendre l'affirmer, eux pour qui le moindre bien fait à une femme se transforme en atroce perfidie à l'égard de quelque mari. J'en grognais de désapprobation en prêtant l'oreille au vent d'hiver qui sifflait dans les fers de la treille chez mes voisins Montagnier.

Je venais juste de fermer à double tour la porte de mon atelier à secrets, la seule, à cause des plantes toxiques, que je me refuse à laisser ouverte. Je m'apprêtais à me mouiller le bout des doigts afin d'étouffer la chandelle sans subir du suif l'odeur nauséabonde. J'étais en caleçon long, fort aise d'être seul. Mon lit allait m'accueillir dans son parfum d'armoire, entre ses draps de chanvre toujours bien tendus comme me le recommandait ma mère. Elle l'ouvrait inopinément, montrait d'un doigt accusateur le moindre pli de la toile.

— Comme on fait son lit on se couche ! soulignait-elle. Ce n'est pas un proverbe, c'est une punition !

Je venais de dessiner ce même geste afin de vérifier cette absence de plis. Alors, un vacarme discret évoquant le déplacement d'une souris sur le faux plafond du grenier m'alerta et me tint sur le qui-vive. Je me dis :

— Qu'est-ce qu'il lui prend ? Nous ne sommes pas dimanche ?

Tous les dimanches en effet, ma bouchère au lorgnon venait ainsi de nuit jeter un caillou sur la toiture de l'appentis. Et comme je l'attendais, je descendais en vitesse, traversais la cour et l'accueillais à bras ouverts à la poterne pratiquée dans la porte cochère et dont la serrure était finement huilée. Elle se plaquait contre moi et déjà, forte de six jours de privation, cherchait impatiemment mon sexe d'une main investigatrice, rude parfois et sans ménagement.

Mais ça c'était le dimanche car cette nuit-là, afin d'échapper aux taxes municipales, le boucher quittait vers onze heures la couche conjugale. Il allait vers Sigonce, Mane ou Niozelles, portant à l'épaule une longe de cuir afin de ramener quelque veau ou quelque vache baptisée bœuf qu'il sacrifiait lui-même à l'abattoir, ce qui n'avait pas peu contribué à me dispenser de tout scrupule à son égard.

Dix fois elle m'avait prié de profiter de l'occasion, d'aller la retrouver dans la couche conjugale afin qu'elle n'en perdît pas la tiédeur ni l'illusion que c'était son époux qui lui rendait ses devoirs. Dix fois j'avais dit non. Lorsque j'avais dix-huit ans, je m'étais ainsi trouvé coincé par un mari dans la ruelle d'un lit conjugal. J'avais dû subir les promiscuités d'un vase de nuit et, ce qui est plus grave, les transports bruyants d'une femme dont ma vie en eût-elle dépendu je ne pouvais démêler s'il s'agissait d'un bonheur réel ou d'un orgasme de théâtre.

Je m'étais en tout cas juré ce jour-là que jamais plus, et je m'étais tenu parole. C'était la condition *sine qua non* de nos accords avec ma bouchère à lorgnons : non je n'irais jamais chez elle ; non nous ne nous rencontrerions jamais sous ces berceaux de grands genêts, refuge de tous les Forcalquiérois en mal d'adultère et qui obligent, tant la campagne est ici secrètement peuplée, à réprimer les transports dans le silence et qui en plus vous laissent fourbus parce que les lits de feuilles mortes sont toujours chez nous bardés d'épines et de piquants divers contre quoi protègent mal les couvertures de cheval par ailleurs si difficiles à dissimuler en cas de malencontre.

Je lui offrais des draps de chanvre à ma bonne fortune.

— Dont vous me direz des nouvelles ! lui glissais-je.

C'était au temps délicieux où nous marchandions encore notre accord à mots couverts sans nous être jamais effleurés. Je lui chuchotais alors des demi-horreurs qui avivaient sa couperose. Tandis qu'elle m'enveloppait lentement le merson destiné à ma soupe d'épeautre, je lui faisais l'article pour ma literie. Je possédais de famille en effet ces draps de chanvre sur lesquels on ne dérape pas, qui vous tiennent cloué à votre place, sur le ventre, le flanc ou le dos. Draps faits pour l'amour où il est si important que les chairs ne se dérobent pas sous les doigts ou les reins. Mon grand-père rouisseur avait d'abord pourvu sa maison de tels draps avant d'en fournir ses pratiques. Ils ajoutaient au plaisir une rugosité de cilice qui n'était pas en général pour déplaire à mes bonnes fortunes. Mais ce soir d'hiver, je m'apprêtais à m'y vautrer tout seul et sans vergogne. Je dors sept heures d'affilée et sans rêve et sans angoisse. Du moins le faisais-je jusqu'à cet hiver-là.

Je fronçai le sourcil que j'ai fort broussailleux en entendant ce tintamarre intempestif en cette nuit de mercredi. Je refermai le lit machinalement. Je prêtai l'oreille, croyant avoir mal entendu. Alors un autre caillou plus gros que le premier roula sur la toiture.

— Elle va me casser une tuile !

J'avais grommelé ces mots en enfilant mes chaussons. J'étais sûr maintenant que c'était elle. Ma foi, ce n'est pas à dédaigner une femme qui ne peut tenir d'un dimanche sur l'autre et qui décide de braver le danger. Je descendis en hâte lui ouvrir le portillon. Je la reçus contre moi haletante, le souffle court, sa poitrine fermement corsetée qui bondissait littéralement hors des berceaux renforcés.

— Allons, allons, Albertine ! Qu'est-ce qui vous arrive ? Nous ne sommes pas dimanche !

Je parlais avec bonhomie, prêt à me plier à son caprice, flatté même de cette impatience. Je croyais aux frémissements houleux qui la secouaient toute, aux prémices d'un désir mal contenu, mais je m'aperçus bientôt, tandis que je la soutenais dans l'escalier, que c'étaient des hoquets de peur, des spasmes d'angoisse qui la convulsaient ainsi. Et d'ailleurs elle essayait de parler et n'y parvenait pas.

Il me sembla voir à la lucarne des Montagnier une flamme tremblante qui oscillait. Je me hâtai de faire entrer Albertine dans ma cuisine. C'est là qu'elle recouvra la parole.

— Ah ! Félicien ! s'écria-t-elle. Je vous en supplie ! Aidez-moi que je suis tout en suffocation !

Elle s'agrippait à moi non comme à un amant mais comme à une bouée. Les ombres de ses bras et de sa tête se débattaient au plafond sous l'unique lueur de la chandelle comme les ailes noires d'un grand oiseau captif et son visage était creux et sans beauté.

— Je vous en supplie ! cria-t-elle encore.

Ses ongles s'enfonçaient dans mes maigres bras.

— Allons allons, Albertine ! Expliquez-vous ! Remettez-vous !

— Je ne peux pas vous expliquer ! Il faut que vous veniez à la boucherie !

— À la boucherie ! Y songez-vous ! L'Albert ne doit dormir que d'un œil ! Et vous connaissez nos conventions !

— Vous devez venir si vous m'aimez !

Lui avais-je jamais laissé espérer chose pareille ? Je fis rapidement mon examen de conscience car il faut toujours se méfier des exclamations inconsidérées pendant les transports érotiques. Depuis deux ans que nous faisions l'amour, entre les nécessités physiologiques qui la rendaient indisponible un dimanche sur quatre, les foires où j'étais absent un lundi sur trois (et partant alors dès la nuit du dimanche), les grippes que son mari attrapait souvent, nous ne devions pas nous être rencontrés plus de quinze fois en tout. C'est facile de faire l'inventaire de quinze nuits de transports même et surtout s'ils ont été fougueux. Je consultai une minute ma mémoire implacable. Non : ni avec Albertine ni avec quiconque depuis ma naissance, je ne m'étais jamais laissé aller à dire *je t'aime* à quelque être vivant.

Mais c'est difficile de détromper une femme sur des sentiments qu'elle vous prête alors qu'elle s'accroche à vous presque en pâmoison et que vous la sentez en proie à la terreur la plus abjecte. Je remis à plus tard une explication nécessaire et m'appliquai à la calmer par de petits tapotements sur les fesses, chatouillis des lèvres dans le cou, mots pervers prononcés à son oreille qui se transformaient en baisers. Mais il n'y avait rien à faire. Albertine me tirait par la main, voulait absolument m'entraîner à l'extérieur, mes plus tendres invites pour une fois la laissaient de marbre. La peur était plus forte que moi.

— Venez, je vous en supplie ! Il faut que vous me débarrassiez de cette horreur !

— Mais quelle horreur ?

— Ah ! je ne peux pas vous expliquer ! Il faut que vous vous rendiez compte par vous-même !

— Mais s'il me trouve chez vous, qu'est-ce que je lui dirai ?

— Il dort. Il est ivre mort ! Et d'ailleurs ce n'est pas dans la maison qu'il faut que vous veniez, c'est dans la cour de l'atelier ! Si vous saviez ce qu'il y a dans la cour de l'atelier, mon pauvre Félicien ! Si vous saviez ce qu'il y a !

Elle faisait claquer ses mains l'une contre l'autre en levant les yeux au plafond à défaut de les lever au ciel. Elle tira d'elle un mot qu'elle avait dû extirper de sa mémoire à grand effort :

— C'est indescriptible ! dit-elle.

J'avais fini par la faire asseoir devant la table. Je lui avais versé dans un verre à pied un mélange dont j'ai le secret et dont je n'ai jamais vu personne être tout à fait comme avant après l'avoir bu. Je l'avais persuadée, à force d'encouragements, d'avaler les deux tiers de cet élixir et, présentement, elle toussait et suffoquait sous la force conjuguée de l'alcool et des aromates macérés. Rien de tel qu'une bonne agression physique pour dissiper les cauchemars et les illusions d'optique dont j'étais persuadé que souffrait Albertine. Et pourtant, sous ses lorgnons embués, l'expression de son regard paraissait toujours fuir quelque vision insoutenable.

Je commençais à être intrigué par ce qu'elle voulait absolument me montrer. J'organisais dans ma tête l'itinéraire qui me permettrait d'atteindre la boucherie sans rencontrer âme qui vive. Il n'y avait, après un grand crochet par les prairies d'artémises, qu'à remonter la traverse des Giloux, franchir le portail des Cordeliers, après, le seul point exposé serait la traversée de la place entre l'église et la fontaine. Dès lors, les andrones qui reliaient d'un courtil à l'autre les palais en ruine de nos basochiens me tiendraient à couvert des grands espaces et des rues sonores de vide.

Je devais surtout me défier du Lulu de la Rose qu'on appelait ainsi en souvenir de sa mère parce qu'elle l'avait eu à quarante-trois ans et que le médecin lui avait dit : « Oïe qué ! C'est un fibrome ! » Après, elle se promenait dans les rues avec le marmot qu'elle désignait du doigt : « Vous l'avez vu mon fibrome ? »

De l'esprit facétieux de sa mère, ce Lulu avait multiplié par dix les ravages. Même l'Auguste Faux s'en gardait comme de la peste.

— Moi, disait-il, je ne fais que des bons mots. Le Lulu, lui, il est capable de m'aclaper sous un mauvais et je n'en relèverai pas.

C'était pourtant mon ami et, en sa compagnie, la vie m'avait toujours paru facile. Il n'empêche qu'il m'abreuvait de sarcasmes, ne concevant pas qu'il y eût quelque vertu dans les herbes que je prescrivais. Il m'appelait le marchand de foin. Nous avions joué aux billes ensemble ce qui le dispensait de tout ménagement à mon égard. J'avais jusqu'alors réussi à lui dissimuler la plupart de mes frasques en dépit qu'il me traquât depuis longtemps, avide qu'il était de prendre en défaut mon austérité. Il tenait pour négligeables et sans objet les secrets d'alcôve. Cela le ferait tant rire ma liaison avec l'Albertine qu'il ne pourrait s'en contraindre en nulle épicerie et il y en a huit à Forcalquier. Il convenait donc au premier chef de se méfier de ce noctambule à qui tout Forcalquier appartenait la nuit et qui était capable de surgir tel un chat, à califourchon sur tous les murs mitoyens.

— Avez-vous bien mesuré, dis-je à Albertine, ce à quoi vous nous exposez ?

— Ah ! s'écria-t-elle. Je ne suis plus capable de mesurer quoi que ce soit ! Si vous saviez, mon pauvre Félicien, le cauchemar que je subis ! Tout le reste compte bien peu, mon Dieu !

Elle n'arrêtait pas de frapper bruyamment ses mains l'une contre l'autre comme si elle venait de découvrir quelque pot aux roses dont elle était encore estomaquée.

J'ai déjà confessé mon intense curiosité pour tous les mystères qui a déjà failli me causer tant de torts. Plus qu'aux objurgations de ma maîtresse tout ébouriffée, ce fut à ce défaut que j'obéis en m'habillant prestement de pied en cap, limousine comprise.

Après avoir soufflé la chandelle et tenant soulevée la cadole pour l'empêcher de couiner, j'ouvris avec précaution la porte de mon logement que je laissai entrebâillée. Il n'empêche que malgré toutes ces précautions j'eus le temps d'apercevoir la lucarne faiblement éclairée sur le mur mitoyen des Montagnier et qu'elle s'obscurcissait brusquement. Je fis descendre à Albertine l'escalier sur la pointe des pieds. Elle se signa machinalement devant le corbillard maintenant pourtant céruléen et doré. Je ne pus empêcher, hélas, la poterne de la porte cochère de grincer contre la dalle car le bois en avait gonflé à cause des pluies abondantes de la semaine précédente. Je laissai aussi cette sortie entrebâillée. À mon retour ainsi les Montagnier en seraient pour leurs frais.

— Et maintenant à Dieu vat, Albertine ! Jamais le clair de lune ne nous a autant desservis ! Passez au moins à l'ombre des génoises au lieu de zigzaguer au beau milieu de la rue !

Je l'incitais rudement avec des chuchotements grondeurs à raser les murs. Il fallait cependant éviter de se heurter dans l'ombre aux cercles de barriques en équilibre contre la remise du tonnelier

Chabrias, aux ridelles sournoises couchées sur le seuil du charron Bécarrut, aux paniers et aux toilettes du vannier Pastisson et, en général, aux surplus de tous les artisans qui se déversaient sans vergogne et barque à travers jusqu'à l'axe de la rue, de jour comme de nuit. Les charrettes sur leurs chambrières barraient aussi les venelles, dressées comme des barricades, embossées qu'elles étaient juste devant la porte de leurs propriétaires.

Tandis que nous nous garions de tant de traquenards, une idée soudaine me traversa qui m'immobilisa sur mes grands pieds, le temps de laisser Albertine me devancer d'un mètre.

— Mais..., lui dis-je, Albertine ! Vous m'avez bien dit que l'Albert était ivre ? Mais vous ne m'aviez jamais dit qu'il buvait ?

— Il ne boit pas souvent. Mais hier au soir il est allé aider à tuer le cochon chez les Testanière.

— Qué Testanière ? Le chaufournier ?

— Non. Son frère : l'estamaïre* !

Il y a des jours où les menteurs n'ont pas de chance. Ce Testanière (Télesphore) il était venu me rendre trois casseroles en fer battu que je lui avais donné à boucher précisément la veille au soir. Il était endimanché sobrement. Il descendait de son attelage. Il me dit que c'était sa dernière livraison de la soirée et qu'il partait veiller son beau-frère qui venait de faire mort subite la veille au rocher d'Ongle. Il ne se pouvait donc pas qu'on eût tué le cochon chez lui.

Heureusement j'ai le cœur ferme et rien de ce qui est humain ne peut m'étonner. Voici donc

* Le ferblantier.

cette Albertine tant enamourée et qui pousse de si beaux cris et qui m'étouffe la tête contre sa poitrine désordonnée quand elle jouit, voici donc cette Albertine qui me ment comme dans un bois. Pourquoi ?

Nous avancions comme des ombres nous tenant par la main, parmi les ronflements de nos concitoyens toutes croisées béantes tant les Forcalquiérois aiment l'air en dépit du froid qui avait fait taire sous la glace le canon des fontaines. Forcalquier exhalait cette sournoise odeur de litière et de pot de chambre qui est le propre des villes sans malice où il y a beaucoup de chevaux et des fumiers précieux dans les encoignures, que l'on nourrit depuis les fenestrons avec le contenu des vases de nuit.

Nous avancions d'androne en androne, le cœur battant à l'idée d'être découverts jusqu'à l'angle de la place aux Herbes où se tapissait, donnant à la fois sur la place et sur la Grand-Rue, l'étal de mon amie Albertine. Elle me retint par le bras.

— La cour ! souffla-t-elle.

Une voûte croupissante s'allongeait à droite dans les ténèbres, où Albertine m'entraîna par la main. C'était un de ces recoins à faire l'amour debout contre un mur. La tentation m'en visita à l'instant. (Ai-je dit que je suis léger ?) Je fis sentir mon envie à ma maîtresse en lui emprisonnant entre mes doigts ses seins en poire dont j'étais si friand. Mais, sans se dégager, Albertine continuait à m'entraîner à la hâte vers ce qu'elle voulait absolument me montrer. Il en faut aussi peu pour m'échauffer que pour me refroidir. Je renonçai.

Entre la voûte à son débouché et la cour que je découvris, il n'y avait aucun obstacle, aucune porte, aucune barrière, comme tous les artisans, le boucher avait ses aises sur la voie publique sans contrainte. Le réduit était un rectangle en pente, cerné par quatre étages de murailles dont trois étaient orbes. On n'y apercevait le clair de lune qu'en levant les yeux très haut. Le sol en dalles bombées ne se distinguait à nos pieds que parce qu'une lumière glauque végétait derrière les grilles de l'atelier qui jouxtait la boucherie et où se malaxaient tant de choses étranges qui ensuite rutilaient toutes vermeilles le soir à l'étalage, sous les lampes à suspension du comptoir.

Cette cour contenait de sinistres baquets où macéraient les viscères d'animaux innocents, écartelés pour satisfaire notre faim ou notre gourmandise. Je frôlai à mon grand déplaisir quelques peaux de brebis à l'étendage sur des fils de fer et je dus fermer les yeux de mon cœur sur bien d'autres dépouilles afin de pouvoir demain encore faire griller sur le pot à braise quelque odorante côtelette.

Mais soudain, s'insinuant entre tant de senteurs douteuses dont les relents m'écœuraient, il m'arriva aux narines une odeur incongrue parmi tant de remugles d'assassinat.

Parallèlement me parvenaient à l'étage les ronflements égaux de l'Albert dont la longueur et la profondeur attestaient une âme paisible.

— Il dort lui, cet imbécile ! Que le diable l'espatoufle* !

* Espatoufler : déchirer entre des mains griffues.

Elle parlait à voix haute. Elle brandissait le poing vers la fenêtre de la chambre conjugale.

— Plus bas, Albertine !

— Risque pas qu'il entende ! Quand il dort la maison peut s'écrouler !

Elle avait saisi sur la tablette du fenestron un bougeoir de cuivre et, toute tremblante, elle en ranimait le lumignon. Elle se dirigeait la flamme haute vers une encoignure des murailles où s'entassaient quelques sacs de jute bourrés de peaux de lapin. Pendant ce temps, j'étais allé doucement pousser la porte entrebâillée de l'atelier d'où provenait cette senteur subreptice qui m'intriguait fort. À tâtons, je découvris suspendu à la patère un paletot que l'Albert, probablement, y avait accroché tout à l'heure. Je pris le temps de le flairer sur toutes les coutures afin de dissiper tous mes doutes et puis parce que l'odeur grasse de la boucherie qui suintait de tous les murs n'était pas propice à la diffusion des fragrances.

Ma religion fut bientôt faite. J'avais remis, il n'y avait pas huit jours, un pot de *sent-bon* à l'Émilienne Fabre, qu'elle m'avait payé à prix d'or à la condition formelle qu'aucun sent-bon à Forcalquier ne ressemblerait au sien. J'en avais passé commande au frère Calixte qui gardait l'ermitage de Lure et qui était mon principal fournisseur. Il avait le génie des parfums avec son nez à larges ailes et sa démarche d'archange.

J'avais donc livré ce sent-bon la semaine précédente à ma cliente, laquelle m'avait même proposé de *me payer sur la pièce.* Sur la bascule, au fournil du boulanger Évariste, l'Émilienne Fabre accusait nonante-trois kilos mal répartis et néanmoins beaucoup d'hommes faisaient silence lorsqu'elle traversait la place en balançant ses hanches.

Quant à moi, elle pouvait être grasse tant qu'elle voulait, une parole c'est une parole. Elle m'avait dit à *prix d'or* et bien que les grasses non plus ne me fussent pas indifférentes, je ne considérais pas que celle-ci fût à prix d'or. Finalement j'avais troqué mon sent-bon contre du bon argent.

Le paletot de l'Albert recelait dans ses coutures le sent-bon de l'Émilienne. Ce n'était donc pas ivre mort qu'il avait regagné le logis, c'était titubant de fatigue pour avoir tant et tant retourné ce quintal de chair vive sur quelque matelas.

— Eh bien, Félicien ! Qu'est-ce que vous faites ?

C'était la voix impatiente d'Albertine qui me hélait en chuchotant. Je lui répondis :

— Je réfléchis.

Je réfléchissais en effet. Il était bien possible qu'Albertine ne m'ait pas menti et qu'elle crût vraiment que l'Albert était allé tuer le cochon chez l'estamaïre. Il se pouvait qu'elle ne fût qu'une pauvre agnelle abusée par un mari volage. Je regardai dans l'ombre sa longue silhouette de demoiselle attardée et me pris incontinent à lui trouver beaucoup moins de charme. J'étais désormais l'amant d'une femme que son mari trompait, ce qui ôtait à l'aventure la moitié de son sel. Tandis que ces pensées futiles vagabondaient dans ma tête, Albertine continuait à me morigéner à voix basse.

— Eh bien, réfléchissez tant que vous voulez mais venez par ici et dites-moi ce que je dois faire ?

Elle éclairait, la bougie haute, ces sacs de peaux de lapin, alignés bien en ordre et formant un triangle à l'équerre du mur. Elle parlait et je devais me rapprocher d'elle à la toucher pour saisir ses paroles :

— L'Albert venait juste de s'effondrer par le travers du lit, c'est même ça qui m'a réveillée. Alors, j'ai entendu dans la cour le pas de deux hommes. Ils n'étaient pas pressés. Ils n'étaient pas inquiets. Ils parlaient entre eux tranquillement comme s'ils avaient été chez eux. Ils avaient l'air d'être encombrés par quelque chose qui grinçait entre eux avec un bruit de girouette. J'ai d'abord pensé à secouer l'Albert mais ivre comme il était autant secouer un quartier de bœuf. Alors, dès que j'ai entendu les pas s'éloigner sous la voûte, je suis vite descendue pour voir ce qu'ils m'avaient pris.

En dépit du cordial qui lui avait fait retrouver son sang-froid, elle hoqueta un petit sanglot en me désignant du doigt le tas de sacs en haussant la chandelle.

— Ils n'avaient rien pris ! Ils avaient apporté ça ! dit-elle.

La lumière tremblante révélait les sacs de peaux de lapin qui s'affaissaient en leur centre sous le poids d'un objet parfaitement visible.

C'était un écrin, un écrin imposant, couleur de velours rouge qui mesurait au carré entre soixante-dix et quatre-vingts centimètres sur quinze centimètres de hauteur. Je pris d'abord la chose pour le logement d'une ménagère de grande maison susceptible de contenir entre soixante-douze et cent quarante-quatre pièces, suivant la grandeur de la maison, mais ma méprise fut de courte durée, je venais de très bien distinguer sous la pulsation de la flamme ces deux lettres : RF repoussées au fer rouge dans un coin et qui semblaient me poursuivre depuis quelque temps.

— Ouvrez-le ! m'enjoignit Albertine. Moi je l'ai fait une fois, maintenant je n'en ai plus courage ! Moun diou quel malheur !

Elle éclatait en sanglots. La chandelle pleurait sur ses doigts en dépit du bougeoir. Il n'y avait plus de silence.

— Taisez-vous donc ! lui commandai-je. Et faites-moi lumière !

Je m'escrimai quelques secondes sur deux boucles de cuivre qui meurtrissaient mes doigts glacés. Je dus, pour dégager les ferrures, appuyer sur le milieu du couvercle. Quand ce fut fait, je l'ouvris tout grand. Il retomba en arrière et s'abattit sur les sacs en grinçant de toutes ses ferrures.

Alors je me plaquai la main sur la bouche pour étouffer le « pute de mort » qui m'échappa incontinent. J'étais cloué au sol à pieds joints sur mon quarante-cinq fillette et ne sachant que répéter ce juron qui m'était familier.

Il m'avait bien semblé, effectivement, qu'il manquait une pièce essentielle à l'autodafé que j'avais contemplé certaine nuit dans la combe de Saint-Donat, et j'aurais bien dû me douter que je ne serais pas quitte à si bon marché de cette fatale rencontre. Mais comment et pourquoi me poursuivait-elle ici, dans cette cour, chez une maîtresse dont le désir qu'elle m'inspirait flétrissait de seconde en seconde ?

La chose palpitait sous la flamme de la chandelle tel un organisme vivant, moirée de reflets d'eau morte sur son acier précieux comme un bijou. Une légère odeur de graisse s'exhalait hors de l'écrin. On voyait tout de suite les soins délicats dont on l'entourait pour lui éviter la rouille ; combien avec précaution, avant chaque usage, on l'extrayait hors de son logement pour la mettre en place au fil à plomb entre les montants que j'avais vus brûler. Il n'était pas jusqu'aux quatre boulons et à leurs écrous nécessaires pour assurer le couperet à la potence mortaisée qui lui tenait lieu de support, qui n'eussent dans l'écrin chacun sa place à part, dans un logement capitonné.

J'avais toujours la main devant la bouche et je proférais toujours à cet abri mes « pute de mort » qui ne servaient à rien. Albertine la chandelle haut tenue à bout de bras détournait la tête afin d'échapper à cette vision qui me captivait au contraire sous son charme comme l'aurait fait un philtre maléfique. J'approchai ma main lentement, jusqu'à toucher la plaque d'acier dont je mesurai le grain froid. Je passai même sur le contrefil de la lame un pouce léger pour m'assurer du tranchant. Il ne pourrait être dit, par la suite et par quiconque, qu'en présence du couperet de la guillotine j'aurais cillé devant lui.

Il n'empêche que j'éprouvais une moiteur suspecte sur mon cou, entre le col et la racine des cheveux, en dépit du froid mortel qui régnait dans ce bas-fond.

— Je vous en supplie ! larmoyait Albertine. Délivrez-moi de cette horreur si vous m'aimez un tant soit peu !

Lui dire que d'abord, quoi qu'elle en pense, je n'avais jamais prétendu l'aimer et que secondement cette lame malencontreuse ne me concernait en rien et que l'Albert était assez grand garçon, lorsqu'il aurait cuvé sa soirée d'amour, pour s'en occuper lui-même à son réveil, tout cela aurait pris beaucoup trop de temps. Je la sentais prête à se traîner à mes genoux ou à s'offrir une crise de nerfs, ce qui aurait réveillé tout le voisinage et m'aurait mis dans une pénible situation.

J'étais pris de compassion (le seul sentiment par lequel on peut toujours me saisir) pour cette femme tendre qui pourtant me paraissait de plus en plus anguleuse et de plus en plus banale.

D'autre part, il fallait faire vite. L'heure fuyait. À partir de trois heures du matin, outre les boulangers, on pourrait rencontrer par les rues, un seau d'eau à la main, nombre de journaliers et de propriétaires, lesquels s'apprêteraient à gouverner quelque mulet ou quelque cheval en une étable lointaine, pour que, dès six heures, la bête soit fin prête à fournir son effort.

Je ne suis pas homme à réfléchir plus qu'il ne faut. Je refermai vivement le couvercle. Je poussai dans leur boucle les deux crochets qui l'assuraient. Je m'arc-boutai sur l'objet encombrant, le chargeai sur mon épaule entre la clavicule et le cou. Il était beaucoup plus lourd que je ne l'avais supputé.

Albertine gloussait des cris d'amour et me promettait des félicités éternelles tandis que déjà je m'enfonçais sous la voûte, les dents serrées et le cœur battant la chamade. Je courais un gros risque en emportant jusque chez moi cette propriété insaisissable de l'État. J'en aurais couru un plus grand encore en le laissant en plan dans ce courtil où on le découvrirait au matin avec, sans doute, un grand concours de gendarmes. Alors on interrogerait sans répit cette pauvre femme jusqu'à l'affoler complètement. Et alors qui sait si dans son désarroi elle ne prononcerait pas mon nom inopinément ? Or depuis que j'avais apposé mon quarante-quatre fillette sur le sol de la grotte où reposaient cinq cadavres dont deux gendarmes (il était impossible qu'effaçant mes traces dans la mauvaise lumière du fanal je n'en aie pas au moins oublié une) depuis cette nuit-là, dis-je, je tenais à ce que mon nom soit prononcé partout le moins souvent possible.

C'est lourd un couperet de guillotine. Je ne m'étais jamais avisé que la rapide décollation devait davantage à la masse de la lame (le poids plus la vitesse) qu'au tranchant de sa soie, mais maintenant que j'en avais l'épaule chargée comme d'un calvaire, cette évidence m'apparaissait de plus en plus probable.

Contre mon maigre cou, l'arête de l'écrin me coupait le souffle et si je songeais une seconde à son contenu, une abondante sueur me mouillait le front. Il devait y avoir, emprisonnées là-dedans, les âmes de tous les décapités qui avaient eu affaire avec ce couperet et qui se pressaient à mes oreilles chuchotant leurs dernières affres.

Ces voix immatérielles qu'amplifiaient les voûtes désertes me poursuivaient d'androne en androne tandis que je m'efforçais d'étouffer le bruit de mes pas sur les lauzes bombées des chaussées. Je ne pouvais pas éviter le fournil du Marius Blanc qui devait pétrir sa deuxième fournée. Je craignais qu'il n'eût à traverser la ruelle pour aller prendre un fagot au bûcher. Un peu plus loin, je faillis m'étaler sur le surplus gelé d'une latrine qui sentait le purin malgré le froid. Ce fut la plus grosse alerte de la nuit. J'imaginais avec épouvante l'écrin éclatant dans sa chute et la lame infernale ripant à n'en plus finir sur les galets savamment assemblés de la calade en leur arrachant sur tout le parcours des gerbes d'étincelles et les gendarmes accourant, attirés par le vacarme, qui arriveraient au pas de course. J'imaginais pis encore : moi, m'étalant sans défense de tout mon long et, par une de ces absurdités dont le destin est friand, le couperet délivré jaillissant hors de l'écrin démantibulé et ricochant, venant se ficher par son angle dans mon maigre cou. Enfin... tout ce qui peut se produire le cas échéant quand on a eu la malencontreuse idée de se mêler de ce qui ne vous regarde pas.

Pour aller de la boucherie d'Albertine à ma maison des Escarayats, il est un passage obligé : c'est la traversée de la cour devant la cathédrale. Cette nuit-là, elle était éclairée par la lune telle une scène d'opéra : lisse, sans un recoin et, comme c'était un lieu de rencontre, on avait doublé les loupiotes fumeuses pompeusement baptisées réverbères qui faisaient l'orgueil de la ville. Il m'allait falloir traverser ce désert avec l'écrin du couperet juché sur mon épaule.

En haut du degré en arc de cercle, plus ancien que l'église, je marquai un temps d'arrêt devant ce vaste espace vide où, la ville surplombant la cathédrale en un gigantesque escalier, on pouvait me voir depuis presque toutes les fenêtres. Comme toujours à Forcalquier, une douzaine de chiens de tailles diverses suivaient une lice à grelots et s'éparpillaient sur ce désert en grognant sourdement leur hargne.

Au départ, j'avais évalué à quinze kilos environ le poids de ma charge. Mais maintenant que je la transportais depuis plus de dix minutes, il me semblait qu'elle s'était alourdie comme — toutes proportions gardées — le Christ l'avait fait un jour sur les épaules de Christophe.

Je descendis péniblement, car il était à demi verglacé, ce curieux escalier aux marches déclives qui vous déverse vers la cour plutôt qu'il ne vous y conduit, et je me croyais sauvé parce que j'apercevais l'ouverture béante de l'androne qui allait m'ensevelir dans son ombre.

On prétendait que par son vacarme le bourdon de Forcalquier avait fêlé, sur les cheminées de salon, nombre de globes conjugaux où dormait en s'empoussiérant la couronne de fleurs d'oranger qui moisissait là depuis de lointaines noces. Il était donc capable de faire flageoler un homme tremblant mais lourdement chargé. Sous les trois heures du matin qu'il assenait à bout portant (j'étais juste dessous) je pliai les genoux car il me paraissait impossible que tout Forcalquier n'en fût pas réveillé et ne me vît pas emprunter le parvis, encombré par cet écrin pourpre. Et je n'étais pas revenu encore de ma panique qu'il récidiva, plus fort, plus péremptoire.

C'était le moment précis où j'allais me hisser sur l'abrupt escalier qui commande l'avenante poterne de la grande androne, oscillant sous la charge et en perte d'équilibre. J'eus néanmoins la force de toiser de biais cette cathédrale trapue et dont les murailles sans fioritures ne respiraient pas l'espérance. De toute sa masse asymétrique elle était assise sur une énigme, armée de son bourdon assommant comme un merlin. Pour la peur qu'elle venait de me faire, je lui glissai entre haut et bas :

— Un tron de dieu te cure ! Toi et ta cloche !

Alors, du marronnier dénudé qui l'été ombrageait la cour, une voix suave descendit qui chuchotait :

— Alors mon pauvre Félicien ! Toi aussi tu mets ton argenterie à l'abri ?

Je me retournai d'un bloc pour voir que la courte échelle du Lulu était posée contre le tronc et je le vis lui, à la suite, la tête encagée entre deux branches, tel un gros fruit malade, parmi les ramures nues.

Ce Lulu était la plaie des secrets d'alcôve. Il les connaissait tous. Il était le divertissement joyeux de tout un peuple lorsqu'il les racontait avec esprit. J'ai déjà dit qu'il ne dormait pas voulant profiter de toutes les heures, de nuit et de relevées. Il mettait son réveil sur onze heures du soir afin d'écourter au plus juste son sommeil. Son père, le moulinier d'huile, avait trouvé le moyen d'utiliser cette étrange disposition de caractère. Il s'était fait donner la ferme des réverbères installés depuis peu. Aussi, toutes les nuits, muni d'une échelle légère et d'un bidon d'huile des enfers (celle qui sent si mauvais) qu'il portait en bandoulière, ce Lulu parcourait les rues de Forcalquier car à cause de nos corridors sans portes baptisés *andrones*, les vents coulis étaient fréquents chez nous, lesquels éteignaient les flammes incertaines.

Mais pour être légère, l'échelle dont usait le Lulu mesurait quand même plus de quatre mètres et grâce à elle et aussi à cette manie hygiénique qu'ont nos concitoyens de dormir été comme hiver fenêtres ouvertes, le Lulu était à même de dresser la carte du tendre de tout Forcalquier en tous ses détails.

Je voyais donc sans plaisir ce Lulu me tomber du ciel. Il descendit lestement de son perchoir, remit l'échelle sur l'épaule et dès lors je l'eus sautillant autour de moi comme un moustique importun durant tout le temps que se poursuivit mon calvaire, c'est-à-dire au hasard du chemin malaisé et long de cinq cents mètres qui me séparait encore de ma maison. Je ne pouvais pas rugir. Je ne pouvais pas lâcher mon fardeau pour secouer les oreilles à l'importun. Je n'osais pas lui balancer un coup de pied dans les tibias, au risque de me déséquilibrer et de m'allonger sur les pavés avec toutes les horribles conséquences que j'avais déjà imaginées. J'étais comme pieds et poings liés à la merci de mon tortionnaire. Le drôle me brocardait. Il tournait en dérision mon personnage au moment même que je me savais un gré infini de mon courage et de ma grandeur d'âme. Car enfin je risquais peut-être ma vie pour une maîtresse à laquelle je trouvais depuis tout à l'heure beaucoup moins d'attrait.

Le Lulu avait récupéré son échelle légère et je voyais, encadré par les barreaux, son visage lunaire dont il dissimulait la faiblesse des traits par une courte barbe. Il me précédait de face, marchant plaisamment à reculons, tandis qu'il soutenait de ses yeux francs mon regard chagrin. Y a-t-il pire preuve de l'inefficacité de Dieu qu'un traître au regard franc ? Si je l'avais étendu roide à mes pieds d'un coup de l'écrin que je portais, on eût crié au meurtre et cependant c'était lui qui m'assassinait ! Il me parlait et à chaque parole qu'il prononçait, il me faisait passer pour un couillon.

— Tu n'es que le dixième ! me susurrait-il. Il y a huit jours que tout Forcalquier se passe le bambin ! De cave en grenier, de cour en jardin, d'androne en séchoir ! Je crois bien, Dieu me pardonne, que quatre dévotes l'ont arraché il n'y a pas deux nuits à la sacristie où les deux premiers adjoints l'avaient abscondu sous les chasubles usagées. Tu me diras pourquoi ? Et qui sait quelle idée saugrenue peut germer dans l'esprit d'un bourgeois désorienté ? Et qui aurait pensé à ça ! Et d'ailleurs, je crois bien que ce sont ces quatre dévotes qui sont allées le déposer dans le courtil à crimes de l'Albertine, sans doute pour la punir de ses mœurs dissolues. Tu t'es laissé aganter*, mon pauvre Félicien ! Maintenant, qu'est-ce que tu vas bien pouvoir en faire du couperet de la guillotine ?

Je lui criai :

— Chut !

Malgré moi. Épouvanté qu'il ait prononcé le mot, de cette curieuse voix de fausset qui nous faisait douter de sa virilité et qui portait si loin. Mais il n'avait cure de mes alarmes. Dans cette nuit si calme, il utilisait le ton de la conversation ordinaire comme s'il eût devisé avec moi en plein jour. Il énumérait sur ses doigts en bouffonnant tous

* Attraper.

ceux qui avaient eu la mauvaise fortune de découvrir ce pot aux roses, un beau matin, au centre de leur vie bien rangée.

— Le boulanger Pettavigne, une nuit dans son pétrin, le notaire Gueydan suspendu par une corde à la potence de son panonceau, le potier Austremoine sous le pied de son tour, les pompiers, tous les pompiers, sous la pompe, dans la remise de la sous-préfecture, le retraité de la marine, dans la baraque de l'octroi ! Tout le monde, je te dis ! Et maintenant, ils doivent tous te regarder passer derrière leurs vitres et ça doit bien les faire rire !

Ce n'était pas la peine de lui demander comment il savait tout ça. Un allumeur de réverbères qui sillonne la ville toute la nuit, à l'affût de toute merveille et qui a l'esprit vif comme du mercure et qui par surcroît est porté à voir le mal partout, ne peut rien ignorer de ce qui se passe dans les ténèbres. Il lui suffit de se rencogner dans l'ombre et d'observer.

Mais qui en ces temps troublés s'était trouvé dans l'obligation de commencer cette partie de cache-cache ? Celui qui l'avait fait avait forcément tenu un rôle capital dans les événements qui s'étaient succédé la nuit où je ramenais mon corbillard à Forcalquier. *Il ne possédait pas de véhicule,* sinon l'idée lui serait immédiatement venue comme elle serait venue à nous tous de mettre ça sur sa charrette sous des sacs et d'aller le perdre à la campagne. Ceux chez qui il l'avait porté en revanche, et sans doute d'abord quelque ennemi juré, n'avaient pas eu le loisir de le faire parce qu'ils avaient été pris par surprise.

J'imaginais cette encombrante pièce à conviction circulant à nuit plombée parmi nos rues obscures, portée à un, à deux ou à quatre, selon la force et la détermination de chacun à s'en débarrasser. La panique qu'elle avait dû provoquer dans l'âme des familles ou des solitaires. Cela prouvait en tout cas que les assassins des bourreaux étaient bien tous de Forcalquier.

Je m'arrêtai haletant car le Lulu sautillant m'avait forcé à gravir la montée à un rythme qui n'était pas le mien. Je distinguais déjà au loin la glycine au-dessus de ma porte cochère et hélas aussi la loupiote tremblante qui veillait derrière les vitres sales chez les Montagnier mes voisins. Je feignis d'être à bout de souffle afin d'atténuer la portée de la question que j'avais à poser. Entre deux halètements, je demandai au Lulu :

— Et... à part ceux-là... La première nuit... Je veux dire : le premier trajet, la première... maison. Enfin à partir de chez qui la noria a commencé ?

Je m'étais remis en route, tout en parlant, le bousculant presque, le laissant dans mon sillage comme si ma question était de pure forme, n'appelait pas de réponse et comme si j'avais surtout hâte d'atteindre mon seuil et de déposer mon fardeau. Mais il était déjà devant moi, me coupant la route, ralentissant mon pas.

— Ah ça ! s'exclama-t-il. Le Lulu le garde pour la bonne bouche !

Il se mit à m'encercler d'une danse bouffonne en chantonnant :

— C'est du bon café pour ta cafetière ! C'est du bon café, tu n'en auras point !

Je voyais son faciès grimaçant encadré par le carcan de deux barreaux, entre les montants de son échelle. C'était sa position affectionnée. Il aimait rapprocher le plus possible sa tête à claque de ceux qu'il narguait.

Chemin faisant et de question en réponse, nous étions arrivés aux Escarayats, devant les bornes de mon seuil. Et chez les Montagnier, précipitamment me sembla-t-il, quelqu'un venait de souffler la chandelle. Mais une lucarne obscure y était grande ouverte sur les ténèbres d'un chambron. Il me semblait qu'une oreille immense était dressée là telle une conque. Le Lulu me tenait obligeamment repoussé le portillon que je venais d'ouvrir. Il me disait encore :

— Et différentement, mon pauvre Félicien, tu ne t'es pas demandé pourquoi l'Albertine te cachait que l'Albert allait voir l'Émilienne Fabre tous les mercredis soir ?

Ce Lulu d'enfer savait aussi cela ! Je faillis lui décocher le coup de pied au cul qui me démangeait ferme depuis que je l'avais rencontré. Mais je ne pouvais pas. Je n'avais pas encore trouvé le point d'appui pour mon écrin. Mon tortionnaire me faisait signe d'approcher mon oreille de sa bouche et comme je n'obéissais pas, il se haussait sur la pointe des pieds pour arriver à ma hauteur. Il essayait, ma parole, d'atteindre mon épaule libre pour la tapoter d'un geste consolateur. Il me chuchota :

— C'est parce que le mercredi soir, cette osseuse jument profite de ce que l'Albert est en goguette pour recevoir dans son lit le Clarisse Trescléoux !

Il me bourra les côtes d'un coup de poing affectueux.

— Tu sais bien ! Leur garçon boucher !

C'était la flèche du Parthe. J'en demeurai pantois et tout seul derrière ma poterne que le Lulu avait brutalement refermée, je ne songeais même pas à me débarrasser de mon fardeau dont le poids s'était pourtant accru de mon déplaisir. Ainsi donc, j'avais risqué ma vie, je la risquais sans doute encore, pour une traîtresse, même s'il y avait un instant à peine je lui trouvais beaucoup moins d'attrait. C'était pourtant logique, compréhensible et parfaitement humain : le mercredi, le musculeux Clarisse, le dimanche le délicat Félicien.

On n'en apprend jamais assez sur son prochain ou sa prochaine. Mais je crois bien que, sur mes méplats, les deux grands plis d'amertume qui me font le visage si noble et si intéressant, sont nés cette nuit-là, à la faveur de cette intense surprise. À trente-cinq ans que j'avais alors j'avais déjà reçu, comme tout le monde, bien des leçons de la vie, mais celle-ci m'humiliait plus que tout autre parce que c'était une leçon comique.

Je n'eus que la force d'ouvrir la logette du corbillard et de déposer mon fardeau sur le plancher mobile que j'ouvrais les jours de foire. D'un dernier effort, je m'arc-boutai contre l'écrin et le poussai de toutes mes forces au fond de la cache. Il heurta la paroi de la chambrière avec un bruit sourd. Je me redressai en soutenant mes reins comme un vieillard. La lune se couchait derrière le Luberon. Je ne sentais plus sur mes désillusions que le froid mortel du matin.

Il se bornait à [illegible] un coup de poing [illegible]
ment.

— [illegible] Mère [illegible]

C'est la fille du Tartare. [illegible] peut devenir [illegible] [illegible]

[illegible]

On [illegible]

[illegible]

[illegible] la terre [illegible]

[illegible] que le [illegible]

J'eus quelques foires dans le mois qui me tinrent éloigné de Forcalquier durant trois grandes semaines et notamment celles de Manosque, de Vinon et d'Apt. Mon corbillard y fit merveille, à Apt notamment où il y avait tant de fortes têtes qui s'esclaffaient autour de mon éventaire, me tapaient sur l'épaule, me trouvaient plein d'esprit mais finissaient toujours par m'acheter quelque chose.

C'étaient des gaillards, bigres, geindres ou goujats d'écurie qui n'avaient pas peur de la mort, étant rubiconds de santé et ne l'ayant encore jamais sentie souffler autour d'eux.

J'en repérai un toutefois, hideux, qui se tenait le ventre en grimaçant et qui me suivit d'Apt à Viens et de Viens à Simiane. Je ne compris pas dès l'abord s'il en voulait à ma personne ou à mon portefeuille.

Je repassais encore toutes les raisons que j'avais de craindre mon prochain lorsque un soir, entre Simiane et Oppedette, dans les gorges sèches des bois de Carniol, alors que je regagnais tranquillement Forcalquier, le ruffian me rattrapa sur le mulet qu'il montait. Il fit caracoler sa bête devant Cinabre médusé qui s'arrêta aussitôt. Je tirai le fouet hors de sa douille.

— N'ayez pas crainte ! me cria le gaillard. Je voulais seulement vous parler mais je voulais que nous soyons seuls.

— Parlez ! lui dis-je.

J'avais mon fouet bien en main et n'en démordais pas.

— Est-ce que vous croyez, dit-il, que le remords ça peut donner la colique ?

Je remis le fouet à la douille et lui répondis :

— Ah ! Ça dépend de la grosseur du remords.

Il soupira.

— Un très gros ! dit-il.

Il mit pied à terre et je fis de même. Les bois de Carniol en leurs déserts sont parsemés de ruines énigmatiques dont on ne sait pourquoi on les avait construites. Elles ont toutes portes et fenêtres béantes mais leur toiture, la plupart du temps, est à peu près intacte. Il y en avait une au bord de la route après un ponceau. Il faisait ce soir-là un temps aigre dans les bois de Carniol.

— Nous serons mieux pour parler là-dedans, dis-je au gaillard.

L'antre où nous trouvions refuge était déjà sombre sous le soir. J'avisai un âtre froid sans manteau, mais dont le conduit était encore intact au plafond. Quelqu'un, braconnier ou fuyard, avait abandonné une brande éventrée devant le potager. J'en tirai une brassée de brindilles et y mis le feu. Une flambée, je l'avais remarqué, aide à la confidence et ce gaillard, délié à peu près comme un ours, me paraissait atteint du besoin de parler.

Il ne laissa pas d'ailleurs aux flammes le temps de s'extirper hors de la fumée.

— Que feriez-vous, me dit-il à brûle-pourpoint, si vous aviez la mort d'un bourreau sur la conscience ?

Je lui répondis prudemment :

— Je me livrerais aux gendarmes.

L'Empire nous avait appris à nous défier de toute espèce d'informateur et nous étions rompus à fournir sans réfléchir et aussitôt la bonne réponse. L'Empire s'était écroulé mais le réflexe de bien répondre était en nous, appris par cœur jusqu'à notre mort. Le gaillard hochait la tête longuement et à la fin il grommela :

— Si je fais ça, ils en trouveront un autre de bourreau et couic !

Je lui rétorquai paisiblement :

— Sans doute ! Vous êtes meilleur juge que moi.

Et je tendis mes mains vers les flammes dans l'attente de la suite. En vérité, je n'étais plus qu'un bloc de curiosité et de crainte.

— Et pourquoi, s'il vous plaît, venez-vous me raconter ça à moi ?

— L'an passé, répondit le gaillard, vous avez soigné un abcès à Chabrias chez la vierge qu'on disait folle. Vous savez, celle qui se teignait les cheveux à la bouillie pour la vigne ? C'est ma mère. Elle est morte depuis, de privations, mais avant elle m'a dit de vous : « Si un jour tu sais plus où pendre ta lumière, va voir celui-là, c'est un bon homme. » Moi vous savez ce que disait ma mère...

C'était à mon tour de hocher la tête en grommelant :

— C'était une sainte femme votre mère, mais je ne vois pas comment on peut remédier à la mort d'un bourreau. D'autant plus que, d'après la rumeur, les morts, ils étaient cinq.

— Oui. Ils étaient cinq. Et nous aussi nous étions cinq mais, en plus, nous avions l'effet de la surprise.

Il soupira.

— Ça s'est fait, dit-il, tellement vite que je me demande encore pourquoi j'ai dit oui.

C'était le moment pour moi de me tenir parfaitement coi, les mains tendues vers le feu et d'une immobilité de tronc d'arbre. L'homme marchait de long en large derrière mon dos en faisant craquer les restes du fagot éparpillé et il disait :

— On était bien tranquilles pourtant ce soir-là, les frères Poupard et le Constantin Bienvenue, mon conscrit. On avait déchargé les balles de farine tout le jour chez le meunier de Paillerols. Ça nous avait laissé quatorze sous chacun. On était en train de les boire chez Monge, autour d'une table, en parlant d'une fille des routes qu'on se serait bien partagée mais on avait peur qu'elle meure avant qu'on y soit passé tous les quatre dessus. Alors on réfléchissait...

Je soufflai :

— Chez le Monge ?

— Oui. A La Burlière vous savez ? L'auberge de roulage dans la côte de Giropée.

Je soupirai :

— Oh je sais...

Je voyais biffer les solives comme une aile sombre la silhouette que le feu clouait au plafond tandis que le ruffian marchait de long en large.

— Et alors là, dit-il, c'est là que nous avons vu l'homme... Enfin ses mains et sa limousine. Pour le reste... Vous savez comment c'est La Burlière ? A part le feu le soir, on ne voit pas à quatre pas. Des fois on renverse le verre qu'on prend à tâtons et tout de suite le Monge il est là à vous en apporter un autre et à vous le faire payer séance tenante. Le verre, s'il est cassé, et le contenu que vous n'avez pas bu.

Je dis avec patience :

— Bref. Vous avez vu un homme.

— Oui. Oh, quand je dis voir... C'est plutôt les billets qu'on a vus. Il venait de se lever et, à cause du manteau de la cheminée qui le coupait en deux, il était encore moins visible. Il préparait de la monnaie pour le Monge et en même temps, comme s'ils le gênaient dans ses mouvements, il sortait des billets de sa poche et ceux-là, ils étaient à la hauteur du feu, on les voyait bien. Il les avait même mis en éventail, il les faisait miroiter aux lueurs des flammes. On aurait dit qu'il voulait appâter quelqu'un avec. Nous, les quatre, des billets comme ça on n'en avait jamais vu ! Tout ce qu'on voyait, on avait les yeux assez perçants pour ça, c'est qu'il y avait cinq cents inscrit dans le coin. C'étaient des billets de cinq cents francs qu'on nous passait sous le nez !

En dépit de la menaçante houle de vent sans espoir qui déchirait les nuages sur les bois de Carniol et qu'on entendait au-dessus de l'âtre, l'homme était encore en compagnie de ces billets qui lui avaient fait si chaud au cœur.

— C'était une affaire à faire, dit-il. Le particulier n'était ni bien grand ni bien gros et d'après les mains qui étaient la seule chose visible de sa personne, ce devait être un aristo car elles étaient fines. Il y avait longtemps longtemps que les uns et les autres nous avions envie d'un de ces billets de cinq cents francs que nous avions jamais entendu que parler. On a pas eu besoin de rien se dire. On est sortis derrière le quidam à la queue leu leu. On l'a vu dans le clair de lune qui était devant le puits comme s'il pissait ou comme s'il réfléchissait. En tout cas il était bien placé. Dès qu'il nous aurait donné, ou qu'on lui aurait arraché les billets, il ne resterait plus qu'à le jeter dans le puits de La Burlière. C'est un puits de douze mètres. Il n'aurait pas été seul en bas, d'ailleurs. A un moment donné, c'était une légende que ce puits. Nous avons fait le mur derrière l'homme mais alors il s'est retourné et nous avons vu qu'il avait un pistolet dans chaque main. Avec deux pistolets au poing, même un homme de soixante kilos fait le poids. Et nous avions l'air plutôt couillons avec nos quatre quintaux bien plantés qui nous servaient d'arme. On faisait de belles cibles !

Je m'étais bien promis de rester coi jusqu'à ce que le ruffian ait fini de vider son sac mais là ce fut plus fort que moi, je lui criai :

— Alors là, vous l'avez vu quand même ?

— Non ! Il portait un voile à récolter le miel qui flottait devant sa figure jusqu'au menton et là, même avec le clair de lune...

— Il vous parlait bien !

— Oui. D'une drôle de voix parce que le puits de La Burlière d'un chuchotement, il vous fait un tonnerre ! Il est large comme un bassin. Un trou à faire peur ! Pas un de ces puits où on pourrait tout juste glisser un homme debout. Non. Un puits large de quatre pas, et des miens puis encore. Sa voix, l'homme, il la lui confiait à ce puits. Elle nous arrivait d'en bas. On voyait même pas remuer ses lèvres.

— Et que disait-il ?

— Oh, des choses simples : « Pourquoi voulez-vous me confisquer ces billets, alors que je suis tout prêt à vous en faire don ? »

Il nous a fait serrer l'un contre l'autre avec un mouvement de ses armes. Il a commandé au Jean Poupard qu'il a appelé le gros d'aller se saisir des billets qu'il avait posés sur la margelle. Pendant ce temps, moi, je suivais le mouvement des pistolets. Ils étaient tenus par un spécialiste : l'un bien dressé dans l'axe de tête du Poupard et l'autre, celui de gauche, qui remuait dans notre direction comme si l'homme n'avait pas encore bien fait son choix. Au hasard...

Je sentais le souffle du gaillard sur mon épaule. Je le voyais qui approchait à côté de moi ses mains vers la flambée car il faisait froid dans cette baraque parmi tant de portes et de fenêtres crevées.

— Mais moi, dit-il en baissant la voix d'un ton, c'était pas tant les pistolets qui me faisaient peur, c'était l'homme lui-même. Je sentais bien — mais allez vous fier à ça ! — que si nous ne l'écrasions pas tout de suite, il nous écraserait plus tard, lui, un à un ! J'avais envie de le crier aux trois autres mais il était déjà trop tard. Le Poupard s'était jeté sur les billets et il les avait déjà bien en main.

« Compte-les ! commanda l'homme. Il y en a combien ?

— Huit ! » dit le Poupard d'une petite voix.

Il nous aurait fallu dix ans à tous les quatre pour en gagner autant ! Et encore, sans manger entre-temps ! Le Poupard avait autant envie que moi de jeter l'homme dans le puits. Mais même à quatre contre un la partie n'était pas égale. Il en resterait toujours au moins deux sur le carreau et on ignorait lesquels. Je ne savais pas ce qu'en pensaient les deux autres mais moi j'avais encore trace d'une vieille balle récoltée à Magenta et qui me donnait du rhumatisme quand le temps changeait.

« J'en ai chargé un à grenaille, a dit l'homme. Et je viserai les yeux ! »

Il avait bien vu que les huit billets nous travaillaient l'esprit. Il s'était sournoisement approché du Poupard qui les tenait en main et il lui appuyait le canon contre son ventre.

« Déchire-les ! » commanda-t-il.

Le Poupard eut un haut-le-corps.

« Déchire-les ! répéta l'homme sans élever le ton. En deux ! »

On voyait bien que le pistolet s'appuyait fort contre les côtes de notre collègue mais surtout on entendait le bruit décourageant des billets de banque déchirés.

« À la bonne heure ! a dit l'homme. Remets huit moitiés sous la pierre. Attention ! Qu'ils ne s'envolent pas ! Et pour l'autre moitié... Vous pouvez vous les partager ! Quand on aura fait le travail que je vais vous commander vous reviendrez ici. C'est un puits qui ne sert plus. Il est trop sale. Voilà : mettez les billets au fond du seau ! Descendez-le au ras de l'eau ! À la bonne heure ! Tout à l'heure, il ne vous restera plus qu'à le remonter ! »

Moi, Brédannes, je savais quel genre de travail cet inconnu qui avait pris la précaution de se voiler d'un treillis à récolter le miel leur avait commandé à ces quatre gibiers de chiourme. J'avais eu le privilège d'être le premier à en mesurer les effets. J'écoutais donc d'une oreille distraite quoique horrifiée le récit que m'en faisait le hideux ruffian qui partageait ma solitude au fond des bois de Carniol. Pourtant, je ne pouvais m'empêcher de m'exclamer de temps à autre :

— Mais enfin, pendant qu'il vous commandait tout ça, cet homme, alors jamais vous ne l'avez vu ? Jamais il ne s'est dévoilé ?

— Jamais. On était pris par l'action. On pensait aux mille francs chacun dont on avait déjà la moitié. Vous savez ce que c'est vous : mille francs ? Et puis il était toujours devant ! Ah ça on peut dire qu'il payait de sa personne. C'est lui qui est monté dans les arbres le premier et il a fait tellement vite qu'il nous braquait son arme dessus alors qu'on était encore en bas. Il passait du clair à l'ombre en un clin d'œil. Le *mourail** que le chapeau tenait à l'ombre ne glissait jamais sur sa figure. Il était toujours hors de notre regard.

Il fit silence une seconde. Il était maintenant devant moi pour me prendre le bénéfice du feu car il avait froid. Il était énorme, mal équarri, avec une nuque courte qui lui faisait les épaules près des oreilles. Il se dandinait d'un pied sur l'autre, tout étourdi encore, me sembla-t-il, de ce que mille francs avaient pu lui faire faire.

* Voile.

— C'est égal ! dit-il. Quand on a vu du haut des arbres qu'en bas dessous, à la lueur des flambeaux, c'était la guillotine qui passait à notre portée, je crois bien qu'on s'est mis à claquer des dents tous les quatre ensemble. Il nous a crié : « Vous êtes des capons ! »

— Qui ?

— L'homme ! Il nous a crié ça et, en même temps, il a sauté d'en haut sur l'homme au calitre !

— Au calitre ?

— Oui : au gibus ! C'est à ça qu'on reconnaît le bourreau : il porte un calitre ! Et c'est sur lui qu'il a sauté. Et c'est lui seul qui l'a tué ! Il nous restait plus qu'à le suivre.

Il renifla.

— Ah monsieur, quand on est un gibier d'échafaud, voir tuer le bourreau c'est comme découvrir une mine d'or. Aussi c'est volontiers qu'on s'est chargé des aides et des gendarmes ! Il fallait pas que personne nous reconnaisse, vous savez ce que c'est... Et puis il nous a commandé d'aller cacher les corps loin de la route. Faut vous dire monsieur qu'à ce moment-là, il y avait longtemps que nous n'avions plus envie de le jeter dans le puits. Cet homme c'était un chef. On avait plaisir à lui obéir. Alors, quelle que soit sa figure et quelle que soit sa voix... On aurait mille francs chacun et de beaux souvenirs.

Je grommelai :

— Vous parliez de remords tout à l'heure. Ça ne s'accorde guère avec de beaux souvenirs.

— Ah, c'est que les choses ont bien changé depuis, monsieur. Les gendarmes ont convoqué tous ceux qui ne gagnent pas leur vie régulièment, tous ceux qui ont un père ou un frère qui s'est battu contre Badinguet en 51. En 51 j'avais huit ans, monsieur, mais mon père est mort dans les marais de Villeneuve d'un coup de baïonnette. Les remords ça augmente à mesure qu'on est serré de plus près par les gendarmes. Et puis, il n'y a pas que les remords, monsieur, pour me donner la colique...

Il s'arrêta net. Il se posa un doigt sur les lèvres pour m'imposer silence. Il fit un bond prodigieux jusqu'à l'entrée béante de la ruine. Je m'étais retourné moi aussi. Je le voyais devant la nuit, énorme, luisant de crasse et pataud, qui essayait de déjouer les pièges du clair de lune.

— Vous avez entendu ? me dit-il.

— On entend toutes sortes de choses, lui dis-je. Si vous vous fiez à ce que vous entendez ! Regardez plutôt nos bêtes. Elles n'ont pas bronché.

C'était vrai. Son mulet attaché sous un mûrier ne pointait même pas les oreilles et Cinabre dormait debout entre les brancards. Le colosse se laissa choir sur une meule à écraser le blé qui se trouvait enlisée dans l'herbe devant le seuil de la ruine.

— Quand on a attrapé le remords, dit-il, on entend toutes sortes de bruits tout le temps. Et surtout quand il n'y a pas que le remords... L'autre jour, au ménage de Cadarache, où il y a au moins vingt domestiques, ce qui fait qu'on peut toujours remplacer l'un par l'autre, mon conscrit Bienvenue s'est tiré un coup de fusil en nettoyant les armes des maîtres. On a dit qu'il était resté une cartouche dans le canon. Par inadvertance on a dit, par inadvertance...

— Alors ? lui dis-je conciliant. Si c'était par inadvertance ?

Il hocha la tête.

— Une cartouche dans un canon c'est vite glissé et après, le premier couillon venu...

C'était finalement un homme qui avait peur et qui ne pouvait plus rien m'apprendre. Je lui fis défaire son pantalon devant l'âtre où j'avais jeté le reste de la bourrée. Il avait un vaste ventre réjoui qui ne devait pas avoir l'habitude de souffrir. Je le palpai longuement, par acquit de conscience. J'allai lui chercher au corbillard un grand flacon d'élixir parégorique qu'il me régla séance tenante. Remis en forme et ragaillardi après en avoir bu une large rasade, il brandissait son flacon comme un trophée. Je lui dis :

— Faites faire un peu de galop à votre mulet. Quelquefois, le galop, ça débloque les tripes.

Il fit volter la bête du côté de Valmartine et se mit à lui frotter les côtes à coups de talon. C'est un régime auquel un mulet ne résiste pas. Celui-ci se mit la tête haute à valser de la croupe pour vider son cavalier et comme il n'y parvenait pas, il s'élança à fond de train sur le chemin montant.

Je restai seul dans le silence, à méditer sur cette rencontre en rebroussant ma barbe naissante qui commençait à me déranger. Cet homme était donc bien certain que je n'allais pas séance tenante le livrer aux autorités et cette certitude qu'il avait me mettait mal à l'aise. N'étais-je pas un bon citoyen ? Non, je ne l'étais pas. Et je n'étais pas assez sûr non plus que les gendarmes ne pratiqueraient pas à mon égard, si je leur parlais du ruffian, la politique du fil en aiguille qui fut longtemps celle de toute justice. L'auvergnat imperturbable réchauffait la nuit en fumant des naseaux. Je m'adressai à lui en dialecte, la seule langue qui lui fût intelligible.

— Qué n'en diès ? (Qu'en penses-tu ?)

Le cheval tapa trois fois du sabot dans la poussière mais il n'émit aucun son.

— Oui, tu n'y comprends rien toi non plus, quoi !

J'escaladai le marchepied et relançai l'attelage dans l'espoir de regagner Forcalquier avant le jour et surtout mon lit. J'étais fourbu. J'avais parlé tout le jour à des pratiques hésitantes qui ne se laissaient convaincre qu'à force d'éloquence et qui pour la plupart pétaient de santé et n'avaient pas besoin de mes élixirs. D'autre part, le travail et les maternités avaient tellement enlaidi les femmes de ce pays qu'elles avaient perdu l'espoir d'y remédier par des artifices. Mes onguents et mes sent-bon c'était seulement parce que je leur faisais l'amour avec les yeux qu'elles me les achetaient. Il n'y avait pour me consoler que l'argent que j'avais gagné qui pesait lourd au fond de mes poches.

Dans les bois de Carniol, à une heure du matin, c'était un bien maigre viatique pour résister à la solitude. Les bois de Carniol, la nuit, sont toujours pleins de bruits réels ou supposés. Parfois, c'est un simple renard qui fraye dans les bruyères hautes un chemin pour sa portée ; parfois c'est un coq des bouleaux dérangé qui fonce à travers les feuillages avec un bruit de déchirure. Parfois aussi, et c'est le plus fréquent, ce n'est rien. Je veux dire rien de définissable : une houle dans l'air qui dévale en panique, avec le bruissement d'une lointaine armée et ne laisse pourtant aucune trace dans les halliers ni dans les arbres ni sur la terre. Or cette nuit-là, tout ce qui vivait retenait son souffle.

J'avais la désagréable impression que ces parages où jusque-là j'étais souverain de nuit comme de jour ne me convenaient plus et recelaient nombre d'embûches au profond de l'ombre, au fil des bois. La lune mollissait. Sa lumière devenait horizontale. Elle se noyait parmi les marais de brume qui sourdaient de l'ouest. Bientôt, je ne pourrais plus compter sur elle.

Je voyais bien briller comme un phare, là-haut, une lumière sur Vachères qui ne devait être qu'une loupiote oubliée sur la lucarne d'une écurie. Mais avant d'y parvenir, c'était tout un océan de menaces qu'il me fallait affronter.

De surcroît, à chaque cahot que provoquaient les dos-d'âne pratiqués par les cantonniers en travers de la route pour corriger les ravinements, l'écrin du couperet se soulevait au fond de sa logette et se rabattait avec un choc sourd. J'étais, depuis cette nuit-là, paralysé par ce voisinage qui veillait non loin de moi de jour comme de nuit. Je ne me décidais pas à l'abandonner n'importe où, certain que j'étais de laisser quelque trace qui conduirait jusqu'à moi. Ce n'était pas un compagnon pour traverser la nuit les grands bois de Carniol.

Afin de me rassurer et de retrouver ma légèreté native, je me livrais à cet exercice souverain qui consistait à me remémorer les grands moments de mes félicités avec mes bonnes fortunes. J'en étais à cet exercice de plaisir aigu (mais avec qui était-ce ?) où l'une de ces charmantes m'avait offert son quant-à-soi à travers les barreaux d'un lit de cuivre au pied duquel j'étais debout. Je voyais les orteils adorables de la mâtine fermement arrimés contre cet obstacle commode, de sorte que je pouvais à la fois les lécher et la pénétrer. Et...

Je n'eus pas le temps d'évoquer plus avant. Cinabre avait marqué brutalement l'arrêt et sans ordre, avec un hennissement de panique. Je tirai machinalement sur les rênes mais c'était inutile. Le cheval n'avait pas l'intention de bouger. La route montait rectiligne devant moi sur cent mètres à peu près, ce qui était le maximum des lignes droites dans ces parages. En face, planté au beau milieu du chemin, immense sous la lune, il y avait le mulet du ruffian qui pointait ses grandes oreilles droites et nous regardait venir. Seulement il était seul. Apparemment son cavalier avait vidé les étriers.

Je remis l'auvergnat au pas en le gourmandant quelque peu. Le mulet s'écarta docilement pour nous laisser passer. Je m'assurai en me retournant plusieurs fois qu'il ne me suivait pas. Mais non, il restait planté là à humer l'horizon nocturne. Il réfléchissait. Je savais que quand il aurait assez réfléchi, ça pouvait durer plusieurs heures, l'animal se mettrait tranquillement en route pour regagner son écurie.

J'étais dès lors résolu à ne pas me poser sur l'incident plus de questions qu'il ne convenait. Vous êtes-vous déjà trouvé, à deux heures du matin, au fond des bois de Carniol, face à un mulet tout bâté qui vient de perdre son cavalier ? Non, n'est-ce pas ? Eh bien moi je m'y trouvais ! Et aucune charmante situation avec aucune bonne fortune ne pouvait me secourir ni me faire oublier. J'avais peur, c'est entendu. Je ne me fais pas plus fort que je ne suis.

Je conviens volontiers d'autre part que bien que mon véhicule fût, le jour, d'une riante couleur céruléenne, néanmoins ce que les ténèbres restituaient, c'était un vulgaire corbillard et que celui qui m'aurait croisé en tel équipage aurait pu lui aussi être frappé de terreur. Toutefois, une telle éventualité était peu probable, tandis que moi j'étais certain de faire au moins une mauvaise rencontre.

Elle m'attendait dans un tournant roide, inondé de lune par la soudaine trouée de quelques érables dénudés parmi les chênes dont le feuillage d'hiver formait encore frondaison. C'était un tas informe qui me barrait le passage. Je m'attendais tellement à ça que ce fut un soulagement de le découvrir enfin. Une partie de mon angoisse se dissipait devant la réalité.

C'était l'homme qui me parlait tout à l'heure dans la ruine et qui avait lui aussi tellement peur. A le voir tel que je le contemplais là, ayant mis pied à terre, il avait eu bien raison d'avoir peur car c'était lui ce tas si important qui mordait la poussière. Mais comment une telle masse de chair et de muscles avait-elle pu se laisser abattre, puisqu'il n'y avait eu aucun coup de feu ? Par acquit de conscience je lui touchai le visage du revers de la main. Il était tiède encore mais la manière dont il gisait disloqué sur le sol indiquait qu'il était mort. En outre, je m'avisai qu'il portait en travers de la figure une ecchymose violette qui tenait d'une oreille à l'autre ; une balafre qui lui coupait le visage en deux, qui lui avait pour ainsi dire écrasé le nez. On aurait dit qu'on avait voulu littéralement effacer ses traits en les biffant d'une croix. C'était là la seule blessure apparente, pour le reste, la position du crâne indiquait assez qu'il s'était brisé les vertèbres en tombant du mulet à la renverse.

C'était moi le coupable. Je lui avais bien recommandé de lancer sa monture au galop pendant un certain temps. Mais quelle était la cause de sa chute ? Je n'aurais sans doute jamais découvert le pot aux roses sans mon cheval, lequel me voyant chercher de tous côtés donnait depuis quelques minutes des signes d'impatience. Il soufflait discrètement des naseaux comme il savait si bien le faire quand il avait quelque chose à me communiquer. Il esquissait un rire à grandes dents en exécutant des mouvements de tête en direction du sommet des arbres. Il mit longtemps à me faire comprendre et dut pour cela user à mon égard d'une patiente intelligence. En désespoir de cause, il s'ébranla tout seul, sans ordre, entraînant l'attelage jusqu'à la hauteur du cadavre et manœuvrant habilement pour ne pas le toucher, il se planta là, la roue du corbillard frôlant le tas de chair qui avait été un tas de misère. Là, il leva la tête à deux ou trois reprises en retroussant les babines.

Cette insistance à me désigner le ciel et cet arrêt inopiné en un point précis du chemin me porta, pour examiner les choses de plus haut, à vouloir grimper sur mon siège mais j'en fus empêché car une cordelette de lavandière tendue à mort entre deux chênes m'en interdisait l'accès. C'était la hauteur à peu près où devait se trouver la gorge d'un cavalier. L'endroit devait avoir été choisi parce que ces arbres portaient très bas leurs ramures et qu'il avait été aisé de les escalader. Et s'il m'était venu immédiatement à l'esprit que la cordelette avait appartenu à quelque lavandière, c'est qu'elle sentait le savon de Marseille et la soude caustique.

Alors, au lieu de m'enfuir à corps perdu loin de ces lieux maudits comme j'aurais dû le faire si j'avais eu quelque bon sens, je me pris à poser mon menton sur ma main et à réfléchir sur ma situation. Assis sur le plancher de mon siège à côté de la mécanique à serrer le frein, je me mis à méditer sur cette cordelette qui me narguait à hauteur du nez, parfaitement discernable sous les derniers instants du clair de lune.

Depuis plus d'un mois, je vivais une histoire qui me poussait lentement vers une erreur judiciaire qu'on finirait par commettre sur ma personne. Je m'étais trouvé, montée de Giropée, alors qu'un crime venait d'y être commis ; un témoin, le maquignon, pourrait affirmer (et il ne s'en priverait pas) que je circulais dans les parages cette nuit-là et que, par surcroît, je conduisais un corbillard ; mon nom figurait sur la liste des quinze personnes susceptibles d'avoir assassiné l'abbé, le soir de l'ortolanerie, et de plus, ce soir-là, j'avais ramassé un billet qui à lui seul pouvait me causer beaucoup d'ennuis ; en outre, le Lulu m'avait intercepté dans Forcalquier certaine nuit où je trimbalais sur l'épaule cet écrin suspect et maintenant je venais de découvrir le corps de ce pauvre diable, visiblement assassiné lui aussi, une demiheure à peine après notre conversation à l'intérieur de la ruine.

J'avais ainsi plusieurs chances de finir la tête sous un autre couperet que celui que je trimbalais dans mon corbillard, juste sous le siège si je n'y mettais bon ordre et il me parut que ce que je devais faire d'abord, c'était de diminuer facticement le nombre de victimes de ces assassins ingénieux.

Tomber de mulet et se briser les vertèbres cervicales, pour un homme connu pour s'enivrer régulièrement, c'était une chose naturelle, et les marques violettes qui lui zébraient la face si l'on ne connaissait pas le coup de la cordelette, même le Dr Pardigon y perdrait son latin, et l'on y trouverait une explication quelconque ou même pas d'explication du tout.

Je suis encore agile, malgré mes trente-cinq ans, et monter sur les chênes défaire les nœuds de la pièce à conviction fut un jeu d'enfant. Je mis la cordelette au fond de ma poche avec mon mouchoir par-dessus.

Alors, au moment où j'allais inciter l'auvergnat à repartir, je m'avisai à l'odeur qu'il venait de crotter. Je mis pied à terre. Il n'était pas question de laisser cette trace au beau mitan du chemin. Car il y a crottin et crottin. D'ordinaire, tous les chevaux du monde sont nourris de bric et de broc avec plus de paille que de bon fourrage et des rations d'avoine souvent inexistantes ou en tout cas fort congrues, ce qui donne un crottin de pauvre, grossier, facilement éparpillable et qui contient quantité de matière non assimilée. Mon auvergnat, au contraire, je le nourrissais comme moi-même, avec autant de soin et de délicatesse et des proportions bien équilibrées de fourrages de diverses provenances et de l'avoine en quantité convenable. Ces précautions alimentaires donnaient un crottin compact, bien moulé, d'une finesse de terreau et que les jardinières d'aspidistras se disputaient âprement par les rues de Forcalquier. Il ne devait pas y avoir dix crottins semblables dans tout l'arrondissement. Je n'étais même pas certain que le Dr Pardigon nourrît aussi bien sa jument que moi mon hongre. Son crottin était révélateur de sa nourriture, des spécialistes tels que les gendarmes ne s'y tromperaient pas. C'était aussi rare et aussi significatif qu'un quarante-quatre fillette, lequel dans le terrain pierreux où je me trouvais ne laissait pas de traces.

Je n'aime pas les gendarmes, leur reprochant d'être toujours nostalgiques d'une tyrannie et républicains du bout des dents, mais je suis loin de les prendre pour des imbéciles. Ce crottin à côté de ce cadavre ne leur dirait rien qui vaille et ils feraient de patientes comparaisons pendant des mois s'il le fallait. Je pris donc dans la logette l'un des sacs de jute que je garde toujours avec moi, car je fais mes boniments à genoux sur le double plancher du corbillard et j'ai parfois besoin de ménager mes rotules. Je cassai au bord du chemin deux branches de ce genêt breton qui y abonde et, à l'aide de ce balai improvisé, j'escamotai le crottin dans le sac. On mesurera à ce trait combien il est difficile de me prendre au dépourvu.

J'allais après cela remettre au pas l'auvergnat nonchalant lorsqu'il me vint une idée. Je me demandai soudain si je ne trouverais pas sur le cadavre de l'homme quelque chose qu'il m'aurait caché et qu'il me serait profitable de connaître. Sans vergogne mais en prenant soin de ne pas le déplacer, j'entrepris de fouiller le corps.

Il portait des vêtements innommables avec peu de poches et beaucoup de trous. Je découvris sans mal le tranchet redoutable qui avait dû servir, certaine nuit, dans la montée de Giropée. Il était couché sur un mouchoir à carreaux et sous ce mouchoir, il y avait quatre morceaux de papier que je pouvais identifier sans besoin de lumière au seul contact du grain. C'étaient des billets de banque. C'étaient les deux billets de cinq cents francs, salaire du crime, dont le pauvre diable n'avait même pas eu le temps de recoller les morceaux. Il devait avoir été saisi d'un tel respect pour ces billets dont il n'avait jamais vu les pareils qu'il balançait encore, à l'heure de sa mort, s'il allait les dilapider ou les placer.

Cette pièce à conviction était aussi parlante que la corde à linge ou le crottin de mon cheval. Pour peu qu'on eût trouvé d'autres billets sur le cadavre de Cadarache, il valait mieux que ceux-ci ne tombent pas aux mains des gendarmes. Je n'eus donc aucun état d'âme à les glisser dans mon portefeuille que je refermai d'un coup sec.

La nuit était propice. L'aube ne se lèverait pas avant plusieurs heures. La lune allait mourir, ensevelie sous les brumes qui sourdaient du Vaucluse, là-bas, du côté du Rhône.

Là-haut, la loupiote à Vachères qu'on avait oublié d'éteindre continuait à clignoter. Elle était la seule de Banon à Revest-des-Brousses à donner signe de vie sur ces solitudes. Engoncé dans ma limousine et le nez fort bas, je songeais intensément que nous étions encore deux à travers bois : moi et l'ingénieux compagnon qui avait possédé au moment voulu cette corde à linge providentielle. Il savait où j'étais. En dépit de notre marche précautionneuse, nous étions bien forcés, mon attelage et moi, d'emprunter le tracé du chemin, tandis qu'il n'était pas difficile à une ombre indéterminée, piéton ou cavalier, de prendre par les sentiers et les lançoirs qui coupaient les lacets de la route. Il ne lui était pas difficile non plus de tendre entre deux arbres une autre cordelette et de me jeter bas avant de m'achever. Tant pis ! Après tout j'étais seul et un peu de honte que nul n'aperçoit est vite passée. Je quittai mon siège et m'installai jambes ballantes entre le tiroir et le pare-crottin. Ainsi pensais-je que la cordelette fatale ne se heurterait qu'au baldaquin et que j'aurais le temps de me mettre sur la défensive.

Néanmoins, il ne m'arriva jamais de desserrer les fesses jusqu'à Forcalquier. J'étais saisi d'une phénoménale envie d'uriner mais j'aurais préféré le faire dans mon pantalon plutôt que de mettre pied à terre.

Le brouillard me happa au passage du pont sur la Laye. Il était à couper au couteau. J'entendis soudain, dans le coton où j'étais, un galop cavalier inoubliable qui grossissait derrière moi. Je saisis mon fouet à pleines mains. Je n'y voyais goutte. Seul l'auvergnat savait où il allait, ayant déjà isolé dans l'atmosphère, à dix kilomètres de distance, la direction de sa douillette écurie vers laquelle il trottait allégrement. Le cheval qui me dépassa en trombe, au ras des jambes, savait lui aussi où il allait. Son cavalier froissait le brouillard dans les plis d'un manteau qui me frôla. Je n'eus que le temps de humer l'odeur de buffleterie qu'il semait à sa trace. Il était invisible, impalpable, mais j'aurais mis ma main à couper qu'il était tout à l'heure comme moi dans les bois de Carniol.

Le brouillard ne me quitta pas jusqu'à Forcalquier qu'il enveloppait de sa nuit sans repères. Ce n'était pas la première fois que j'entrais dans Forcalquier par temps de brouillard mais c'était la première fois que l'obscurité n'était trouée par aucun réverbère. Si cela servait mon dessein de passer inaperçu, je ne laissais pas d'être étonné car le Lulu, en dépit de ses moindres défauts, était ponctuel dans son travail.

Sur la placette des Escarayats brillait seule et faiblement la lucarne des vieux Montagnier dont j'étais le dernier lien qui les rattachât à la vie. Ils vibraient encore intensément à mes aventures. J'étais leur livre de chevet qu'ils ouvraient chaque soir avant de s'endormir, brodant sur mes allées et venues et celles de tous mes visiteurs et visiteuses. Il me sembla toutefois que la clarté venue de leur chambron était bien faiblissante. Quelquefois ils s'endormaient au beau milieu d'un chapitre de ma vie.

J'aurais dû me méfier du grand calme qui régnait autour de ma maison. On n'entendait même pas, et c'était prodigieux, le canon de la fontaine sur la placette. J'aurais dû me méfier d'une grande forme noire immobile là-bas, sur le pavé jouxtant le poteau du lavoir et contre quoi refluait le brouillard. Mes visiteurs parfois y attachaient leur monture par le licol. En vérité j'aurais dû me méfier de cette étrange étoupe blanche que faisait de la nuit le brouillard, mais j'étais tout à ma fatigue et à mon envie de pisser.

Ce ne fut pourtant, en dépit de mon besoin pressant, que lorsque j'eus convenablement gouverné l'auvergnat et pourvu à toutes ses commodités que je m'autorisai à uriner longuement au bord de la litière. Il m'accompagna d'ailleurs, joyeusement me sembla-t-il.

Je lui donnai sur la croupe une dernière tape, mais fourbue, et entrepris d'escalader avec peine l'escalier qui commandait la loggia. La nuit avait été rude et le seul poids de ma limousine sur les épaules m'était un fardeau de trop.

J'appuyai avec joie sur la cadole familière qui céda comme à l'ordinaire, docilement. J'eus quelque mal à pousser le vantail qui coinçait toujours un peu. Je n'ai jamais fermé ma porte de ma vie à l'exemple de ma mère. Ce que j'ai à cacher ou à protéger est enfermé dans ma tête, non au hasard d'un meuble quelconque ou au désordre d'une literie. Je suis transparent de fond en comble, enfin... Je l'étais jusqu'au début de cette histoire. Mais, de toute façon, je n'ai jamais eu qu'à me louer de cette indifférence opposée à la cupidité ou à la curiosité du prochain.

D'ailleurs à Forcalquier, nous sommes tous pareils. Nous avons plutôt peur de perdre notre clé aux champs et de ne pouvoir rentrer chez nous que de voir un malfaiteur nous voler notre batterie de cuisine. Nous sommes en outre couverts par notre insigne pauvreté. Nous avons la réputation de posséder peu de biens et peu d'or. Nos seules richesses sont nos outils de travail bien trop durs à manier pour qu'on songe à les dérober. On cherche ailleurs : à Manosque, à Valensole ou sur les grands chemins dangereux qui traversent le pays, allant d'Aix à Grenoble. Vous ne pouvez savoir en quel état d'âme heureux nous tient cette paisible confiance et combien nous y gagnons de vivre plus longtemps qu'ailleurs.

Je m'affalai dans l'obscurité totale sur mon unique chaise devant la table de la cuisine. À tâtons, j'amenai à moi le bougeoir dont je connais par cœur l'emplacement. Je battis le briquet et soufflai l'amadou. En dépit de ma fatigue, je voulais quand même examiner ces moitiés de billets saisies dans les poches du mort. Je les jetai devant moi sur la toile cirée et entrepris de les lisser avec le tranchant de la main. J'approchai de la lumière les morceaux déchirés en les faisant claquer entre mes doigts.

C'étaient des billets de riches, de ces billets qui ne circulent pas, qu'on dépose sous les piles de draps dans la plus grosse armoire de la plus grande chambre, conjugale d'ordinaire, et qui ne sortent jamais pour les dépenses courantes. On peut les garder neufs ainsi des années durant et lorsqu'on les retire de leur abri, c'est en général pour un grand mouvement d'urgence en un temps où ils sont capables de faire basculer un destin.

Je fis passer lentement sous mon nez ces lambeaux de papier qui avaient coûté si cher aux cinq cadavres alignés sur le talus de safre.

Certaines odeurs, quand on a le nez sélectif, peuvent fort bien se superposer sans se mêler. L'odeur de crasse et de transpiration qui frappa d'abord mon sens olfactif était récente, fugace, et les billets n'avaient pas macéré en elle très longtemps. Et d'ailleurs, le remugle lui-même n'était pas sans évoquer l'âpre réalité. Il se souvenait encore des granges à foin, des grands chemins à poussière, l'air qui avait circulé récemment autour de lui avait fustigé d'amères senteurs de buis et de lait caillé car les hommes de ce pays, même misérables, vivent à travers les grands bois, et l'odeur des grands bois n'est jamais repoussante.

Tout cela pour expliquer que les billets n'avaient pas séjourné assez longtemps dans les poches du ruffian pour que se fût effacée la trace de leur origine. Il allait me falloir un long travail de réflexion et d'investigation et remuer bien des souvenirs avant de découvrir à qui ils appartenaient. J'étais pourtant certain d'y parvenir. Mais j'étais trop fourbu pour m'atteler dès maintenant à cette tâche. Je ne rêvais que de lit et de profond sommeil. Et ce fut dans cet état d'esprit que je me dirigeai vers mon chambron. Il communiquait avec la cuisine par une porte basse dans un mur maître où toujours je devais me baisser pour ne pas donner du front contre le linteau car ç'avait été le réduit de ma mère et elle n'était pas grande.

Dès que j'eus franchi le seuil de pierre et touché le parquet grossier fait de lattes disjointes, je compris que je n'étais pas seul ici. Quelqu'un y respirait dans l'ombre et d'ailleurs l'odeur d'une femme flottait autour de moi.

— Albertine ? dis-je à mi-voix.

Et il est vrai que si je n'avais pas été victime de cette malencontre, j'aurais dû trouver Albertine entre mes draps à mon retour.

J'étais pourtant certain avant même d'avoir ouvert la bouche que je faisais un pas de clerc et que ce n'était pas elle. Albertine n'avait pas de parfum. Elle se lavait à grande eau tous les matins au puits de sa cour avec une pièce de savon de Marseille. Albertine ne sentait que l'huile d'olive dont ce savon exsude.

— Aigremoine ! dit une voix décidée.

Je n'étais pas d'un caractère à croire qu'une femme pût avoir la même audace impulsive qu'un homme. Je battis fébrilement le briquet pour rallumer à tâtons la bougie sur la console. Je n'avais pas besoin de vérifier chez moi l'emplacement des objets, je le connaissais par cœur. Ce fut elle, Aigremoine, qui s'empara de la bougie allumée pour me révéler sa personne. Elle était debout de l'autre côté de ma table de travail où régnait le plus honteux désordre et elle me regardait fixement. Sa main qui tenait le bougeoir ne tremblait pas.

Elle était parée, au-dessus de son amazone, d'un corsage réséda qui faisait des ondes de moire lorsque ses seins frémissaient. Elle m'avait dit bien en face, le soir de l'ortolanerie, qu'elle m'aimait. Depuis j'avais eu le temps de me persuader que c'était là simple effet des fumées de l'alcool, dans la chaleur communicative d'un banquet. Sa présence chez moi, debout devant mon alcôve, me prouvait qu'elle avait la passion tenace et ce que je savais d'elle (et notamment la fin du pauvre Turpin au fond d'un puits) m'incitait à la plus grande prudence. Elle était de taille à me détruire une à une mes bonnes fortunes ou, en tout cas, à faire régner autour de moi telle terreur que je n'en férirais jamais plus une seule.

Il fallait être armé comme je le suis d'une connaissance parfaite du trompe-l'œil que nous offre la réalité pour refuser un tel cadeau. Il fallait être bourré d'amertume comme un amandon sauvage pour ne pas tendre les bras vers cette aubaine et lui dire merci. Mais elle était trop belle, trop profonde, trop singulière. Je savais qu'elle m'emporterait dans son amour de telle sorte qu'à la fin j'y répondrais. Et alors, je serais perdu à tout jamais pour la frivolité. Ce si agréable divertissement dévierait en passion, en tragédie peut-être, oui en tragédie, car, que serait demain, après-demain ce chef-d'œuvre qui se pavanait devant moi pour que mon sexe s'érige en sa faveur et moi-même que pourrais-je pour elle, dans vingt ans, dans trente ans ?

J'étais armé pour oublier mes maîtresses, ne pas les voir vieillir, ne les saisir que dans l'instant présent mais tout aussitôt les perdre de vue afin que, depuis ma propre décrépitude, je puisse continuer à croire qu'en un lieu privilégié de l'espace, le temps ne les défaisait pas comme il me défaisait moi.

J'allais lui assener toutes ces vérités premières, profession de foi d'un égoïste douillet. Il le fallait si je voulais que ma vie, courte ou longue, fût une perpétuelle récréation entre deux néants. Heureusement, elle m'épargna le ridicule de refuser ce qu'elle ne venait pas m'offrir et elle le fit en de tels termes que je me trouvai tout de suite replongé dans mes appréhensions.

— Rassurez-vous, dit-elle. Je vous ai aimé peut-être mais vous avez été effacé. Il s'est passé, depuis cet hiver, des choses foudroyantes. Vous m'avez repoussée avec tant de bon sens que je me suis mise pour vous oublier à courir les grands bois. J'ai chassé à perdre haleine dans les tirées de mon père et ailleurs... Enfin j'ai rencontré un homme. Nous n'avons pas même eu le temps de nous dire nos noms. Nous nous sommes couchés dans un fourré complètement inconnus l'un à l'autre. Ma parole ! J'étais encline à vous oublier sans coup férir entre ses bras...

Elle fit lentement le tour de la table et vint tout à côté de moi me regarder fixement.

— J'ai l'air calme et intact, dit-elle, et je suis en morceaux. Je suis morte ! Je suis un parchemin ratatiné ! Je suis une femme hors d'atteinte de l'érotisme pour toujours. J'ai l'impression que le tissu est brûlé à l'endroit dont je jouissais ! C'est un verbe même que je n'ose plus prononcer qu'en explosant de haine !

Ses petits poings se serraient convulsivement.

— Je crois qu'elle me ment ! dit-elle. Ce n'est pas possible !

— Qui vous ment ?

— Cette fille. Quinze ans ! Elle est toujours par jeu déguisée en Colombine, parce que c'est son nom, mais elle sait poignarder mieux qu'un spadassin !

Je reconnus à cette description la fille d'Hilarion qui, le soir du banquet, tenait le vestiaire pour les invités. Et il était vrai que ce tendron m'avait un instant évoqué certaines images. J'avais lu, traversant ses yeux, une lueur qui faisait plus de quinze ans.

— Elle m'a parlé d'une lettre, dit Aigremoine. Une lettre que ce soir-là vous auriez ramassée et qui expliquait tout.

— C'est là sans doute qu'elle vous a menti.

Aigremoine secoua la tête.

— Quand on aime quelqu'un, dit-elle, on ne le quitte pas des yeux. Je ne vous ai pas ce soir-là quitté des yeux une seconde, depuis votre première arrivée. Je vous ai vu vous raviser et repartir précipitamment. Je vous ai vu revenir avec une bouteille dissimulée dans un grand papier. Je vous ai vu tendre votre manteau à cette Colombine. Vous êtes venu vers nous, vers le salon. Et soudain vous vous êtes baissé, vous vous êtes relevé avec un bout de papier dans la main droite et vous avez précipitamment coincé votre bouteille sous le bras.

— Non. Pas précipitamment ! Votre imagination a agrandi mon geste. Si j'avais fait un mouvement précipité, cela aurait voulu dire que je connaissais le contenu du billet ou en tout cas que je m'y attendais.

— Vous l'avez lu toutefois.

— Puisque vous m'avez tant regardé, vous avez pu remarquer que je l'ai roulé en boule et que je suis allé le jeter au plus proche cache-pot.

Elle se leva, me tourna le dos. Depuis qu'elle m'avait avoué ne plus m'aimer, un étrange regret m'avait saisi peu à peu. Je la contemplais évoluer lentement autour de la pièce. La bougie accrochait son modeste reflet sur les hanches mouvantes de ma visiteuse qui pourtant se contentait de marcher simplement. Elle me parla depuis la croisée et sans se retourner vers moi, elle dit :

— Et que contenait ce billet ?

Je n'eus pas besoin de réfléchir pour mentir. Je savais depuis un bon moment ce qu'elle allait me demander et je lui répondis tout de suite :

— Un mot d'amour précisément ! Un de ces billets, vous savez, qui mouchent entre les amants lorsqu'ils ont besoin de se retrouver. Quelque chose du genre : « Je vous attendrai dans le jardin d'hiver tout de suite après le dessert. » Oui, c'est ça ! C'est exactement ça ! Quelqu'une de vos dames, sans doute, l'avait laissé glisser hors de son manchon. Puisque vous avez suivi tous mes gestes, vous avez bien dû comprendre à ma désinvolture à m'en débarrasser combien j'y attachais peu d'importance.

— Quand l'abbé a été découvert mort, dit-elle, j'ai voulu, oh par simple curiosité car, alors, tout ce que vous faisiez m'intéressait, j'ai voulu me ressaisir de ce billet que je vous avais vu jeter. Je suis allée jusqu'au cache-pot sous un mauvais prétexte. Il n'y était plus.

Je fis un geste évasif pour lui signifier mon ignorance.

— Il n'y était plus, ajouta-t-elle, parce que vous êtes allé le reprendre et que ce n'était pas un mot d'amour !

Elle était debout devant moi, elle se rapprochait. Elle posait ses mains sur mon paletot. Elle me connaissait mieux que je ne la connaissais. Le bourdon de Forcalquier venait de sonner un quatre heures assourdissant. Notre solitude était totale. Aigremoine savait que je n'étais qu'un pauvre homme volage et que sa proximité, son odeur, cet aveu de ne plus m'aimer qu'elle venait de faire ne pouvaient que me pousser à tenter de la cueillir comme une fleur. Il lui suffirait alors de se refuser pour que je lui lâche le contenu du billet.

Nous nous regardions fixement.

— Ce qui m'étonne, dit-elle, c'est qu'après l'avoir lu vous puissiez encore hésiter à me révéler son contenu. Qu'est-ce que ça peut vous faire à vous, je vous le demande, que je sache ce qu'il contient ?

— Ça ne vous concerne pas, lui dis-je en désespoir de cause.

Je m'étais prudemment reculé hors de portée. J'avais mis la table entre elle et moi et ce n'était pas de trop contre ma volonté.

— Partez ! lui dis-je. Avant que je me rende ridicule !

— Vous ne le pourriez pas, objecta-t-elle. Je vous ai dit que j'étais un parchemin ratatiné. Vous croyez pouvoir m'approcher ? Alors c'est que je me serai mal fait comprendre.

Elle tira vivement hors de son amazone un pistolet de dame qui devait quand même peser deux kilos.

— Voici, dit-elle, ce qui vous aurait menacé si vous aviez fait mine de m'approcher. Donnez-moi cette lettre !

— Je ne l'ai pas sur moi et d'ailleurs l'aurais-je que je ne vous la donnerais pas quand même. Vous voulez tirer ? Tirez ! Je suppute depuis ma naissance si je tiens à la vie ou non !

— Je suis très malheureuse ! dit-elle d'une voix étranglée.

Elle rangeait son arme. Elle se détournait. Elle s'en allait.

— Faites attention au linteau, lui dis-je. Vous êtes assez grande pour y donner du front !

Je m'assis haletant au bord de mon lit. J'étais au bout de ce que mon esprit pouvait enregistrer. Le mystère d'Aigremoine après cette nuit harassante réclamait trop de réflexion. J'abandonnai. Je tombai sur la courtepointe les bras en croix, le gilet boutonné, la chaîne de montre barrant ma poitrine, mes grands pieds dépassant du lit et ce fut le néant.

À onze heures, j'ouvrais un œil mourant à la vie, de grands coups de pied et de poing heurtèrent ma porte qui s'était coincée complètement quand Aigremoine l'avait tirée à elle violemment dans sa déconvenue. Je vis soudain jaillir devant moi Albertine qui avait réussi à venir à bout du battant.

Avant que j'aie pu m'abriter j'étais mordu, griffé et elle m'avait décoché dans les tibias deux coups de bottine qui m'avaient fait grimacer.

— Putassier ! Putassier ! criait-elle. Vous avez à faire avec cette Aigremoine. Vous n'êtes qu'un putassier !

J'avais réussi à lui immobiliser les mains, mais elle jouait avec une adresse diabolique de ses chaussures pointues, dans l'intention manifeste de me mettre hors de combat. J'esquivai de justesse un coup de genou dans le bas-ventre qui visait à m'interdire le plaisir pour longtemps.

— Où étiez-vous cette nuit, hein ? Je suis venue cette nuit à minuit comme d'habitude ! Et qu'est-ce que je trouve ? Cette pute qui vous attendait !

C'était là un détail qu'Aigremoine avait passé sous silence et jamais je ne saurais sans doute ce que ces deux femmes résolues avaient bien pu se dire ou se taire dans le silence de mon chambron.

En dépit de la douleur provoquée par les coups de pied et tout en m'en garant tant bien que mal, j'admirais en souriant malgré tout, ce que le dérèglement amoureux peut tirer d'une femme raisonnable. Car il fallait voir par ailleurs Albertine aux prises avec ses clientes soupçonneuses, derrière sa balance quelque peu déséquilibrée à son profit. J'admirais, dis-je, la redoutable force qu'elle employait à me taper dessus.

Qu'elle passât avec le garçon boucher ses nuits du mercredi n'impliquait pas qu'elle ne pût être aussi folle de jalousie à mon égard. Celui qui ne comprendrait pas ce grand moteur de l'âme humaine : la passion exclusive pour un ou plusieurs êtres à la fois, celui-là n'aurait rien à faire dans cette vie. Il n'empêche que j'admirais sans réserve, avec le sourire de la philosophie aux lèvres, cette superbe fureur de ma maîtresse, laquelle en était presque belle en dépit qu'elle en eût.

— Criez un peu plus fort, lui dis-je, calmement. Comme ça vous allez réveiller tous les Montagnier de Forcalquier.

— Qu'ils aillent se faire foutre les Montagnier !

Elle hurlait ces imprécations la tête tournée vers la lucarne, dans la direction de mes plus proches voisins. J'avais enfin réussi à coincer ses mignonnes chaussures sous mes grands pieds et à lui encercler les poignets pour l'empêcher de me griffer. Et dans cet état encore, elle réussissait à soubresauter comme une chèvre. Elle me crachait à la figure par deux fois. Il était temps pour moi de lui river son clou. Je lui dis posément :

— Vous pourrez désormais vous consacrer tout entière et tout votre saoul au Clarisse Trescléoux car nous ne nous plaisons plus vous et moi.

Je crus au relâchement soudain de sa résistance, que j'allais voir sa grande carcasse s'ameulonner sur le parquet, tête et bras ballants. Mais c'était compter sans l'indignation qui la soulevait à l'idée d'avoir été percée à jour. On croit en effet toujours être le seul à tramer dans l'ombre des tours pendables mais la providence a travaillé de telle sorte que l'ombre est notre mère à tous. Et nos trames sont finalement si dérisoires dans leur banalité que nous sommes tous capables de les découvrir chez le prochain alors que nous croyons les nôtres impénétrables. J'étais prêt à servir toutes ces mélancoliques réflexions à ma furie si par hasard elle se calmait, mais elle était indomptable et jouait les vertus outragées.

— Qui vous a dit cette abomination ? criait-elle.

— Le Lulu ! La nuit où vous m'avez fait risquer ma vie pour cet encombrant cadeau qu'on vous avait fait. Et vous savez comme il est fin comptable des nuits de Forcalquier.

— Le Lulu ? Vous n'avez pas de meilleur témoin ?

Soudain, d'une manière imprévisible, elle se jeta à plat ventre par le travers du lit en sanglotant bruyamment.

— Il est mort la nuit dernière ! criait-elle. On l'a tué !

C'est ainsi que j'appris la mort de notre Lulu. Il avait été le rossignol importun que tout le monde aimait, en dépit de ses sarcasmes et de la vérité de chacun qu'il ne laissait ignorer de personne. Il avait éclairé notre vie de sa vision du monde qui rendait la nôtre si commune. Aussitôt Forcalquier s'éteignit pour nous tous. Nous étions mornes. On avait retiré le ressort de notre âme. Il nous arrivait de nous dire que nous avions vécu comme des artistes devant le parterre de sa seule présence et que maintenant nous pouvions baisser le rideau sur nos turpitudes que nul désormais ne commenterait plus plaisamment.

Le Lulu était mort. Il était tombé de l'une de ces murailles où il affectionnait tant de se jucher pour surprendre ses concitoyens en flagrant délit d'adultère, de tromperie ou de malversation. Il s'était rompu le col. C'était une mort naturelle d'après les gendarmes. C'était un meurtre d'après nous tous. Des remparts à l'androne de l'église, de la place d'Armes à la Louette, tout Forcalquier s'inscrivait en faux contre cette mort naturelle.

— Lui qui savait tout, se communiquait-on, de tout sûr il aura découvert le fin mot de toute cette histoire et c'est pourquoi quelqu'un a donné un coup de pied à son échelle.

Nous avions supporté avec constance l'annonce de la mort du bourreau et de ses aides dans la côte de Giropée, laquelle une fois tous les quatre ou cinq ans ne faillissait pas à sa réputation. Nous avions compati — l'église était pleine pour leur enterrement — à l'assassinat des gendarmes qui escortaient les bois de justice. On plaignait les veuves et les orphelins.

En dépit de son apostume, le meurtre de l'abbé passa plus facilement. On avait tant craint de le voir promener parmi nous son cancer qui aurait crevé, qu'on saluait sa délivrance avec une résignation toute chrétienne.

Les quatre escogriffes, feignants et ivrognes dont l'un mourut à Cadarache sur un fusil mal désarmé, le second noyé dans une rigole peu profonde un soir qu'il était ivre mort, le troisième d'un coup de piège à loup dans un taillis obscur et très éloigné de toute habitation, de sorte qu'il hurla toute la nuit en vain et succomba au tétanos, le quatrième enfin, dans les bois de Carniol, dans les circonstances que j'ai relatées, ces quatre furent beaucoup plus lamentés. On les avait connus enfants, leurs familles avaient eu des malheurs. S'ils avaient mal tourné — et encore qu'en savait-on ? — ce n'était pas leur faute mais celle du Bonaparte qui avait déporté leurs pères à Biribi.

Mais la mort du Lulu, dite naturelle, fut pour nous tous d'une tout autre dimension. Ça commençait à faire beaucoup pour des consciences tranquilles, et le Lulu c'était notre âme qui se donnait libre cours dans la vie, ce que nous n'osions pas faire. Nous nous observions à la dérobée avec des regards perdus même si nous ne nous aimions pas. Entre nous, amis et ennemis, ce Lulu avait été le centre de gravité qui fait se soutenir entre eux les astres du ciel. Nous le pleurions en silence, en cachette, sans que les larmes ne nous coulent des yeux. Les amants s'aimaient avec moins de transports, les trafiquants trafiquaient avec moins d'âpreté, il se faisait moins de plaisanteries au coin des rues et soudain le mutisme s'emparait des groupes lorsqu'on se la contait au plus juste sur le champ du marché, le lundi matin. « Lulu est mort », se disait chacun en soi-même.

Lulu était mort. À sa place on avait mis un allumeur de réverbères qui ressemblait à tout le monde et nous nous demandions tous si vraiment nous avions encore besoin de réverbères.

L'ennui s'installait pour nous, par ce printemps en dépit des feuilles miraculeusement tendres qui nous faisaient chaque matin de nouvelles surprises. Il vint un merle sur ma glycine qui se mit à s'égosiller à mon intention et à plusieurs reprises et avec insistance. Je faillis lui demander s'il n'était pas l'âme du Lulu. Je renonçai à plusieurs foires, n'ayant pas le cœur à blouser mon prochain avec mes flacons d'orviétan. La mort du Lulu nous avait tous rendus meilleurs.

Bref, cette étrange mort eut le don d'effacer toutes les autres pendant bien du temps. Mais il n'y avait que nous, à Forcalquier, pour les oublier. Il chevauchait des cavalcades de justice qui sillonnaient le département. Il mouchait des estafettes galopantes qui s'engouffraient en coup de vent, couvertes de poussière, par la porte obscure des écuries à la sous-préfecture. On voyait cliqueter au clair de lune des sabres de gendarmes défourraillés, lesquels avaient pris par les chemins pour un rire de défi le cri insultant du butor. Tout le monde ouvrait l'œil et le bon sur des illusions d'optique, des mirages et des fantômes.

Par ailleurs, le pouvoir se raffermissait qui commençait son règne par une grande amnistie. Il était question du bout des dents que ce régime se réclamait de la liberté et qu'il accoucherait bientôt de l'une de ces républiques de rencontre comme il y en a tant dans le monde et qui n'ont jamais répondu que strictement à l'acception latine du terme : *chose publique*, sans aucune promesse de liberté ni de fraternité. Le prince qui en était président pleurait encore Napoléon dans son shako. La France incrédule d'horreur venait d'apprendre que l'ennemi exigeait cinq milliards pour rentrer dans sa tanière. Nous autres, à Forcalquier, nous nous contentions humblement de pleurer le pauvre Lulu.

La version officielle attestait qu'il était tombé d'un mur parce qu'un coup de vent avait emporté son échelle et que c'était en voulant malencontreusement la rattraper qu'il avait perdu l'équilibre. C'était durant cette fameuse nuit où j'avais parcouru les grands bois de Carniol. On se souvenait à Forcalquier que cette nuit-là il n'y avait pas de vent. Si l'échelle du Lulu lui avait manqué sous le pied c'était que quelqu'un l'avait retirée.

Il vint me voir ostensiblement certaine nuit de mercredi qu'elle aurait dû vivre entre les bras du Clarisse Trescléoux, une Albertine repentante et tête basse qui cette fois parlait à mots couverts. Elle me dit que pour elle j'étais beaucoup plus qu'une aventure et que s'il ne tenait qu'à moi, la boutique lui appartenant, elle était prête au divorce. Elle me protesta son amour à genoux, mouilla de ses larmes mes mains qu'elle serrait entre les siennes. Et enfin, j'aurais dû m'y attendre, elle me dit je vous aime entre ses sanglots.

Mon âme était recroquevillée d'horreur au fond de mon corps. J'étais bien puni par où j'avais péché. Qu'avais-je besoin de lui parler de ce Trescléoux dont peu me chalait, ce qui lui avait laissé croire que j'étais jaloux, lui offrant ainsi l'occasion de me l'immoler aux pieds en guise de dépouilles opimes.

— Je ne le verrai plus, je vous le jure ! Et j'y ai quelque mérite car c'est un vilain violent jaloux !

Il ne me vint hélas que le réflexe de me soustraire à ses embrassades précises. Je fuyais autour du lit comme une vierge qu'on veut forcer. Mon sexe était comme mon âme : réduit à sa plus simple expression. Aux seuls mots « je vous aime », il s'était fané sans rémission. Heureusement car cette dérobade naturelle fit injure à la sauvage Albertine, laquelle déjà y portait une main de propriétaire. Elle se redressa piquée :

— Je vois, dit-elle, que cette Aigremoine vous a déjà vidé de votre substance.

Elle me tourna le dos et son départ fut souligné du même claquement de porte qu'elle avait obtenu l'autre nuit. Je demeurai en silence à écouter son pas outragé décroître sur les pavés. Je venais de me faire une ennemie mortelle d'une femme qui m'avait vu quitter son courtil l'épaule chargée du couperet de la guillotine. Ceci me rappela qu'il était toujours dans sa logette, à la merci d'une perquisition. Il était temps d'aviser.

J'avais justement à faire du côté de Ferrassières avec un bigre clandestin qui m'avait promis dix kilos de miel sauvage (le seul efficace contre les rhumatismes), pour mes préparations.

Ce sont des abeilles deux fois plus petites que les ordinaires qui le fabriquent. Elles n'ont pas de reine apparente, pas de loi, le mystère de leur renouvellement reste entier. Leur miel est noir, étant élaboré uniquement avec le miellat des fleurs de chêne et des charmilles du noyer sauvage. Elles dédaignent tous les autres nectars. Elles ne logent, et c'est à cela qu'on les reconnaît car il y a d'autres abeilles sauvages douées des mêmes mœurs que les domestiques, que dans les troncs d'amandiers ou de noyers morts dont le bois est en spirale, tordu comme une serpillière par on ne sait quelle puissance sans matière que d'aucuns croient être le soleil. Du fond de cette ruine, elles mettent l'homme au défi. Il suffit du venin de vingt d'entre elles pour venir à bout d'un colosse. Et elles ne coopèrent pas. Leur miel, il faut le leur voler de nuit, par clair de lune intense, en ne cessant pas de siffler comme un serpent, la seule chose qu'elles craignent au monde. Si elles vous attaquent, elles vous visent les lèvres et la bouche et si celle-ci est ouverte par mégarde et qu'elles vous piquent la luette, adieu pays ! Les muqueuses enflent, les amygdales éclatent, vous êtes mort à la minute.

C'est dire que le bigre qui allait me vendre ce miel n'était pas un éleveur ordinaire. Il ne parlait pas en tout cas plus de quatre fois par an. Il ne prononçait pas plus de cinq mots à la fois.

Mon métier consiste aussi à aplanir de pareils caractères (j'en décrirai d'autres) et à les utiliser. Si j'avais acheté un corbillard du côté de Saint-Symphorien, c'était aussi pour tenir en respect cette sorte d'homme. Je payais un bon prix ce miel d'ailleurs inconsommable mais qui faisait merveille sur les olécranes à douleurs. Les bûcherons, notamment, m'en donnaient des nouvelles. (Il faut communiquer sa foi quand on est herboriste.)

Qui n'a jamais, dans le soleil neuf, monté au printemps, de Forcalquier au Revest-du-Bion ne sait pas ce que c'est que la joie. Mais il faut partir dans l'aube froide, quand la nuit languit à peine et que seuls se détachent du ciel la cime des arbres et les dos ronds de Lure. Plus tard, le cheval souffrirait des mouches du matin et c'est la moitié du bonheur perdu que de voir souffrir une bête.

On chemine dans la rumeur du réveil du monde durant des heures. On s'arrête pour boire la première eau dans la gorge du Largue, à cette fontaine sans bruit qui est au ras de l'herbe sous le rocher. En général, on rencontre là le premier cantonnier, l'outil sur l'épaule, qui vous donne des nouvelles du pays. Vous êtes son prétexte. Il met pelle à terre pour vous dire que, cette nuit, la vieille Géronime du hameau du Largue a rendu l'âme et qu'il vient d'aider à l'habiller.

— Vaï que c'est pas trop tôt ! Depuis qu'elle souffrait cette pauvre mesquine !

Il vous apprend aussi qu'il a pris *la poplexie* au Tombarel de la distillerie.

— Il s'est trouvé la bouche ouverte alors qu'il pissait sur la borne au coin de son portail. Il a fallu lui desserrer la main de dessus l'oiseau, tellement ça vient vite ces choses-là ! Vaï que, il ira pas loin !

Le placide cantonnier parmi toutes ces nouvelles annoncées se crache dans les mains et attaque le tas de pierres.

— Nous sommes peu de chose ! lui dis-je, par politesse et pour le remercier de tant m'informer.

J'entrai dans Banon chargé de ces nouvelles funèbres alors que le glas tintait allégrement —

tant l'air était léger — pour cette trépassée qui ne fit aucun bruit dans le siècle.

J'enrênai Cinabre à l'anneau de l'hôtel Espitalier qui fait l'angle de la rue. Je me hâtai vers la boucherie Signoret pour y prendre deux hectos de florentine. Là, il y avait pays de connaissance. C'était la demoiselle des postes qui passait le temps en guettant les sonnailles de la patache qui lui apporterait le sac de courrier. Elle était penchée au-dessus de la balance Roberval vers la bouchère en compagnie de l'Adeline Peyre qui tenait à bout de bras son cabas toujours vide et qui chuchotait sur le ton de la confidence :

— Il paraît qu'il va rendre tout son foie par la bouche.

Elle m'apercevait.

— Mais vous, monsieur Brédannes, mince comme vous êtes ça risque pas de vous arriver ! Vous avez toujours bon pied bon œil !

— Qué monstre ! disait la demoiselle des postes. Autre que le pied et l'œil !

Elles me jaugeaient toutes les trois d'un regard connaisseur dont à les voir on ne les aurait pas crues capables. Je m'esquivai avec ma florentine et pris en hâte chez le boulanger d'en face une double tête qui croustillait dans les craquements prometteurs d'une sortie de four.

— Vous allez loin ? me cria le boulanger. Ouvrez l'œil ! Il paraît que le Zinzolin est dans les parages.

— Oïe ! Et qu'est-ce que vous voulez qu'il me fasse le Zinzolin ?

Le boulanger vint avec inquiétude se planter à côté de moi en regardant la route.

— Oïe mais..., dit-il. Y a pas que le Zinzolin... Tout à l'heure, il en est venu deux qui m'ont glacé.

— Ils marquaient mal ?

— Non justement ! Ils marquaient trop bien ! On aurait dit des huissiers ! Tout noirs ! Avec un chapeau melon. Un jour de semaine, à cheval, à Banon, ça vous paraît d'équerre, vous ça ?

Je hochai la tête dubitatif.

— Ça en était peut-être réellement, des huissiers.

— Hé ! Vous en connaissez vous des huissiers qui se promènent avec le pistolet à la ceinture ?

— Ah ! Ils avaient des pistolets !

— Oui. Et des gros et tout neufs à ce que j'ai pu voir !

J'avais hâte de regagner les grands bois.

— Nous sommes peu de chose quand même ! dis-je à Cinabre, songeant à cet inconnu qui allait rendre tout son foie par la bouche.

Les nouvelles du monde dans ces parages ne sont jamais des annonces d'ange Gabriel. J'étais néanmoins pénétré de la grandiose satisfaction d'être là, de humer les senteurs d'un printemps avancé et de faire partie de ce matin superbe. J'avais la florentine bien pliée sur le siège à côté de moi et les deux têtes de pain qui se fendillaient en refroidissant. Je tirai de ma biasse le quart à limonade de la Veuve Bagnoly. Cette bouteille verte était bien pratique pour le voyage à cause de la capsule en caoutchouc qui en obturait le goulot. Je l'avais remplie avec du vin de Remollon, lequel est aussi noir que les roubines où prospère la vigne qui produit ce cru réputé. En y allant lentement, j'en avais pour jusqu'au Revest-du-Bion à faire durer le plaisir.

J'eus aussi le bonheur d'une rencontre. Je tirai sur les rênes.

— Va daïse ! (Va doucement !)

J'incitai ainsi Cinabre à céder le passage. C'était une mère perdrix et douze poussins à la queue leu leu qui traversaient la chaussée. Il y avait de quoi vous rendre l'âme naïve pour toute la journée. J'allais en avoir besoin.

J'arrivai à Ferrassières chez mon bigre sauvage vers une heure après midi. Il habitait une haute maison nue en bordure de la route qui conduit au col de L'Homme-Mort. Il me sembla au loin que sortaient de chez lui tandis que je m'approchais deux cavaliers qui juraient avec le bonheur du jour. Ce devait être les huissiers dont parlait le boulanger de Banon. Ils avaient en fait cet air feutré des corbeaux qui planent au-dessus des dépouilles, et leurs chevaux très souples ne faisaient pas de bruit. Ils piquaient des deux en direction d'Aurel sous les tilleuls vert tendre en cette saison.

Ces tilleuls vus de loin me firent oublier les cavaliers. J'avais ce soir rendez-vous à Sèderon avec l'une de ces cueilleuses de fleurs, laquelle m'attendait toujours avec plaisir à chacun de mes passages. Nous faisions l'amour au fond d'une longue grange odorante où séchait l'été cette fleur aux étranges formes. Je me promettais merveille de cette belle rencontre.

Il me sembla que mon bigre était encore plus sournois que d'ordinaire et plus mal embouché. Mais miracle il ne parlait plus seulement par gestes. Il avait des choses à dire. Il commença par m'annoncer que ces dix kilos de miel noir il me les avait gardés par miracle contre un confrère de Carpentras qui en voulait à n'importe quel prix.

— Mais, lui dis-je, c'est une récolte de l'an dernier et cet automne quand je suis passé, vous m'avez dit que ce miel ne se vendait plus ?

— Ah, c'était avant le désastre ! s'écria-t-il. Maintenant tout se vend, tout s'achète, même les consciences ! Encore tout à l'heure, tenez ! Si j'avais voulu je me faisais une pièce de cent francs.

— En quoi faisant ?

— Ah ! va chercher !

Il gesticulait beaucoup en récriminant. Manifestement cette pièce de cent francs qu'il avait refusée par honnêteté, il n'en finissait pas de la regretter.

— Il suffisait, soupira-t-il, de donner juste un renseignement ! Et alors c'étaient des gens de bien hé ! Avec des cravates et des chapeaux d'huissiers ! Ah il y a des jours où cent francs ça se gagne facilement ! Vous vous rendez compte ? Qu'est-ce que je vais vous vendre dix kilos de miel noir ? Arrachés aux avettes au péril de ma vie ? Et pourquoi ? Pour quatre sous !

Il était trois fois plus hideux que d'habitude avec sa tête grosse comme le poing et boursouflée comme un coing sur un corps d'obèse. Je songeais à mes perdrix innocentes qui traversaient la route tout à l'heure. Pourquoi l'homme est-il si laid ?

Néanmoins, celui-ci tenait une daube sur le feu qui mijotait depuis trois jours. Si j'en voulais, c'était à mon service. Non je n'en voulais pas. Je voulais me lever de devant les yeux cette tête de mauvais rêve le plus vite possible. En outre je suis un homme qui digère lentement. Avec mes deux hectos de florentine, mes deux têtes de pain frais et mon quart de remollon, j'en avais pour jusqu'à ce soir à oublier la nourriture. Je donnai à l'obèse à tête d'insecte vingt-cinq sous de plus que ne valait le miel. Il ne m'en sut aucun gré d'ailleurs et continuait à grimacer de douleur sur ses cent francs perdus auprès de ces deux personnages à visage d'huissiers. Comme j'allais refermer la porte, il me glissa :

— Méfiez-vous ! Le Zinzolin est dans les parages, avec la grosse !

Son regard biaisa circulairement en balayant le sol.

— Et il n'y a pas que lui ! dit-il.

L'horizon était grandiose devant l'esplanade qui prolongeait la maison du bigre. Le ciel s'appuyait sur les forêts par des bourgeonnements de nuages blancs qui escaladaient l'espace de seconde en seconde. Les ruines noires de la Gabelle ponctuaient au midi le côté du Revest. C'était une grande ferme énigmatique dont vingt ans auparavant la foudre avait décapité la tour seigneuriale, même l'oratoire, à cent pas de là sur la route, n'avait pas été épargné. On disait qu'elle avait appartenu aux comtes Pons et qu'il y avait eu là-dedans des querelles de cadets.

Devant elle, à perte de vue, c'était la forêt en effondrements successifs. C'était la forêt indéterminée aux orées indécises, aux clairières confidentielles, toutes préparées pour des gens d'autrefois qui allaient envahir le gazon en de joyeux appels. Mais non c'était le silence lourd et sans oiseaux, même les pies, même les corneilles l'avaient, semblait-il, dès longtemps désertée comme si la gent animale tout entière tenait en suspicion ce sol invisible sous cette chape verte aux cimes inégales.

Dans ma jeunesse, les bois de grands chênes et de hêtres, qui touchent les monts de la Drôme et les hauts du Vaucluse, montaient sans aucune coupure notable depuis Banon jusqu'à Aurel, puis la forêt déversait ses cascades vertes en un désordre de chute d'eau jusqu'à la célèbre faille dont elle dissimulait aux yeux de tous la grande balafre livide avant d'escalader sur l'autre rive du val, mais en essences transformées, les pentes du mont Ventoux. On ne l'avait pas encore éventrée de ces grandes lavanderaies qui sont seules maintenant à faire parler d'elles parce qu'elles ont ce pittoresque facile qui plaît au grand nombre. Alors, le pays était noir, pauvre. Il n'attirait que les hommes qui font profession de fuir la multitude pour des raisons d'eux seuls connues. Il n'y avait signe de vie sur des dizaines de kilomètres. Seul le vent y claquait dans l'air vide.

Parmi cet océan d'arbres emmêlés de bois mort parce que les plus vieux mouraient et tombaient sur place parmi les jeunes pousses de leurs descendants, je savais un aven au ras de l'herbe que j'avais découvert avec mon père lorsque j'avais quinze ans et que ne mentionnaient ni les cartes d'état-major ni les cadastres.

— Tais-t'en ! m'avait dit mon père. Un trou

dans la terre qu'on est seul à connaître, ça peut toujours servir. On sait jamais !

Il avait parlé d'or. C'était là-dedans que j'allais précipiter l'écrin à couperet qui me gênait tant depuis que j'en avais hérité et qu'il grinçait comme un remords au fond de l'enfeu du corbillard, à chaque fois que je franchissais une ornière.

Depuis le terre-plein de la maison du bigre où je l'avais contemplée se déployer, la forêt en dépit du printemps qui s'efforçait de l'égayer n'était pas une forêt joyeuse. Elle couvrait de sa miséricorde un sol boursouflé qui sans elle eût été désolé et sans harmonie, une terre toute en brèves dépressions disparates, creusée d'énormes avens encore avortés qui la faisaient de tous côtés descendre en entonnoirs vers des halliers inextricables comme des pelotes d'épingles, où grognaient, sur des hardes de solitaires, des laies inexpugnables au fond de leurs bauges livides. Çà et là, comme les volutes paisibles d'énormes pipes, des meules à charbon de bois déroulaient leurs fumées au-dessus du vert tendre des chatons qui paraient les chênes en fleur. Mais c'était toute la lumière que la forêt promettait. Les buis, les amélanchiers, les cornouillers avaient proliféré géants à l'ombre des grandes futaies pour s'efforcer de voler un peu de soleil aux frondaisons des chênes, de sorte que, sur les sentiers qui s'y frayaient passage, c'était l'ombre dense à partir du moment où le soleil déclinait sur les monts du Vaucluse. C'était en tout cas le silence et la solitude propice aux excès de l'imagination.

Malgré sa vision tronquée par les œillères, Cinabre contemplait cependant assez d'espace pour en renâcler sourdement.

Je lui promis et longuement que ce soir à Séderon, la belle avoine l'attendrait dont mon hôtesse aurait soin de le pourvoir avant de me faire fête. À ce prix seulement il avançait mais j'avais l'impression que c'était sur le bout des sabots.

Nous entendîmes ensemble le premier coup de feu alors que nous étions profondément engagés du côté de Saint-Trinit, dans une draille étroite comme une tombe et où la route déjà peu praticable s'était encore aggravée d'ornières et où les cantonniers se contentaient de jeter quelques brouettées de pierres dans les fondrières les plus scabreuses.

C'était à une distance imprécise qu'avait retenti la détonation et il fallait avoir l'oreille exercée pour capter un coup de feu à cette distance, dans cette forêt inexploitable qui faisait coton-mousse entre nous et l'atmosphère, mais ni l'auvergnat ni moi ne pouvions nous y tromper, peut-être parce que nous nous attendions au pire depuis que nous étions ensevelis entre les troncs serrés de ces arbres dépenaillés couverts de lichens vert-de-gris qui pendaient sous les branches comme d'étranges toiles d'araignée et où le silence ne souffrait aucun trouble. Même les oiseaux qui auraient dû s'égosiller d'allégresse sous la brise du beau temps avaient déserté les lieux.

Le cheval indécis s'arrêta à tout hasard et sans ordre. C'était la chose à faire car il importait au plus haut point de savoir si cette détonation était fortuite ou si elle risquait d'avoir quelque prolongement. À peine tendions-nous l'oreille qu'une seconde explosion éclata, aussi lointaine, aussi étouffée, mais peut-être plus péremptoire que la première. Ce n'était plus depuis longtemps la saison, mais de toute manière la chasse était interdite depuis décembre sur tout le territoire pour cause de révolution à craindre. On avait fait courir le bruit que tout individu pris dans les bois les armes à la main serait expédié séance tenante et avec son fusil parmi les troupes de choc qui s'efforçaient d'exterminer la Commune, où les effectifs faisaient cruellement défaut et où un fusil, fût-il de chasse, pouvait toujours tuer quelques hommes.

C'était une menace confondante pour ce peuple des provinces qui se souciait assez peu qu'on exterminât Paris à la condition formelle de pouvoir s'en laver les mains. Il était étonnant qu'en notre si prudente région quelqu'un eût osé transgresser cet ordre. Et d'ailleurs s'agissait-il ici d'un fusil ou d'une arme de poing ? À telle distance, il était difficile de trancher.

D'un discret appel des guides, je remis le cheval au pas. Nous étions aussi pensifs l'un que l'autre. J'avais pour ma part attiré à moi une brindille toute neuve de cornouiller et je la mâchais comme de la réglisse pour m'aider à réfléchir.

Je ne tenais pas à ce que personne, gendarmes ou voleurs, ne vînt m'arrêter pour vider le corbillard de son contenu, les uns sous prétexte de pillage, les autres sous couvert de perquisition. Ce n'étaient pas les dix kilos de miel noir qui m'inquiétaient ni les flacons de sent-bon, les onguents en pot, les fioles d'orviétan couleur bleu marine ni même mon portefeuille rivé à ma taille par une chaîne comme celui du maquignon. En revanche si les uns ou les autres découvraient le couperet dans l'enfeu, je risquais de sérieux ennuis. Il convenait donc de se débarrasser au plus vite de cet hôte indésirable, mais, en même temps, il convenait d'être très circonspect aux approches de l'aven puisqu'il y avait au loin des coups de feu dans l'air.

Je décidai d'éviter Saint-Trinit où j'avais des connaissances mais, pour cela, il me fallait couper par une piste forestière qui ne me plaisait pas du tout. J'y étais passé une seule fois avec mon père, il y avait plus de quinze ans, et celui-ci ne l'aimait pas non plus. Il m'en avait fait la confidence sans jamais me fournir de raison.

Il existe, de par les pays ainsi, des lieux qui ne sont pas faits pour l'homme. Ce ne sont ni mers dangereuses ni montagnes à vertige ni déserts à mirage. Ce sont des lieux parfois étranges mais parfois aussi quelconques ; des points cruciaux indiscernables à l'œil nu où la terre n'aime pas nous voir la surprendre, où les souvenirs qu'elle recèle ne nous concernent pas, sont plus anciens que notre règne et parmi lesquels nous sommes incongrus.

Le chemin où je m'engageai et qui n'était long que de quatre ou cinq kilomètres traversait l'un de ces sanctuaires que seule notre intuition nous signale pour tels mais où même les chasseurs, gens pourtant courts d'imagination, ne traversent qu'en silence et comme s'ils étaient en propriété privée.

Le triangle quelconque qui a pour pointes Ferrassières, Aurel et le col de L'Homme-Mort était l'un de ces lieux, avant qu'on ne le prive de mystère grâce aux champs de lavande dont l'ont éventré des populations plus éclairées. Et notamment ce chemin creux où marchait Cinabre tête basse comme si je le conduisais vers l'abattoir.

Il y avait pourtant quelqu'un que ces parages couverts d'ombre n'effrayaient pas. C'était le tireur qui canardait une proie. Il venait encore à l'instant de se manifester, alors que devant moi à trente pas je venais de voir se dresser, au milieu des arbres ordinaires, un tronc noir aux dimensions démesurées qui écartait autour de lui les frondaisons comme s'il était en marche.

C'était l'un des survivants d'une forêt bien plus ancienne que celle que je traversais aujourd'hui. Il en restait quatorze à l'époque, chenus comme des vieillards, armés, parmi les vivants, de branches mortes qu'ils brandissaient comme des moignons et qui étaient épaisses comme des troncs déjà centenaires ; mortes de vieillesse à force de languir de mourir, dont la sève avait été canalisée ailleurs dans l'arbre pour nourrir le printemps de celui-ci comme si elle n'avait plus la force de pourvoir à tout. Êtres seuls, immobiles on ne sait pourquoi tant ils paraissaient depuis si longtemps devoir se mettre en branle pour aller mourir ailleurs ; êtres seuls parmi tant de morts, résignés à voir mourir depuis si longtemps tant d'armées d'hommes, d'arbres et d'animaux qu'ils avaient vus profiter joyeusement de quelques saisons.

Ils pouvaient se contempler au hasard de leur implantation, les quatorze, très éloignés les uns des autres, du haut de leurs quarante mètres, dominant la houle verte de leurs semblables qui n'en avaient que dix ou quinze et qui allaient mourir bientôt, dans cinquante, dans cent ans.

Pourquoi eux seuls avaient-ils résisté aux besoins des hommes ? Pourquoi n'avaient-ils jamais succombé ni aux coups de foudre ni aux cognées des bûcherons ni même à la mort naturelle de leur espèce ? Pourquoi le gui lui-même qui est la plante de la mort et qui désigne tant d'arbres moribonds ne s'était-il jamais attaqué à eux ?

C'était peut-être à cause de ce mystère que mon père, qui se flattait de tout expliquer, ne s'engageait jamais que mal volontiers dans le domaine de ces géants inertes dont parfois j'apercevais, à travers le treillis des chênes bas, les troncs inquiétants au centre de la clairière que leur ombre, au cours des siècles, avait ménagée autour d'eux et qu'aucune plante némorale n'osait même affronter.

Cependant, je flairais partout autour de moi m'environnant, une menace bien plus précise pour ma tranquillité que ne le serait jamais l'innocente énigme de ces chênes immortels. Et l'auvergnat flairait aussi craintivement l'atmosphère, avançant à pas comptés, à telle enseigne que je dus le gourmander pour le presser un peu. Ce n'était peut-être pas en effet le moment de ralentir.

— Ni de tant se dépêcher ! me souffla à l'instant le subconscient du cheval. Tu le sais toi, tu es capable de discerner si ces coups de feu viennent de l'avant ou de l'arrière ? De droite ou de gauche ?

Non je ne le savais pas, j'en convenais volontiers. L'écho sournois m'interdisait de localiser l'endroit où le tireur évoluait.

J'en étais là de mes réflexions lorsque j'entendis dans les taillis le bruit d'un sanglier qui déboulait. C'est un vacarme inoubliable même quand on n'est pas chasseur. C'est comme l'étrave d'un bateau qui éventre la mer. Un sanglier qui déboule ne tient compte de rien ni de personne. Il renverse, il troue, il déracine. Il a des épaules, un groin, des défenses faites pour écarter tout de son passage, pour faire office d'emporte-pièce. On en a vu se jeter sur un mur dérobé contre quoi ils se fracassent à l'aveugle. Un sanglier qui déboule à quatre-vingts kilomètres à l'heure et qui va surgir du taillis on ne sait où, j'en connais bien peu qui supportent ça sans broncher. Le cheval s'était mis au garde-à-vous. Je m'étais dressé, le fouet dérisoire au poing.

Ce n'était pas un sanglier, c'était un homme. C'était un homme blessé qui se tenait la jambe en boitant. Il eut plus peur que moi en voyant l'attelage. Il se mit à détaler en claudiquant sur le chemin. Je lui criai :

— Hé ! l'homme ! Je n'ai pas d'arme et je suis un peu médecin.

Je courbai les épaules en prononçant ce dernier mot, songeant au Dr Pardigon dont j'entendais déjà d'ici le long rire de cheval. J'ignore ce qui fit le plus d'effet au fuyard dans mon apostrophe mais le fait est qu'il s'arrêta et qu'il me fit face. Je mis pied à terre et m'avançai vers lui. Je venais de reconnaître le prisonnier que j'avais vu enchaîné sur le tombereau, la nuit où j'avais rencontré tant de choses étranges. Il était indécis, ne sachant s'il allait s'enfuir, me faire face ou s'asseoir dans l'herbe, résigné.

Je lui criai encore :

— J'étais dans les marais de Villeneuve en 51 !

— Bon ! dit-il. Il y en avait beaucoup.

— Oh ! lui dis-je. Cinquante... Soixante...

— Maintenant que c'est la république, dit-il, il en est ressuscité au moins deux cents !

Je hochai la tête et lui répondis :

— Avec votre patte qui tire, vous n'avez guère de quoi faire le sceptique !

Je lui conseillai de s'appuyer sur moi et de me suivre jusqu'au corbillard. Il avait le pantalon déchiré et une vilaine éraflure violette sur la cuisse.

— C'est une balle de gendarme, dit-il. Ils tiraient de bas en haut !

— Vous les avez vus ?

— Non, mais la preuve !

C'était un homme long. Je l'avais mal identifié la nuit sur le tombereau, aux lueurs des lanternes réglementaires. Il m'avait paru très vieux alors. C'était seulement un homme mûr à la clarté du jour. Il était tout en visage. Je veux dire que son corps ne comptait pas. C'était le corps de tout le monde qui ne sert qu'à se mouvoir et à imposer sa présence aux autres. Son visage au contraire portait toutes les traces de sa vie mais surtout de son caractère et de ce que celui-ci lui avait fait subir. « Irréductible ! » me dis-je, à l'instant. C'était cela : un homme qui ne pouvait pas être réduit. Il avait un nez curieux, un nez à humer la vie avec volupté, un nez qui me rappelait quelqu'un mais je ne parvenais pas à situer chez qui j'avais vu le pareil. Il était affublé d'un chapeau à la Cronstadt pour faire peur au bourgeois mais qu'il n'avait jamais dû acheter lui-même, qu'il avait dérobé sur quelque épouvantail et qui avait dû voir vingt ans d'intempéries et de soleil torride. Sous les pans de sa souquenille, sa ceinture était déformée par une paire de pistolets fort usagés et dont je vis tout de suite qu'ils n'étaient pas chargés et ne servaient à rien.

— Vous avez de la chance, lui dis-je, la décharge vous a labouré la cuisse et déchiré le pantalon mais elle n'a fait que passer. Vous ne saignez pas beaucoup ce qui n'est pas bon. C'est le choc qui vous fait boiter. Vous ne craignez pas l'eau-de-vie ?

— Ni dehors ni dedans !

— Alors cramponnez-vous bien au lanterneau !

Je lui appliquai sur la plaie avec du crêpe la valeur d'un demi-verre de blanche, de la première qui sort de l'alambic. Je serrai la bande par-dessus. Il grimaçait.

— Pute de mort ! C'est de la bonne !

— À votre service. Vous avez eu des émotions.

Il s'empara de ma fiole et s'en envoya un grand coup sec dans le gosier. La tête levée ainsi et le cou tendu sur la pomme d'Adam mobile, j'apprenais à le connaître en l'observant sous le clair-obscur des feuillages tout neufs. Autour de sa gorge naguère promise à la guillotine, il portait une mince chaîne d'or avec au bout une croix dont les branches étaient en forme de larmes héraldiques, légèrement oblongues et lourdes au bout des potences comme si l'or avait voulu couler. C'était du vieil or usé, une de ces chaînettes modestes avec intention et qui ne présageaient jamais de la fortune de ceux qui se les transmettaient. C'était un bijou datant de plusieurs siècles qui avait probablement été mis au cou des nouveau-nés après avoir été pieusement retiré de celui des moribonds.

Il me sembla au loin entendre le trot d'un cheval solitaire.

— Je ne vous force pas, dis-je, au fuyard. Chacun est libre de choisir son destin. Maintenant que vous êtes pansé, libre à vous de vous évanouir dans la nature si vous vous en sentez capable, mais pour ma part je serais beaucoup plus tranquille si vous vous enfermiez là-dedans !

Je lui ouvris d'un coup sec les deux battants de la logette à cercueil.

— Je m'appelle Zinzolin, dit-il. Enfin... On m'appelle comme ça.

— Vous ne pouviez pas vous appeler autrement, lui dis-je, fait comme vous voilà ! Vous portez votre nom sur la figure !

— C'est à cause des lécanores, me dit-il. À force de me frotter aux lichens j'ai pris leur couleur et leur nom !

Pour toute réponse, je joignis les mains au marchepied pour l'aider à se glisser à l'intérieur du corbillard.

— Ne vous en faites pas, lui dis-je. Ce n'est qu'un trompe-l'œil ! Tout est agencé pour qu'il s'ouvre au soleil de tous les côtés. C'est pour ainsi dire une sorte de réclame qui me sert bien sur les foires.

En faisant des pieds et des mains pour s'introduire dans l'enfeu il grommelait :

— Si vous croyez qu'un corbillard me fait peur ! Dernièrement j'ai eu à m'imaginer l'habitant. Et sous les espèces d'un décapité, puis encore !

— Puis encore ! proférai-je.

Je voyais dans mon souvenir brûler la malle d'osier pleine de son au brasier de Saint-Donat, la fumée qu'elle produisait, alors que se consumait joyeuse la caisse de bois blanc destinée au corps. Je refermai d'un coup sec le guichet de la logette où j'avais poussé l'homme par ses maigres fesses pour qu'il aille bien au fond.

Je remontai lestement sur le siège et remis l'auvergnat au pas. J'entendis une sourde exclamation juste au-dessous de moi et un flot de paroles étouffées. Je m'aperçus alors que le charron de Saint-Symphorien qui avait fignolé mon corbillard l'avait pourvu en outre d'une trappe mobile et je me perdais en conjectures pour deviner à quel usage il la destinait. C'était une planchette large d'un travers de main qui s'ouvrait comme un tiroir. Elle était facile à faire jouer, ce que je m'empressai de faire. Des ténèbres du corbillard me parvinrent alors ces paroles formulées sur un ton inquiet :

— Dites-moi, mon brave ! Sur quel coussin ai-je donc la joue ?

Je me frappai le front de ma main libre. Tout à l'idée de lui rendre service je n'avais pas songé à l'écrin effrayant sur quoi Zinzolin allait poser la tête. Je pris le ton le plus enjoué que je pus pour lui répondre ce que le pauvre Lulu m'avait suggéré en me brocardant peu de temps avant sa mort.

— N'ayez pas crainte ! C'est un écrin ! C'est un écrin qui contient toute mon argenterie de famille. Je l'emporte à Crest pour la faire réargenter !

J'ai remarqué que lorsqu'on ment, il faut enjoliver son mensonge d'une foule de petits détails qui font vrai. S'en tenir au mensonge tout sec équivaut en fait à dire la vérité par défaut. La première fois où ma grand-mère, je devais avoir sept ans, avait proféré devant moi ce proverbe inoubliable : « Mensonge pour sauver vaut mieux que vérité pour nuire », j'en avais éprouvé un éblouissement radical. Il était infini depuis le nombre de fois où je m'étais autorisé à sauver par le mensonge. Cette fois encore, Zinzolin poussa un soupir rassuré sur ma plausible explication.

La forêt était de plus en plus dense. Le jour déclinait. L'heure portait, me disais-je, à la confidence et il y avait un grand moment déjà que j'avais envie de poser cette question à mon hôte :

— Vous êtes certain, monsieur Zinzolin, que ce sont bien des gendarmes qui vous ont tiré dessus ?

— Hé ! Qui voulez-vous que ce soit ? J'ai fait du bien aux populations pendant vingt ans. Tout le monde m'aime !

— Alors ! Si tout le monde vous aime...

Je fis silence un bon bout de route pour lui donner le temps de réfléchir puis je repris :

— Non, parce que... Je vous dis ça... Vous avez déjà échappé aux gendarmes...

— Oh peut-être cent fois ! Mais jamais seul hé ! Il m'a toujours fallu de l'aide que les populations ne m'ont jamais ménagée !

— Justement ! Alors vous savez ce que c'est ! D'abord ils ne sont jamais seulement deux quand ils pourchassent. Ensuite, ils n'abandonnent jamais. Moi, il y a longtemps bien sûr, mais enfin... Dans les marais de Villeneuve, il fallait avoir une chance de cocu pour leur échapper. Et puis ! Vous devez avoir droit à l'amnistie ! L'Empire est mort ! Vous l'ignorez peut-être dans vos grands bois ?

— Les Empires ne meurent jamais pour les gendarmes. Et puis on leur en a tué deux, soi-disant pour me sauver, misère ! Moi qui n'ai jamais touché un cheveu de leur tête ! Et moi j'ai eu toutes les peines du monde à empêcher qu'on tue ceux qui me menaient à l'échafaud !

J'étais dévoré d'une telle curiosité que je me risquai trop tôt à poser la question qui me brûlait les lèvres :

— Et qui vous a délivré ?

— Je n'en sais fichtre rien, grogna Zinzolin.

Je faillis tirer sur les rênes pour arrêter le cheval tant cette réponse me sidérait.

— Mais vous venez de me dire que vous les aviez empêchés de tuer votre escorte ?

— Et alors ? Il faisait nuit. Ils étaient masqués comme pour un bal. Ils parlaient par signes. Ils avaient des pistolets de cinquante centimètres de long et ils gesticulaient avec comme des gens qui ne s'en sont jamais servis ! Ils ont ligoté l'escorte. Nous, ils nous ont enlevé nos chaînes et ils nous ont fait signe de tirer de long. On se l'est pas fait dire deux fois ! On est parti comme des flèches sur le tombereau parce qu'il y en a un de ces soi-disant sauveteurs qui a tiré un coup de feu en l'air, alors les deux chevaux se sont mis au galop. Ça a duré cinq kilomètres. J'ai eu toutes les peines du monde à les contenir. Après on a fait tirer jusqu'à la Drôme. Jusqu'à Montbrun.

— Montbrun ! Mais c'est là qu'on devait vous exécuter !

Nous traversions un chapelet d'ornières. L'écrin déséquilibré se déroba sous la tête de Zinzolin. Il me sembla qu'à l'intérieur le couperet faisait entendre un grincement de regret. Je frissonnai.

— Comment l'aurais-je su ? dit Zinzolin. D'ailleurs tout était calme là-haut. Il n'y avait ni guillotine ni bourreau. Rien ! L'ombre et le silence. C'était le gros de l'hiver...

— Et vous ne savez pas qui ? Et vous ne savez pas pourquoi on vous a sauvé de l'échafaud ? Moi, je croyais que c'était votre bande !

— Ma bande ! proféra-t-il avec mépris. Vous allez la connaître ma bande !

Si quelqu'un s'était trouvé parmi ces solitudes à croiser mon attelage, il eût été troublé au plus haut point de voir juché sur son siège cet homme noir, moi, avec mon profil d'oiseau depuis longtemps privé de proie, lequel discutait âprement avec le néant puisqu'il était seul.

Je hochais la tête au surplus comme si j'étais assailli du plus grand doute et mon profil ressemblait de plus en plus à celui d'un corbeau.

— J'ai l'impression, dis-je à mon hôte, que ce ne sont pas les gendarmes qui vous cherchent et, pour ne rien vous cacher, je pense que vous le savez.

Pendant une longue minute aucune réponse ne me parvint plus depuis le séjour provisoire des morts. Mon compagnon devait méditer sa réponse.

— Ah ! gémit-il enfin. Moi j'ai toujours pris soin de ne tuer personne et voilà qu'on a tué pour moi et je ne sais pas même si c'est pour me sauver ou pour me nuire !

— On vous a aussi tiré dessus aujourd'hui, ne l'oubliez pas...

— Ah ! Quelqu'un voudrait donc ma mort pour soi tout seul alors ?

— Faites votre examen de conscience ! Il doit y avoir de par le monde quelqu'un que vous avez grandement offensé !

— À part Napoléon III et ses caissiers dont les gendarmes sont le prolongement... Je ne vois pas !

— Cherchez bien !

Il y eut encore un silence puis il me sembla entendre une exclamation étouffée.

— Vous avez trouvé ? dis-je plein d'espoir.

— J'ai aimé beaucoup de femmes !

— Ah vous aussi ? Moi aussi ! Mais aucune jusqu'à ce jour n'a eu le front de vouloir me tuer !

— Halte ! cria Zinzolin comme un ordre.

Je tirai machinalement sur les rênes.

— Ne sommes-nous pas, demanda Zinzolin, au centre d'un carrefour en étoile fait de deux chemins et de trois sentiers ?

— Si fait ! dis-je ébahi.

— Alors venez me délivrer. C'est ici que je descends.

Je mis pied à terre pour lui obéir. C'était un carrefour comme il l'avait décrit. Deux pistes forestières se séparaient à droite et à gauche du chemin principal au pied du tronc énorme de l'un des chênes primitifs. Celui-ci était le seul qui fût dégagé de la gangue d'arbres verts qui encerclaient les autres. Il me surplombait de si haut que j'avais mal à la nuque à force de vouloir en contempler la cime. On voyait le ciel autour de ses frondaisons.

Péniblement, avec mon aide, Zinzolin s'extrayait de l'enfeu.

— Ne vous étonnez pas, dit-il, il y a si longtemps que la forêt et moi sommes frère et sœur ! Il n'est pas un hectomètre de chemin qui ressemble à un autre dans les bois.

— Mais vous ne pouviez pas la voir ! protestai-je.

— Non, mais je la respirais !

Il était debout à côté de moi. Il fit un geste inimitable qui évoquait d'innombrables senteurs qu'il piégeait autour de son nez. Il avait, quoique importantes, des narines déliées qui évoquaient à leur extrémité la pointe d'une plume ou celle d'une épée.

Bien que les ombres fussent moins propices depuis un moment, je le voyais mieux que tout à l'heure quand je l'avais rencontré. Je le voyais mieux que sur ce tombereau où, sachant ce qui l'attendait, il s'était composé un beau visage de mourant d'injustice, pour la seule édification de celle qui allait mourir avec lui et celle, peut-être, des deux gendarmes somnolents qui oscillaient sur leurs montures.

— Et cette pénombre ! dit-il. Elle fait du bruit en vivant ! Si, pendant vingt ans, la plupart du temps vous n'aviez pas eu de toit, vous le sauriez !

On ne peut pas passer sous elle sans la sentir peser aux épaules.

À ces mots prononcés d'une voix convaincue, Cinabre poussa un hennissement plein de force comme s'il voulait souligner. J'eus en un éclair l'intuition qu'il était heureux de rencontrer un homme qui pensait comme un cheval.

Zinzolin qui brandissait le bras vers les frondaisons du grand chêne en demeura le geste suspendu.

— Vous avez, me dit-il enfin, la surprise passée, un cheval fort subtil !

Il fit vers Cinabre quelques pas difficiles et lui effleura les naseaux.

— J'aime autant les chevaux que les femmes, me dit-il. Et vous ne sauriez croire combien il me tarde de retrouver la mienne.

— Votre femme ?

— Non. Ma jument...

Il avait en vérité cette tête fine qui caractérise les hommes de cheval et à l'intérieur desquelles on ne peut pas loger beaucoup d'idées, certes, mais dans un bel ordre.

C'était encore un de ces hommes, tel le Dr Pardigon, dont la maigreur me portait ombrage. Ils n'étaient pourtant pas légion dans ce pays de mangeurs de charcuterie et de gros pain bis. Mais ma maigreur était celle d'un jouisseur économe tandis que celle de Zinzolin tenait de l'ascèse. Il en avait la supériorité diaphane et même un peu condescendante. Notre maigreur en somme n'avait pas été nourrie au même sein. Je ne pouvais détacher mes yeux de son cou quelque peu gracile ni l'imaginer tel qu'il serait aujourd'hui sans l'intervention forcenée de quelqu'un qui n'avait rien laissé au hasard : ni gendarmes ni guillotine. Que serait devenu, le cas échéant, ce bijou en forme de chaîne chrétienne avec ce crucifix à larmes d'or qui se balançait autour de ses tendons ?

— Tenez ! me dit Zinzolin. La voici ma bande !

Il me désignait parmi le flou violine d'un sentier à buis une forme grossière qui se détachait à peine de la pénombre naissante. Elle trottinait vite à la manière d'un sanglier, d'une allure aussi lourde, aussi rapide et qui ne tenait compte ni des ronces ni des gifles des buis ou des bruyères.

Quand elle surgit devant moi à un mètre de distance, je distinguai une sorte de femme dans cet amas trapu qui ne manquait pourtant pas de souplesse. Elle tenait fermement par la bride, d'une main carrée au cal couvert d'égratignures récentes ou anciennes, une jument morelle fantasque comme une écolière.

— Julie ! cria Zinzolin avec transport.

Il devait y avoir longtemps que la jument et son maître ne s'étaient vus car ils s'étreignirent longuement avec des pleurs entrecoupés de compliments pour l'homme et de grands coups de tête véhéments pour la bête. Cinabre baissait piteusement le nez et creusait la terre à coups de sabot discrets pour essayer de faire comprendre que lui, pendant ce temps, il était seul.

J'allai jusqu'à lui pour lui flatter l'encolure.

— Oublieux ! lui glissai-je à voix basse. Et alors ? Et l'avoine ? Et le sucre que je te porte tous les soirs pour que tu t'endormes heureux ? Alors, c'est rien ça ?

L'étrange créature qui avait amené la jument contemplait le spectacle de ces deux hommes câlinant leurs chevaux avec un sourire mouillé et tout le bonheur que pouvait exprimer son visage perdu de graisse parmi la crasse d'une vieille variole. Elle avait des seins comme des pastèques qui se débrouillaient tant bien que mal avec une cartouchière qui la bardait comme un gilet et faisait deux fois le tour de sa taille. Il devait y avoir plus de cent cartouches là-dedans, brillantes et neuves, qu'on sentait fabriquées avec soin par la maritorne elle-même, durant les soirées d'hiver.

— La voici ma bande ! s'écria Zinzolin.

Il en avait fini avec les tendresses des retrouvailles et tenait sagement par la bride Julie la morelle.

— C'est la Chabraque ! m'expliqua-t-il. Elle a perdu deux fils à la guerre : l'un à Solferino et l'autre à Marsala. Elle éprouve pour Badinguet une haine qui n'a jamais faibli. Elle en a modelé une effigie et elle la pique consciencieusement tous les soirs. Son plus grand contentement ça a été d'apprendre qu'il souffrait de la gravelle. C'est la seule fois de ma vie où je l'ai entendue rire. Elle m'aime comme un monument !

Il désigna le grand arbre qui imitait la rumeur de la mer à quarante mètres au-dessus du sol.

— C'est la gardienne de ces géants. Il y a quinze ans, après la mort de son second fils, elle s'est mis dans la bane qu'il s'était réfugié en eux tant elle avait besoin d'espérer. Oh ça a été long avant que je comprenne. Et depuis elle tire sur tout ce qui en approche ! Sur tout ce qui approche de sa maison qui est là-bas, faite des ruines d'une chapelle

C'est là que je coucherai ce soir et j'y dormirai tranquille.

— Si ce sont des gendarmes qui vous traquent, ils vous cerneront en dépit de votre Chabraque.

Il secoua la tête.

— Non, dit-il, elle est folle ! Être fou est la meilleure des couvertures. Vous savez comment sont les gendarmes avec les fous ? Tant qu'ils n'ont pas tué quelqu'un ils ne peuvent pas intervenir ! Ma Chabraque ne tue personne. Elle tire, c'est tout. Elle est capable de partager en deux une feuille morte qui tombe. Elle a interdit à tout le monde l'accès de ces quatorze arbres. Elle patrouille autour, inlassablement, maintenant qu'elle n'a plus d'aventure à partager avec moi. Elle a fait comprendre, à la longue, qu'il valait mieux ne pas en approcher. Ceux qui ont négligé l'avertissement racontent aux autres. Il n'y a pas un mois encore un bûcheron, qui allait à Sault la hache sur l'épaule et en sifflotant, a essuyé deux coups de feu assez soigneusement ajustés pour ne pas l'atteindre mais la chevrotine est venue mourir à ses pieds. Ça fait exemple. Ça se dit. Ces parages ne sont plus guère fréquentés et le gibier y abonde.

— En somme, j'ai eu bon esprit de vous prendre dans mon corbillard !

— De tout sûr ! dit Zinzolin avec un rire contenu. Tenez ! La Chabraque vient de me faire signe qu'elle a mis au pot un tétras à la gelée. Vous ne voulez pas venir le partager ? Ce serait à la bonne franquette !

— Non merci ! J'ai encore une mission à remplir.

J'évitai par charité de lui dire que pendant tout ce temps il avait voyagé la tête appuyée sur le couperet qui devait le décapiter. J'avais hâte maintenant de me défaire d'une si dangereuse pièce à conviction. Mais je voyais Zinzolin qui caressait le cou de la jument et je comprenais que, lui, il n'avait pas du tout envie de me voir partir.

— Excusez-moi, dit-il, mais la Chabraque est muette et pour rencontrer quelqu'un de confiance à qui parler...

— Moi-même, lui dis-je, je ne suis pas très bavard.

— Inutile de l'être pour écouter. Assoyez-vous un instant sur le talus, dit-il. Ça m'est encore un peu pénible de me tenir debout. Vous voulez bien ?

Il avait maintenant une petite voix à prière au lieu de son timbre solide de tout à l'heure. Quand un homme fait ainsi le timide et l'humble, il n'y a pas à s'y tromper : il va vous parler d'amour. Il parla sans me regarder.

— Je suis tourmenté, me dit-il, depuis trois mois. Le destin m'est tombé dessus d'un seul coup, moi qui étais si heureux avant, même en prison, même dans le tombereau de la guillotine ! J'avais deux maîtresses qui m'adoraient ensemble, peut-on rêver mieux ?

Je soupirai.

— Nous aspirons tous à ce genre de chose. Bien peu y parviennent pour longtemps.

— Eh bien moi, j'y étais parvenu ! Oh vous avez raison ! Pas pour longtemps... La preuve !

Il hésitait. Il se demandait maintenant s'il ne m'en avait pas déjà trop dit.

— Il ne s'agissait alors, il ne s'est jamais agi que de joyeuses parties de campagne où tout le monde trouvait son compte. Je vous le jure, monsieur, je n'avais jamais prononcé le mot aimer !

Je le regardais de travers, me demandant si ce n'était pas ma propre histoire qu'il allait me conter, si ce n'était pas ma propre image de Narcisse roué que j'allais voir surgir dans les lointains de ces bois déjà embrumés par le crépuscule et qui offraient des profondeurs de miroir.

— Nous nous sommes rencontrés, commença Zinzolin, au hasard des bois, au tout début du printemps. Elle chassait, je braconnais comme à l'ordinaire. Nous avions tiré la même pièce et nous la disputions. Elle s'est jetée sur moi pour m'arracher un lièvre de cinq kilos dont elle prétendait qu'elle l'avait tiré avant moi. Nous y allions bon cœur bon argent, à coups d'insultes, à coups de pied et de poing. Moi tentant de conserver mon bien, elle de me l'arracher. J'ai senti son sein sous ma main ce qui a aussitôt changé ma fureur en caresse. La nature à laquelle nous étions prompts elle et moi, la nature a fait le reste. Nous étions nus tous les deux que nous ne savions pas nos noms. Je ne sais d'ailleurs toujours pas le sien !

— Comment vous ne savez pas le sien ?

— Non. Elle m'a dit qu'ainsi notre mystère ferait durer l'amour. Et que, d'ailleurs, jamais nous ne nous rencontrerions ailleurs que dans les bois. Un mois ! Un mois à peine ! Nos chevaux couraient l'un vers l'autre à toute allure comme s'ils avaient deviné ! Je n'avais jamais aimé. Par système. J'avais quarante-cinq ans, elle vingt-cinq peut-être ! Nous étions admirablement dépareillés mais si contents d'être ensemble. Elle m'a dit qu'elle avait grand besoin d'oublier un homme si je voulais bien l'y aider. Je voulais de toute mon âme !

— Eh bien, à la bonne heure ! lui dis-je, Vous voilà un homme heureux ! Mais que voulez-vous dire avec votre : « un mois à peine » ?

— C'est le temps que ça a duré. Nous nous donnions rendez-vous toujours au même carrefour. Une fois, deux fois, trois fois, je l'ai attendue en vain !

Un homme qui a été heureux un seul mois et qui soudain se trouve les mains vides est le plus dangereux des maniaques d'amour. Inconsciemment j'amorçai un recul prudent devant cet amoureux de quarante-cinq ans qui se transissait, je le voyais bien, comme un jouvenceau. Mais lui au contraire se rapprochait de moi. Ma parole, il me prenait les mains, sous l'œil épouvanté de la Chabraque qui le couvait, fusil en main, à pas cinq mètres de là.

— Monsieur, me dit-il sur un ton suppliant, vous voyez tant de monde sur les foires, vous pourriez peut-être me dire...

— Mais comment voulez-vous ! Si vous ne savez même pas son nom !

— Ce doit être facile ! Nous avions toujours rendez-vous au même endroit, à Biabaud, non loin de Mane, un endroit qu'elle appelait la folie Turpin !

« Je ne sais pas son nom, ajouta-t-il avec fièvre, mais je vais si bien vous la décrire que vous, peut-être, vous saurez ! Écoutez-moi !

Il ne m'avait pas lâché les mains. Je nous contemplais depuis le point de vue de Sirius et je nous trouvais du dernier ridicule.

— Elle monte à cheval comme Diane en personne ! Elle a des yeux qui changent de couleur suivant l'heure de la journée ! Des cheveux noirs ! Qui lui font une véritable tiare lorsqu'elle les monte en chignon. Et alors...

Il me lâcha subitement et des deux mains ouvertes aux doigts largement écartés, il fit le geste voluptueux d'envelopper des sphères entre ses paumes.

— Mais tout ceci n'est rien comparé à son âme, monsieur ! Mais son âme hélas je ne puis vous la décrire. Elle est celle du pays tout entier. Quand je pense au vent, quand je pense à la pluie, quand je pense à la senteur des bois dont je me nourris depuis trente ans c'est maintenant elle que je vois en filigrane. Me fais-je bien comprendre ?

— Où dites-vous que vous vous rencontriez ?

— À Biabaud, près de la folie Turpin.

Je hochai la tête. C'était à peine à un kilomètre de Gaussan et je commençais à comprendre qui Zinzolin avait pu rencontrer en chassant sur ces terres privées. La maritorne lui faisait des signes désespérés en montrant de la main à travers les frondaisons l'ouest supposé où le soleil allait se coucher. Zinzolin se leva à regret.

— Je dois faire faire un peu de galop à ma jument, dit-il. Il y a plusieurs jours qu'elle est à l'écurie. Oubliez ce que je vous ai dit. Pourquoi la connaîtriez-vous ? Pourquoi la rencontreriez-vous ? Elle a dû apprendre que je suis un malheureux proscrit et elle ne veut plus me voir à cause de ça.

— Vous feriez mieux de vous rendre, lui dis-je, avec le nouveau régime, votre amnistie doit être toute prête.

Il hocha la tête.

— Ce sont les mêmes juges qui sont toujours en place. Et, bien que ce ne soit pas moi qui les ai tués, il y a ces gendarmes morts pendant qu'on me faisait évader. Et puis... Vous m'avez dit vous-même, et je ne suis pas loin de le croire, que d'autres que les gendarmes voulaient ma peau.

— Je vous l'ai dit en effet : les coups de feu autant qu'on peut en juger, et vous êtes meilleur juge que moi, étaient des coups de pistolet. Les gendarmes utilisent des fusils en campagne. Gardez-vous bien !

Il me tourna le dos avec un geste fataliste. Je demeurai quelques instants sur place à le regarder s'éloigner par le sentier touffu où le soir estompait déjà les silhouettes. La Chabraque ressemblait à Sancho Pança et Zinzolin, de face et de dos, à l'ingénieux hidalgo de la Manche, un soir de grand vent. C'était le héros préféré de mon père qui me commentait de grands passages de ce livre quand j'étais enfant, en brodant à l'infini sur ce couple espagnol, lequel depuis longtemps n'avait plus d'autre patrie que l'univers.

Mais je ne m'attardai pas longtemps à les voir disparaître au lointain. Même sans la dangereuse Chabraque qui tirait par folie, ces lieux n'étaient pas hospitaliers. Il y avait encore loin jusqu'à l'aven vers lequel je cheminais et, au surplus, je n'étais pas sûr du tout que les coups de feu entendus au lointain fussent spécialement destinés à Zinzolin. J'en savais maintenant assez, j'avais assez trempé parmi toutes sortes de nuits où d'étranges choses s'étaient produites pour être moi-même devenu un personnage haut placé dans l'échelle des malencontres. En outre, j'avais, plié en quatre dans mon portefeuille, ce billet que j'avais eu la faiblesse, hélas instinctive, de ramasser sous les yeux d'Aigremoine au lieu de le piétiner, de l'envoyer paître, de prouver ostensiblement que je n'en avais jamais eu connaissance. La curiosité est un vilain défaut et j'avais fait preuve, une fois de plus, en recueillant ce billet, de cette frivolité qui était mon vice le plus caché et le moins guérissable.

Je venais de passer le dernier arbre géant qui dominait la forêt. Je m'arrêtai pour uriner et faire boire Cinabre au surplus d'un ancien lavoir et, tout en compissant un buisson de lentisque, je contemplais pensivement ce vieux bassin silencieux sous un toit qui menaçait ruine et où l'on n'entendait plus que le murmure du ruisseau. Il me semblait que les fantômes des lavandières qui s'y étaient jadis escrimées contemplaient mon sexe peu glorieux en riant de toutes les dents de leur squelette jauni.

Ce lieu n'était pas fait pour les hommes et le soir forcissait. J'allais remonter, en maîtrisant mon inquiétude, sur mon siège salvateur, lorsque j'entendis passer, mais assez loin de là, le galop d'un cavalier qui froissait les taillis. Cinabre l'entendit aussi qui haussa la tête hors de l'abreuvoir pour mieux écouter. Il y eut au fond du hallier la fuite lourde d'un pic-vert et le rire hystérique d'un butor dérangé au bord de son trou d'eau.

Ma bonne fortune de Sèderon me paraissait bien loin. Je n'avais pas fini de me faire cette réflexion lorsqu'un second cavalier à la même distance froissa le même hallier au galop. Ce fut toute une harde de sangliers qu'il débusqua au passage et qui se répandit à cent mètres de moi, là-bas, déjà dans l'ombre, à fond de train sur le chemin. J'eus à peine le temps de distinguer une demi-douzaine de marcassins qui grouillaient entre père et mère puis le silence retomba.

Je ne pouvais plus rebrousser chemin, l'aven était maintenant à moins d'un kilomètre mais je trouvais que ces bois étaient vraiment trop fréquentés pour mon goût. Depuis quelque temps, les événements insolites semblaient avoir une fâcheuse tendance à se cristalliser dans mes parages. Je décidai là, tout de suite, que, dès que je me serais débarrassé de ma pièce à conviction, je me désintéresserais de cette affaire où ne m'attendait aucun profit et que je me contenterais de vivre désormais tranquillement ma vie.

Après tout, je pouvais bien imposer silence à ma curiosité et éviter de me trouver en présence des personnages de cette histoire. Il y avait dans l'air de mauvaises raisons qui me frôlaient de partout et il était grand temps de se réfugier dans le rassurant train-train quotidien. En attendant, il me restait cette dernière corvée dont m'avait chargé bien malgré moi ma félone bouchère.

J'étais un peu angoissé de reconnaître malaisément les lieux où quinze ans auparavant mon père m'entraînait à la cueillette des simples, la boîte d'herboriste me battant le flanc. En quinze ans, une forêt, une clairière, le visage de la terre évoluent de telle sorte qu'on n'en croit pas ses yeux en ne les reconnaissant pas.

Je cherchai autour de moi quelque point de repère, quelque arbre caractéristique qui aurait alors frappé mon regard. Ce fut un moignon d'aulne mort qui me tira d'affaire. Il était là depuis, n'ayant pas changé, étant mort, prêt depuis longtemps à s'effondrer en poussière sans doute mais solidement soutenu debout par un lacis de viornes et de ronces, où il oscillait tout calciné parmi tant de verdure. Le sentier de l'aven partait de là, invisible, enseveli, n'ayant plus de sentier que le souvenir que j'en conservais. Il n'était pas question de conduire l'attelage jusque là-bas. Le passage était impraticable.

Je soupirai en ouvrant la logette avec résignation. Je tirai à moi l'encombrant écrin, m'en chargeai l'épaule et me mis en route. Les ronciers et les églantiers défendaient le passage. J'étais griffé, déchiré, lacéré par ces sarments épineux qui me fustigeaient. J'avançais avec peine, résistant à la tentation d'abandonner l'objet sous quelque buisson et de m'enfuir soulagé. Mais je savais trop ce que le hasard est capable d'imaginer comme coïncidence, pour me contenter d'une solution aussi simple et je persistai.

Soudain, il n'y eut plus d'obstacle. Je débouchai dans une majestueuse clairière où d'anciennes colonies de meules à charbon de bois avaient autrefois stérilisé le sol de telle sorte que rien depuis cent ans n'y avait jamais repoussé.

L'aven à ras de terre s'ouvrait là-bas au bout, que nulle trace d'une érosion quelconque ne précédait ni n'accompagnait. C'était un trou énorme, de peut-être vingt mètres de circonférence aux bords bavant de courtes fougères dont les crosses encore dorées se déroulaient à peine. Il était plein d'une ombre dense, impénétrable. Un vrai trou à engloutir une diligence avec ses quatre chevaux et les grappes joyeuses de ses voyageurs sans souci. Jamais personne n'irait chercher au fond le couperet de la guillotine.

Je mis bas mon fardeau et m'assis dans l'herbe à côté de lui pour reprendre haleine. Alors, il me vint l'idée incongrue, mais elle était humaine, d'ouvrir encore une fois la boîte pour contempler en face cette lame affilée dont on prenait si grand soin qu'elle voyageait dans un écrin. Je repoussai les deux crochets qui commandaient le jeu du couvercle que je soulevai. Incontinent l'acier se mit à jeter les feux d'un diamant. Je ne l'avais vu que de nuit à la lueur d'une chandelle. Il reflétait le couchant d'or. Il luisait comme luit l'eau d'un étang sous le clair de lune, et la moire du crépuscule qui frémissait à sa surface lui communiquait cette beauté poignante que confère à tout objet l'amour de l'artisan qui l'a conçu, lequel était probablement sous la terre depuis longtemps. Je comprenais pourquoi cet instrument inventé par les hommes les remplissait d'horreur plus qu'une hache, plus qu'une corde de pendu, pourquoi il leur apparaissait lorsqu'ils l'entendaient tomber comme l'instrument du Jugement dernier. Mais ce couperet était aussi absurde que le crâne que soupesait Hamlet. Il ne méritait pas cette méditation d'un soir de mai.

J'allais refermer l'écrin et me lever pour précipiter le tout dans le gouffre lorsqu'une voix s'éleva derrière moi qui disait :

— Quelle mort trop douce c'eût été !

Je me retournai tout tremblant. J'étais à la merci de cette voix. Quelqu'un par-dessus mon épaule avait vu dans l'herbe l'écrin ouvert.

— N'ayez pas peur, c'est moi !

Aigremoine posait doucement sa main sur mon épaule. Elle avait changé depuis cette soirée d'hiver où nous étions si intimes tous les deux sous les mousselines de l'ortolanerie. Elle avait le visage figé des gens qui n'exercent plus leur sourire. Elle me regardait de ses yeux graves. Il n'émanait plus d'elle cet appel érotique irrésistible qui ne survit jamais au malheur. Le malheur vivait sous les traits d'Aigremoine. Elle avait changé encore depuis ce matin où je l'avais trouvée debout dans ma chambre, voulant absolument savoir ce que c'était que cette lettre que j'avais ramassée dans le vestibule le soir du banquet. Elle m'avait dit ce matin-là : « Je suis un parchemin ratatiné. » Ce soir, au milieu de ces bois, il me paraissait qu'elle avait dit vrai. Je n'avais, pour l'instant, plus aucune intention à son endroit, plus aucune convoitise. J'avais l'impression quoique sa beauté fût intacte que le pouvoir d'amour l'avait désertée.

Elle était comme moi fustigée de coups de ronces et d'églantiers. Il y avait même, tout près de ses lèvres, une estafilade où perlait un peu de sang. J'avais l'impression qu'elle surgissait d'à travers bois après avoir fourni une longue traite. Elle avait enrêné son cheval au loin contre le tronc d'un bouleau doré.

— Vous vous êtes lacéré la joue, lui dis-je. Voulez-vous que j'aille vous chercher quelque chose pour vous désinfecter ?

— Je suis infectée de l'intérieur, dit-elle. Non merci ! Je n'ai besoin de rien puisque vous ne voulez pas me donner ce qui pourrait être pour moi l'essentiel.

— Je vous ai expliqué cet hiver...

— Oh non ! Ne vous méprenez pas ! Tout cela est bien loin ! Et du reste je vous ai donné l'autre jour ma réponse là-dessus.

C'était vrai. Je me souvenais qu'elle m'avait menacé de son pistolet si je faisais mine de la toucher.

— Et quoi d'autre alors ? lui dis-je.

— Vous le savez bien. Cette lettre que je vous ai vu ramasser ce soir-là. Cette lettre que vous avez refusé de me montrer.

— Je vous ai dit ce qu'elle contenait. Je vous ai dit qu'elle ne vous concernait en aucune façon.

— Alors pourquoi ne voulez-vous pas me la montrer ?

— Le secret qu'elle contient ne m'appartient pas. Et croyez-vous que je ne suis pas déjà suffisamment préoccupé avec ça ?

Je lui désignai piteusement l'écrin ouvert et le couperet qui luisait sous les feux du couchant.

— Les gendarmes seraient certainement intéressés par ça, dit-elle. Je pourrais m'en servir.

Je haussai les épaules.

— Vous ne pouvez rien. J'ai mon secret, vous avez le vôtre, nous n'avons aucune raison de porter tout ça devant les autorités. Surtout par les temps que nous courons.

— Qu'allez-vous en faire ?

Elle désignait du doigt l'écrin ouvert.

— Le jeter là-dedans !

Elle frissonna.

— C'est moi, dit-elle, qui ferais bien de m'y jeter.

Elle regardait le gouffre avec un regard mélancolique.

— Qu'iriez-vous y faire, jeune et belle comme vous êtes ?

— Je suis laide du dedans, dit-elle.

— Si vous me disiez ce qui vous pèse, je pourrais peut-être vous aider.

— Que je vous dise ça *à vous* ?

Elle me touchait la poitrine du doigt comme si je venais de proférer une énormité.

— Et pourquoi pas ?

Je lui happai la main au passage comme par jeu, je tentai de la porter à mes lèvres mais elle me l'arracha avec violence comme si mon contact lui faisait horreur.

— Ne recommencez jamais ça ! dit-elle.

J'avais eu le temps toutefois de respirer sur ses doigts cette odeur que j'avais si souvent sentie dans mon adolescence, parmi les marais de Villeneuve. C'était celle de la poudre et du silex. Je me levai précipitamment. Je marchai vers le cheval immobile sous les halliers.

— Que faites-vous ? s'exclama Aigremoine.

Elle me suivait, me dépassait, j'entendais le froissement de sa longue jupe crissant sous sa marche rapide. Elle s'interposa entre sa monture et moi.

— Oui ! dit-elle. J'ai deux pistolets dans mes fontes. Et alors ? Les chemins ne sont pas sûrs pour une femme seule.

Je la regardai dans les yeux et je lui dis :

— Vos mains sentent la poudre ! Les chemins ne sont pas sûrs lorsque vous les parcourez ! Votre secret contre le mien ! Pourquoi voulez-vous tuer Zinzolin ? Vous lui avez tout à l'heure tiré dessus au moins à deux reprises. Vous l'avez blessé à la cuisse...

— Jamais de la vie ! Ce n'est pas moi ! Je lui ai tiré dessus, soit. Il était à portée de mon tir ! Mais au dernier moment j'ai relevé mon arme ! Je ne pouvais pas ! Non, je ne pouvais pas !

Elle se couvrait le visage de ses mains.

— Mais pourquoi diable voulez-vous le tuer ?

— Parce que je l'aime !

Elle me jetait ces mots à un pan de mon visage. Si j'avais été un homme ordinaire je n'aurais pas pu m'empêcher de m'écrier :

— Mais il n'y a pas trois mois encore, c'est moi que vous aimiez !

C'était là paroles inutiles. Si tel était le cas, Aigremoine s'en souvenait aussi bien que moi. La supériorité des femmes sur les hommes c'est qu'elles possèdent au plus haut point l'art de passer sous silence. En outre, je n'avais plus la spontanéité de la jeunesse. Rappeler les serments n'était plus de mon âge.

— Et, dit-elle, si vous étiez à ma place vous le tueriez vous aussi, n'en doutez pas !

Elle me tournait le dos. Elle mettait le pied à l'étrier et s'enlevait légèrement en selle, m'enveloppant le visage comme d'un coup de fouet dans l'envol de son amazone retroussée. J'eus le temps en un éclair d'être ébloui par la certitude qu'elle ne m'avait pas menti cet hiver lorsqu'elle m'avouait monter à cru son cheval. Elle devait avoir l'entrejambe en airain. Vingt générations de Pons et de Gaussan, tant reîtres qu'hérétiques, tant croisés que félons à leur roi, mais toujours le cul sur une selle pour défendre leurs biens ou leurs rapines, devaient lui avoir légué le cal de leurs fesses, lequel avait dû se transmettre de génération en génération.

Je n'avais jamais tant admiré une femme que celle-ci. Tandis qu'elle se dressait sur ses étriers en se troussant, je résistais à la furieuse envie de profiter de son geste pour coller mes lèvres contre son quant-à-soi. Par les grands bois, quelle volupté !

Mais Aigremoine me regardait maintenant de haut en bas avec cet air parfaitement méprisant que sait prendre une femme quand vous la laissez froide.

— Et cessez d'errer parmi les suppositions, dit-elle. Vous êtes à cent lieues de la vérité.

Elle donna la bride à son cheval en ajoutant :

— Même si je vous la disais, vous ne me croiriez pas !

Je fis, tandis que je l'entendais s'éloigner, une trentaine de pas à travers les empreintes rondes des charbonnières, machinalement, la tête pleine de surprise. Je dépassai même la lèvre du gouffre où j'avais abandonné l'écrin ouvert. Heureusement je me ravisai. Avant de refermer la boîte j'eus le temps de constater que le serein avait coagulé quelques larmes d'eau sur le tranchant de l'acier bleu. Allons... Il était temps de dire adieu à cette horreur. Je soulevai au-dessus de ma tête l'objet à bout de bras et le projetai devant moi de toutes mes forces. La chute fut interminable. J'entendis l'écrin heurter brutalement un éperon de rocher et à partir de là il y eut deux bruits distincts : celui de la lame d'acier qui descendait plus vite et celui de l'écrin plus feutré qui s'abîmait en vol plané. L'aven devait être hérissé de parois surplombantes et de dièdres contre quoi ricochaient ces deux pièces à conviction qui m'avaient tant pesé sur la conscience. Tout se termina par deux ploufs séparés qui prouvaient qu'une nappe d'eau tapissait le gouffre.

Je fis tout le reste du chemin l'esprit léger, je l'avoue, sans rien voir d'autre que ce grand enveloppement d'amazone verte qui livrait en un éclair à mon regard indiscret la félicité suprême d'une femme de bonne compagnie.

Néanmoins, au lavoir de la Serve, j'arrêtai Cinabre et avec une certaine solennité je défis mes boutons de manchettes et me retroussai les bras de chemise. J'ouvris le tiroir de la chambrière, j'en extirpai une grosse pièce de savon de Marseille qui ne me quittait jamais, très sèche et érodée aux angles, et les mains appuyées sur la margelle en pente douce, je me mis en devoir de me les laver avec conscience, bien appuyées à plat, et le savon frottant dessus comme on lave une chemise d'homme. L'eau pure à gros canon emportait avec elle toutes mes idées fantastiques. Oh ! Je savais bien que c'était de la superstition et qu'un écrin n'est jamais qu'une boîte de luxe, mais je songeais aux promiscuités subies par celui-ci, au nombre de fois où il s'était trouvé ouvert sous la lune à l'heure où chante le coq. Il n'était pas trop de la splendeur du Ventoux sous le crépuscule pour s'efforcer de me rassurer.

J'atteignis Sèderon à nuit close, alors que le ciel était encore rose sur les baroques montagnes de la Drôme. Sous la douceur des monts de Lure, un lumignon sur la place signalait seul le village, étendu bien à plat dans un creux qui le soustrayait un peu au vent du nord.

Le bonheur qui est mon état naturel commençait à reprendre son empire sur mon esprit troublé.

J'allais manger la soupe comme un ami bienvenu chez cette veuve, autrefois guérie d'un vilain panaris, sous le prétexte duquel elle me recevait toujours avec bienveillance. Sa chambre m'était hélas interdite à cause d'un amant incommode, bûcheron de son état et qui me faisait deux fois en poids et en volume. Mais elle possédait, comme presque tout le monde à Sèderon, une vaste grange à sécher le tilleul où il m'était loisible de l'attendre. C'était une de ces longues bâtisses construites de bric et de broc et où il passe tant de vent, tant de bruit et tant d'odeurs qu'on en est abasourdi quoi qu'on soit en train de faire. Les parfums divers des plantes qui y sèchent vous pénètrent par les narines et font de vous une simple parcelle de la nature, naïve comme un enfant. Les grands toits flottent très haut dans l'air, clapotent comme des voiles de navire sous le mistral jamais absent et brassent un arôme profond où les dieux sans peine reconnaîtraient leur nourriture. C'est du moins ce que mon âme d'amant éternel en avait retenu. Ma bonne fortune aimait à faire l'amour en tel lieu en gâtant, tant pis pour le profit, une ou deux balles de tilleul, ventrues comme des outres, sur les commodités desquelles elle s'écarquillait à l'aise, les reins bien calés.

Les affres de la journée s'évaporaient rapidement dans mon esprit primesautier, à mesure que j'approchais de ces félicités. Mon attelage, Cinabre avait l'habitude, s'engageait à fond de train sur le pavé de la venelle, passait de justesse sous une étroite poterne que, depuis le Moyen Âge, on n'avait pas eu le loisir de mettre bas et débouchait sur la place où cette veuve tenait épicerie.

Je vis en devanture luire dans la vitrine, sous le lumignon public, mes produits en bonne place sur les étagères. Il y avait notamment une boîte ronde de fer, me représentant bombant le torse sous une signature à arabesques devant les sommets de Lure et qui annonçait *rob du centaure*, un électuaire fait de centaurées et de bourgeons de cynorhodons dont ma clientèle était particulièrement friande. Les monts de Lure reproduits sur le couvercle y étaient pour beaucoup.

J'envoyai machinalement la main vers le bec-de-cane mais on l'avait retiré, l'arrière-boutique était obscure. Ce havre qui baignait d'ordinaire dans la douce lumière d'une suspension verte était fermé sur ses secrets et manifestement n'attendait personne. Mon amie connaissait pourtant les dates de mes passages ponctuels sous prétexte de simples à renouveler.

J'étais interdit devant cette fin de non-recevoir, et la soupe fumante d'épeautre au merson qui m'échappait m'apparut incontinent comme un paradis perdu. Ainsi donc pour quelque obscure raison je n'aurais ce soir que l'amour pour me réconforter.

Je remis au pas l'auvergnat aussi interdit que moi car il avait l'habitude de humer son picotin d'avoine sitôt dépassée la poterne étroite.

La grange austère et froide comme toutes celles de la haute Drôme ne respirait pas, elle non plus, l'hospitalité. L'immense porte cochère solidement ferronnée était fermée, contrairement à l'habitude. Elle était faite pour permettre d'entrer à de gigantesques haquets vertigineusement chargés de balles de tilleul légères comme des plumes. Heureusement je savais où se trouvait la clé de bois qui commandait la clenche lourde comme une solive. Je fis entrer mon attelage, dételai Cinabre et le mis à la longe dans une stalle faite pour trois. Après quoi, j'éteignis le fanal et gagnai à tâtons, dans le clair-obscur, le fond de la grange où avaient lieu nos rencontres. La lune jouait entre les piliers des hautes ouvertures béantes sur la nuit par lesquelles l'air devait toujours circuler. Un vieux lit de lavandes noires, oubliées certain jour par les distillateurs, me jetait au visage son parfum d'armoire à linge.

C'était là-devant qu'elle m'attendait, immobile, insolite, différente de ce qu'elle était d'habitude et ne se jetant pas à mon cou pour me faire basculer et m'entraîner avec elle dans un grand envol de jupons et de corset à délacer, parmi les parfums du terroir.

Elle savait ma passion pour les transports hors du lit à condition que l'endroit fût évocateur. Mais ce soir-là, elle était immobile, bloc noir sous la clarté lisse du clair de lune qui ne dessinait pas ses traits. Il était haché par les piliers des ouvertures et ne me renvoyait qu'une silhouette engagée dans l'ombre où les détails du visage notamment n'étaient pas discernables. Et surtout elle ne bougeait pas.

Tout cela était tellement inattendu chez cette femme spontanée que j'ouvris le guichet de ma lanterne sourde afin d'en avoir le cœur net. J'éclairai une silhouette élancée et flexible chez qui l'habitude de se tenir haut perchée sur les chevalets de longues heures durant et depuis l'enfance (c'est la servitude des cueilleuses de tilleul) avait communiqué une grâce ondoyante. J'en étais entiché pour ça et aussi parce qu'elle était riche en besogne sitôt qu'on la provoquait un peu.

Ce soir il n'était pas question de ça. Elle était courroucée telle une déesse antique, le corsage en bataille, le chignon noué à la diable et d'où tant de mèches s'échappaient, plus belle en son désordre qu'en la placidité soignée qui était sienne d'ordinaire. Elle me tenait hors de portée grâce à un petit fléau à battre les épis de lavande qu'elle serrait entre ses doigts. À l'aspect de ses prunelles étroites comme des chas d'aiguille, je crus plus prudent de retraiter de deux pas. Elle en fit deux dans ma direction.

— Il en est venu une ! souffla-t-elle.

Elle haletait. Les paroles sifflaient entre ses dents. Je sentais bien à son envie soit de me battre soit de me mordre qu'elle était en pleine crise de jalousie. Je demandai bêtement :

— Une quoi ?

— Une femme ! Avec une cravache, une amazone verte, un chapeau d'olibrius ! Des seins comme des melons, une bouche de pute et un air, ma belle, à vous couper au couteau !

Elle hennit un rire méprisant.

— Avec le nez qu'elle a, elle ferait mieux de se garder ses airs pour son armoire à glace !

Il était difficile, devant tant de précisions, de ne pas reconnaître Aigremoine dans ce portrait. Aigremoine à la recherche de ses obsessions : Zinzolin et la lettre dont j'étais en possession. Je voulus tendre les bras vers ma cueilleuse de tilleul, l'amadouer par quelque approche. Elle me tapa sur les mains comme si elle essorait du linge avec un battoir.

— Ne me touchez pas ! criait-elle. Espèce de putassier !

Elle tournait autour de moi en rond et de son fléau menaçant elle me défendait d'approcher en sifflant ses paroles :

— Elle m'a toisée peut-être trois minutes. On aurait dit qu'elle voulait m'acheter comme on achète un cheval : mais vous me connaissez ? Question de le prendre de haut j'ai pas besoin de leçon ! Je l'ai pris d'aussi haut qu'elle !

— Allons, Rose ! Ce n'est pas une raison pour faire de même avec moi ! Comme si vous n'aviez pas vous aussi des seins comme des melons !

— Oui ? Eh ben, vous irez dire ça à votre bouchère ! Vous savez ? Celle que vous voyez une fois par semaine ! Alors que moi je vous attends un mois des fois ! Vous croyez que je peux supporter ça !

— Attention, Rose ! Cette femme de peu prêchait le faux pour savoir le vrai. Elle voulait vous tirer les vers du nez !

C'était une défense qui m'avait souvent réussi pour détourner l'ire de quelque jalouse que de paraître alarmé que notre secret soit découvert. En revanche, je ne savais pas ce que cherchait Aigremoine avec moi. Elle ne m'aimait plus et m'avait même menacé de son gros pistolet si jamais je faisais mine de porter la main sur elle. Alors ? Pourquoi essayait-elle de démolir mes ménages en dénonçant ma bouchère à Rose ?

Celle-ci était debout devant moi avec un air vengeur et me couvrait d'insanités. Elle me crachait ses insultes à la figure, à vingt centimètres de mon visage, les seins en avant, le bras levé, les doigts écartés comme si elle se retenait de me frapper. Aigremoine devait lui avoir livré sur mes relations avec Albertine des détails affreux qu'elle tenait sans doute de sa femme de chambre.

Soudain, dans le duvet brun qui soulignait ses lèvres de jouisseuse, et finalement sur toute sa personne qui me défiait, je respirai cette odeur ineffable qu'aucun amant n'oublie jamais et qui est celle de l'amour tout de suite après sa consommation. Je levai haut ma lanterne et reculai pour éclairer tout entière la personne de Rose. Je vis sur son corsage en désordre une tache toute fraîche, pas très grosse, encore humide. J'avais assez l'habitude du sang pour le reconnaître n'importe où. Je me remémorai la hâte de Zinzolin qui voulait faire courir sa jument, ne l'ayant plus vue, m'avait-il dit, depuis quelque temps. Je me remémorai le furieux galop d'un cavalier impatient qui froissait les halliers, là-bas, vers l'antre de la Chabraque. Je remarquai à voix basse comme pour moi-même :

— L'animal aura déplacé son pansement.

Une curieuse sensation où mes propres sentiments n'avaient pas de place s'empara de moi en cet instant. Je vis se tisser parmi ces tribulations de l'amour la menaçante image de la mort traquant sa proie. Aigremoine devait en savoir sur Rose beaucoup plus que je n'en savais moi-même et sans doute lui avait-elle parlé de moi pour faire diversion afin d'apprendre où elle pourrait trouver Zinzolin.

— Qu'est-ce que vous dites ?

Rose gardait en l'air sa main grosse comme un battoir qui me maudissait. Sa dernière invective lui restait en travers du gosier.

— Je dis : Quand Aigremoine est venue, Zinzolin était-il encore là ?

— Non ! dit Rose précipitamment. Il est arrivé après ! Mais comment savez-vous qu'il est venu ?

Je soupirai :

— Oh, vous savez... Il y a des choses comme ça qu'on devine.

— Qu'allez-vous imaginer ? Zinzolin m'apporte du gibier qu'il braconne. Moi je le ravitaille en tabac. Et puis vous avez du culot de m'attaquer. Avec votre bouchère !

Elle avait remis en position son fléau comme une arme. La colère ne lui passait pas. Elle me venait dessus. Elle était la seconde en peu de temps à me faire une scène de jalousie en m'avouant implicitement un amant. À cet égard, l'odeur d'amour récent qu'elle portait sur elle était plus convaincante qu'un aveu.

Je refermai ma lanterne sourde d'un coup sec et je dis à Rose :

— Quoi qu'il en soit, quand vous verrez Zinzolin, dites-lui que la femme à l'amazone le cherche. Pour le tuer ! ajoutai-je.

J'entendais dans l'ombre la respiration oppressée de ma mauvaise fortune.

— Mon Dieu ! dit-elle. C'est pour ça qu'elle voulait savoir où il était ! Elle m'a dit qu'elle avait un message urgent à lui transmettre.

— Un coup de pistolet ! dis-je.

— Mais qu'est-ce qu'ils ont tous contre ce pauvre homme ?

— Qui tous ? Vous avez vu quelqu'un d'autre ?

— Deux ! avec des chapeaux d'huissier. Alors eux ils n'y allaient pas par quatre chemins : ils étaient prêts à mettre la main au portefeuille.

— Vous en avez parlé à Zinzolin ?

— Vous le connaissez : il a haussé les épaules. Il m'a dit : « Ce sont les compagnons d'Orion. Ils me font rire ! »

— Dieu garde qu'ils ne le fassent pas pleurer !

Je tournai le dos à ma cueilleuse de tilleul.

— Vous ne voulez pas rester ? dit-elle précipitamment.

Je lui fis signe que non de la tête et m'en allai tristement. Mon influx érotique n'avait pas résisté à tant d'émotions diverses.

J'avais la bouche amère pour tant de raisons qu'on comprendra aisément : la mort du pauvre Lulu ; mon épaule encore meurtrie par cet écrin funeste qu'il était difficile d'oublier ; tant de drames dont j'étais malgré moi le dépositaire et qui mettaient un éteignoir sur ma belle insouciance ; tant de coïncidences qui depuis la nuit terrible m'avaient fait le témoin involontaire de tant d'événements insolites ; mais, par-dessus tout, mes bonnes fortunes qui me claquaient dans les doigts les unes après les autres. Les déconvenues d'un homme qui d'ordinaire n'en éprouvait aucune allaient courir les rues sur la rumeur publique et rien n'est plus favorable à la destruction d'une légende que deux ou trois mésaventures comiques qu'on se narre de bouche à oreille sous le manteau. En particulier, quel effet déplorable allaient produire ces mécomptes (car je ne me faisais aucune illusion : elle les connaîtrait) sur Évangeline, la sous-préfète, dont je me promettais merveille ?

Ce fut dans cet état d'esprit frileux que je rentrai certain matin, fourbu d'une tournée de foires dans les Hautes-Alpes où certes j'avais gagné ma vie mais au prix de bien des fatigues. J'avais dû pousser jusqu'à Guillestre en passant par Le Monestier-Allemont et Embrun où l'évêque m'avait prié à sa table pour quelque service rendu deux ou trois ans auparavant. À trente-cinq ans que j'avais alors, j'étais déjà chargé de secrets comme un baudet de sel.

Forcalquier sentait déjà l'été. Les magnanarelles matinales rentraient, l'épaule chargée d'une balle de feuilles de mûrier pour leurs magnans. Certaines, rares, s'étaient équilibré leur fardeau sur la tête et leurs hanches balancées me payaient de mes fatigues.

— C'est vrai, me disais-je, c'est le plus beau pays du monde ! Et ces filles balancent leurs fesses radieuses d'une façon charmante !

Ma bouchère était à la fontaine lavant sa bassine de tripes comme à l'accoutumée. Sitôt qu'elle vit mon corbillard, elle changea ostensiblement de canon afin de me tourner le dos. Elle aussi, en dépit de quelque imperfection, possédait une chute de reins suggestive. C'était dommage qu'un stupide malentendu... Je me promis de tâcher bientôt à y remédier. Somme toute, en dépit de mes soucis, je retrouvais heureusement mon pays bien-aimé.

Pour une fois les deux branlants Montagnier, tous deux appuyés sur leurs bâtons (la femme avait une canne fleurie), ne m'épiaient pas derrière leur fenestron. Ils se tenaient sur le pas de la porte, tout joyeux, rajeunis de dix ans. Ils m'adressaient de grands signes de loin, tandis que je faisais boire l'auvergnat au bassin de la fontaine.

— Vous avez de la visite ! me criaient-ils.

Je m'en étais bien aperçu. Deux chevaux luisants comme des bottes bien cirées étaient enrênés à l'anneau à côté de la porte. Je n'en fis pas semblant et comme à l'ordinaire allai d'abord gouverner Cinabre avant de gravir mon escalier et cela prit un certain temps. Un merle persifleur s'égosillait dans la glycine. Était-ce encore l'âme de ce pauvre Lulu qui me soulignait mes lacunes et les raisons que j'avais de n'être pas très fier de moi ?

J'avais les bras chargés de dons. C'étaient les offrandes de mes pratiques reconnaissantes : des fromages pliés dans des feuilles de châtaignier, une bouteille de vin de marquis, un saucisson d'ail, de l'huile de noix. Je poussai un gémissement sourd en débloquant la porte à l'aide de mes maigres fesses. Je les avais en capilotade. Trois semaines par ornières et par pavés avaient eu raison de mon endurance. Le spectacle que je vis alors n'était pas fait pour me réconforter.

Deux gendarmes en bottes de grande route arpentaient lourdement mes lattes de chêne et touchaient presque le plafond avec leurs bicornes. L'un s'appelait Lagardère et l'autre Paoli. Je les avais fournis de quelque onguent à hémorroïdes pour l'un et d'une crème à base d'huile de cade pour l'autre, afin de le soulager d'un œil-de-perdrix qui le lancinait. Néanmoins, ils me gratifièrent d'un salut réglementaire avec un sérieux de sentinelle. Ils avaient bien l'air, ma foi, de ne m'avoir jamais vu. Ils avaient aussi l'air de m'attendre là depuis le jour où j'étais parti. Ils avaient ouvert, sans les refermer, ma mastre, mon secrétaire et mes quatre placards. Et le contenu de tout ça, ils l'avaient bien proprement empilé sur le lit et sur les deux tables de la salle à manger. Ils avaient même entassé dans l'évier toute ma batterie de cuisine en cuivre et les trois chaudrons à bouillir les herbes.

— On a trouvé ouvert, dirent-ils, alors en vous attendant...

Ils étaient vermeils comme des enfants surpris la main dans le pot à confitures.

— Vous devez bien avoir, leur dis-je, un bout d'autorisation ?

— Tout est en ordre ! dirent-ils.

Ils me brandissaient sous le nez une feuille de papier timbré sur laquelle étaient imprimées diverses formules toutes faites, où l'on avait laissé des blancs pour les nom, qualité de la personne visée, date, motif, etc. Bref. C'était un ordre de perquisition en bonne et due forme, et il émanait du procureur de Kérénez qui avait signé en toutes lettres en faisant précéder son sceau de la formule : « pour ordre ».

— Ne vous affolez pas, monsieur Brédannes ! me dit Lagardère. Vous n'êtes pas le seul à être perquisitionné !

— J'en suis charmé. Mais vous cherchez quoi au juste ?

Ils me répondirent à peu près en chœur :

— C'est un secret d'État ! Nous ne sommes pas autorisés à vous le dire !

— Oh alors ! Si c'est un secret d'État !

Comme j'avais bien fait, de justesse, d'aller précipiter le couperet de la guillotine dans l'aven ! Comme j'avais bien fait, cette lettre trouvée à Gaussan, et qui intéressait tant Aigremoine, de la glisser pliée en quatre dans l'une des grandes bottes cuissardes que j'utilisais pour pêcher l'écrevisse dans le Bèveron. Ces bottes, pour qu'elles se couvrent rapidement de toiles d'araignée, je les avais suspendues à la solive de la soupente, dans le grenier à foin, au-dessus de l'écurie.

— À la bonne heure ! dis-je. Eh bien, j'espère pour moi que vous n'avez pas trouvé ce que vous cherchez ! Mâtin ! Un secret d'État !

— Non, soupira Paoli. Nous n'avons rien trouvé, sauf...

Il jouait au malin en me scrutant de son petit œil méchant. Je souhaitais que les hémorroïdes lui dévorent l'anus et il pourrait toujours compter sur moi pour le soulager.

— Sauf quoi ? lui dis-je, bêtement.

— Sauf que le crottin de votre cheval ressemble bougrement à celui que nous avons prélevé dans le courant de l'hiver sur le site de la chapelle Saint-Donat !

Comme j'avais bien fait de recueillir celui que Cinabre avait produit la nuit de la ficelle, dans les bois de Carniol. Mais comme j'avais été inconséquent de ne pas tenir la même conduite, alors que je contemplais l'autodafé, la nuit où tout avait commencé. Ça ne sert à rien d'être prudent si on ne l'est pas constamment. Hélas, je l'ai déjà dit : je suis léger en tout. *Sola inconstantia constans !*

Je pris un air dégagé pour rétorquer :

— Vous êtes très intelligent, gendarme Paoli ! Aussi vous répondrai-je que je ne suis pas le seul à Forcalquier ou ailleurs à soigner bien mon cheval et à lui fournir la meilleure nourriture et donc il n'est pas le seul à fournir du fin crottin !

— Aussi vérifions-nous l'emploi du temps d'une douzaine de Forcalquiérois, cette nuit-là.

— J'ai dit à Forcalquier et ailleurs ! Il n'y a pas de chevaux bien soignés qu'à Forcalquier !

Ils toussotèrent tous les deux dans leurs moustaches.

— Puisqu'on est là, dit Lagardère, et puisque vous nous y autorisez et que vous nous faites l'honneur de discuter avec nous, on pourrait peut-être voir où vous étiez cette nuit-là ? Oh, ne vous alarmez pas ! C'est une question que nous avons posée à peut-être cent personnes !

— Quelle nuit ? Il y en a eu des nuits !

— Attendez ! On va vous rafraîchir la mémoire !

Il se précipitait sur une soubretache crasseuse qu'il avait irrévérencieusement disposée sur ma courtepointe. Il l'ouvrait. Il en tirait cet outil de travail corné, cassé, défoncé, avachi qui est l'âme damnée de tout gendarme qui se respecte et où ils enjolivent minutieusement les récits de toutes les turpitudes du monde. Voici que j'allais être couché moi aussi sur le carnet à souche d'un gendarme. Lagardère n'en finissait pas de feuilleter l'objet en mouillant son pouce à chaque page et répétant comme un perroquet :

— C'était la nuit du... C'était la nuit du...

Cet imbécile me prenait pour un crétin car il devait savoir par cœur lui la date dont il s'agissait et je dus résister pour ne pas la lui souffler.

— Voilà ! s'exclama-t-il triomphalement. C'était la nuit du 23 au 24 janvier ! La nuit du 23 au 24 janvier 1871 ! Où étiez-vous cette nuit-là ?

— Ça ! J'ai de bonnes raisons de me souvenir !

Je tirai de mon portefeuille le reçu de deux cents francs que j'avais versés au maire de Saint-Symphorien, avec la date, le tampon et la signature.

Lagardère le lut avec flegme et me le rendit.

— Tout cela est bel et bon, dit-il. Donc vous êtes rentré à Forcalquier dans la nuit du 23 au 24 janvier.

— Oui.

— Et par où ?

— Par Vilhosc, Sisteron. Après les Bons-Enfants, j'ai pris à droite la route de Saint-Étienne. Je suis passé à Mallefougasse, à Cruis. Je suis rentré à Forcalquier par le chemin de Fontienne.

— Ça fait un détour d'au moins dix kilomètres ! Avec en plus la côte de Fontienne. Pourquoi n'êtes-vous pas passé par Peyruis ?

— Gramerci ! Vous savez bien que le grand chemin de Grenoble à Marseille n'est jamais sûr ! Tous les coupe-jarrets se font des rentes par là ! Tous les Forcalquiérois vous le diront : ils prennent tous par Saint-Étienne pour rentrer de Sisteron. D'ailleurs, mes plus proches voisins, les Montagnier, vous le diront : ils ont sûrement entendu l'attelage dévaler par le raccourci des Mourres. Vous n'avez qu'à le leur demander.

— Oh, mais c'est déjà fait ! On voulait seulement avoir confirmation par votre bouche.

— Eh bien, vous l'avez !

Je me dirigeai vers la porte que je leur ouvris.

— Et puis ne vous donnez pas la peine de tout remettre en place ! Je ferai ça à mes moments perdus !

Ils me saluaient de nouveau à la réglementaire, le regard horizontal ne croisant jamais le mien comme des fauves qu'ils étaient. Je compris à cette attitude que mon cas était pendable. Je devais être bien placé sur la liste des suspects. Et les textes d'amnistie n'atteignent pas jusqu'aux gendarmes. Dans leur cerveau de simple mécanique, plus efficace qu'un fichier, la mémoire des faits devait les interpeller :

— Mais dites-moi, chef ! En 51, avec Ailhaud, est-ce qu'il n'y avait pas un petit Brédannes ? Et après tout, qui a été contre l'Empire peut très bien aujourd'hui être contre la République.

Ce genre de raisonnement propre à toutes les autorités du monde a conduit plus d'innocents à la guillotine que de coupables en prison, mais n'importe, on s'y tient ! Bien sûr dans ce cas aussi nous étions plusieurs à Forcalquier. Néanmoins, j'avais un peu froid dans le dos lorsque j'allai constater à la lucarne que les gendarmes s'en allaient tout simplement. Toutefois, les regardant s'éloigner, il me semblait que leurs silhouettes, et même celles de leurs chevaux, avaient des formes pensives. Les Montagnier n'avaient pas bougé de place et je pouvais savourer leur air navré en constatant que les pandores se retiraient sans que je leur fusse enchaîné.

Je revins vers la monstrueuse pagaille qu'ils avaient organisée avec le contenu de mes placards. J'allais avec résignation me mettre à tout ranger lorsque je m'avisai qu'ils avaient oublié leur ordre de perquisition sur la tablette du secrétaire. Tout à l'heure lorsqu'ils me l'avaient fourré sous le nez, j'avais eu une curieuse impression en le lisant mais je n'avais pas eu le temps de l'analyser. Cette fois j'avais du champ devant moi avant que les gendarmes reviennent chercher ce document. D'ailleurs, je ne connaissais pas assez les mœurs judiciaires pour décider s'ils l'avaient laissé par inadvertance ou bien s'ils devaient le délivrer au contrevenant pour preuve de leur passage. En tout cas je me saisis de ce papier pour l'étudier tout à loisir.

Le texte était chapeauté d'un *Empire français* qui tenait toute la largeur de la page et que quelqu'un, de trois traits de règle bien nets, avait biffé, écrivant au-dessous en cursives anglaises : *République française.* Apparemment l'instrument judiciaire, après la marche foudroyante des événements, n'avait pas eu le temps de réimprimer ses formulaires.

Toutes les mentions laissées en blanc : nom du justiciable (le mien), heure et date de l'instrumentation, motif du recours, tout cela était rédigé de la même main, de même que le : « pour ordre » qui précédait la signature péremptoire : « De Kérénez » sur laquelle était assené le sceau (impérial lui aussi) qui authentifiait l'acte.

Il me vint les trois sueurs en identifiant cette écriture violette que j'avais déjà vue quelque part. Je me jetai dans l'escalier le papier brandi à bout de bras. En deux bonds je me retrouvai dans la cour à côté du corbillard, en deux autres sauts je fus au bas de l'échelle de la fenière que j'escaladai par deux barreaux à la fois. En dépit des toiles d'araignée, je bondis sur la botte cuissarde où j'avais dissimulé la lettre ramassée chez le comte la nuit de l'ortolanerie. Je secouai la botte à l'envers. Le papier tomba sur le plancher. Je l'amenai, avec l'ordre de perquisition, au grand jour de la fenêtre béante où s'appuyait l'échelle. Fébrilement, je comparai les deux billets, je les froissai dans mes mains pour en avoir le cœur net. Je les fis jouer dans la lumière. Le filigrane était le même, la finesse du grain, les vergeures étaient les mêmes, l'écriture du formulaire et celle de la lettre avaient été tracées par la même main avec la même encre violette. Je remis précipitamment en place la lettre au fond de la botte et d'une seule traite revins poser l'ordre de perquisition sur la tablette du secrétaire.

Les gendarmes ne revinrent que vers midi reprendre leur bien avec des excuses et de la contrition dans la voix. Je n'avais pas encore suffisamment repris mes esprits pour dire autre chose qu'au revoir et merci. Je demeurai prostré une grande partie de la journée dans mon fauteuil paillé en me rongeant les ongles. Parfois je me dressais, levais les bras au ciel et m'écriais :

— Kérénez !

Puis me rasseyais, la stupeur dans l'âme.

Il y avait le lendemain à Oraison un comice agricole où j'avais chance de décrocher ma vingtième médaille pour une bouillie contre le piétin du mouton dont j'étais l'inventeur. Je renonçai à cette fête et à ma recette avec un soupir. J'attelai de bonne heure car la route était longue que je me proposais de parcourir.

J'ai toujours aimé cette transition admirable qui fait passer le chemin des rives de la Durance à celles de la Bléone et comment la plantureuse plaine s'approche des montagnes et s'apprivoise à elles dans la pureté d'un matin de printemps.

La Bléone, la livide, est une balafre qui zigzague sur le visage de la terre, chargée de très anciens souvenirs. Les quatre âges de la planète y sont moulus en menus grains, pilés en un mélange qui défie le classement. L'été, parfois, dans ce lit à peine souligné d'un filet d'eau, on voit cheminer en trébuchant quelque homme à lorgnon et en coutil blanc qu'on imaginerait plutôt assis devant un tableau noir que cherchant une pièce de monnaie dans le fond d'un torrent alpin. Parfois, il soupèse un caillou dans sa main comme s'il voulait le jeter contre l'éternité rétive et son air découragé interroge le cirque des montagnes où se rassemble la Bléone. C'est un géologue qui remonte aux sources. Il y en a parfois des dizaines parmi les gorges et les lits de torrents, tant amateurs que savants qui lisent patiemment la jeunesse de la terre, à sa surface. Ils sont solitaires, perdus au-dessus des forêts, qui flairent comme des chiens de chasse la trace des origines.

Au bout de ce coup de poignard ondulant qui a imprimé sa cicatrice sur la vallée, Digne est tapie, muette de mystère et de quant-à-soi ; ville douillette et feutrée où abonde l'ecclésiastique onctueux et deux séminaires pleins à ras bord de montagnards à godillots sur lesquels, dès leur enfance, Dieu a donné assez de coups de caveçon pour se faire aimer.

Sous l'énigmatique barre des Dourbes qui limite son horizon, Digne offre au monde la connaissance à fleur de terre d'un passé où elle n'était qu'une colline déserte à peine ressuyée d'une mer sans nom et encore salée comme un poisson. Digne n'a jamais relevé de cette nuit des temps.

Elle en est toujours gardienne et son âme nonchalante, il est patent qu'elle ne s'est jamais coulée dans notre siècle, dans nos siècles. Quand on a ainsi dans ses armoiries tant de centaines de millions d'années, qu'est-il besoin d'ajouter encore quelque prouesse au long de quelques millénaires ? Ce jour-là, cette ville que j'ai toujours aimée grouillait de martinets qui stridulaient sous les hautes génoises où ils nichaient.

J'ai ici un ami de longue date quoique plus âgé que moi qui exerce un sacerdoce non une profession, dans une ruelle sous les prisons. Il est libraire de son état et son père l'a déshérité quand il a appris à quelle futilité de crève-la-faim il entendait vouer sa jeunesse. Bien sûr il vend ici plus de Bornecque, de Cornelius Nepos et d'*Epitomae historiae grecquae* que de romans de MM. de Balzac ou Hugo, ce qu'à Dieu ne plaise, mais c'est un honnête homme et nous nous sommes connus dans les marais de Villeneuve du temps que la lutte contre Badinguet nous tenait lieu d'espérance.

La boutique était si obscure qu'on y lisait au quinquet, même en plein été. Dès l'abord, chez lui, on se trouvait nez à nez avec le buste en chêne d'un individu à calotte, au nez camus, qui vous regardait de ses yeux de bois avec une certaine clairvoyance paysanne plaisante à imaginer. La philosophie fortement délayée de résignation montagnarde s'était ici fait son lit depuis longtemps en la personne de cet honnête homme universel, religieux de son état, qui s'appelait Pierre Gassendi. Il n'était pas une âme bien née de cette ville qui n'eût de quelque manière hérité le bon sens de cet homme de bien.

— Tu es toujours aussi maigre ! me lança mon libraire en guise de bonjour.

— Je suis toujours aussi sobre ! lui répondis-je.

Il me rétorqua :

— Même en amour ?

Il était quand j'arrivai occupé à chercher quelque volume introuvable dans son fatras, pour un prêtre tatillon qui sentait la gomme arabique et paraissait enclin à s'intéresser à notre tutoiement. En tout cas, il me toisa d'un regard incisif. Mon ami eut du mal à le pousser civilement vers la porte pour enfin se tourner vers moi.

— Tu te fais rare ! me dit-il.

— Que veux-tu... La vie est dure à gagner !

Bien qu'il eût vingt ans de plus que moi, ce libraire avait fait le coup de feu par idéal en 1851 et, par surcroît, il avait accompagné, quelques années encore, Zinzolin dans son refus de l'Empire.

— Si je me souviens bien, lui dis-je, tu étais autrefois un faussaire de génie et tu étais passé maître dans l'art d'imiter les sauf-conduits.

Il me regarda en souriant.

— Je le suis toujours, me dit-il. Il me suffit de voir une seule fois une écriture pour pouvoir la contrefaire.

— Eh bien, contrefais-moi donc celle-ci !

Je lui fourrai sous le nez la lettre trouvée chez le comte et qui me brûlait de plus en plus les doigts. Il la prit, la lut, émit un long sifflement.

— Tu risques gros en trimbalant ça sur toi par les temps qui courent !

— Oh mais, j'en ai parfaitement conscience !

— Et ça ne te suffit pas ? Tu en veux deux exemplaires ?

— Si ça ne t'ennuie pas.

Il n'arrêtait pas de hocher la tête en me précédant vers son bureau vitré, encore plus obscur que sa boutique. Il était vêtu de madapolam. C'était un homme un peu bossu qui claudiquait hautement et portait une calotte sur sa tête chauve. Il avait fiché entre celle-ci et l'oreille un long calame de fantaisie en guise d'enseigne. Ainsi affublé, il faisait homme de cabinet, insignifiant, respectable et érudit.

Il me commanda :

— Ôte le bec-de-cane ! Il vient souvent des officiels ici et des curés. Ta lettre est brûlante. Je n'aimerais pas qu'un long regard s'attarde sur elle.

Je m'exécutai prestement tandis qu'il allumait une lampe à piston sur sa table de travail où un beau désordre lui permettait d'avoir tout à la fois, à portée de la main. Tandis qu'il lavait un petit calame à l'alcool pour changer la couleur d'encre qu'il utilisait d'ordinaire, il me disait sans me regarder :

— Il n'y a eu depuis bien longtemps qu'une seule exécution prescrite dans le département. Malheureusement, elle était prévue à la charnière même de l'Histoire : au moment précis que le destin avait prévu pour que celle-ci change de cours. Ç'aurait été une grande injustice. Ta lettre explique qu'on a voulu l'éviter.

Il essuyait soigneusement sa plume en la mirant à la clarté de la lampe. Il dit :

— Tu sais que je l'ai bien connu ?

— Qui ça ?

— Zinzolin. Il y a vingt-cinq ans, nous faisions ensemble nos humanités à Aix. À cette époque, il était baron de Montbrun mais pas très fier de l'être. « Je descends d'un assassin ! disait-il. Et qui plus est, un assassin religieux ! Vous croyez que c'est un honneur ? » C'était un homme à qui, déjà, il ne restait plus que les grands chemins pour se consoler. Si ce n'eût été Badinguet il aurait été un vulgaire bandit. Je crois qu'il voulait se suicider les armes à la main.

— Sais-tu pourquoi ?

— Oh ! Un mariage manqué ! Quelqu'un qu'il aimait et qu'on promettait à un autre. Tu sais dans la noblesse...

Il était en train de tremper le calame dans l'encre violette.

— Une chance, dit-il. L'encre qui a tracé ces lignes sort probablement de chez moi.

J'admirais sa maîtrise de soi et son sens du secret qui le dispensaient de me poser aucune question.

— La difficulté, me dit-il, dans ces sortes d'imitations c'est la qualité du support, comme dans les billets de banque, toute proportion gardée !

Il était allé fouiller dans ses rayons et brandissait devant lui une feuille de papier qu'il ne ménageait pas, la tripatouillant à plaisir et lui imposant ce faisant un aspect usagé que l'original avait gagné depuis ce temps où je l'avais froissé pour le jeter dans le pot d'aspidistra.

Il le lissa sous sa poigne et dit :

— Je vais te torcher ça en cinq sec !

Je retenais mon souffle tandis qu'il reproduisait un mot après l'autre sans s'y reprendre, sans hésiter, comme au fil de la plume.

— Elle est très facile, grommelait-il entre ses dents, comme toutes les écritures des hommes qui sont sûrs d'eux et de leur position dans le monde.

Il sablait son œuvre d'un geste large pour étancher le surplus d'encre.

— Je pourrais, dit-il, sécher au tampon buvard mais l'original a été sablé quand on l'a rédigé. J'ignore à quoi tu veux utiliser ce billet mais il ne faut rien laisser au hasard.

Il me tendait les deux feuilles de papier en continuant de manipuler la copie d'une certaine manière pour la rendre bien semblable à l'original. Il contemplait son travail avec une sombre satisfaction.

— Voilà ! dit-il. Une truie n'y reconnaîtrait pas ses petits !

Il m'empêchait de saisir entre mes doigts ces feuilles à la légère.

— J'ai dit une truie ! À plus forte raison un homme ! Ça ! C'est l'original ! Tu le prends et tu le mets dans ton portefeuille. Et ça ! C'est l'imitation et tu la mets dans ta contrepoche droite ! Tu as bien compris ? Et tu te rappelles ! ajouta-t-il le doigt levé.

Je lui obéis honteux et confus de n'avoir pas saisi dès l'abord l'importance de ses paroles que dès lors j'imprimai dans ma mémoire à toutes fins utiles.

Je quittai cet ami précieux sans remerciements exagérés ni effusions particulières. Il se passerait peut-être dix ans avant notre prochaine rencontre, peut-être même ne nous reverrions-nous jamais, mais nous avions une fois pesé nos âmes respectives et savions que nous n'avions pas besoin de rencontres pour nous aimer.

Je repris mon auvergnat bougonnant qui me reprochait de l'avoir laissé languir à la chaleur car je l'avais enrêné à l'ombre mais le soleil avait tourné. Je le conduisis lentement par la bride le long des boulevards pleins de monde. Les Dignois me regardaient sans étonnement défiler avec mon corbillard tintinnabulant de médailles. Ils avaient l'habitude de me voir sur les foires. Quelques-uns qui me connaissaient me saluaient au passage.

Je sortis de la ville par la route du Labouret et pris un chemin vicinal sur la droite qui conduisait à un grand bosquet d'essences diverses d'où se faisait jour une balustrade et d'où dépassait seulement le pignon d'une grande maison. Je laissai de nouveau mon attelage à bonne distance du mur d'enceinte. Je ne voulais pas qu'à sa vue la toute potelée Mme de Kérénez ne pâmât de nouveau.

Le jardin de la villa était surélevé de quatorze marches au-dessus du chemin. On en avait profité pour l'agrémenter d'un escalier à vases de faux albâtre d'où cascadaient des géraniums. N'ayant pas eu, pour quelque raison de moi ignorée, le loisir de faire construire une folie comme c'était la mode, le procureur de Kérénez avait agrémenté le jardin de sa grosse villa grise par deux gloriettes pointues à tuiles vernissées qui prouvaient dès l'arrivée qu'on n'avait pas affaire à n'importe qui.

En cette fin de journée, la maison était silencieuse et paraissait déserte. Seul un homme vêtu comme un jardinier taillait un arbuste au lointain des boulingrins. Une porte vitrée en haut de quatre marches était ouverte à deux battants. J'escaladai les degrés en ôtant mon chapeau. Je vis au fond de la pénombre le procureur monumental assis dans un fauteuil et qui écrivait devant un grand bureau. Il offrait là, au naturel, la massive représentation de sa charge, sans avoir aucun besoin de se mettre en posture. Des rides de responsabilité barraient son front. Il devait être terrible, vêtu, tel un blason, de pourpre et d'hermine lorsqu'il requérait au tribunal.

Il était bien entendu à mille lieues de me percevoir. Je toussotai discrètement pour signaler ma présence. Il leva la tête, me vit et aussitôt son visage s'éclaira.

— Mon cher Brédannes ! Quel bon vent vous amène ?

Il se levait, contournait son bureau et me fondait dessus de toute sa masse prévenante, prêt à m'envelopper de sa sollicitude. Il se disait sans doute qu'il allait pouvoir longuement étaler ses affres devant moi et me conter par le menu ses derniers déboires.

— Celui de la peur ! lui dis-je, lugubrement.

— Plaît-il ?

— Vous me demandez quel bon vent m'amène ? Je vous réponds : celui de la peur. Un point c'est tout !

Interdit il gardait devant lui sa main ouverte dans laquelle je mis la mienne, flasque comme un chiffon.

— Vous avez devant vous, lui dis-je, un homme qui sort de perquisition.

— Que me chantez-vous là ?

Je haussai les épaules feignant la lassitude et prenant l'air courbé des gens écrasés par l'injustice.

— Vous croyez que c'est brave d'être réveillé par un couple de gendarmes qui vous met bas le contenu de vos armoires sans oublier de déplier vos draps ? Vous avez déjà remis — tout seul ! — une douzaine de paires de draps dans ses plis ?

Il me tourna le dos, marcha vers son bureau, les bras levés au ciel comme un homme qui succombe sous le poids de la besogne.

— Que voulez-vous ! me criait-il de là-bas. Que voulez-vous !

Il se laissait choir dans son fauteuil, me désignait d'un geste tragique un mur de dossiers debout devant lui.

— Que voulez-vous ! répétait-il. Mon juge a cru bon de se mettre à cracher le sang en plein interrogatoire ! Une pulmonie ! En plein mois de juin ! Je vous demande un peu ! Et nous ne sommes qu'une modeste préfecture. Je n'en ai pas de rechange, je veux dire de juge. Je suis seul ! Aix m'écrit de tenir bon et qu'ils cherchent à m'en envoyer un. Je suis tout seul. Avec une montagne d'affaires de toutes sortes ! Un plein sac ! La chancellerie, où un ministre terriblement zélé souffle comme sur un brasier, la chancellerie me harcèle de messages pincés. Je suis dans l'œil du cyclone ! Croyez bien que ces cinq cadavres et surtout, surtout ! l'inimaginable destruction d'un bien national, ne font pas bon effet en haut lieu, sur des âmes avides de faire oublier leur zèle bonapartiste ! Enfin pour vous la faire courte : j'ai signé cette semaine peut-être trente commissions concernant des ordres de recherches. Je vous avoue que je ne me suis pas fort arrêté sur les noms !

Je ricanai :

— C'est sans doute à cause de cette presse qui vous interdit de lire ce que vous signez qu'on dit que la justice est aveugle !

Il négligea mon persiflage et se passant deux doigts dans le col il soupira :

— Avec ça, il fait une chaleur à mourir !

Ma maigreur m'a toujours dispensé de ces inconvénients thermiques. En quelque saison que ce soit, ils ne me font ni chaud ni froid.

— Sans doute sans doute ! lui dis-je. Il n'empêche qu'il y a trois mille âmes à Forcalquier et que c'est moi, nonobstant la chaleur, que vous avez piqué au hasard dans vos dossiers !

— Si je vous en fais mes excuses, cela vous suffira-t-il, mon cher Brédannes ?

Je gardai le silence une minute et lui répondis enfin :

— Sommes-nous seuls ? Où se trouve Mme de Kérénez ?

— Chez son oncle à héritage, comme tous les mercredis. Mais que prétendez-vous me dire ?

Je ne sais pourquoi, mais je flairai tout de suite une alcôve sous cet oncle providentiel. Sans répondre je tournai le dos au procureur pour aller refermer soigneusement la fenêtre de plain-pied sur l'escalier du jardin.

— Et vos domestiques ?

— La cuisinière est à l'office, la femme de chambre a son jour et le valet de pied œuvre dans le jardin.

— Fort bien !

Sans qu'il m'en eût prié, je m'installai dans un fauteuil paillé face au mur de dossiers où il se retranchait. Depuis qu'il m'avait fait confidence de ses carences érotiques, je m'étais mis sur le pied de m'autoriser de pareilles incartades. Je lui dis :

— Je suis venu me fourrer dans la gueule du loup, mais apparemment, il y en a d'autres et de plus gros qui sont prêts à vous fourrer dans la leur !

— Vous parlez par énigmes. De quoi s'agit-il ?

Pour toute réponse je me levai et tirai de ma contrepoche droite le fac-similé de la lettre que j'avais fait copier par le libraire. Je la lissai sur le sous-main du bureau et la fourrai littéralement sous les yeux du procureur.

— Tenez ! lui dis-je. Lisez ! Faites-en votre profit et réfléchissez avant de parler !

J'eus le temps d'arpenter le bureau de long en large plus de deux fois avant que d'entendre la voix étouffée du procureur.

— D'où tenez-vous ceci ? dit-il.

Je haussai les épaules.

— Allons ! Voici que vous parlez comme l'un de vos vulgaires justiciables ! Que vous importe d'où je le tiens ? Le seul fait qui compte c'est que ce billet soit maintenant sous vos yeux.

Ceux-ci lui sortaient de la tête. Je crus un instant qu'il allait tomber en apoplexie. Mais il encaissait bien. Son souffle devenait plus égal. Il me regardait méchamment de ses petits yeux striés de sang. Il brandissait à son tour le bout de papier devant moi.

— Cette lettre n'est pas signée ! proféra-t-il. Elle ne porte aucun cachet. Que prétendez-vous en faire ?

— Elle porte votre écriture ! Et le papier, que vous n'avez pas daigné vouloir quelconque, est identique à celui où vous formulez vos réquisitions ! Vous avez eu grand tort, par inadvertance, de m'envoyer *à moi* un ordre de perquisition rempli de votre main. Le Bon Dieu vous a puni !

— Vous savez comment on appelle ce que vous êtes en train de faire, monsieur Brédannes ? Du chantage tout simplement ! Avec à la clé trois à dix ans de prison et dix mille francs d'amende !

Je me réinstallai paisiblement dans mon fauteuil et je lui dis doucement :

— Cela pourrait être du chantage si je vous demandais quelque chose en échange. Or je ne vous demande rien ! Je vous rapporte simplement cette lettre afin de souligner votre imprudence.

— Vous ne me demandez... rien ?

— Ne m'insultez pas ! Non seulement je ne vous demande rien mais je vais me confesser devant vous. Restez assis là ! J'en ai pour dix minutes !

Sauf mes deux rencontres avec Aigremoine que je jugeai du domaine privé, sauf les deux billets dérobés dans les poches du ruffian parce que j'en avais besoin pour vérifier quelque chose, je ne lui celai rien de mes tribulations depuis la nuit où j'avais eu maille à partir avec le maquignon de Céreste. Cela ne m'avait pas pris plus des dix minutes que je lui avais réclamées. Il en râlait d'étonnement incrédule.

— Voilà ! Voilà, lui dis-je, en conclusion, la topographie de la carte du tendre à l'heure actuelle dans le département ! Vous pouvez juger si j'avais besoin de vous dire la vérité !

Il garda le silence plusieurs minutes durant, les yeux fixés sur cette lettre qu'il avait eu le temps de relire à maintes reprises et celui de regretter de l'avoir une fois écrite.

Je savais que même si j'avais eu le pouvoir de le torturer, il ne m'aurait pas avoué qui en était le destinataire. Je ne commis pas la faute de lui poser la question.

— Vous aurez, lui dis-je, conciliant, été victime de votre bon cœur. L'ordre d'exécuter Zinzolin avait suivi son cours, probablement décrété par l'ancien régime durant son agonie et lorsqu'il vous est parvenu, déjà sous la République, vous avez été saisi de l'un de ces cas de conscience dont vous autres magistrats êtes si souvent la proie. Alors, la providence vous a mis en présence de quelqu'un qui pouvait vous en délivrer...

— La providence ! ricana Kérénez. Vous avez de ces mots ! Cinq personnes assassinées dont deux bons serviteurs de l'État !

— Tout porte à croire que ceux qui ont délivré Zinzolin ne sont pas ceux qui ont réduit en cendres la guillotine. Si vous avez interrogé les deux gendarmes qui ont eu la vie sauve, l'attaque du tombereau a eu lieu à plus de vingt kilomètres de Giropée et à peu près à la même heure.

— Zinzolin devait avoir ordonné cette autre précaution.

— Vous savez bien qu'il n'a jamais tué personne.

— Il n'empêche que c'est un bandit des grands chemins.

— Il n'y en a que de petits par chez nous. Et Zinzolin n'est jamais allé ailleurs.

De mes deux bras ouverts je fis un geste pacificateur comme pour y laisser s'entasser toute la mansuétude du monde.

— La République, dis-je, aura besoin que tout rentre dans l'ordre. Souvenez-vous de Tacite. Les événements que nous évoquons sont insignifiants par rapport à l'ensemble. Ils se placent en grain de sable dans l'une de ces charnières de l'Histoire où il n'est jamais bon de se trouver coincé en porte à faux. Votre bourreau et ses accompagnateurs se sont trouvés en porte à faux. C'est tout. Qu'ils soient morts en service commandé est affaire de commémoration.

— Et l'abbé ? Vous oubliez l'abbé ! Il est impossible que son sort ne soit pas lié à celui des victimes précédentes. En un lieu aussi paisible de notre département deux crimes aussi rapprochés ne sauraient avoir deux origines.

— Vous pouvez, dis-je, tristement, y ajouter le pauvre Lulu, en dépit qu'on ait fait de sa mort un accident car il était probablement seul à savoir *qui* à l'origine avait le premier recelé le couperet de la guillotine dont je vous ai tant parlé.

— Et les quatre malandrins ! s'exclama-t-il. Trois dont vous m'avez dit le sort et le quatrième qu'on a retrouvé il y a huit jours, le pied pris dans un piège à loup en tel lieu qu'on ne pouvait pas l'entendre hurler et qui est mort du tétanos !

— De ce point de vue-là, du moins, justice est faite ! dis-je, assez légèrement. Puisque, à n'en pas douter, ils avaient tous participé à l'affaire de la guillotine.

— À n'en pas douter..., dit Kérénez pensivement. Mais ce n'était certainement pas eux qui l'avaient inventée...

Je regardai avec pitié ce pauvre homme qui s'épongeait le front. Il avait commencé son après-midi avec bien du travail devant lui afin de ne pas réfléchir à sa condition ni aux traquenards que les particularités de sa complexion lui préparaient, et qui se trouvait soudain devant moi et devant cette lettre braquée sur lui comme un pistolet chargé. Mais je n'étais pas venu ici pour l'épargner. Son ordre de perquisition m'était resté sur l'estomac.

— Je vous ferai remarquer, lui dis-je, que lorsque ses libérateurs l'ont rencontré, Zinzolin les a empêchés d'exécuter ses gardiens.

— Un bandit de grand chemin ! grommela le procureur mal convaincu. Un commis du Trésor est présentement en train d'évaluer le montant de ses rapines. Il paraît que c'est faramineux !

— Un bandit d'honneur ! Il a été le dernier à opposer quelque résistance à Badinguet.

— Tsst tsst tsst ! proféra Kérénez.

Il accompagnait ces onomatopées d'un grand signe de dénégation que dessinait dans l'air son index levé.

— Il a dévalisé un nombre respectable de voiturins chargés des impôts de l'État !

— Mais c'était l'or de l'Empire !

— Il n'importe ! Nommément, la République aurait dû le retrouver dans ses coffres. En cette matière comme en tant d'autres, le mort saisit le vif.

Il se leva et se mit à faire des cercles à pas comptés autour de son bureau et de moi assis sur mon siège.

— Bref ! dit-il. La chancellerie est en train de statuer si on va le comprendre ou non dans une amnistie. Il n'a pas d'ami et aucune valeur politique, par conséquent... On ne sait pas encore en haut lieu si on va en faire un héros ou un exemple. J'attends des ordres.

— Enfin ! Il n'a pas un sou vaillant ! Il vit de braconnage et de la miséricorde de ses obligés !

— Oh, ça, ce n'est pas sa meilleure carte ! On n'aime pas en haut lieu les héros qui meurent pauvres. Ils portent ombrage aux concussionnaires plutôt qu'ils ne leur servent d'exemple. Bien sûr ! s'exclama-t-il quand je dis pas de valeur politique... J'oublie que le peuple pèse de tout son poids par ces temps d'élection. D'Avignon à Briançon et d'Aix au Vercors, ce trublion passe pour un redresseur de torts ! C'est pourquoi on hésite ! Il a son effigie en plâtre sur toutes les cheminées de chaumière. Les colporteurs distribuent son image en médaillon sous le manteau, avec le Raspail. En prime ! s'exclama-t-il en levant les bras au ciel.

— Résumons, dis-je. La chancellerie est dans l'incertitude. En haut lieu vos supérieurs vous pressent d'agir mais ils ne vous indiquent pas dans quel sens. Toute décision qui sera prise à l'égard de Zinzolin sera une coupe mal taillée. Dans ces conditions celui qui agira le premier sera sûr d'être exécuté ! Je pense donc que dans votre cas il est urgent d'attendre !

— Ah je savais bien ! gémit-il. Que si vous ne demandiez rien en échange de cette lettre c'est que vous aviez besoin de quelque chose d'exorbitant !

— Plusieurs personnes, dis-je, j'ignore lesquelles, veulent la peau de Zinzolin et vous savez le peu de prix qu'il y attache.

— En somme vous me demandez tout simplement de laisser ce bandit aller en paix ?

— Non ! Je vous demande de le faire surveiller par vos gendarmes ; je vous demande de le protéger alors qu'il est encore en liberté. Car je ne sais pas si derrière sa suppression, ce ne serait pas la vôtre qu'on tramerait !

Kérénez qui continuait à tourner en rond s'immobilisa brusquement et vint en trottant se réinstaller derrière son bureau. Il me considérait sans parler avec une extrême attention.

— Est-ce que vous pouvez me garantir vous, lui dis-je, qu'à travers l'insignifiant Zinzolin, simple pion sur un échiquier, tout ceci n'est pas dirigé contre vous ? Vous dites qu'on vous presse ? Vous êtes-vous demandé pourquoi ? Vous connaissez-vous quelque ennemi ? Ou à défaut quelqu'un proche du pouvoir qui convoiterait votre poste ? Les Basses-Alpes sont si recherchées par les âmes romantiques...

Je vis qu'il fouillait dans sa mémoire sans répondre et je vis aussi à l'expression nouvelle de ses traits qu'il croyait avoir trouvé.

— Vous avez commis, dis-je, une erreur qui m'étonne de votre part. Vous deviez vous rendre sur les lieux du supplice pour assister à l'exécution selon les devoirs de votre charge. Vous vous en êtes dispensé parce que vous saviez *vous* qu'elle n'aurait pas lieu. Croyez-vous par hasard que vos ennemis négligeront ce détail ?

— Si c'est celui à qui je pense, ça m'étonnerait !

Il se prit la tête dans les mains.

— Ah, s'exclama-t-il, il y a des jours où il vaudrait mieux se pendre plutôt que de céder à ses convoitises ! Elle est venue me trouver. Elle m'a dit : « Vous me poursuivez depuis longtemps sans vous l'avouer ! D'autre part vous ne savez pas exactement si vous devez obéir à des ordres qui datent déjà d'un mois et qui aujourd'hui sont caducs. Faites-moi savoir le jour et l'heure, je ferai le reste et je serai à vous... » Qu'est-ce que vous auriez fait à ma place ? Et maintenant, qu'est-ce que je dois faire ?

Je lui répondis tranquillement :

— Précisément rien ! Tenez-vous comme si vous aviez les pieds et les poings liés. Soyez mou, velléitaire et fuyant comme une eau. Laissez faire le temps. Atermoyez !

Ce beau verbe me fit en passant un plaisir extrême. Il était l'instrument le plus parfait pour que force reste au bon sens sinon à la loi.

— Jusqu'à quand ? questionna le procureur.

— Tant que nous ne saurons pas qui veut la mort de Zinzolin et pourquoi.

— Jusqu'à ce jour, il me semble plutôt que beaucoup de gens se sont employés à le sauver.

— Faites rechercher par vos gendarmes, dis-je, deux hommes qui ressemblent à des huissiers qui ont offert de l'argent à un bigre de Ferrassières et demandé civilement à l'épicière de Sèderon où ils pourraient trouver Zinzolin.

— Beau signalement ! grommela le procureur. Tous les bourgeois ressemblent à des huissiers.

— Les gendarmes vous apporteront peut-être des détails plus précis.

— Quelle idée avez-vous en tête ?

— Que peut-être on a voulu soustraire Zinzolin à la justice pour lui en appliquer une autre.

Le procureur resta pensif une seconde.

— Ce n'est pas une mauvaise idée que vous avez là, concéda-t-il enfin. Mais qui ? Et pourquoi ?

— Je vous répondrai ce que Zinzolin m'a dit quand je lui ai demandé qui l'avait délivré. Il m'a dit : « Je n'en sais fichtre rien ! »

— Je n'en sais fichtre rien ! répéta le procureur. Mais il se trouve que moi je le sais. Et au plus j'y songe au plus je me dis que vous avez raison et que, cette nuit-là, il y avait deux bandes sur le terrain : ceux qui ont assassiné le bourreau et ceux qui ont libéré Zinzolin. Et que les uns et les autres ne se connaissaient pas forcément. Je vous avoue que cette hypothèse si elle se vérifiait m'enlèverait une fameuse épine du pied. Mais dans ce cas, en dépit de vos recommandations, je ne crois pas que je vais demeurer immobile !

Je brûlais de connaître le nom de la destinataire de cette lettre si éloquente : *Je vous serais fort reconnaissant en retour — il me serait fort agréable que..., etc.*

Le moment était venu pour moi de fournir à mon interlocuteur, contre quelque aveu, un certain espoir domestique. Je tirai de ma poche une boîte à assassins où j'avais pilé un petit mélange de bostryche et de *Telephora splendens,* le tout finement pilé. C'était un vulnéraire contre les absences sexuelles des pauvres hommes si souvent à court.

Je déposai ce petit bijou sur le sous-main du procureur à côté de la lettre. Je lui chuchotai :

— Quand Mme de Kérénez vous réclamera le déduit, mettez donc le soir une pointe de couteau de cette poudre dans votre eau de fleur d'oranger.

Mais rappelez-vous : une pointe de couteau ! Plus et c'est la mort !

Kérénez avança promptement la main pour la poser sur cette merveille. Je fus plus vif que lui et m'en ressaisis.

— Il va sans dire que je ne vous demande pas, lui dis-je, sur un ton badin, qui était la destinataire de ce billet mais, vous savez ce que c'est : je brûle du désir de savoir si je la connais ?

Il me fallut faire miroiter la boîte à assassins plus d'une minute devant les yeux du procureur pour obtenir sa réponse. Il la regardait tournoyer autour de sa chaîne comme une alouette aveuglée par le miroir. Il essayait de la happer au passage, mais je la maintenais hors de sa portée.

— Le diable vous emporte ! dit-il. Bien sûr que vous la connaissez. Mais pour ma part il aurait mieux valu que je ne la connusse jamais !

Je lui rendis son jouet et je m'en fus.

Il me restait encore un long chemin à parcourir jusqu'à la vérité. Et si je voulais tant la connaître c'était que sous toutes ces péripéties je flairais une histoire d'amour et que rien n'est tant susceptible de me mettre en mouvement qu'une histoire d'amour. C'est en faisant le saint-bernard auprès des cœurs brisés que j'ai engrangé mes plus belles récoltes.

D'autre part sitôt que Zinzolin avait surgi des taillis avec sa cuisse éraflée et sitôt qu'il s'était jeté au cou de sa jument avec d'incroyables transports, je m'étais trouvé frère de cet homme. Il m'importait au plus haut point qu'il ne lui arrivât pas malheur. Qui avait brûlé l'échafaud pour qu'on ne le dressât pas pour lui ? Et pourquoi ? Pour tenter de répondre à cette question il ne me restait que ces quatre morceaux de billets de cinq cents francs dont je m'étais bien gardé de parler au procureur et que j'avais saisis sur le corps du malandrin, une nuit dans les bois de Carniol. Je les avais soigneusement scellés sous enveloppe afin que le seul indice dont ils étaient porteurs ne disparût pas au fil des jours tant il était fragile

Je n'avais plus que la ressource d'en appeler au génie de frère Calixte. C'était un ermite au flanc de Lure qui desservait la chapelle en messes et en offrandes. Il avait fait partie d'une communauté dignoise où il avait semé la panique, aussi bien parmi les clercs que parmi les laïcs, tant il était d'une coupable beauté.

Il était de noble extraction quoique cadet. C'était l'un des derniers rejetons de cette race des Forbin-Janson qui fournit tant de gens de bien à l'Église et de gens de guerre à la royauté. On avait imaginé de le fourrer dans les ordres afin de l'y oublier. L'amour qui court les rues en avait décidé autrement. Si profond qu'il fût enfoncé dans l'humilité de sa règle, il continuait à briller comme un soleil, on s'attendait à tout instant à lui voir emboucher la trompette du Jugement dernier ; même dans une cellule, un endroit où on le mettait souvent dès ses quinze ans pour protéger la conscience de ses pairs et de ses supérieurs.

— Qu'en faire ? alla demander le prieur à l'évêque quand il fut avéré que frère Calixte était un trublion malgré lui.

À l'énoncé du nombre de croyantes et de croyants qui feignaient de prendre ce blanc-bec pour un saint afin de l'adorer en cachette, l'évêque leva les bras au ciel.

— Je ne puis pas l'exclure de l'Église pour raison de beauté. Ce serait trop injuste !

— D'autant qu'il est de foi robuste ! Et simple ! ajouta le prieur, le doigt levé.

— Fort bien alors ! tonna l'évêque. Engraissons-le ! Tous mes prêtres sont gras à lard ! Ça les empêche de songer à la paillardise.

— Ce n'est pas lui qui y songe, ce sont les autres ! rétorqua ce prieur digne de Tacite. Et du reste, c'est un champion dans l'art de la diète : il donne la moitié de son pain aux oiseaux.

Un peu de son plein gré tout contrit, un peu par la persuasion de ses frères qui le morigénaient, Calixte, à dix-sept ans, s'était laissé accroire que rien ne lui conviendrait mieux que cet ermitage de Lure où il pourrait affiner sa foi dans la solitude.

On pensa à juste titre qu'on oublierait ce trublion à force d'éloignement. En effet, de Saint-Étienne, le plus proche village jusqu'à la chapelle de Notre-Dame de Lure, il fallait faire sept kilomètres d'un chemin sablonneux, malaisé et qui montait sans cesse, vous poussant d'un cahot sur l'autre, d'une ornière à peine esquissée sur un glacis de rocher où dérapaient les cercles des roues, où les attelages ripaient en travers de la draille où il fallait dételer pour les remettre d'aplomb. Il y avait là de quoi, pensait-on, décourager l'amour.

Mais je connaissais au moins une douzaine de passionnés, tant femmes que hommes qui avaient fait le voyage de l'ermitage sous prétexte de vœu exaucé et qui venaient pour remercier. Le moine humble recevait leurs offrandes à la Vierge, le minois bien enfoncé sous l'aumusse et le froc très ample disgraciant son corps. Il n'empêche qu'il ne pouvait éviter les regards de convoitise ni les frôlements de mains.

La surface de l'enfer bouillait doucement autour de ce lieu paisible qui n'eût dû être propice qu'à la prière. Pourtant l'étrange grâce de frère Calixte peuplait, parmi les bucoliques paysages de Lure, les vaines convoitises de nombre de Forcalquiérois, aux prises avec les monotonies ordinaires des alcôves.

J'avais eu vent de l'histoire de cet ermite sur les foires et aux terrasses exiguës des cabarets de village où, souvent, je donnais rendez-vous à mes pratiques, à côté du collecteur de truffes. C'est dire si elle était entachée de légende grossière et s'il convenait d'y aller voir de près.

Certain jour — oh il y avait longtemps de cela ! — je m'étais mis en route. L'ermitage était désert, l'aumusse du desservant était jetée sur un muret à côté de la fontaine. Je dus explorer plus d'un ponchon, plus d'une draille pour le découvrir enfin au fin fond d'un fourré où il renâclait comme un sanglier. Je m'approchai en catimini pour connaître de quoi il retournait. C'était un homme à genoux, le nez au ras du sol, les godillots à clous dardés à l'horizon. Il avait un gros derrière fort commun sous sa robe de bure. Il respirait très fort, avec une étrange application, la terre sous un fourré. Je retenais mon souffle. Je dus attendre de longues minutes qu'il veuille bien se relever car il se déplaçait le visage au ras du sol avec le soin gourmand d'une truie truffière. Autour de nous s'étalait le silence de Lure sur quoi glapissait parfois quelque aigle haut installé sur l'aire du vent et immobile telle une croix de plumes. Notre solitude à ce moine et à moi était totale et nul ne risquait de nous surprendre.

Quand il se releva enfin pour me faire face, il serrait entre trois doigts quatre fleurs roses dont l'ensemble couvrait à peine la grosseur de l'ongle de son pouce. Ainsi paré et la main en avant offrant son bouquet à l'air du temps, il était vrai qu'il représentait à merveille la tentation telle que se la figure naïvement l'Église, dans sa cruelle illusion.

J'avais devant moi un délicieux petit ermite âgé de peut-être vingt ans. Il était beau comme un dieu sylvestre et ses cheveux bouclés foisonnaient autour de sa tonsure sans qu'il fût possible de les rendre plus humbles. Mais il avait le pied puissant et, sous son froc, je voyais se soulever des pectoraux d'hercule. Je crois même qu'un sternum proéminent lui faisait une étrange bosse au creux de l'estomac, ce qui achevait de donner le change. Mais ce fut la seule fois où ce détail me frappa. Par la suite, je ne le remarquai plus.

Je rencontrai sans ciller son regard vide lorsqu'il se retourna vers moi. Il avait des yeux où se reflétaient seuls les ciels divers de Lure et qu'aucun spectacle d'humanité souffrante n'avait jamais rembrunis.

— Voici un homme, me dis-je, qui a vu Dieu bien avant d'avoir besoin de penser.

Et je le dis à voix basse car pour bien me persuader d'une chose il fallait toujours que je la parle.

Ça se lisait sur ses joues roses, sur son front aussi uni qu'une partition de musique avant que quelqu'un y inscrivît quelques notes, sur tout le charme vermeil de son menton imberbe, le corail suave de ses lèvres un peu trop charnues (c'était mon opinion d'homme) et les ailes immatérielles de son nez aux contours indécis.

Il va sans dire que pour surnaturelle que parût sa beauté elle laissa mes sens en tranquille paix. Je suis, hélas, absolument normal, et ce n'est pas un aspect physique quelconque qui peut émouvoir en moi la fibre érotique mais parfois le son d'une voix, un mouvement des mains dessinant une abstraction dans l'air, la sueur suave d'un corps excité par la course, l'approche d'une imperfection inavouable, d'un désir longtemps contenu et secret, la longue attente d'une insatisfaite de naissance parce que trop laide et dont vous excite au plus haut point la tristesse désenchantée mais aussi parfois le dédain superbe d'une qui se croit comblée de longue date et dont votre sextant intime vous indique assez qu'elle confond les fureurs de ses convulsions avec l'art de la jouissance. Tous les sensuels de naissance vous feront, madame, le même aveu. Les autres s'exagèrent les bonheurs dont ils jouissent.

Le moine eut d'abord un geste de panique pour chercher autour de lui son aumusse de sauvegarde dont son supérieur lui avait bien recommandé de ne jamais se séparer.

— Vous l'avez oubliée au bord de la fontaine, lui dis-je, et avec moi vous n'en aurez pas besoin.

En vérité, je le scrutais bien en face, médusé qu'un visage aux traits si obscurément angéliques pût exciter l'imagination de tant d'êtres. Je me fis à ce sujet des réflexions infinies sur la médiocrité de l'esprit humain qui fait prendre pour beau ce qui n'est que sans expression. Pour moi, frère Calixte n'était ni plus ni moins beau qu'un veau. Je faillis le lui dire mais il le comprit sans doute dans mon regard car il cessa aussitôt d'être alarmé et je crois que de cette confrontation de nos pensées muettes naquit aussitôt une amitié paisible d'homme à homme sans l'encombrant mirage d'une arrière-pensée.

Spontanément, il me tendit le bouquet de fleurettes qu'il venait d'extirper du fourré rébarbatif. Il en avait le dessus des mains en sang, les ayant exposées à toutes sortes d'épines. Il me lança à brûle-pourpoint :

— Savez-vous ce que c'est qu'une *Argilæa celesta* ?

— Je n'en sais fichtre rien !

— Eh bien, respirez ! me commanda-t-il.

Il me fourra sous le nez ces quatre corolles roses insignifiantes qui formaient un sabot rouge minuscule au bout de leur frêle tige.

— Sentez-vous ce parfum ?

Je secouai la tête.

— Je ne sens rien du tout, je vous proteste !

— Ah ! s'exclama-t-il déçu, c'est alors que votre odorat est trop grossier.

Il m'entraîna dès ce jour-là en une ronde folle autour des ponchons de Lure, froissant sans égards l'absinthe commune, la consoude opulente ou le freesia décevant, dédaignant le bouquet trop évident de plantes aromatiques, me citant les noms de cinquante fleurs dont moi, Brédannes, herboriste à Forcalquier, je n'avais jamais entendu parler. Je lui confessai qu'au-dessous de dix centimètres de taille, j'avais pour habitude de fouler aux pieds, sous mon quarante-quatre fillette, les tapis botaniques dont il prétendait faire son jardin.

— Et c'est au-dessous de cette taille, me dit-il, que se décante enfin la subtilité des arômes. Et il faut s'humilier très bas sur la terre pour en saisir la rosée !

Il ne mentait pas. Homme au monde ne peut nommer toutes les plantes à fleurs insignifiantes qui hantent les talus de Lure, du printemps à l'automne. On se souvient des plus huppées, celles que décrivent les communs herbiers où l'on ne dépeint généralement guère plus de cinquante espèces que tout le monde connaît. Mais les autres ? Celles qui font tapis ; celles qui ne sont ni assez originales ni assez grandes pour être distinguées à hauteur d'homme sans agenouillement ?

Toute cette croûte serrée de végétal à ras de terre qui est le pelage de celle-ci, Calixte le moinillon prétendait qu'il en était l'ami. Son génie c'était d'aller débusquer leur parfum, lequel n'atteignait jamais le nez des hommes debout et que seule la sauvagine haute comme trois pommes avait le privilège de respirer à hauteur du museau comme unique consolation contre la barbarie des chasseurs.

Il était toujours à la recherche de nouveaux bouquets et je le vis souvent se vautrer sur les talus tel un rouleau à fouler le blé pour saisir au passage la subtilité d'une inflorescence nouvelle que par mégarde il venait d'écraser. Je n'étais pas certain d'ailleurs qu'en cet exercice le frère Calixte ne bravât pas quelque commandement car je le vis plus d'une fois se relever tout vermeil.

— Que voulez-vous..., me disait-il tout contrit. Il en est qu'il faut violenter pour obtenir le parfum qu'on attend d'elles...

Il avait toujours en bandoulière, au bout de deux ficelles, une couenne de porc étonnamment brillante à force d'être travaillée et vidée de ses sueurs animales, sur laquelle il fichait par leurs calices de minuscules corolles de fleurs à parfum de lui seul connues.

— Et, lui dis-je, certain jour, vous faites cela pourquoi ?

Alors il m'avait conduit jusqu'à l'austère sanctuaire de Lure où, aussitôt entré, le froid de la mort vous saisit par les pieds. C'est une chapelle qui récolte tout ce qui suinte de la montagne le long de ses murs en une étrange distillation de salpêtre multicolore. Mais il régnait ici quand j'y pénétrai alors les fragrances les plus délicates que chrétien eût jamais respirées.

— Je vais vous dire un secret..., me murmura l'ermite.

Et il ajouta :

— Je cherche l'odeur de sainteté.

— L'avez-vous découverte ?

— Pas encore.

À suivre les furtives approches d'ombres concupiscentes qui le traquaient par toute la montagne, je jugeai qu'à son corps défendant frère Calixte ne se délivrerait jamais de l'aura de scandale dont il était la cause en toute innocence. Jamais après sa mort, son corps n'exsuderait cette suavité qui est le privilège des saints.

Il était regrettable que tant de talent se perdît à la recherche de ce leurre et pour des perspectives si vertigineuses. Aussi, certain jour, je lui apportai en grande pompe dans un emballage à faire envie, un merveilleux petit alambic d'alchimiste que j'avais fait fabriquer en secret par mon ami le serrurier Jiloux. Celui-ci y avait incorporé tous ses secrets de compagnon lorsqu'il avait su qu'il était destiné à l'ermite de Lure. Il ne l'avait jamais vu et ne le verrait jamais mais les chaudes descriptions qu'on lui en avait faites le tenaient en haleine, lui qui n'avait pour tout potage qu'un souriant laideron à dents jaunes.

Quand je sortis de la grande toilette d'osier où je l'avais logé cet alambic resplendissant de tous ses cuivres, l'ermite eut d'abord un geste de recul. Je dus l'y apprivoiser en lui tenant la main pour le forcer à caresser le cubicule renflé comme on apprivoise à quelque cheval rétif un apprenti plein d'appréhension.

— Ce n'est qu'un alambic, lui dis-je, et avec votre talent, vous allez lui faire rendre des merveilles.

— Voici, me dit-il enfin, ce dont j'avais toujours rêvé !

Cette rencontre providentielle entre cet ermite angélique qui recherchait inlassablement le fumet des saints à l'aide d'une montagne inépuisable en fragrances de toutes sortes et moi qui faisais profession d'herboriste, cette rencontre produisit d'étranges résultats qui ne laissèrent point que d'assurer ma modeste aisance.

Je lui faisais composer des sent-bon sur mesure, de sorte que les dames de l'arrondissement ne se confondissent point dans nos fêtes, les unes avec les autres, ce qui leur aurait déplu au même titre que si elles eussent trouvé, sur d'autres épaules, une toilette identique à celle qu'elles avaient commandée à leur couturière dans le plus grand secret.

Elles étaient toutes prêtes à mettre un certain prix dans cette fantaisie, et j'étais seul à savoir ce talent du moine de Lure que chacun croyait seulement d'une beauté surnaturelle alors qu'il possédait un talent miraculeux dans toutes les papilles olfactives de son nez presque transparent à force d'être immatériel.

Quand je montais à Lure voir frère Calixte, je n'attelais pas. Je sellais Cinabre qui acceptait ça d'assez mauvaise grâce et je faisais le grand détour par Montlaux et Cruis car il ne manquait pas, autour de Lure, d'herboristes indélicats prêts à tout pour voler les secrets d'un confrère et le spolier des fruits de son ingéniosité. Je m'assurais d'ailleurs, dès que commençait la rude montée rectiligne vers les oratoires, que je n'étais pas suivi.

Lure est toujours parcourue de cavaliers et de piétons qui y font rouler la pierraille de jour comme de nuit. Elle est la seule montagne du pays de Forcalquier et par là attire la légion de ceux qui aiment les chemins qui montent interminablement, soit qu'ils y aient quelque chose à faire soit pour le simple plaisir.

Lure, l'été, craquelle comme un pain cuit sorti du four. Les cigales y stridulent à vous rompre la tête de leur vaine crécelle et les guêpes qui cherchent l'eau s'en prennent à votre sueur, mais, à partir de douze cents mètres d'altitude, tout se tait.

Je montais donc parmi les résineux hirsutes qui précèdent les bois de hêtres. Parfois, je tâtais dans la contrepoche de mon paletot l'enveloppe scellée où crissaient les quatre morceaux de billets de banque que je comptais soumettre à la sagacité de l'ermite.

Cinabre n'allait pas vite. Je lui avais rendu les rênes et il choisissait les versants à l'ombre pour avancer. Je somnolais, la tête ballante et la pensée peu profonde. Sauf l'intention têtue d'obtenir du moine qu'il fouille dans sa mémoire, j'étais un abîme de vacuité tant la chaleur était annihilante. J'atteignis les oratoires vers les midi.

C'est le dernier promontoire d'où l'on peut encore apercevoir le sommet de la montagne à travers sapées et peloux. Après cela on s'enfonce dans les bois de hêtres et rien ne vous permet plus de croire que ce n'est pas l'infini.

Le sommet de Lure en été, c'est une boursouflure blafarde où les troupeaux ont extirpé toute l'herbe avant de s'en aller ailleurs. Un renard chatoyant s'y aperçoit à trois kilomètres de distance, visible de la tête à la queue, avec cette course véloce en larges zigzags et en cercle complet tous les quatre cents mètres qui le caractérise en terrain découvert.

Quand je levai les yeux au pied des oratoires ce ne fut pas un renard que je vis courir. Ce fut un cavalier penché sur l'encolure et qui faisait faire à son cheval un parcours de renard. Il avait surgi à fond de train par la sapée du pas de la Graille et il dévalait vers l'orée du bois comme s'il avait le diable à ses trousses.

Le regard, que j'ai toujours fort abrité sous des arcades sourcilières proéminentes, me permet même par scintillement aveuglant de distinguer au loin au moins les couleurs mais ici la distance était trop grande. Je ne voyais que la course forcée du cheval sur les peloux parmi les ramures tordues des genévriers acaules. Je pus le suivre plusieurs minutes traversant ponchons et sapées qui faisaient montagnes russes sur les derniers contreforts du sommet, jusqu'à ce qu'il disparaisse de mon champ de vue.

Mais alors, comme j'avais encore le regard fixé sur ces étendues qui réverbéraient le soleil au zénith, je vis surgir, presque à la cime, trois autres cavaliers. Ils faisaient volter leurs montures, cherchant apparemment à s'orienter. Ce n'étaient pas des gendarmes, même à telle distance j'aurais distingué leur bicorne.

Ils n'hésitèrent pas longtemps eux non plus. Je les vis pointer leur course vers la grange de bois où s'abritent les troupeaux par temps d'orage.

Toute cette cavalerie ne me disait rien qui vaille. Je suis un homme paisible et je n'aime pas ces mauvaises rencontres auxquelles si souvent, hélas, je suis confronté. Je connaissais Lure comme ma poche et je savais qu'il ne faudrait pas trois quarts d'heure à ces quatre hommes résolus pour que le premier me dévale sur le paletot et les trois autres incontinent après. Je tirai donc l'auvergnat à couvert entre deux bosquets de hautes bruyères qui surplombaient le chemin et les oratoires. De là, je m'accroupis devant une fenêtre de verdure qui me donnait vue sur l'aval et je me tins coi.

Un immense nuage traversait le ciel, tout grommelant d'orage avorté, et mettait son éteignoir d'ombre sur les bois alentour à mesure qu'il avançait. Sous mon fourré, en dépit de la chaleur intense, il faisait presque nuit. Il me sembla alors qu'un froissement animal imprimait au hallier, non loin de moi, une ondulation suspecte. Cette présence poussa au plus profond des bois une sorte de soupir, se mussant, me sembla-t-il, comme je l'avais fait, avec un sens de la dissimulation précautionneuse et souple qui ne me parut pas révéler un homme. Il me sembla aussi qu'elle était comme moi aux aguets. Puis tout se calma.

Bientôt retentit dans la descente le galop d'un cheval qui coupait à travers bois. Il avait mis moins de temps que je n'avais cru possible depuis l'instant où il m'était apparu pour atteindre les oratoires. Il avait vraiment le diable aux trousses. À l'instant même je vis se déchirer le rideau d'arbustes en amont de la draille. Le fuyard avait pris par le plus court, au risque d'être éborgné par les branches ou d'un faux pas de sa monture. Une trombe noire me passa à dix pas. C'était la jument morelle de Zinzolin et je le reconnus lui, ni plus ni moins hagard. Je n'eus pas le temps — et d'ailleurs je ne l'aurais pas fait — de le héler pour signaler ma présence. Il fit volter sur place la jument et s'élança vers l'ermitage par le chemin sous-bois.

J'attendis. J'attendis interminablement. Je savais qu'il y avait dans les fourrés quelqu'un d'autre qui attendait. Et d'ailleurs, le vent léger qui dépeçait ce gros nuage, aidant le soleil à l'évaporer, m'apportait en même temps l'odeur du crottin frais.

Alors le vacarme des trois cavaliers qui faisaient s'ébouler le pierrier me parvint enfin et s'amplifia. On eût dit d'un escadron de uhlans qui fourrageaient. En réalité, ce furent trois civils sanglés dans leur redingote qui s'encadrèrent dans ma lucarne de verdure, sur le chemin blanc. Ils menaient un trot bourgeois quoique vif. Ils firent pile tous les trois au pied des oratoires, indécis, humant le vent et ne sachant s'ils devaient continuer leur route vers Saint-Étienne ou pousser du côté de l'ermitage. Je les voyais bien, à l'abri dans mon fourré. C'étaient des hommes d'âge rassis, rubiconds et l'air fort grave. Et ce qui me plongea dans un abîme de stupeur c'est qu'ils ressemblaient tous à Badinguet ; le même regard vide, le même air lointain suivant à perte de vue les conseils du Petit Tondu mais surtout ils avaient imité la mouche et les moustaches effilées qui rendirent cet empereur immortel. Leurs larges pieds débordaient de l'étrier. Ils discutaient ferme.

— Nous avons eu grand tort, dit l'un, de ne pas mieux nous armer quand nous l'avons vu partir seul. Pour une fois qu'il est sans sa Chabraque !

— Il lui a faussé compagnie !

— Allons, Meissonnier ! Vous savez bien que nous devons le prendre vivant !

— Déjà l'autre jour, mon cher Chalgrin, vous avez failli l'envoyer *ad patres* dans votre hâte à l'arraisonner.

— J'avais visé les pieds !

— Tsst tsst tsst ! Un homme qui est en train de poser des collets a les cuisses dans l'alignement des pieds ! Tout notaire que vous êtes, vous devriez savoir ça !

— Allons voir frère Calixte ! Peut-être le cache-t-il. Nous essayerons de lui tirer les vers du nez.

— Attention, mon cher Robert ! La vue de frère Calixte risque de vous induire en tentation !

Ils avaient aligné leurs montures droit dans l'axe du chemin vers l'ermitage. Ils achevaient d'exprimer un gros rire pour souligner leur plaisanterie. Ils venaient de faire claquer la langue pour inciter les chevaux à s'élancer. Alors aboyèrent à mes oreilles deux coups de gros pistolets qui ne devaient pas être chargés à blanc. Cinabre avait été un cheval de guerre. Un coup de feu lui faisait pointer les oreilles et c'était tout. Il demeurait solidement sans broncher les quatre fers bien posés sur la terre. Il n'en était pas de même pour les trois bourgeois qui devaient monter des chevaux d'élevage. Ils en avaient plein les bras pour les empêcher de valser. Il y eut aussitôt parmi eux un net désordre. Ils mettaient toute leur attention à ne pas vider les étriers. Ils réussirent à grand effort et à force d'imprécations à dominer les hennissements des bêtes et à les orienter vers le sommet de Lure d'où ils venaient. Mais j'eus l'impression qu'ils étaient emportés plus qu'ils ne dirigeaient leurs bêtes. J'eus le temps d'apercevoir une courte traînée de lent sang noir par la déchirure d'un pantalon à sous-pieds.

« Voici un pèlerin, me dis-je, qui en a pris un coup dans les fesses ! »

Il me parut que la cavalcade allait plus vite maintenant qu'elle montait que tout à l'heure en descendant. Dans l'air où la risée de brise s'était tue, flottaient en maître, comme les relents d'un cigare, quelques volutes de fumée de poudre qui sentait le salpêtre.

« Quelqu'un, me dis-je, qui a l'adresse de viser aux jambes sans toucher aux chevaux ne peut pas être un amateur. »

Ce n'était pas le moment de me montrer. Cinabre ne remuait pas les naseaux. On eût dit un cheval de bronze. Je résolus de ne pas me tirer tout de suite hors du fourré et je fus récompensé de ma patience lorsque j'entendis s'extirper du hallier embroussaillé de ronces et d'églantiers une élégante cavale que tenait par la bride un flexible compagnon délié comme un adolescent mais dont la démarche cependant me parut étrange. Il me tournait le dos. Il portait un charivari de cuir et quelque chose dans sa silhouette me troublait profondément. Il avait l'allure dégagée d'un promeneur sans souci et s'il avait eu tout à l'heure les armes à la main, il n'y paraissait plus et celles-ci avaient disparu dans les fontes de la cavale solidement harnachée.

Cette étrange apparition s'engageait nonchalamment sur l'allée horizontale qui conduit à l'ermitage. Je lui donnai du champ car j'étais bien décidé à avoir le cœur net de tout ce manège et enfin contempler en face l'auteur de cet esclandre.

J'étais habitué à cette montagne jusqu'à en ausculter les moindres signes de désordre au premier abord et je savais, bien que le ciel fût éclatant de lumière, qu'un orage bouillait là-bas derrière, dans les fonds de la Méouge entre les gorges surchauffées et le col de la Gypière et que, dans deux heures d'ici, il ferait dans ces parages noir comme dans un four. C'est dans cette atmosphère ici qu'on entend rouler une pierre à cinq cents mètres. J'ai heureusement un cheval qui sait avancer sur la pointe des sabots et qui a l'habitude des marches dérobées par les nuits de bataille. Je n'avais qu'à lui parler bas pour qu'il devînt le cheval silence. Loin, là-bas, devant moi, le trublion aux pistolets cheminait d'un air dégagé comme s'il avait vidé pour l'éternité le différend qui l'opposait tout à l'heure aux bourgeois.

L'ermitage est au bout d'un golfe de prairies sèches qui ne verdissent un peu qu'au printemps et à l'automne et seulement lorsque les pluies d'équinoxe ont été diluviennes. C'est une église bancale, plus haute d'un côté que de l'autre, cyclopéenne, à cause d'un seul œil-de-bœuf décentré que nul n'a jamais eu assez d'argent pour agrémenter d'un vitrail. Elle est faite de plus de murailles épaisses que de vides enfermés en elle, comme s'il s'agissait moins d'abriter des fidèles que de lui faire traverser les siècles en bravant les assauts des intempéries. Elle suintait le salpêtre comme une grotte et le bruit de gouttelettes au fond de son chœur enté sur le roc ne cessait jamais de chuchoter sa confidence. Seulement, quatre arbres somptueux en avaient fait une cathédrale de foi. Leurs branches maîtresses se développaient tutélaires au-dessus de la toiture en lauzes. Ils la couvaient littéralement. Un noyer notamment, dont nul ne se rappelait l'âge qu'il pouvait avoir, l'engluait de son fabuleux silence. Les tilleuls au contraire, aussi gros que le noyer, bruissaient à perpétuité d'un vrombissement d'abeilles car l'ermite y juchait ses ruches au gros de l'été pour les protéger du rayonnement solaire.

On ne pouvait pas magnifier du nom de cloître la longue bâtisse trapue qui servait de refuge à l'ermite et à son bardot. C'était une borie rudimentaire qui ne devait son étanchéité qu'à l'entassement judicieux des lauzes.

Sous le prolongement du noyer vers le sud coulait dans un cuveau de bois une parcimonieuse fontaine. Le moine y tenait à perpétuité son pichet à rafraîchir. L'auvergnat venait de se frotter le museau contre la manche de mon paletot. Ça signifiait qu'il avait soif. Je le menai jusqu'au cuveau et attendis plusieurs minutes qu'il eût achevé de boire. C'est délicat un cheval. Ça ne se jette jamais ni sur la nourriture ni sur la boisson. Celui-ci aspirait à peine un peu d'eau sous ses naseaux fumants. Il était l'image de la discrétion de bon ton.

Pendant qu'il officiait, j'examinais le désert qui s'offrait à moi. Il y avait enrênés sous un tilleul deux chevaux que j'identifiai facilement. C'était la morelle de Zinzolin et la cavale du compagnon au pistolet.

J'allai attacher l'auvergnat à bonne distance des deux autres sous un alisier au bout du pré car je ne tenais pas à signaler ma présence. J'ignorais où était frère Calixte. D'ordinaire je le hélais en arrivant et quelquefois il paraissait tout de suite et d'autres fois non. Quand il n'y avait pas signe de vie autour de l'ermitage, c'est-à-dire quand ne régnait pas ce menu désordre qui signale une présence, c'était que le frère était par montagne à flairer quelque recoin à plantes aromatiques. Ce jour, il n'y avait nulle épluchure sur les marches du seuil, nul couteau de cuisine ou sac à pain. Le four banal où il cuisait son méteil était tiède et nettoyé. On n'y distinguait la lueur d'aucune braise. Un torchon sur une corde se balançait doucement.

Le long corridor obscur de la borie était béant, la porte grande ouverte comme à l'ordinaire. Je m'y glissai.

Je suis un voyeur impénitent et sans scrupule. Rien ne me fait battre le cœur comme de surprendre l'intimité d'autrui, de savoir enfin comment se comporte l'être humain lorsqu'il se croit seul. Et si c'est un couple alors qui tombe sous mon regard, je suis au comble de la jubilation. Mais qu'on n'aille surtout pas croire que ce sont les ébats érotiques qui m'attirent. Je ne suis pas si simple. L'amour, selon moi, ne vaut que si on le fait. Il est vain lorsqu'il n'est qu'une récréation pour l'œil seul, loin du contact des autres sens, loin de l'odeur et du frémissement de la chair, loin de la voix. Non, ce qui m'attire ce sont les aveux et les désaveux, les excès de la parole et des chuchotements, ce sont les secrets que les êtres partagent ou qu'ils se cachent, ce sont les raisons des actes qui les lient. Bref c'est tout ce qui peut contribuer à m'apprendre à vivre.

Ici d'ailleurs il y avait bien autre chose. Le mystère de ces deux êtres qui avaient attaché leur monture au même arbre et dont l'un venait de protéger l'autre d'une agression, ce mystère me touchait de près. Je n'oubliais pas la perquisition des gendarmes. Je n'oubliais pas les fragments d'une histoire dont j'avais été témoin, ce qui pouvait m'attirer des ennuis.

Je rasai la muraille suintante du corridor de pierres non enliées. L'antre du frère Calixte, avec son alambic qui luisait doucement dans la pénombre, était obscur et désert.

J'entendais renâcler la bédoule du moine, debout et s'ennuyant ferme, dans la grotte qui lui servait d'écurie. Mais de là-bas au fond, dans la resserre à foin où le frère engrangeait un peu de tout, des chuchotements me parvenaient où je décelais une certaine véhémence. On froissait de la paille neuve sous le poids de deux corps. Je m'avançai encore jusqu'à la fin du corridor, là où s'ouvrait cette resserre dans le foin de laquelle une fourche en poirier était encore fichée. De là, très distinctement, j'entendis une voix féminine qui disait :

— Aussi vous n'êtes pas raisonnable ! Vous n'avez de cesse que d'accroître mon tourment ! Si je ne vous avais pas suivi à la trace, si je n'avais pas compris où vous alliez quand vous m'avez faussé compagnie, à l'heure qu'il est vous seriez entre les mains de vos ennemis !

— Ils ne sont pas armés, vous le savez bien ! Ils me veulent vivant. Cessez de feindre de me croire en danger pour donner libre cours à vos instincts belliqueux !

— Vous savez bien que lorsque vous leur aurez dit ce qu'ils veulent savoir, ils vous abattront ! Leur idéologie leur interdit de ne pas vous punir.

— Tant mieux ! La vie me pèse !

J'entendis un grand gémissement de passion et un grand froissement de paille.

— Vous savez que je ne vous survivrai pas ! dit la voix enamourée. Je n'ai pas fait tout ce que j'ai fait pour vous voir périr bêtement !

— Je n'ai jamais demandé cela à personne ! Et si j'avais su que c'était vous !

— C'est bien pourquoi nous étions masquées ! Si vous nous aviez reconnues vous auriez vous-même délivré votre escorte pour qu'elle vous conduise au bourreau !

— Sans doute ! Mais quoi qu'il en soit, mes armes resteront rouillées, n'en doutez pas ! Car si je dois ressembler par quelque côté aux compagnons d'Orion, à quoi sert, je vous le demande, qu'il n'y ait rien de commun entre eux et moi ?

— C'est ça ! Soyez héroïque ! Mais ils en veulent à votre vie et je ne puis toujours être là pour vous protéger.

— Ne me protégez pas ! J'ai déjà bien assez de la Chabraque ! Avec sa carrure de grenadier et ses cent cartouches, les compagnons d'Orion ne font pas le poids ! Hier encore je l'ai vue tirer sur dix ombres fallacieuses ! Elle est plus sourcilleuse encore sur ma sécurité que vous ne l'êtes ! Et elle m'aime sans espérance !

— Fort bien ! Mais où est-elle au lieu de veiller sur vous ?

— Je lui ai faussé compagnie. Il me fallait être seul. J'ai reçu un billet de ma mie qui m'attendait ici.

— Votre mie ! Un billet ! C'est donc ça qui vous empêche de faire l'amour avec moi ?

— Je lui ai juré fidélité ! Mais pourquoi n'est-elle pas venue ? Pourquoi m'a-t-elle abandonné ? Il a été si court le temps que nous nous sommes connus !

Cette fois la voix féminine se fit cinglante :

— Vous n'espérez tout de même pas que je vais aller vous la chercher ?

Il se fit un grand mouvement de paille au fond de la fenière et un pas décidé que je jugeai appartenir à une femme outragée foula le plancher mal équarri. Je n'eus que le temps de me jeter sous la voûte qui abritait l'écurie de la bédoule. J'allais enfin savoir à qui appartenait cette voix qui ne m'était pas inconnue.

Mais à l'instant où elle passait devant moi dans le clair-obscur, les ténèbres totales s'établirent dans le boyau. Je sortis de mon réduit précipitamment, à l'aveuglette. C'était le moine qui bouchait l'entrée de toute sa carrure. Il était immense comme un ange et gourd de mouvement comme un obstacle dressé par le destin. Il portait de surcroît sur sa nuque un vrai fagot de simples. Toute une moisson de plantes étranges à faire dessécher avant distillation ou à transformer en poudre de charme. Tous les parfums de Lure se mussaient à l'ombre de ce fagot mais pour moi il rendait l'obstacle du moine à peu près infranchissable. En revanche la silhouette inconnue se glissait habilement sous le bras de Calixte, disparaissait. Elle avait fait un geste d'opéra pour se dissimuler à l'abri d'un chapeau qu'elle tenait à la main. C'était inutile. Calixte se battait avec sa fascine pour l'engager dans le droit-fil de l'entrée. Il en était envahi, enseveli. Il forçait sur les parois du couloir tant qu'il pouvait et moi qui essayais de le contourner, j'en étais aveuglé, j'en prenais dans les yeux toutes les graines, toutes les brindilles et j'étais trop long pour me glisser aussi sous le bras de l'ermite comme l'avait fait la femme au charivari.

Quand je parvins, à force d'imprécations et de contorsions, à me tirer au grand jour devant le seuil, l'apparition était déjà en selle, me tournait le dos et piquait des deux.

Je m'interroge aujourd'hui encore pour savoir pourquoi ce jour-là je ne me suis pas précipité vers Zinzolin pour lui révéler le nom de sa conquête (puisque lors de notre rencontre précédente il m'avait paru l'ignorer) et que celle-ci le cherchait pour l'abattre et que si elle lui avait adressé un billet c'était pour l'attirer dans un piège. Mais alors pourquoi n'était-elle pas venue au rendez-vous qu'elle avait elle-même fixé ? « Elle aura vu qu'il n'était pas seul », me dis-je. Mais elle pouvait l'attendre maintenant dans n'importe quel fourré et j'aurais dû en prévenir Zinzolin. Toutefois la véhémence de ses répliques à la cavalière m'avait édifié : il était envoûté, il ne m'aurait pas cru. C'était un homme perdu d'amour et j'avais la conviction qu'il aimait pour la première fois de sa vie. J'avais aussi la conviction que le jour où Aigremoine le tiendrait au bout de son pistolet, elle abaisserait l'arme, puisqu'elle l'avait aimé.

Si j'avais su ce que je sais aujourd'hui, j'en aurais été beaucoup moins sûr mais le destin d'Aigremoine était opaque devant moi et je ne voyais pas encore plus loin que le bout de mon nez.

J'évitai donc de rencontrer Zinzolin afin qu'il ne pût imaginer que je l'épiais. Je me dissimulai pendant qu'il s'en allait à son tour, mais je ne le perdis pas de vue. Je le suivais avec appréhension, là-bas sur sa jument qui commençait à gravir les pentes par où il était venu.

— Vous m'avez l'air d'un bien pauvre homme ! me disait pendant ce temps le moine angélique. Vous êtes plus joyeux d'ordinaire.

Il s'était enfin débarrassé de sa fascine qui maintenant s'éparpillait sur la table grossière de son antre. Moi je m'étais assis machinalement sur le large banc de bois dont il faisait son ordinaire pour veiller et pour dormir.

Quand on a l'esprit percuté par plusieurs sensations contradictoires, elles vous échappent toutes à l'instant, elles s'évaporent, elles vous laissent le cerveau vide comme des illusions. La conversation que j'avais captée entre Zinzolin et la femme inconnue qui se servait si bien d'un pistolet m'avait laissé abasourdi. Quels étaient ces compagnons d'Orion sur qui l'inconnue au charivari avait tiré ? Pourquoi voulaient-ils enlever Zinzolin ?

C'était ce que j'étais en train de demander à frère Calixte et s'il avait déjà rencontré cette femme avec Zinzolin.

— Mais comment voulez-vous ? Vous m'avez bien vu me débattre avec mon faix ?

— Mais quand elle vous a passé sous le bras ? Mais est-ce que vous avez déjà reçu Zinzolin avec cette femme ?

— Reçus ? Jamais de la vie !

Il était horrifié par ma supposition. Il avait fort bien compris qu'il s'agissait probablement d'un couple amoureux.

— Et trois hommes ? En noir ? Avec des chapeaux d'huissier ? Et les compagnons d'Orion ?

Est-ce que vous n'avez jamais entendu parler des compagnons d'Orion ?

À toutes mes questions, l'Adonis ne répondait que par des hochements de tête. En même temps, il me considérait avec pitié de ses grands yeux de veau. Apparemment, il me prenait pour un jaloux en proie au doute affreux. Et il est vrai que sur mon front toutes les rides devaient se plisser sous l'empire de la perplexité, simulant assez bien l'amant trompé en proie au tourment de la jalousie. Il est vrai que je devais avoir mon visage des mauvais jours.

Dans son antre, frère Calixte s'agitait beaucoup. Il s'apprêtait à rassembler la brassée de ses simples sur la table, il allait disparaître avec sa récolte du côté du séchoir.

— Venez me voir ici, lui dis-je, au lieu d'opérer une prudente retraite.

— Mais je dois tout mettre en ordre avant vêpres ! me dit-il.

— N'importe ! L'ordre attendra !

Je tirai de ma contrepoche l'enveloppe où j'avais scellé les quatre morceaux de billets saisis sur le cadavre du ruffian dans les bois de Carniol.

— Attention ! lui dis-je. Je vais vous demander de faire un effort de mémoire olfactive et il va falloir vous contenter de peu comme indice. Dieu sait en quels lieux ont traîné les pièces que je vais vous soumettre. J'y ai pourtant moi-même décelé un sent-bon. Mais je suis incapable de savoir à qui il appartient. Je ne l'ai jamais respiré auparavant sur qui que ce soit.

— Est-ce celui de la dame qui vient de me passer sous le bras ? dit Calixte précipitamment. Il m'a semblé...

— J'attends que vous me le disiez si c'est le cas, car ce parfum dont je vous parle, je connais les fonds que vous utilisez, provient de votre atelier.

Je lui brandissais sous le nez l'enveloppe que j'avais fabriquée moi-même. Je voulais être certain avant qu'il l'ouvrît qu'il aurait bien mesuré la difficulté du discernement que je lui demandais.

— Il s'agit de deux billets de cinq cents francs coupés en deux !

— Deux billets de cinq cents francs ! s'exclama frère Calixte.

Lui non plus sans doute n'en avait jamais tant vu de sa vie.

— Oui. Et l'odeur qui s'en dégage est complexe. En sus du parfum dont je vous parle, ils baignent dans celui d'une armoire à linge, peut-être même sont-ils imprégnés par le lessif d'une buée ! Est-ce que je sais ? Je vous énumère tout cela parce que c'est fugace. Fugitif ! Subtil ! Volatil ! Mais vous avez l'habitude de la subtilité !

Je lui tendis l'enveloppe.

— Tenez ! Ouvrez-la vous-même ! Comme ça vous n'aurez pas, en plus, l'odeur de mes mains et celle de mon cheval.

Le frère s'empara délicatement du pli léger que je lui offrais. Il le porta à la hauteur de sa lèvre supérieure. Apparemment, il avait très bien compris la difficulté de l'expérience. Il commença lentement à décoller un coin du pli et à le flairer comme un chien de chasse. Il avait d'abord expiré à fond et maintenant, lentement, il faisait glisser l'air dans ses fosses nasales aspirantes. On savait tout de suite qu'il avait une longue habitude de sélectionner, de dissocier les bouquets divers que lui proposaient les mélanges qu'il fabriquait. Je vis se dessiner sur les ailes de son nez l'image même du génie olfactif. C'était un frémissement fugitif comme une onde de vent à la surface d'un étang calme. C'était un friselis qui s'esquissait à peine sur le bourrelet quasi transparent des narines au-dessus des lèvres. Je distinguais littéralement s'établir le mariage d'amour entre l'air ambiant et les filtres de son odorat en alerte.

Je retenais mon souffle. Je le regardais comme le Messie. J'attendais de lui un oracle sans appel qui me jetterait sur les routes à la poursuite de l'assassin aux cinq victimes, plus, probablement, l'abbé à l'apostume, plus le pauvre Lulu poussé hors de son échelle. J'étais prêt à faire payer à ce meurtrier à coups de fouet, avant de le livrer à la justice, le cadeau empoisonné du couperet qu'il m'avait fait par personne interposée mais aussi la perquisition des gendarmes qui m'avait tant humilié.

La femme de César ne doit pas même être soupçonnée. C'était bien de cela qu'il s'agissait : aux yeux de ma clientèle et pour toujours, je serais ce Brédannes qui avait reçu une longue visite de la maréchaussée. Et pour m'identifier désormais on dirait : « Tu sais bien ? Le Brédannes ! Celui qui a failli aller en prison ? Celui chez qui les gendarmes ont perquisitionné peut-être trois heures en septante et un !

— Mais pourquoi ?

— Ah ça, je me rappelle pas mais tu penses bien que si les gendarmes y sont restés trois heures ! Il n'y a pas de fumée sans feu ! »

Voilà le verdict qui m'attendait si je n'y mettais bon ordre.

— Non ! disait pendant ce temps frère Calixte. Non ! Décidément non !

Il secouait tristement la tête.

— C'est trop loin, c'est trop mélangé et puis vous ne m'aviez pas dit que ça avait séjourné dans une poche qui sentait le tabac à chiquer ! Tout ce que je peux vous dire, c'est que c'était un sent-bon pas léger ! Quelque chose à vous faire suivre à la trace à cinquante pas ! Mais pour qui ? Ça non, je ne peux pas vous le dire. D'abord : il y a longtemps que vous ne m'en avez pas commandé un aussi fort !

Il me rendait mon enveloppe d'un air contrit. Je poussai un gros soupir et m'épongeai le front.

— Dans le fond, lui dis-je, je n'espérais pas, mon frère Calixte. Après tout vous n'êtes pas un surhomme.

Je lui abandonnais une main molle pour prendre congé. J'allais m'éloigner lourdement par le corridor humide au bout duquel le couchant s'estompait sous des brumes de chaleur. Il me revint brusquement une chose insignifiante. Je me retournai pour dire à frère Calixte :

— À propos ! Et ce sent-bon que je vous ai commandé pour la colonelle Alartéus, vous vous en êtes occupé ? Vous savez que c'est pour son anniversaire et que ça tombe le jour de la Sainte-Marie ?

— J'y mets la dernière main, prononça frère Calixte. Il sera prêt avant la fin du mois.

Il demeura perplexe un instant.

— Prêt avant la fin du mois..., répéta-t-il. Attendez un peu !

Il frappait l'une contre l'autre ses mains faites comme des battoirs.

— Oui ! s'écria-t-il enfin. Vous m'avez dit : « Il faut qu'il soit prêt avant la fin du mois sinon ce ne sera pas la peine ! »

— Quand vous ai-je dit cela ?

— Oh, il y a deux ans... Peut-être trois. Vous m'avez même dit : « Et corse-le bien parce que c'est pour quelqu'un qui n'a sûrement pas l'odorat trop subtil ! »

— Quand ? Quand vous ai-je fourni tous ces détails ?

Je me dressai contre lui. Je le saisis par les plis du froc. Mais c'est difficile de secouer quelqu'un qui a un cou de taureau et un sternum d'archange. Il ne bougeait pas plus qu'une meule à écraser le blé sous le souffle du mistral. Il me regardait médusé faire usage d'une force inutile.

— Enfin ! criai-je. J'ai bien dit un nom ! Un prénom ! Vous voyez bien ! Tout à l'heure je vous ai dit : la colonelle Alartéus ! Je vous dis toujours pour qui est-ce !

Il secouait la tête.

— Non ! Rien que ça : avant la fin du mois sinon ce sera inutile.

Je laissai aller mes mains le long de mon paletot, découragé. J'abandonnai sa masse inamovible de corps comme d'esprit et cette fois sans lui dire au revoir.

— Attendez ! cria-t-il.

C'était lui cette fois qui me tournait vers lui comme on fait tourner un toton et sans plus de difficulté.

— Attendez ! Vous ne m'avez pas dit : « avant la fin du mois », vous m'avez dit : « avant la fin de l'année ! »

Je haussai les épaules. La fin du mois... La fin de l'année... « Je veux avoir le temps de vous aimer », « mon Dieu ! Pourquoi m'a-t-elle abandonné ? » Les compagnons d'Orion... Tout cela faisait trop de mystère pour mon esprit volage. Et ce charivari qui n'était, au fond, qu'un simple pantalon qu'utilisaient les palefreniers mais qui, en l'occurrence, cachait un tel potentiel de convoitise que c'était finalement le seul souvenir qui surnageât de cet après-midi, dans mon esprit trop sollicité.

Je m'arrêtai à la maigre fontaine et bus dans ma main un peu d'eau. Une grande houle de brise silencieuse qui lui était particulière frissonnait dans l'énorme noyer alors qu'alentour tout l'air était immobile. Cinabre me fit quelque reproche pour l'avoir laissé si longtemps. Le soleil avait tourné et il le recevait en plein sur la croupe sans aucun plaisir. Je le menai boire à mon tour et l'enfourchai péniblement.

J'en eus pour toute la soirée à me traîner sous la canicule, les méninges en compote à force de réflexion. « Avant la fin de l'année... Avant la fin de l'année... » À qui avais-je fourni du sent-bon pour une date aussi précise ?

J'atteignis Forcalquier alors que les arbres se confondaient en bouquets noirs d'ombres chinoises. Les derniers vieillards abandonnaient les entours des ormes à la nuit profonde. Je vis un fantôme agile qui bondissait d'un réverbère à l'autre pour les allumer. Le cœur me poignit pour mon pauvre Lulu.

Les éternels Montagnier guettaient mon retour avec impatience pour aller enfin se coucher.

— Vous avez une lettre ! me cria le mari par la lucarne.

Ce n'était pas une lettre qui m'attendait, glissée sous la porte cochère. C'était la consolation de tant de jours de déboires.

Ainsi donc, une nouvelle fois, ce facteur toujours en deuil de l'Empire, quoique sa cocarde noire fût un peu fanée, avait été pour moi le coryphée du destin. Comme il m'avait remis cet hiver l'invitation du comte, il venait de glisser sous ma porte, ce matin même, ce mot sur papier couleur réséda, couvert d'une écriture inconnue qui provenait d'une femme à n'en pas douter. Le pli d'ailleurs était soigneusement scellé et portait mon adresse en hautes lettres qui respiraient la considération et ne pouvait donc provenir que d'une femme car aucun homme n'avait jamais eu de considération pour moi.

Je craignais de me tromper et dévisageais toutes les passantes pour saisir quelque signe de l'une d'entre elles. Je m'arrêtais aussi pour échanger quelque badinage avec celles que je connaissais un tant soi peu et elles étaient légion. Mais c'était peine perdue et je le savais.

Il y avait en effet toujours quelque chose d'ambigu dans les prunelles des femmes de Forcalquier comme si elles vous priaient de n'ajouter foi ni aux paroles insignifiantes qu'elles vous accordaient ni aux sourires dissimulés dont elles vous gratifiaient, comme si elles vous invitaient à passer outre à la glace de leur regard.

J'étais pourtant à peu près certain de mon fait bien que le billet ne portât aucun signe ni aucune signature et qu'aucun parfum n'émanât de la missive réséda, mais quand on a envie de croire, tout indice, même faux, vous est bénédiction.

Or il se trouvait qu'à Forcalquier, mais ça pouvait s'expliquer par les devoirs de sa charge en cette période difficile, le sous-préfet était voûté comme un pauvre homme. L'inflexible cuisinière qui tenait à ne rien celer des affres du ménage, sous le sceau du secret, disait qu'Évangeline ne reparaissait plus que de loin en loin au domicile conjugal et ce depuis de longues semaines et qu'elle se désintéressait de ses devoirs mondains.

On disait qu'elle était chez sa mère, tombée en apoplexie mais lorsqu'on avançait devant elle cette version officielle, la cuisinière toisait l'intervenant des pieds à la tête et se contentait, elle si prolixe d'ordinaire, de garder ostensiblement le silence, de sorte que tout le monde se le tenait pour dit.

Juillet sévissait en maître. J'étais au comble de la vanité satisfaite. En dépit que depuis quelque temps l'amour parût me réserver de curieuses surprises, voici qu'il me souriait de nouveau par le seul truchement de cette lettre qui se froissait délicieusement sous mes doigts dix fois le jour quand je tâtais mon portefeuille par acquit de conscience.

Je décidai de m'octroyer quelque campo. Après tout, une ou deux foires perdues ne me feraient ni plus riche ni plus pauvre. Je disposai soigneusement au fond d'une malle d'osier mon habit des dimanches, quatre ou cinq chemises plus un peu de linge, certains produits pour paraître beau et j'attachai par une sangle un en-cas bleu à mon bagage pour prévoir les intempéries.

Lorsqu'il me vit arrimer la malle sur la logette du corbillard, depuis le seuil fleuri de sa terrasse, Montagnier me cria de loin :

— Et alors ? Et si l'on a besoin ? Et s'il y a quelque malade qui périclite ?

Je fis un geste léger par-dessus mon épaule.

— Vous n'aurez qu'à l'envoyer chez le Dr Pardigon !

Je me mis en route par un beau matin en oubliant même de jeter ce regard en arrière sur Forcalquier que je n'omets jamais de lui dédier d'ordinaire. Mais j'étais si content d'aller au-devant de ma bonne fortune que ma joie ne s'accommodait d'aucune nostalgie.

Je murmurais deux ou trois fois par kilomètre ce beau prénom d'Évangeline que n'en finissaient pas de moduler mes lèvres sensuelles. « Voici enfin quelqu'un, me disais-je, qui ne se jette pas à ma tête comme une linotte, qui attend l'heure et le lieu avec patience, qui manœuvre comme moi à la sournoise pour parvenir à ses fins. »

J'avais fixé le billet réséda par une épingle à linge sur le pare-crottin du corbillard afin de pouvoir m'en repaître tout mon saoul. Il était bref ce billet, concis comme une phrase de Tacite. Il ne contenait pas un mot de trop, aucun débordement de langage. D'un côté du papier s'inscrivait mon adresse et de l'autre ces deux lignes :

Entre le 15 et le 31 juillet, j'irai, seule, prendre les eaux à Montbrun-les-Bains.

Admirable conclusion de mes silences et des siens, de nos regards rapides et peu appuyés, de nos frôlements furtifs parmi les foules des fêtes, ce : *seule,* dû au génie d'Évangeline et la ponctuation qui l'encadrait, me ravissaient l'âme. L'adjectif avait dû être mûrement réfléchi et demeurer longtemps en suspens au bout de la plume. Je n'étais pas en mesure de connaître si les deux virgules avaient jailli spontanément ou bien si elles avaient été ajoutées après coup, mais elles prenaient pour moi, sans l'exprimer explicitement, la valeur d'un mot souligné.

Ah, lui dire : « Ne trouvez-vous pas, madame, que la nuit est fraîche ce soir ? » Le comble du bonheur est dans ces prémices. J'aurais voulu posséder une calèche à six chevaux qui m'eût enlevé au galop jusqu'à Montbrun, distant de Forcalquier de soixante kilomètres, mais je n'avais que mon banal auvergnat qui couvrait ses sept kilomètres dans l'heure, quels que fussent le temps et la presse.

Il ne m'arriva rien de notable parmi ces solitudes torrides, sauf que, dans le dernier tiers de la montée sur Le Revest-du-Bion, je tombai au bord d'une citerne sur un quarteron de gendarmes qui observaient la pause, allongés à l'ombre des hêtres et le bicorne sur l'œil. J'ôtai mon chapeau avec beaucoup de respect et ils me rendirent mon bonjour d'un salut militaire distrait. J'avais remarqué toutefois qu'à la croupe de leur cheval, au pendant du havresac, la couverture réglementaire était roulée. Ils partaient donc en expédition. Sur mon passage je les entendis rire, sans doute de mon équipage. J'avais déjà remarqué que celui-ci égayait beaucoup le commun des mortels. La vue d'un corbillard lorsqu'il n'est pas chargé de fleurs et que, par surcroît, il a changé de couleur, soulève en général l'hilarité nerveuse du peuple. Car pour bleu qu'il soit devenu, la maigreur de cet emblème de la mort ne peut jamais être aperçu sans qu'on souligne son passage par quelque émotion. Le rire à son égard est le meilleur exorcisme à l'évidence qu'il impose en surgissant inopinément.

J'atteignis Montbrun par le raccourci de Ferrassières vers six heures du soir*. Avant même d'apercevoir le village, les rives du Toulourenc et le charmant établissement thermal rose comme un bonbon qui se cachait sous les grands marronniers, le château se dressa devant moi. Il était constellé de pariétaires depuis les génoises jusqu'aux douves des fossés comblés. C'était ce qui frappait dès l'abord, avant même que son aspect sinistre ne glaçât l'imagination pour vous laisser sans défense devant la réalité. Peut-être qu'à l'origine toutes ses fenêtres l'égayaient mais la ruine avait fait son œuvre. Il était maintenant couleur de pluie et dans ses carreaux morts dont beaucoup manquaient, le soleil d'or qui s'y reflétait en se couchant sur le Ventoux ne parvenait pas à le faire sourire.

Parmi tant de gentillesses qu'offrait ce vallon, ce

* La description du charmant village de Montbrun-les-Bains et sa topographie sont absolument fantaisistes et n'engagent que la responsabilité de l'auteur.

château faisait l'effet d'un éteignoir, son ombre planait en oiseau de proie sur les tableaux idylliques des jardins et des fontaines. On ne pouvait oublier qu'avant d'être cette charmante station balnéaire, si fort fréquentée par les bourgeois de la vallée du Rhône, Montbrun avait été une austère place de guerre que tenait un baron impitoyable à ceux qui n'étaient pas de sa religion.

J'arrêtai un instant l'attelage pour observer longuement ce château noir et toute la structure profonde des montagnes baroques qui le dominaient et se profilaient, jouant à cache-cache les unes avec les autres et composant parmi les trompe-l'œil que leur conférait le crépuscule, tout un ensemble inquiétant.

C'étaient les monts de la Drôme où, pendant vingt ans, Zinzolin avait échappé aux gendarmes de l'Empire grâce à sa connaissance du terrain et au dévouement de beaucoup d'habitants qu'à un moment quelconque, durant tant d'années, il avait délivrés d'un créancier, d'un huissier ou simplement de la misère noire.

Je voyais cette imbrication de forteresses naturelles pas très hautes, faites de pyramides, de tétraèdres, de cubes au carré ou en rectangle, d'enclumes pour forgerons géants, de chapeaux de gendarme parfois en guirlande, d'étraves de roche qui s'efforçaient de fendre la forêt immobile et ce jusqu'à perte de vue des brumes bleues et violettes qui entoilaient d'autres sommets plus lointains et aussi bizarres. Tout ça était arboré jusqu'au front, masqué de chênes, d'yeuses, de frênes, de sumacs géants, de nerpruns, d'arbres tors, sur lesquels il était difficile de mettre un nom, de gnomes d'arbres, inutiles et courts qui faisaient une toison de laine verte sur toutes les pentes, de la base au sommet et partout, dans tous les creux, profitant des moindres fissures, de maigres ruisseaux, mais jamais à sec, se faufilaient parmi les roseaux au pied abrupt des monts.

La masse renfrognée de ce château sans grâce qui se dressait devant ce décor n'était que le résumé du rébarbatif langage qu'utilisait la montagne pour se rendre impénétrable.

Le cheval qui faisait face lui aussi à cette forêt de sommets en désordre le contemplait avec un certain malaise car il émit un hennissement nuancé quoique bref pour me signifier sans doute qu'il ne fallait pas compter sur lui pour aller les explorer. Je le rassurai avec enjouement et du mieux que je pus et je serrai la mécanique car nous amorcions la descente vers Montbrun.

Une élégante grille grande ouverte accueillait les équipages devant l'établissement thermal qui en était aussi l'unique hôtel. Tout était rose ici, de cette couleur rose pour pâtisserie de luxe qui est censée permettre d'oublier les vicissitudes de la vie.

À Montbrun-les-Bains, des messieurs en redingote et pantalons à sous-pieds faisaient des tours de canne sous les ombrages du parc. Des dames, dont les ombrelles jouaient à cache-cache avec leurs visages, se faisaient iriser par les arcs-en-ciel des jets d'eau en se donnant de l'air nonchalamment grâce à de grands éventails espagnols. Il y avait aussi des mères autour desquelles essaimaient de belles petites filles en crinoline qui jouaient au cerceau, les cheveux au vent. Il fallait prendre garde qu'elles ne se jettent sous les pieds des chevaux.

Je mesurais ici la puissance de la distance. Paris était-il encore en France ou Montbrun y était-il toujours ? L'ombre du Prussien obscurcissait encore un quart du territoire ; les ruines fumaient encore autour des barricades truffées de débris humains et, ici, des élégants rencontraient des élégantes pour pratiquer le baisemain en attendant mieux.

Mais le tissu conjonctif de la France était si serré qu'on pouvait en arracher un morceau sans qu'il lui en coûtât, sans que l'équilibre de l'ensemble en fût affecté. C'est là le privilège des vieilles nations. En vérité, l'Empire seul s'était écroulé. Le fragile bonheur, qui l'avait toujours accompagné en sourdine, lui survivait ici parmi le tintement des cristaux et des porcelaines et des couverts d'argent au lointain des offices aux portes grandes ouvertes. Il s'organisait sur les terrasses des *Five o'clock tea* autour de tables blanches où se hélaient de grandes femmes en toilettes à fleurs.

Il y avait parmi le frôlement des crinolines et des tournures, car il était parfois de bon ton d'être un peu démodé pour afficher ses convictions, il y avait, dis-je, parmi ces dames suivies de leurs soubrettes guimpées de linge éclatant, plus de partisanes d'Henri V que de M. Thiers et qui regrettaient en même temps que ne fût mort cet Empire un peu ridicule mais où l'on se sentait si douillettement protégé.

J'eus l'honneur qui me posait d'être reçu dès le tambour de la porte par le directeur lui-même, lequel était flexible comme un patron de bazar et qui s'exprimait avec éloquence grâce à des mains agiles. Il n'y avait là aucun mystère. J'avais consulté ma bourse et elle m'avait appris qu'à force de travail et d'astuce j'avais gagné le droit de m'offrir quelque caprice. Pour cinq francs de plus par jour je m'étais offert l'une de ces *bath-rooms* tout droit venues d'Angleterre, pourvue d'une baignoire à la Marat mais surtout, je l'avais bien recommandé, d'une scandaleuse nouveauté dont le patron avait fait faire un daguerréotype pour ses réclames, qu'on escamotait sous une banquette de velours rouge et qu'on nommait tout bas bidet, faute d'avoir trouvé un équivalent anglais.

Le patron tint lui-même à me le présenter car il était aussi fier de l'avoir installé que moi de m'en servir.

— Vous l'étrennez ! me dit cet homme de bien. Personne n'ose encore prendre ici d'autre bain que thermal.

Il jubilait.

— Je m'attendais à une triste saison, vu les tristes circonstances. Mais non ! Je ne soupçonnais pas que, cette année, il y aurait tant de monde qui voudrait prendre les eaux à Montbrun et notamment tant d'hommes jeunes qui souffrissent de rhumatismes ! Il y a même cinq ou six particuliers qui ressemblent à s'y méprendre — Dieu me pardonne ! — à Napoléon III ! Ceux-là ne regardent pas à la dépense ! Ils doivent attendre un héritage ! Mes réserves de grande champagne fondent comme neige au soleil ! J'attends l'arrivée imminente d'un procureur, d'un conseiller de Valence, d'un commandant de gendarmerie pour la prestance et de deux ou trois jolies femmes qui compléteront mon bouquet ! Bref ! Je suis plein !

Il se vissait avec un bruit incongru sa main droite sur sa main gauche en un geste indécent. Je lui dis :

— Ne faites jamais ça avec une cliente !

— Quoi ça !

— Ce geste d'obturation que vous venez d'imiter !

Je le poussai vers la porte car je le voyais partir pour détailler chaque client de pied en cap et j'avais hâte d'étrenner ma bath-room. J'aurais voulu qu'on prît un cliché de moi dans ma baignoire à la Marat ou peut-être même sur mon bidet car j'étais sûr qu'à Forcalquier femme ni homme n'usaient de cet instrument, ce qui me donnait un étrange sentiment d'exclusivité. Je descendis le grand escalier, ma personne tout entière auréolée d'un parfum poivré que frère Calixte m'avait spécialement dédié après m'avoir flairé sur toutes les coutures.

— Avec ça, m'avait-il dit, vous ne pourrez pas manquer d'être heureux !

J'avais faim et il flottait autour du grand bâtiment rose un arôme de tomates farcies au basilic dont je comptais bien faire mes délices, mais, auparavant, il me fallait remplir un devoir d'amitié.

J'ouvris la poterne du passage qui conduisait à la grande écurie où trois valets blasés répandaient de la paille. Ils étaient indifférents et maussades. Je produisis une pièce au bout de trois doigts brandis en l'air. Ils firent cercle. Je leur dis :

— Mon cheval est là-bas, dans la stalle n° 5. Il s'appelle Cinabre. Allez lui prononcer son nom doucement de temps à autre et, en attendant, allez boire cet écu à sa santé !

Mon auvergnat souffre assez malaisément la promiscuité de ses congénères. Ayant été cheval de guerre il lui en reste une petite coquetterie qui lui fait préférer les hommes. Et il a tellement l'habitude d'une écurie privée ! Je restai cinq bonnes minutes penché à son oreille, les bras autour de l'encolure, à déplorer le destin des hommes et des chevaux qui ne peuvent dormir ensemble. Mais je lui promis que, demain, je le sellerais pour une promenade où il irait où bon lui semblerait. Il parut comprendre car il se remit à son avoine sans me regarder partir.

On avait disposé mon couvert près d'une colonne d'où je pouvais voir sans être vu les deux tiers de la salle à manger rendue immense par des miroirs judicieusement disposés. Je m'interdis de chercher des yeux Évangeline en dépit du *seule* dont elle avait enchanté sa missive. J'imaginais que probablement elle m'avait déjà vu et que, bientôt, elle me signalerait sa présence.

La salle était tout en lumière et en obscurité car il y avait des lampes individuelles sur chaque table et quelques méchantes appliques sur les murs entre les miroirs que l'on jugeait bien suffisantes pour éclairer les serveurs. Les toilettes des dames et les plastrons des hommes brillaient étrangement dans cette pénombre où pourtant je distinguai tout de suite, dans le propice cabinet de verdure d'une encoignure abondamment garnie de plantes vertes, six graves messieurs en plastron qui dînaient avec application.

Le patron n'avait pas menti : je vis là cinq ou six fils d'Hortense de Beauharnais qui plus longs qui plus courts qui plus larges qui plus étroits que l'authentique mais qui s'identifiaient tous à leur modèle par des mouches et des moustaches qui s'effilaient à l'infini et à l'horizontale, nonchalants, les pieds plats et tous atteints de ce tic inventé par l'oncle qui consistait à se tâter le cœur sous le paletot comme si on leur avait collectivement dérobé leur montre.

C'était assez hallucinant cette abondance de Bonapartes, d'autant qu'elle était triplée par le reflet de trois miroirs qui se les renvoyaient à l'envi et en faisaient un véritable bataillon.

J'étais au comble de l'étonnement car tous ces compagnons étaient identiques à ceux que l'olibrius en charivari avait mis en fuite l'autre jour à Lure, dans les bois de l'ermitage et ce qu'il y avait de plus irritant dans ce cas c'est que j'étais incapable de distinguer, dans ce grouillement de traits identiques, lesquels d'entre eux j'avais vus arriver et s'enfuir. Il était incroyable combien ce Badinguet avait dû manquer de caractère au point que n'importe qui pouvait le contrefaire à la perfection.

Tous ces napoléonides imitatifs étaient flanqués de quelques femmes disparates mais qui toutes portaient des toilettes couleur violette impériale. On devinait tout de suite en elles des épouses légitimes tant elles avaient cet air alarmé des mères qui connaissant bien leurs enfants savent de quoi ils sont capables face à l'imprévu.

Dans l'axe de mon regard dînait seul aussi un personnage important comme un commandeur d'opéra, auquel on avait attribué un fauteuil au lieu d'une chaise tant il paraissait podagre. Deux cannes à pommeau étaient fichées dans la terre des pots d'aspidistras qui flanquaient sa table et parfois il les agrippait comme on cherche une épée un matin de duel.

Il portait sur son visage toute la responsabilité que le pouvoir peut conférer pour le personnifier.

— J'oubliais ! m'avait glissé le directeur avant que je le congédie, nous avons aussi l'insigne honneur de compter parmi nos hôtes M. le Conseiller Verdillon, venu tout exprès de Valence pour...

J'avais eu tort de refermer si vite ma porte sur le caquet de ce bavard car cet homme que je voyais devant moi, qui portait à la boutonnière une rosette rouge était manifestement ici pour tout autre chose que pour prendre les eaux. Son regard, amusé me sembla-t-il, ne quittait pas les six sosies de Napoléon qui grignotaient sans plaisir sous les yeux de leurs épouses.

Pour moi, il y avait heureusement, dans le prolongement du conseiller Verdillon, faisant toile de fond sur l'entrée de la terrasse, tout un essaim de jolies femmes qui jacassaient ferme de frivolités en tentant de se rendre le plus possible intéressantes. Évangeline n'était pas parmi elles. La salle à manger était entièrement occupée sauf une seule table munie d'un seul couvert. J'eus la faiblesse de croire que c'était sa table et son couvert qui l'attendaient et que bientôt, elle aussi, aidée d'une ombrelle coûteuse, elle allait me sourire de loin.

Il s'alentissait sur ce coin de la Drôme, qui éclairait par sa grâce la rustique austérité des montagnes, des fragrances complexes dont les unes provenaient des cuisines et les autres des convives. Je venais de savourer à petites bouchées trois ou quatre farcis au maigre : une tomate, une courgette, une aubergine, un poivron sur quoi flottait l'odeur étrange du basilic. J'étais tout prêt à mander le maître d'hôtel pour le prier de féliciter le chef et lui glisser pour lui une pièce de vingt sous. (J'adore me singulariser en toute discrétion même si je suis seul à savoir que je suis singulier.) Cela ne m'empêchait pas de surveiller au loin certaines femmes seules que je distinguais mal mais dont les rapides coups d'œil s'intéressaient à ma solitude.

J'avais fait un signe négligent au serveur pour lui signifier que ni le fromage ni à plus forte raison le dessert ne m'intéressaient, c'est par ces surplus que l'homme s'encrasse, mais je ne pus résister au cigare dont vint me tenter un plateau fleuri porté sur de gros seins.

Cieux ! Qu'il faisait beau !

Je sortis sur les marches de la terrasse afin de savourer l'immense incognito où je me trouvais, loin de ma pratique et loin de Forcalquier. Le parc était tout bruissant des gouttes de pluie que dispensaient quelques jets d'eau. C'était la nuit d'été dans ce coin de la Drôme où, disposées en foule dans l'ombre et plus étranges encore qu'en plein jour, les montagnes murmuraient de tous leurs arbres, de tous leurs oiseaux endormis qui parfois chuchotaient dans les ramures leur gazouillis de rêve. Les vers luisants clignotaient dans l'herbe et quatre ou cinq grillons, bruyants comme s'ils étaient des myriades, s'efforçaient en vain d'émietter le silence. (Les instants de bonheur, madame, ne valent que par ces détails, tout visage humain disparu, c'est d'eux seulement que l'âme se souvient.)

Je m'engageai, les doigts aux entournures, entre les marronniers qui étaient, avec les tilleuls, la seule opulence de ce pauvre parc. Là-bas, au beau milieu de l'allée, sur une demi-colonne de marbre déterrée autrefois sur place, un Éros de pacotille aux pieds potelés bandait cependant son arc en un geste de défi belliqueux et bien que, à cause de la moisissure du plâtre, il fût d'un vert maladif, son sourire moqueur flottait encore sous les quelques lanternes suspendues dans les arbres.

Je lui tournai autour, la tête pleine d'images, lorsque je fus à sa portée et cela me permit de voir que de part et d'autre de l'allée principale, à ce croisement que commandait l'Éros, deux autres allées adjacentes, mais très courtes, se perdaient dans la pénombre. Au bout de chacune d'elles coulait une fontaine, face à face, par-dessus la tête de l'Éros, mais identiques par leur miroir d'eau et leur mascaron, de même que par un lumignon vert suspendu au-dessus d'elles dans les ramures.

Au bord de l'une de ces fontaines, une silhouette solitaire et toute rose de robe se mirait, me sembla-t-il, dans le bassin. C'était une femme. Assise de guingois sur la pierre de la margelle et la tête un peu penchée, elle se rassasiait de fraîcheur.

J'avais cru d'abord qu'elle était seule car la lanterne vénitienne, qui de là-haut moirait le miroir d'eau, rendait plus impénétrable encore l'obscurité des haies de buis qui cernaient le parc.

C'était donc là le lieu qu'Évangeline avait choisi pour notre rencontre. Je comprenais sa discrétion, sa réserve. Ce n'est pas tous les jours qu'une sous-préfète, cette femme sous surveillance bénévole du peuple tout entier, peut impunément s'offrir un amant, à la faveur d'une cure dans une ville d'eaux.

Je sentais mon âme tomber à mes pieds comme en un lent baisser de rideau, comme si une force magnétique l'eût soudain extirpée de moi. Ce n'était pas la première fois que j'étais la proie de cette délicieuse sensation de creux à l'intérieur du corps. La panique de savoir qu'on peut reculer encore avant de rendre les choses irrémédiables, je l'avais souvent éprouvée. Tous les amants du monde me comprendront : être le maître d'un événement est une sensation terrifiante. Que va-t-il naître de cette violation du destin qui ne prévoyait pas en ce lieu votre présence nonchalante et encore neutre ? Qu'allez-vous provoquer dont vous ne pourrez jamais dire : « Je n'avais pas voulu cela ? » Car vous allez le vouloir instantanément, intensément et en même temps vous êtes comme un enfant sans force que ballotte la volonté d'un autre.

J'avançais sur la pointe des pieds, ayant dépouillé mon personnage d'herboriste un peu hâbleur, un peu filou, très vaniteux et que ne dévoraient pas les scrupules. J'étais gauche et timide. Je n'avais plus aucune expérience. C'était ainsi chaque fois que j'allais faire solennellement l'amour, cette sensation plus aiguë que le désir m'envahissait et me désarmait. C'était mon agenouillement devant la femme qui me ployait ainsi sous son humilité. Oh, la montagne et la qualité du soir y étaient pour beaucoup ! Je savais que je jouirais de cet instant dans cinq ans beaucoup plus finement qu'aujourd'hui et c'est pourquoi j'étais tout occupé à l'engranger par tous mes sens.

J'étais maintenant tout tendu à deux mètres à peine de l'apparition qui jouait nonchalamment avec l'eau du bassin. Je retenais mon souffle. Il y avait, je me le rappelle (mais peut-être, madame, vous en souvient-il aussi ?), dans le marronnier, pour ajouter au sortilège de l'heure, deux rossignols pathétiques qui s'interrogeaient dans leur langue sur l'étrangeté du monde. Alors seulement je m'aperçus qu'ils n'étaient pas seuls à dérouler leur mystérieux dialogue. Quelqu'un d'autre chuchotait dans l'ombre et j'avais bien l'impression que cette femme, penchée au bord extrême du bassin, s'adressait sur le ton de la confidence à quelqu'un que les buis taillés en créneaux me dissimulaient dans leur feuillage compact.

Elle faisait couler ses paroles sur la corde sonore de la fontaine, de sorte qu'elle troublait à peine le silence. Elle disait :

— Avertissez Zinzolin ! Demain ou dans trois jours, il y aura sur le mail trois escouades de gendarmes porteurs d'un ordre d'arrestation. À cause de sa popularité ils seront douze à l'entourer sabre au clair avec l'ordre de le tuer s'il fait mine de résister lui ou sa garde du corps. Il ne peut continuer à braver l'autorité. Il lui faut s'enfuir cette nuit même !

— Trois vous êtes sûre ?

C'était aussi une voix de femme qui répondait sur le même murmure.

— Trois ou quatre ! Est-ce que je sais ? La justice n'en est plus à lésiner sur les moyens. Sa séduction porte ombrage aux hommes qui décident. Il s'agit de passion, non plus d'intérêt. Il s'agit de haine et non plus de nécessité. Connaissez-vous pouvoir au monde qui supporte qu'on lui donne des leçons de morale ? Allez vite l'avertir !

— Eh ma chère ! Pourquoi n'y allez-vous pas vous-même ?

— Vous savez bien qu'il ne veut plus me voir !

— Ni moi non plus ! Depuis que cette catin lui occupe l'esprit, il se drape dans la chasteté !

— Croyez-vous possible qu'il ignore qui elle est ?

— Vous savez bien qu'il n'est pas très intelligent.

— Sauf en amour !

— Ah, ne réveillez pas mes désirs ! Quelle privation !

— Trouvez un moyen de l'avertir. Forcez son attention !

— Il ne veut plus vivre ! Il se laissera prendre sans résistance. Il nous faut le sauver malgré lui, et vous le savez bien ! Il nous faut poursuivre ce que nous avons entrepris !

À partir de cet instant, le conciliabule des deux voix féminines devint inaudible mais dura longtemps. Je tendais en vain l'oreille. Et puis soudain, il n'y eut plus que les rossignols pour meubler le silence et ils le faisaient il est vrai avec une suavité élégiaque propre à briser le cœur. Si j'en avais eu un d'ailleurs, il l'eût été, car ces dames venaient de me révéler que je n'avais aucune place dans le leur tant elles étaient préoccupées d'un autre. Mais l'homme ne se résigne jamais à ces sortes d'évidences et je l'étais assez dans le plus mauvais sens du terme pour passer outre et faire confiance à ma séduction.

L'inconnue au bord du bassin laissait rêveusement s'écouler l'eau autour de sa main ruisselante. Il y avait eu un froissement dans les buis et maintenant elle était seule.

J'étais à quelques pans de main de cette belle personne dont je distinguais les épaules nues un peu trop potelées et qui manquaient de distinction. J'avais capté toutes les paroles énigmatiques qu'elle avait prononcées mais mon trouble quoique fort en alerte n'était cependant attentif d'abord qu'au mystère de ce corps dont, dans quelques instants si Dieu voulait, j'allais soupeser le poids entre mes bras.

— Ne trouvez-vous pas, madame, que la nuit est fraîche ce soir ?

Depuis un jour entier, c'est-à-dire une éternité, j'avais envie de murmurer ces quelques mots dans le cou d'Évangeline. L'apparition en organdi rose pivota sur elle-même et me fit face de tout son buste. C'était Roseline de Kérénez. Rien n'était plus sincère que l'exclamation de joyeux étonnement qui m'échappa malgré moi, tant cette femme inattendue s'accordait à mes vœux par cette nuit.

— Mon Dieu, vous ! s'exclama-t-elle.

— Mais, lui dis-je, je ne savais pas que vous fussiez si ravissante !

— C'est la pénombre ! me chuchota-t-elle modestement. Au grand jour vous déchanterez !

Je crois bien que notre mutuel étonnement prit en compte tout de suite l'éventualité de passer la nuit ensemble, tant elle était allégrement exprimée par nos exclamations, tant nous nous serrions les mains avec force comme des amants depuis trop longtemps séparés. Toutefois une ombre de réticence tempérait sa joyeuse surprise à elle. Sous la lanterne de papier vert en accordéon qui se balançait doucement dans l'arbre au-dessus de la fontaine, un désarroi pathétique la rosissait, comme le soir de cet hiver où la seule vue de mon corbillard l'avait fait se pâmer. Je compris que j'avais affaire à une grande émotive dont les sens devaient être à fleur de peau.

Quant à moi je m'efforçais de maîtriser la situation mais j'y avais quelque mal. Si je me laissais aller et qu'Évangeline se manifeste, j'allais me trouver beau moi, demain, coincé entre cette bonne fortune inopinée et une autre que je pourpensais depuis longtemps. Ensuite, mon esprit méfiant se demandait quel rôle tenait Mme de Kérénez dans cette histoire de gendarmes et voleurs et pourquoi elle trahissait son mari car lui seul pouvait savoir que demain les gendarmes envahiraient Montbrun ? Je commençais à me dire que les femmes se jouaient depuis quelque temps de moi avec un peu trop de désinvolture et je résolus d'éclairer d'abord ma lanterne avant d'aller plus loin.

Toutefois la conversation était mal engagée pour une séparation calculée. J'avais eu beau avoir la présence d'esprit de ne pas m'approcher davantage de Roseline, nos mains serrées à se rompre par nos doigts entrelacés n'avaient aucune raison de se désunir et de se séparer sans suite, tant la nuit et notre solitude et notre incognito nous conviaient à ne pas nous quitter.

Je fis le mol comme si mes jambes, sous le coup de l'émotion, ne me soutenaient plus. Ainsi pour me laisser choir sur la margelle de la fontaine à côté de Mme de Kérénez, étais-je bien obligé de lui lâcher les mains.

— Vous m'avez entendue ! s'exclama-t-elle sourdement.

— Sans doute ! Mais n'aurons-nous pas bientôt ensemble un plus charmant secret ?

— Oh, je ne sais plus ! Je suis très troublée ! Si je m'attendais à vous... à vous voir !

— Il nous faudrait un peu de temps pour voir clair en nos âmes.

Elle cria presque à voix haute :

— Oh non ! Nous risquons de réfléchir ! Surtout moi ! La réflexion est mauvaise conseillère. Elle rend raisonnable !

— Excusez-moi mais quant à moi je suis fourbu ! Et ne vaux guère lorsque je le suis ! J'ai bourlingué toute la journée sur mon corbillard par bois et par chemins et avec cette chaleur ! Excusez-moi !

Elle eut un haut-le-corps.

— Vous me faites rire avec vos bois et chemins ! Est-ce que je me plains moi ? Ça fait deux jours que je défonce mon cheval par des déserts épouvantables ! Et ce n'est pas fini ! J'en ai le cul tanné comme une peau de tambour ! Est-ce que je me plains ?

Je me pris à gémir comiquement et à lui murmurer sur un ton lamentable :

— Ah, ne me mettez pas dans l'obligation de vérifier tous vos dires !

Elle éclata d'un rire frais lancé à tête haute et la lumière de la lanterne suffisait pour me permettre de distinguer l'intérieur de la gorge déployée chez cette exquise brune tout de rose vêtue. Sa langue dans son palais était comme un oiseau pris au nid.

Notre étrange déclaration d'amour aurait pu se poursuivre longtemps encore jusqu'à son heureuse conclusion si, derrière les buis qui nous masquaient la route, une cavalcade guerrière n'eût soudain éclaté. Elle avait dû naître au loin bien avant de nous être perceptible mais tout occupés l'un de l'autre nous ne l'avions pas entendue approcher.

— Mon Dieu ! cria Roseline. Il est trop tard ! J'ai été mal renseignée. Ils sont déjà là ! Il faut que je l'avertisse tout de suite !

C'étaient des uniformes en bicornes qui défilaient au trot dans la poussière, sans lumière et sans bruit. Ils avaient dû mettre sabre au clair à l'entrée du pays pour impressionner les populations et les lames haut portées luisaient sous la clarté suffisante des lanternes vénitiennes dont le halo débordait du parc. Je comptais six bicornes tressautant au pas des chevaux mais ils faisaient du bruit comme quarante.

Roseline se tordait les mains :

— Mon Dieu je me suis trompée ! C'est plus tôt que prévu ! Il faut l'avertir ! Il faut courir l'avertir !

Elle s'élançait déjà dans l'allée, toute vive et m'ayant oublié. Je la rattrapai de justesse par le bras qu'elle avait curieusement musclé pour celui d'une femme.

— S'il y a quelque chose à risquer, lui dis-je, laissez-moi le faire pour vous !

— Non non ! Vous ne saurez pas ! Vous êtes-vous déjà traîné à genoux devant quelqu'un ? Seule une femme sait faire cela. Zinzolin est un homme fier ! Depuis trois mois il croit mourir d'amour et ne tient plus à la vie. Depuis trois mois nous la lui sauvons de justesse !

C'était elle maintenant qui était en marche pour m'effacer rapidement de sa mémoire.

— La femme du procureur ! m'exclamai-je. Y songez-vous assez ? Si les gendarmes vous interceptent au passage ainsi courant vers un hors-la-loi, que ferez-vous ?

Je compris qu'elle se débattait avec un peu moins de conviction pour m'échapper. J'en profitai pour la libérer.

— Il est au château, dit-elle. Courez-y ! Suppliez-le de ma part ! Vous entendez ? Dites-lui bien : de ma part ! Qu'il se sauve tout de suite. Demain il sera trop tard !

Je promis et m'en fus. Au bout de l'allée, sous un kiosque de comédie, parmi un fourniment de linge de table frais repassé, le directeur s'était pour la saison ménagé un bureau au bon air. Il était en devoir d'aligner les colonnes de sa recette quotidienne. Au vu de ce confortable total, il était en train de multiplier mentalement ce chiffre par le nombre des jours d'ouverture qu'il restait à courir.

— Le château ? lui dis-je,

— Le château ? Quel château ?

Il me regardait médusé.

— Ah la ruine ! Il y a bien longtemps ici que nul ne lui donne plus que ce nom !

— Comment y accède-t-on ?

— Prenez à droite au bas de l'escalier. Longez la mairie, toujours à droite, vous verrez un trou noir qui est un escalier pour les mulets. Montez hardiment si vous avez du souffle : il y a cent quarante marches !

Tout Montbrun n'était qu'un vaste escalier de marches en grès ou caladées de galets disposés de chant. Déjà pour quitter *l'Hôtel des Thermes,* il fallait dévaler quatorze degrés abrupts qui décourageaient les curistes d'aller ailleurs dépenser leur argent que parmi tout ce rose prodigué qui transformait en bonbonnière ce lieu déjà si bien fait pour qu'on oublie le monde.

Roseline avait dit vrai : le mail était nettoyé de tous ses équipages, de toutes ses charrettes cassées, de toutes ses mues où des vieilles qui n'avaient pas de lopin de terre venaient nourrir leurs poules en temps ordinaire. Il n'y avait plus non plus de chèvres au piquet ni d'agneaux tardifs dans deux ou trois enclos à bestiaux. On avait même fait balayer les crottes par le cantonnier.

Les gendarmes tout à l'heure arrivés étaient en devoir de monter une guitoune dans les règles de l'art. Ils avaient disposé en cercle une demi-douzaine de lanternes sourdes qui faisaient de leurs uniformes multicolores un tableau de guerre idyllique.

En dépit de mon habit noir qui tient mieux en respect les serviteurs de l'État qu'un pistolet chargé, je rasais les murs de soutènement qui rehaussaient la terrasse des thermes.

J'étais déjà dans l'ombre lourde du château, sur le parvis des écuries d'autrefois, pavé de dalles sinistres où la mousse s'efforçait de donner quelque attrait par son vert maladif. Comme entée sur trois niveaux de maisons à manants qui occupaient ses anciens contreforts, cette forteresse se métamorphosait soudain en deux étages Renaissance, longs de plus de trente mètres. Toutes les fenêtres en étaient plus ou moins crevées et des familles de martinets inquiets s'entendaient grouiller entre les génoises et les œils-de-bœuf éborgnés de leurs vitres.

La venelle que j'escaladai, point n'était besoin d'y voir dans l'obscurité pour la gravir. Il suffisait d'étendre les bras et l'on touchait à des murailles visqueuses qui pleuraient d'humidité pour n'avoir plus été caressées par le soleil depuis leur origine. Elle tournait en équerre brusquement sous un unique lumignon à huile qui allait bientôt s'éteindre. Dans l'ombre démesurée qu'il allongeait autour de son agonie, je vis une porte gigantesque, laquelle autrefois devait vouloir imiter le bronze mais que toutes sortes de déboires avaient défigurée. Elle était sertie dans un cadre en moellons de grès à pointes de diamant et surmonté d'un œil-de-bœuf creusé dans un seul bloc.

La lune se levait au sortir d'un banc de nuages lorsque je parvins devant ce portail, éclipsant le lumignon. Il devait y avoir longtemps qu'un tas de gravats avait obstrué cette porte de manière à la tenir pour toujours entrebâillée. Si longtemps que, sur ce tas, un sentier s'était creusé sous les pas des enfants explorateurs ou sous ceux des craintifs misérables en quête d'un abri précaire.

J'escaladai ce tas et en dévalai l'autre côté tant il était abrupt. Le vide me tombait sur les épaules avec sa charge de salpêtre humide et toute la misère d'une maison jadis altière, mais qui en était réduite aujourd'hui à sa trame première et montrait des dessous usés jusqu'à la corde. La cage d'un escalier menaçant ruine exsudait cette froidure mortelle qui s'empare des demeures inhabitées depuis cent ans et qui se sont glacées comme des cadavres au contact de l'abandon.

Il n'y avait de noble que cet escalier austère dont l'immense cage était jonchée, sur ses carreaux d'argile brute, par les tessons de tuiles brisées et de solives écartelées. On voyait, en levant les yeux, le ciel étoilé à travers la toiture crevée et la lune que l'encadré des hautes murailles faisait paraître plus lointaine au sommet de ce trou qu'en rase campagne.

La rambarde en pots de fleurs renversés qui montait en larges paliers jusqu'au sommet de l'édifice était moisie elle aussi de mousses et de lichens indiquant désormais en un pitoyable aveu que si l'on avait eu la ferme intention de meubler ce vide énorme par un escalier de marbre, on n'avait eu finalement que les moyens de l'habiller avec du simple gypse.

C'était une de ces méchantes ruines que le temps n'a pas encore libérées des promiscuités humaines. Il n'y avait pas si longtemps que l'homme faisait résonner les marches de cet escalier sous les éperons de ses bottes et qu'il y vivait au coin de l'âtre, l'échine glacée par tout ce vide que ses ancêtres avaient assumé ; pas si longtemps que les armoires étaient pleines de linge humide et les cheminées pleines de cendres chaudes, mais j'avais du mal toutefois à imaginer des cris joyeux d'enfants montant sous les fenêtres.

Je vis une lueur transversale qui vivotait à la hauteur d'un étage à mi-parcours de l'escalier que j'entrepris de gravir avec appréhension. Je trébuchais à chaque degré jonché de détritus et de gravats. Le palier que j'atteignis était percé d'un seul corridor étroit comme une androne.

Je me mis en marche dans cette direction, palpant en aveugle des murs au contact aussi désagréable que de la chair morte. Des portes béantes et sans vantaux s'ouvraient sur des chambres où les volets étaient clos en vain car tout s'écroulait à l'ombre de leur protection dérisoire : plafonds et planchers, et il n'en était pas une seule que le clair de lune épargnât, à la faveur des écroulements, de son indiscrète clarté.

Je passai d'ombre à clair de lune tout au long de chausse-trapes qui surgissaient béantes sous mes pas, riches de traverses éclatées effilées comme des épieux. Souvent le plancher manquait et je faisais de l'équilibre sur des solives aux scellements vermoulus dans leurs opes. Parfois c'était un trou noir large d'un mètre sur le vide que je devais franchir. J'avançais en me demandant à chaque instant ce que je faisais là et pourquoi ? Mais en vérité j'accomplissais cette tâche dans une extrême allégresse à cause du prometteur souvenir de cette femme qui se tordait si joliment les mains tout à l'heure au bord du bassin et qui m'avait prié d'avertir Zinzolin que les gendarmes campaient à Montbrun.

Il ne me déplaisait pas qu'elle me crût héroïque et, en outre, je n'étais pas fâché d'en être momentanément débarrassé afin de pouvoir réfléchir en paix au surcroît, agréable mais surcroît tout de même, qu'elle apportait dans mes dispositions intimes.

Je m'étais préparé pour dire à Évangeline : « Ne trouvez-vous pas, madame, que la nuit est fraîche ce soir ? » Et c'était à Roseline que j'avais posé cette question. Quoi qu'on puisse en penser, notre sexe ne s'érige pas tant à la demande qu'on ne le croit, même si l'on est préparé à toute éventualité. Et passer de la convoitise d'Évangeline à celle de Roseline nécessitait une acrobatie érotique à laquelle je n'étais pas rompu.

Mais était-ce bien le moment de songer à cela ? Mon pied venait de s'enfoncer à travers les tommettes sur une partie de plancher apparemment solide et, dès lors, m'avancer vers la clarté diffuse m'apparaissait de plus en plus hasardeux. Il ne me restait plus qu'une ressource et je n'hésitai pas à l'utiliser, fort de ma bonne foi. Je mis mes mains en porte-voix pour crier :

— Zinzolin !

Ce nom ridicule était déplacé parmi la tragique misère de cette ruine sans beauté. Néanmoins, il éclata dans le vide avec une force redoutable. L'appel fit le tour de l'édifice, vola en éclats sur les hauteurs crevées, se répercuta sur les abîmes des précipices creusés dans les plafonds effondrés, s'effilocha enfin et mourut lentement. Aucune réponse ne me parvint. Pourtant la clarté tremblante qui me guidait au fond du corridor s'obstrua d'un seul coup et ne laissa plus passer que quelques rais de lumière. Je compris que quelqu'un s'était interposé entre la clarté et moi, une masse trapue, massive et en même temps j'entendis le bruit caractéristique d'un chien de fusil qui claque. Je criai :

— C'est moi, Brédannes, l'herboriste ! Gardez votre poudre pour vos ennemis.

La silhouette disparut mais revint bientôt, équipée d'une lanterne qu'elle tenait haut levée. C'était la Chabraque que j'avais rencontrée avec Zinzolin dans les bois de Saint-Trinit et qui m'avait alors toisé avec insolence, me jugeant de peu d'utilité.

L'observer marcher sur ce plancher crevé en se dandinant comme un éléphant était effrayant. Je ne distinguais pas son visage derrière sa lanterne. Elle me désignait d'un doigt impératif les quelques emplacements du sol qu'elle savait aptes à supporter mon poids. Quand je n'obéissais pas strictement, elle jetait sa main en avant pour m'intimer l'ordre de ne plus bouger et ensuite elle recommençait à me guider patiemment, par signes.

J'atteignis enfin le seuil où elle me livra passage. Ici c'était l'hiver. Je vis au plafond de gypserie un lustre feutré de toiles d'araignée qui oscillait au cœur d'une rosace. Dans l'âtre d'une cheminée à pieds-droits vivotait un feu ridicule qui occupait un tout petit espace de l'âtre immense et sans chenets. On avait repoussé les gravats de part et d'autre des pieds-droits.

Zinzolin était assis devant ce feu dans un fauteuil paillé au dossier constellé de fiente de pigeon. Ses bottes étaient calées contre les barreaux du siège et il se rongeait les ongles pensivement. Entre lui et moi, il fallait contourner un trou béant noir comme un puits. Tout le plancher de la pièce, d'ailleurs, fléchissait vers l'entonnoir de ce trou.

— Vous avez bien fait d'appeler, dit Zinzolin. Ce corridor est plein d'embûches. Dessous il y a les anciennes écuries et ça fait huit mètres de haut.

— Excusez-moi, lui dis-je, d'interrompre votre méditation, mais on m'a prié de vous dire que les gendarmes sont là et plus tôt que prévu. On m'a prié de vous supplier — on a dit « à genoux » — de fuir tout de suite et que demain il serait trop tard !

— Supplier ! répéta Zinzolin.

Il eut un rire triste.

— Ça c'est du Roseline tout craché. Elle croit que les mots et les gestes peuvent quelque chose contre le désespoir.

Je l'examinais des pieds à la tête, de plus en plus incrédule à mesure que mon examen confirmait ma première impression. Les abîmes de l'amour me paraissaient insondables depuis que le hasard me révélait ce grand concours de femmes passionnées qui dansaient un véritable ballet autour de ce proscrit. Qu'avaient-elles donc toutes à aimer cet échalas squelettique dont les articulations proéminentes devaient à tout coup laisser des bleus sur leur chair rose ?

Il soupira et dit :

— Il y a vingt ans que je fuis. Il n'y a rien de plus usé pour moi que la fuite. De plus monotone ! De plus inutile !

Me trouver devant ce vestige me causait une étrange sensation de timidité. J'avais l'impression d'avoir franchi tout un siècle à rebours depuis que j'avais mis le pied dans cette pièce. L'étrange odeur qui régnait sur les immenses plâtras de ces murailles moisies m'emplissait de nostalgie pour ma vie ordinaire. J'apercevais l'organdi rose de Mme de Kérénez à travers un océan de pénombre où il faisait mauvais vivre.

— Asseyez-vous, dit charitablement Zinzolin. Tenez, au coin de cet âtre ! C'est l'endroit le plus solide de la pièce, il fait corps avec le mur maître. Vous croyez être en juillet ? Mais ici c'est décembre ! Et sans espoir ! Vous avez devant vous un vieil homme que rien n'intéresse plus que l'amour qu'il vient de perdre.

La Chabraque s'était postée en faction derrière le fauteuil, sur ses chaussures à clous sans lacets. Muette et héraldique, elle était prête elle aussi, et pour les mêmes raisons, à mourir pour cet homme au premier signe.

— Mon ancêtre de Montbrun, dit Zinzolin, a dû omettre ici tant de remords qu'il en a laissé les moisissures dans tous les coins ! Et ça pourrit le remords ! Ça finit par sentir aussi mauvais qu'une charogne. Et surtout, ça fait un hiver noir d'un été torride.

Et il était vrai que je sentais sur mes omoplates une sensation immatérielle de froid sans fondement.

— Ah, soupira Zinzolin, s'il n'y avait pas l'amour ! Qu'est-ce que je dis ? Il n'y est plus précisément, l'amour. Alors, vous comprenez, votre fuite...

Il se leva hors de son fauteuil. Il gesticulait avec de grands envols de bras qui paraissaient semer le vide par-dessus son épaule. Il se mit à déambuler dangereusement autour du trou béant, sur ce plancher incertain qui faisait le creux et qu'on sentait à bout de résistance. La Chabraque suivait son maître de très près dans sa promenade. Elle collait à lui à tel point qu'ils ne pourraient que mourir ensemble si elle ne parvenait pas à le protéger.

— Qu'ils viennent s'ils veulent venir ! s'écria-t-il. Ils ne trouveront qu'un pauvre homme nu. Qu'ils me pendent ! Ce sera une délivrance.

— Lâchez-leur donc votre secret ! Je crois qu'ils sont plus friands de cela que de l'or qu'ils vous supposent.

— Mon secret ? Personne n'y croira. S'ils y croyaient, ils ne seraient pas tous là à m'aboyer aux chaussures. Ils croient que j'ai monarque !

Il rit péniblement.

— Ils croient que j'ai un trésor caché quelque part dans ces ruines. Et comme il leur faudrait cent ans pour tout fouiller, ils comptent sur moi pour leur dire où je le cache.

Il s'affala dans son fauteuil et se remit à se ronger les ongles en gémissant :

— Ah pourquoi ? Pourquoi m'a-t-elle abandonné ? Qu'est-ce que je lui ai fait ?

C'était son idée fixe. Il pouvait parler de n'importe quoi d'autre, il revenait toujours à son amour perdu. Il s'affaissait sur lui-même. La Chabraque de sa grande main sale lui pétrissait l'épaule affectueusement. Je mesurais à le regarder souffrir ce que la profondeur d'un sentiment peut faire d'un homme d'action. Je m'étais depuis longtemps promis de ne jamais éprouver de profond sentiment. J'avais devant moi la vivante preuve que j'avais raison de m'y efforcer.

— Vous devez bien le savoir ? lui dis-je. Si vous ne lui aviez rien fait, elle ne vous chercherait pas pour vous tuer.

— Mourir de sa main est tout ce que je veux, pourvu que je la voie encore une fois !

— Vous ne savez vraiment pas quelle raison elle aurait de vouloir vous occire ? Ne vous aurait-elle pas surpris avec quelque autre conquête ?

— Quelle conquête ? Je vous proteste que depuis des mois, depuis elle, je n'ai plus eu aucun contact avec une autre femme !

C'était incroyable de voir avec quelle candeur cet homme mentait. Enlisé dans un désespoir dont on ne pouvait douter, néanmoins il mentait, car il ne pouvait avoir oublié la grange de Sèderon et la cueilleuse de tilleul dont il m'avait frustré certain soir, il y avait à peine un mois de cela.

— Abandonnez un peu vos chimères ! lui dis-je. Lorsqu'on a l'appareil de la justice aux trousses, les fadaises ne sont plus de saison ! Vous ne pourrez pas soutenir un siège avec vos deux pistolets rouillés et la cartouchière de votre nourrice ! Même si votre ruine est truffée de chausse-trapes !

— Combien de fois faudra-t-il vous répéter que vivre m'importe peu. Je compte mourir les armes à la main et ce sera assez pour l'honneur !

— Ils vous prendront vivant ! Ils vous tortureront ! Vous ferez dans votre culotte ! Vous perdrez votre dignité et je vous garantis que vous ne penserez plus à l'amour ! Puisque vous ne voulez pas révéler où se trouve votre trésor, fuyez ! C'est tout ce qu'il vous reste à faire !

Il me considéra longuement et à la fin il se leva.

— Venez, dit-il, je vais vous le montrer mon trésor.

Il s'avançait vers une paroi obscure de la pièce qu'obstruait une porte-fenêtre sans vitres et un volet vermoulu. Il donna à l'une et à l'autre des coups de pied, des coups de poing. Il les démolissait systématiquement comme s'ils ne devaient jamais plus servir. À mesure qu'il lui restait entre les mains des pièces de bois qu'il jetait au sol, je voyais apparaître la nuit au-delà de cette ouverture. Il donna un dernier coup de genou à quelque mortaise récalcitrante qui rendit l'âme en craquant. Il mit le pied hors de la pièce, toujours suivi comme d'une ombre par la Chabraque au fusil.

— Voyez ce désert ! dit-il.

Il tendait le bras pour montrer ce qu'il désignait ainsi d'un geste de dérision. Les montagnes de la Drôme étaient devant nous, à portée de la main, au bout d'une immense esplanade faite de pavés disjoints qui avait dû être autrefois une terrasse majestueuse. Aujourd'hui des buissons et des arbustes épineux la hérissaient de-çà de-là jusqu'au garde-corps de pierre composé de balustres en vases renversés. Il manquait de grands pans à cette balustrade comme si le canon en avait jadis emporté des fragments.

Je compris que le château était d'un côté à moitié enfoncé dans le sol jusqu'à son premier niveau et que l'autre côté, on l'avait flanqué de cette esplanade qui permettait de gagner les couloirs des montagnes où je voyais briller sous la lune les traces de sentiers abrupts. C'était un autre aspect de ces sommets bizarres que j'avais admirés ce soir en descendant sur Montbrun par la route de Ferrassières.

— Voyez ! me dit Zinzolin. Si vous regardez d'un œil attentif toutes ces pentes, vous apercevrez un feu parfois si le vent ne balance pas trop les branches. Ce sont des paysans qui s'accrochent à quelque lopin de terre qu'il faut épierrer une fois par an mais qui préfèrent mourir là-haut à petit feu plutôt que de vivre ailleurs. Parfois leurs enfants se révoltent et s'en vont. Parfois ils restent. Quand vous apercevez deux feux, quelquefois trois, c'est un village. Tenez, ça là-haut ! Au pied de cette falaise qui ressemble à un bec d'oiseau, c'est Aulan ! Là-bas, ils sont six ! Et comme ça, il y en a des myriades. En des endroits où vous seriez éberlué d'apprendre que des hommes peuvent tenir.

Il s'avançait en claudiquant à cause des énormes pavés disjoints ou arrachés. Des pins, de vrais arbustes et même quelques chênes, tous encore dans l'enfance, s'arc-boutaient pour se frayer passage entre les dalles mais on savait bien qu'ils avaient tout leur temps pour venir à bout du château tout entier.

— J'allais, dit Zinzolin, jusqu'à des pays qu'on n'aperçoit pas d'ici : jusqu'à Arpavon, jusqu'à Saint-Jalle, jusqu'à Montréal-les-Sources. Il m'arrivait de pousser jusqu'à Remuzat, jusqu'à La Motte-Chalancon lorsqu'on m'y signalait quelque cas désespéré. Car, monsieur, bien rares sont les situations désespérées qu'un peu d'or ne suffit pas à redresser : une famille qu'un créancier prend à la gorge pour cent francs ; un couple heureux qui veut s'enlever parce que l'un ou l'autre ne plaît pas aux parents mais ne le peut faute de pouvoir se payer la diligence ; un paysan dont la grêle vient de mettre bas la récolte ; un enfant dont la typhoïde a emporté le père et la mère et qui n'a pas d'autre famille et qui embarrasse tout un village pauvre et qu'on ne veut pas à l'orphelinat parce qu'il n'y a plus de place ou pire : une orpheline aux prises avec un parâtre libidineux, une veuve récente qu'un huissier veut jeter à la rue. Enfin, monsieur, tant d'autres choses que je vous laisse imaginer !

Il regardait fixement en tournant un peu la tête tous les recoins de la montagne sombre où tant d'êtres qu'il évoquait étaient peureusement blottis attendant le jour plus funeste que la nuit.

— J'étais friand de ces misères noires, poursuivit Zinzolin. Je nourrissais tout un réseau d'espions pour me les signaler. Je m'enivrais de charité comme d'autres du bain de sang où ils ont plongé leurs ennemis. En vingt ans de rapines sur le trésor impérial, j'ai dévié le destin de peut-être mille familles ! Ah monsieur ! J'ai savouré quelques bonheurs dans ma vie mais un sentiment de plénitude aussi puissant que lorsqu'on vient d'arracher au destin une proie qu'on ne connaît même pas, non je ne crois pas qu'il y ait rien de comparable à cela ! Vous arrivez les poches bourrées d'or mal acquis, vous le jetez sur la table, et le destin recule en désordre ! Neuf fois sur dix ! La dixième c'est que Dieu l'a voulu ainsi ! Allez, monsieur... Ceux qui vous disent que l'argent ne fait pas le bonheur, c'est qu'ils n'en ont jamais manqué. Je suis payé pour vous dire que l'argent que j'apportais faisait toujours le bonheur.

Il marqua un petit silence.

— Mais, ajouta-t-il, je n'ai jamais réussi à démêler ce qui me faisait agir : l'orgueil ou la compassion ? Si j'en juge d'après ce qui m'arrive, Dieu a dû être plus courroucé que content de moi.

— N'importe ! lui dis-je, en soupirant. Vous l'avez fait. Tant d'autres n'en ont jamais eu que la ferme intention.

Je songeais à moi notamment, moi qui tire un écu si péniblement de ma poche pour en fleurir le sourire d'un miséreux.

— Voilà, monsieur ! dit Zinzolin en englobant tout le pays d'un geste large. Voilà où est mon trésor : digéré depuis longtemps par peut-être cinq cents familles sur cent kilomètres carrés ! Et depuis vingt ans ! Autant puiser avec une écumoire ! Vous pouvez le leur dire s'ils vous ont envoyé !

Sa hauteur m'indisposait.

— Je ne me laisse envoyer par personne, lui dis-je. Et vous, vous êtes plus maître de votre destin que vos protégés. Libre à vous de vous laisser abattre ou de vous sauver.

Je lui tournai le dos pour reprendre le chemin par où j'étais venu.

— Non ! me cria-t-il. Il y a un escalier au bout de la balustrade. Oh, il ne vaut guère mieux que le corridor mais il est au clair de lune, vous risquez moins de vous rompre le col ! Et faites de ma part mes civilités au procureur de Kérénez !

— Mais il n'est pas ici !

— N'ayez crainte... Il y sera bientôt.

Je revins sous le clair de lune vers l'hôtel rose bonbon, remuant dans ma tête les résolutions irréductibles de cet homme bizarre qui me portait ombrage à force de pureté. Je l'avais pris en flagrant délit de mensonge et pourtant il m'intimidait quoique sa noblesse me parût ostentatoire et je ne parvenais pas à faire coïncider son désintéressement avec les brames déraisonnables de son amour pour Aigremoine. Il devait y avoir vingt-cinq ans de distance entre elle et lui. Cette différence d'âge me paraissait suspecte. Un homme qui aime vingt-cinq ans au-dessus de ses moyens ne peut le faire que par égoïsme et il me paraissait tout à fait ordinaire qu'Aigremoine ait été déçue par lui. Mais pourquoi diable vouloir le tuer pour ça ?

Je rasai la muraille de soutènement du parc et même j'éteignis mon londrès que j'avais allumé pour m'offrir quelque sourire en sortant de tant de délabrement. Je ne tenais pas à ce que les gendarmes me remarquent. Leur feu de bivouac achevait de brasiller et les faisceaux n'étaient surveillés que par une sentinelle qui fumait philosophiquement une pipe en terre en regardant mourir le feu.

Le parc était désert. Ma silhouette dégingandée jouait comme un chat maigre avec les rayons de la lune. Je gravissais les quatre marches qui permettaient d'accéder au tambour importé d'Angleterre et qui faisait si baroque dans le paysage et dont le directeur était aussi fier que des bidets dont il avait doté quelques chambres. Au loin, faute de bougie, les lanternes vénitiennes expiraient une à une sous le vent de la nuit. On avait arrêté les jets d'eau pour économiser les réserves.

Dans le hall pénombreux il n'y avait personne, pas même un veilleur de nuit. Je passai derrière la banque pour récupérer ma clé. Elle n'y était pas. Je me souvins alors de l'avoir laissée sur ma porte quand j'étais allé m'habiller pour le dîner. En revanche, dans le casier, un billet plié en quatre m'attendait. Je m'en saisis machinalement et tout en gravissant l'escalier à carpette de luxe dont chaque marche était tendue d'un barreau de cuivre, je dépliai mon bout de papier tentant d'en lire le contenu à la chiche clarté de quelques quinquets fichés dans le mur. Le billet était vierge. Personne n'y avait jamais rien écrit dessus. Je haussai les épaules, roulai le papier en boule et le laissai choir dans le plus proche porte-en-cas.

J'arpentais le velours rouge qui capitonnait le corridor du premier étage (au second déjà, ce n'était plus que du parquet nu). J'avançais sans bruit sur mes escarpins vernis qui avaient tant souffert parmi les gravats du château. Soudain devant moi, à dix pas, une porte s'ouvrit avec beaucoup de discrétion mais le rai de lumière qui s'en échappait découpait bien la silhouette qui se glissait hors de la pièce et refermait doucement le battant. « Avec une certaine déférence », notai-je. Et il était vrai que le personnage était encore un peu penché comme quelqu'un qui vient de faire une courbette. C'était un homme. Il ne se retournait pas. Il marchait devant moi d'un pas posé et sans se presser. Il était tout de noir vêtu comme je l'étais moi-même et les quinquets dérisoires qui prétendaient éclairer le corridor ne dévoilaient rien de lui. Cependant cette ombre que je distinguais plus que je ne la voyais, cette ombre m'était familière.

Je remarquai les jambes en cerceau, la calvitie semblable à une tonsure qui éclaircissait la chevelure, une certaine façon aussi de balancer les bras loin du corps en faisant jouer ses manchettes. Le personnage était en outre atteint d'un genu valgum qui faisait qu'à chaque enjambée ses rotules s'entrechoquaient presque. Dix pas nous séparaient. J'allais mon train, peut-être un peu plus rapide que celui de l'inconnu qui me précédait à cause de ma plus grande allonge mais sans intention particulière. La distance diminuait entre nous. Huit pas... Six pas... Nous avancions comme des spectres, sans bruit, immatériels.

Alors, soudain, éclata dans ma tête un charivari indescriptible de sensations diverses qui m'ouvraient brutalement l'entendement.

Dans le sillage de l'homme, un parfum dont il devait s'être abondamment aspergé ou dont peut-être son habit, qui me parut alors étriqué, s'était en une armoire longtemps imprégné, me frappa les narines, submergeant ma mémoire.

— Bellinfante ! m'écriai-je.

À cet instant, je faillis me heurter contre une servante les bras chargés de linge qui venait de surgir à l'angle d'un corridor. Elle me fit face, m'examina des pieds à la tête.

— Eh bien ! dit-elle. Au moins vous, vous ne perdez pas de temps ! Vous êtes italien ?

— Mais non ! C'est une erreur. Bellinfante c'est lui là-bas devant ! ce n'est pas vous !

J'appelai de plus belle :

— Bellinfante !

J'étais sens dessus dessous. À peine si j'avais eu le loisir de m'apercevoir dans mon trouble que la servante avait les yeux rieurs. Je regardai stupidement disparaître mon facteur des postes endimanché qui détalait littéralement au premier angle de corridor venu.

Il s'était retourné à l'appel de son nom, mais c'était à l'instant où je me heurtai contre la lingère, de sorte que je n'avais eu que le temps de distinguer son visage dans la pénombre. Mais j'étais sûr de mon fait cette fois. Le parfum que traînait l'habit de l'inconnu dans le corridor, il n'en existait pas au monde deux de semblables.

C'était celui que j'avais fait fabriquer par l'ermite de Lure pour l'usage exclusif de Mme Bellinfante.

« Avant la fin de l'année ! Sinon ce ne sera pas la peine ! »

Voilà ce qu'avait retenu le moine de Lure lorsque je lui avais demandé de me préciser les circonstances et pour qui je lui avais commandé ce parfum dont je venais alors de découvrir qu'il imprégnait profondément les billets de banque saisis sur le cadavre du ruffian, la nuit du bois de Carniol. Toute la brume entassée dans ma mémoire par l'écoulement du temps venait d'être balayée comme par un coup de mistral. L'espace était limpide entre moi et le souvenir.

Je me revoyais encore, trois ans auparavant, par un matin de sec hiver, début décembre, planté au milieu de la cour encore encombrée, au lieu de mon séduisant corbillard, par le char à banc vétuste de mon père dont par nécessité j'avais fait si longtemps mon ordinaire.

Mon souvenir était si précis dans ce corridor d'hôtel à Montbrun-les-Bains que j'entendais encore souffler le vent de ce jour-là dans mon grenadier dont toutes les feuilles avaient été emportées d'une seule rafale et où ne restaient plus que les fruits crevassés de cette invraisemblable couleur rouge sur lesquels j'avais le nez et qui me rappelaient de bien jolis moments. Je descendais mon escalier en criant :

— Bellinfante !

Je tenais dans ma main deux écus afin de récompenser le piéton pour ses bons et loyaux services de toute l'année. Je voyais encore son visage honnête quoique insignifiant se tourner vers moi comme il venait de le faire tout à l'heure à l'appel de son nom dans ce corridor d'hôtel, avant de s'enfuir à toutes jambes.

— Je sais, lui disais-je alors, que ce n'est pas encore la fin de l'année mais je sais ce que c'est dans les familles : vous aurez aussi des cadeaux à faire en ces temps. Ceci vous y aidera un peu !

Je voyais encore ses deux mains en avant interposées entre les écus et lui et je l'entendais me dire :

— Oh merci, monsieur Brédannes ! Vous êtes bien brave mais je préférerais...

— Vous préféreriez quoi ? Dites !

— Je préférerais pour Laetitia, c'est ma femme, l'un de ces sent-bon que vous préparez pour les dames de Forcalquier. Il y a si longtemps qu'elle en a envie ! Oh vous savez, presque rien ! Un tout petit flacon !

Un tout petit flacon... Mme Bellinfante, Laetitia, était une piquante brune dont je n'aurais pas approché pour un empire malgré ses œillades parce que, connaissant les mœurs corses, je ne tenais pas à risquer le coup de poignard. Bellinfante était peut-être falot d'aspect, il ne l'était certainement pas de caractère. Toutefois, j'avais tenu à faire savoir ma sollicitude à son épouse en offrant à celle-ci une grande bouteille de ce sent-bon auquel elle attachait tant de prix. Et bien sûr, sachant combien le peuple a besoin que ses sensations soient bien soulignées, j'avais recommandé à l'ermite que ce parfum fût capiteux à l'extrême.

La petite maison des Bellinfante, ses murs et tout ce qu'elle contenait devaient être imprégnés pour l'éternité par ce sent-bon et d'ailleurs je venais d'en avoir la preuve par l'habit de cet inconnu qui fuyait devant moi tout à l'heure et dont le gousset fin était capable de se faire suivre à la trace à cinquante pas.

Imprégnée pour l'éternité devait être l'armoire à linge que d'ordinaire on parfume avec un simple bouquet de lavande tressée en forme de bouteille. De même avaient dû s'imbiber de sent-bon sous les piles de draps, pendant le temps où on les leur avait confiés, les huit billets de cinq cents francs qui avaient finalement servi à n'en pas douter à payer les assassins du bourreau et de ses aides. Il était bien sûr difficile de croire qu'un facteur des postes eût possédé tant d'argent mais le personnage qui s'était esbigné au coin d'un corridor n'était plus facteur des postes. Il portait jabot et manchettes et guêtres et sauf les pieds plats, sa silhouette, le peu que j'avais vu de son visage s'apparentaient étrangement aux six bourgeois qui dînaient tout à l'heure en cabinet particulier et pour lesquels la ressemblance qu'ils s'étaient efforcés d'obtenir avec Napoléon III faisait furieusement penser à un uniforme qu'ils auraient endossé, à des soldats, à une conjuration. Je songeais à la cocarde noire si ostensible que portait Bellinfante depuis le désastre de Sedan, à son soupir certain jour de l'hiver dernier : « Tout est fini ! »

— Bellinfante !

Pourquoi cet homme aurait-il fui en m'apercevant s'il avait su m'expliquer sa présence en habit, à une heure du matin, dans ce corridor d'hôtel de luxe ? Il fallait d'autre part qu'il fût puissamment protégé pour se promener ici en souliers vernis au lieu de dormir pour être prêt, dès demain matin à Forcalquier, à reprendre humblement sa tournée de facteur. Il était plus que probable qu'il m'avait reconnu quand j'avais crié son nom. Peut-être même l'avait-il fait dès le début de la soirée où je dînais seul et que lui, je ne l'avais pas repéré parmi les convives du cabinet particulier.

La seule chose qu'il ne pouvait pas savoir, c'est que j'avais intercepté deux des billets qu'il avait fournis aux ruffians, le soir du crime, « Même un homme de soixante kilos doit être pris en considération quand il est armé de deux pistolets », m'avait dit le larron, dans les bois de Carniol. C'était à peu près le poids que j'attribuais à Bellinfante. Comment se serait-il méfié, d'autre part, du parfum dont ces billets étaient si profondément imprégnés qu'ils venaient de me conduire jusqu'à lui ?

C'était la première fois de ma vie que je me trouvais face à face avec un assassin et il avait la tête de tout le monde. Je comptais pour rien ses exécutants car ceux-ci, perdus d'alcool et de misère depuis l'enfance, n'avaient pas d'autre issue que de gagner cinq cents francs de temps à autre par n'importe quel moyen.

— Bellinfante !

J'étais éberlué et je prononçais encore ce nom sur le mode exclamatif en poussant doucement le battant de ma porte.

— N'allumez pas ! chuchota une voix à cet instant. Je suis sur le lit et pas tout à fait nue mais toute à vous !

Préoccupé par la découverte que je venais de faire, j'avais oublié, je l'avoue, qu'on m'avait chargé d'une mission auprès de Zinzolin et je ne m'attendais pas que Mme de Kérénez vînt m'en demander compte dans ma chambre. Elle avait heureusement un léger zézaiement plein de grâce qui me permit de la reconnaître à l'instant car j'aurais pu sinon commettre un impair puisque c'était Évangeline que j'osais attendre.

J'étais toujours prêt dans ce domaine à faire face à toute éventualité. Je refermai soigneusement l'huis et je dis à ma visiteuse :

— Mais comment avez-vous su le numéro de ma chambre ? Vous n'avez quand même pas eu le front de le demander ?

— J'ai fait semblant de vous écrire un mot. Oh semblant seulement, rassurez-vous. Le concierge l'a placé dans votre casier et je n'ai eu qu'à lire le chiffre. Je me doutais bien sûr qu'en bon Forcalquiérois, vous auriez laissé votre porte ouverte !

Elle me tirait par la main ce disant et j'étais déjà à genoux sur la courtepointe laquelle eût été totalement ténébreuse si un amas de fanfreluches blanches n'avait tiré vers elle toute la clarté de la nuit qui se glissait entre les persiennes à claire-voie et provenait du clair de lune.

Comme elle avait dit, elle n'était pas nue mais c'était pire. Je n'aurais jamais cru qu'une chemise et une culotte endentelées pussent faire tant de volume dans une pénombre propice. Je me vautrais dedans, je me débattais dans ce bain de linge à odeur de femme tout en m'efforçant à me mettre nu moi aussi avec le moins de ridicule possible (ôter son pantalon devant une femme est une catastrophe esthétique dont j'ai toujours eu parfaitement conscience), ce à quoi l'obscurité m'était heureusement favorable. Quand ma peau fut enfin en contact avec la sienne, je compris à l'instant ce qu'elle voulait obtenir de moi. Mme de Kérénez était une de ces femmes choisies quoique peu nombreuses qui ne font pas grand cas de notre virilité et ne lui accordent qu'un ennui poli même si celui-ci est ponctué par tous les signes du bonheur. Elles préfèrent à tout une langue légère et qui pourrait n'appartenir à personne. « Glissez mortel ! N'appuyez pas ! Je ferai le reste ! » C'était la supplique que j'aurais déjà dû saisir dans son regard, tout à l'heure au bord de la fontaine. Mais le mystère d'une femme ne se livre pas à si bon marché, parfois même, croyant l'avoir deviné, on se casse les dents dessus.

Elle avait pour mon corps, mes bras et mon sexe la plus insultante indifférence. Ses mains ne me touchaient que distraitement et sans passion. En revanche, elle avouait à ma bouche ses plus secrets désirs.

Mes mains maintenant faisaient largement la conque sous sa croupe pour la soutenir cambrée au-dessus de moi, assez loin de ma bouche pour que seule ma langue (oh comme je l'aurais souhaitée bifide !) frôlât entre les poils l'intérieur de ses lèvres. Alors, dans l'espace suffisant que je laissai libre, entre elle et moi, d'abord avec timidité puis vivement, puis puissamment, puis avec une énergie désespérée, son doigt qui battait contre mes lèvres alla chercher l'assouvissement à l'endroit, peut-être jamais tout à fait le même, où elle était à peu près sûre de pouvoir le traquer. Cela n'alla pas sans peine ni sans imprécations. C'était là son difficile secret et elle me le livrait sans vergogne comme à quelqu'un sans importance qu'on ne reverra pas demain.

— Oh aide-moi ! Aide-moi bien !

Sa voix méconnaissable avait les accents tragiques de quelqu'un qui se noie. Celui qui croit qu'on se réjouit dans l'amour se trompe lourdement. C'est un bonheur tragique.

Je l'aidais du mieux que je pouvais. Je dardais ma langue en fer de lance avec l'application d'un bon élève, obéissant à toutes les injonctions imperceptibles qui m'étaient ordonnées, attentif à conduire jusqu'à son terme ce splendide séisme qui allait bientôt la jeter hors d'elle-même mais qu'elle se promettait d'abord le plus longuement possible. Sa jubilation interne me comblait de toutes parts et mon ouïe et mes mains sur lesquelles elle se mouvementait.

Ah qu'importait en vérité, face à sa félicité, que mon membre restât raide sans espoir jusqu'au matin ? Mon égoïsme naturel s'accommodait de ce supplice. Parfois, par altruisme, sa main faisait mine de chercher mon sexe mais je le lui dérobais avec conscience. Jamais je n'esquissais le mouvement de la pénétrer où que ce fût. Sans doute s'y fût-elle résignée, mais outre que, en dépit de ma raideur désespérée, jouir ne m'intéressât que médiocrement, je pensais à Évangéline et à cette promesse : *seule* que son billet m'avait soulignée. Je serais beau moi, demain, si je m'épuisais dès cette nuit !

Oui. Oh je sais ! Je ne me montre pas sous mon meilleur jour en ce récit libidineux. Mais j'ai décidé de profiter de cette histoire que personne, sauf vous, madame, qui m'êtes tout indulgence, ne lira jamais, pour tenter de me faire entendre à moi-même ce que je suis en réalité.

Car tandis que Roseline se faisait tant de plaisir sur si peu d'espace, je ne cessai pas cependant de songer à Bellinfante, ce fonctionnaire falot au visage neutre qui surgissait hors de son ordinaire destin pour se jeter par bois et par chemins armé du génie du crime et de sa détermination. J'avais bien compris à voir la rosette noire dont il s'était endeuillé dès le désastre de Sedan qu'il était un enragé partisan de Napoléon III. Cela dit, bien qu'il n'eût que trente ans à peine et fût agile et souple, je ne l'avais jamais vu faire mine de s'engager dans les armées impériales pour bouter hors le Prussien. Mais pourquoi avait-il pris tant de risques pour empêcher l'exécution de Zinzolin, précisément l'ennemi juré de Badinguet ? Il y avait là un mystère dont je comptais bien lui demander compte dès demain matin, quoique avec prudence, en lui passant mes billets de cinq cents francs sous le nez.

Mais, pour l'instant, c'était l'adorable Roseline qui venait encore une fois de me présenter ses charmes devant le mien.

— Pardonnez-moi ! dit-elle. Mais je n'ai pas si souvent l'occasion : Charles ne songe qu'à me fourrer son pénis indiscret entre mes lèvres indifférentes ! Il veut que nous jouissions ensemble ! Je vous demande un peu ! Pour une fois que je rencontre quelqu'un qui veut bien apprendre.

— Eh bien, laissez-moi vous comprendre, ma chère ! Laissez-moi m'instruire ! Laissez-moi vous encourager à bien jouir !

Ces mots et tant d'autres l'excitaient terriblement. Elle adorait qu'on la fustigeât de mots. Elle en disait elle-même et de fort salaces. Quand elle s'avoua à bout de souffle, elle m'attira à elle pour me regarder.

— Je ne connais même pas, dit-elle, la couleur de vos yeux !

Je lui répondis :

— Ils sont fort quelconques. Et à vous dire la vérité tellement enfoncés sous les sourcils que moi-même je ne les distingue pas bien au miroir.

Elle me murmura dans le cou :

— Merci de m'avoir épargné le coït.

Elle avait l'air, à la lueur de la chandelle que nous avions fini par rallumer, parfaitement repu et rêveur. Je l'observai aussi puisque nous en étions à nous contempler les yeux dans les yeux. Mme de Kérénez avait le nez mutin de ces femmes qui vous ôtent tout scrupule si vous les quittez, sachant que votre oubli est au bout de ce nez. Cela facilitait la conversation.

— Dans deux heures, dit-elle, je vais partir pour d'autres appels. Nous ne nous reverrons plus que lors des grandes soirées de Forcalquier. Ou alors plus du tout. Ça dépendra du destin.

— Dites-moi votre secret !

— Mon secret ?

— Oui. Vous en avez un. Vous en aviez un avec cette femme cachée dans les buis.

— Soit ! Je vais tout vous dire. Après tout vous l'avez bien mérité.

Elle m'enlaçait étroitement les jambes entre ses fortes cuisses. Je sentais qu'elle poursuivait deux idées à la fois : me révéler son secret et en même temps savoir très exactement à quoi s'en tenir avec mon abstention. Elle ne lui paraissait pas véridique. Je voyais ça à quelque petite ride qui tout à l'heure ne barrait pas son front et qui ne s'effaçait pas même si elle souriait. Sans doute eût-elle aimé me faire succomber afin de pouvoir me prendre en flagrant délit de faiblesse. C'est là une satisfaction qu'on ne peut accorder qu'à quelqu'un que l'on aime et je n'ai jamais aimé personne. Il y avait autre chose : j'étais friand de son secret et mon intense curiosité dominait le désir inassouvi qu'elle exacerbait en se mouvementant contre moi. Entre deux baisers sur les sourcils elle me dit :

— Je fais l'amour avec Évangeline Chaffard et c'était elle la dame derrière les buis. Vous comprenez : on s'ennuie ferme à Digne comme à Forcalquier et nous avons l'occasion de nous voir souvent. Un amant... C'est très voyant, tandis qu'une amante... Puisque vous m'avez vue à l'œuvre vous avez pu vous convaincre que mes goûts sont assez superficiels. Hélas, je ne suis pas très... réciproque, que ce soit homme ou femme. Évangeline est aussi altruiste que vous et de plus elle a eu, elle a, un amant qu'elle adore, un amant d'un autre siècle, qu'elle me fait partager.

— Zinzolin...

— Il porte un autre nom sur le blason mais qu'importe. Nous le rejoignons dans ses retraites l'une ou l'autre ou l'une et l'autre. Ça nous fait une belle vie ! Aussi comprendrez-vous notre désespoir lorsqu'il a été arrêté puis condamné. Nous nous sommes juré l'une à l'autre de l'arracher à son sort. Il se trouvait que, par bonheur, Charles n'était pas insensible au charme d'Évangeline. Elle m'avait demandé la permission de répondre un peu à ses avances.

— *Je vous serais fort reconnaissant en retour...*

— Que dites-vous ?

— Je récitais, ma chère. Mais continuez, je vous prie.

— Ah oui... Oh, je la lui ai bien volontiers accordée ! Cela lui a permis de connaître le jour et l'heure. — Faut-il que Charles ait été harponné par elle ! Lui qui croit si fermement à la justice ! — Et moi je savais où mon mari tenait la paire de pistolets qu'il avait achetés l'année où je lui produisis un faux amant pour cacher le vrai ! Pensez ! il voulait se battre en duel avec lui !

Elle pouffa de rire derrière sa petite main.

— Bref ! Il ne nous restait plus qu'à nous trouver au bon endroit et au bon moment !

Je sursautai et m'éloignai un peu de ma bonne fortune.

— Vous n'allez quand même pas me dire que l'hécatombe...

— Mais non ! Y songez-vous ? Brûler la guillotine ? Nous ne sommes pas des poètes ! Il suffisait d'arracher Zinzolin à sa main-forte. Quoique... Nous étions fermement décidées à casser la tête à l'escorte en cas de résistance. Mais les gendarmes ont tout de suite levé les mains en nous criant qu'ils avaient des enfants. N'oubliez pas non plus que l'Empire s'écroulait pendant ce temps. La conviction de ses défenseurs s'éteignait d'heure en heure.

Elle se leva brusquement. Elle m'apparut nue, en pied, pour la première fois. La lumière caressante de l'unique chandelle estompait les courbes de Roseline dans sa pénombre et me proposait le modèle d'un grand peintre empreint d'une clarté qu'il ne retrouverait jamais plus. Je n'avais que mes yeux hélas pour graver cet exquis moment de vie sur ma mémoire.

Elle balançait dangereusement ses fesses dures. Je résistai à la violente envie de me démentir d'un seul coup, de la suivre, de lui saisir les seins à pleines mains, de la prendre debout à l'envers contre le mur. C'était sans doute ce à quoi, en désespoir de cause, elle me conviait. J'empoignai fermement la couverture et me la remontai jusqu'au cou. Non ! Il ne serait pas dit que je céderais ! Il me fallait demain, si Évangeline me faisait l'honneur d'une visite, être frais et dispos.

— Oh mais ! dit-elle. Ne croyez pas que les choses allèrent toutes seules !

Elle se retourna d'une pièce en revenant vers moi et je découvris alors un admirable ventre en bouclier aussi tentant que sa croupe et que soulignait une toison noire tricotée serré.

— Heureusement que nous le connaissions bien ! C'est un homme en effet dont il faut se méfier lorsqu'on l'aime. De deux solutions, l'une tout humble et l'autre héroïque, c'est toujours la seconde qu'il choisira.

— Mais il m'a dit qu'il n'était pas fichu de savoir qui l'avait délivré !

— Parbleu !

Elle fit volte-face et marcha vers la cheminée. La lumière de la chandelle insistait pour immortaliser ce mouvement de la vie. Le balancement royal que les pieds nus de Roseline imprimaient à ses hanches me fit aussitôt changer d'avis : elle était plus tentante encore de dos que de face.

— Parbleu ! répéta-t-elle. Il faisait très noir autour des lanternes du tombereau et nous portions des nez de carnaval. S'il nous eût reconnues il aurait refusé le risque que nous prenions. Il nous aurait commandé de délivrer les gendarmes et il aurait attendu stoïquement l'arrivée de la guillotine. C'est ça Zinzolin !

Elle se retourna encore une fois lentement, devant la cheminée surmontée d'un miroir glauque. Elle offrait à ce miroir imparfait son reflet incertain dans la pénombre, elle portait, en le contemplant, ses doigts lentement sur cette toison que nous avions l'un et l'autre tant sollicitée.

— C'est étonnant, dit-elle, combien le désir me laisse peu de temps tranquille...

Elle soupira et se fit violence pour reposer sa main sur le marbre froid de la cheminée.

— Hélas ! dit-elle. Depuis nous sommes dans l'affliction et le manque car l'ingrat se dérobe à notre approche. Il n'y avait pas quinze jours qu'il était libre et nous allions toutes deux, caracolant gaiement et nous poussant à la course, chercher notre récompense, n'ayant pas oublié nos délices d'antan. Ah bien ouiche !

Elle revint en courant se blottir contre moi s'étant dit sans doute qu'après tout, rien ne valait un bon contact pour me ravigoter.

— Il a trouvé la femme de sa vie ! souffla-t-elle avec colère. Nous arrivions toutes joyeuses, prêtes à le caresser de toutes les manières ! — Pensez ! Après plus d'un an de privation ! Mais il avait mis la Chabraque entre lui et nous. Elle nous mettait en joue, ma parole ! Et c'est de derrière cet abri qu'il nous a crié qu'il avait trouvé la femme de sa vie et que nous eussions à nous éloigner ! La Chabraque, on le voyait bien dans son œil unique, avait bien envie de nous défigurer toutes les deux ! Bien sûr nous sommes plus agiles qu'elle et nous aurions pu l'abattre mais ce serait lui alors qui nous aurait abattues ! Il tient plus à sa Chabraque qu'à sa jument ! Il lui baise les mains ! Il l'appelle maman !

— Et cette femme de sa vie ? Est-ce que vous savez qui elle est ?

Je disais ça à tout hasard car dans le cas contraire je n'étais pas disposé à le lui apprendre.

— Nous l'avons épié en vain ! Les grands bois sont vastes et innombrables les chambrons où on l'introduit les yeux fermés, à peine a-t-il frappé à la porte, sans même regarder avec qui il se trouve ! Je crois bien, ma parole, que nous nous sommes mises à le haïr solidement. Hélas ! Cet homme ne vous laisse jamais le loisir de le haïr longtemps tant il est constamment menacé ! Mais je crois bien qu'il ne l'a jamais été autant qu'en ce moment et ici.

— Le peloton de gendarmes est en effet conséquent.

— Et il y en aura d'autres ! Charles croit qu'il a un magot et il est fermement décidé à l'offrir à la République ! Que voulez-vous, il s'est tellement démené sous l'Empire ! Et quitter Digne pour lui ce serait la fin ! D'autant plus que je ne le suivrais à aucun prix ! Fi donc ! Aller ailleurs ! Alors qu'ici je m'amuse comme une folle ! Tenez ! dit-elle en soupirant, mettez donc votre genou au creux de mes reins et tirez ferme sur les cordons !

C'est qu'alors, comprenant qu'elle n'obtiendrait pas ma défaite, elle s'était levée et commençait à regret à se rhabiller mais, cramponnée des deux mains à l'espagnolette de la croisée, elle tentait un dernier effort pour me faire trébucher car convier un homme à vous serrer les rubans d'un corset couleur perle alors qu'on ne porte encore strictement sur soi que cet instrument à supplice, c'est l'inciter au viol le plus bestial. J'avoue qu'il me fallut fermer les yeux pour mener à bien l'opération. Tandis qu'elle passait ses jupons et agrafait son boléro, tandis qu'elle ajustait son chapeau de voyage et boutonnait ses bottines et jusqu'au moment où elle enfila ses gants, l'expression de son visage ne cessa jamais de me considérer avec un petit sourire de doute. Je compris qu'elle balançait à mon endroit entre une certaine considération et le plus profond mépris.

La manière habituelle et décidée dont elle s'empara de sa cravache fit d'elle une autre femme.

— Enfin, dit-elle, nous allons le sauver encore une fois... Je vais partir, monsieur Brédannes ! Je vais fournir une très longue traite ! C'est la seule chose, dit-elle, qui soit capable de m'exténuer et, cette nuit, je ne vais pas m'en priver !

Elle me toucha légèrement du bout de sa cravache.

— Monsieur Brédannes, dit-elle, vous êtes un bon amant mais vous n'avez pas d'âme. Et c'est pourquoi je vais vous oublier !

Au clocher de Montbrun sonnaient trois heures lorsqu'elle se retira en soulevant le vantail qui grinçait. Je venais de recevoir une leçon d'amour que je n'étais pas près d'oublier. Cette Roseline, qui tombait en pâmoison à la vue d'un corbillard et qui n'avait pas hésité à mettre en joue deux gendarmes pour sauver son amant, ne m'avait probablement révélé, par prudence, qu'une esquisse de son ferme caractère. Elle allait m'oublier, soit. Moi pas. Son passage m'avait offert une véritable œuvre d'art et une œuvre d'art ne se répète pas.

Je voyais confusément se débattre entre les griffes du destin ces trois femmes superbes : Aigremoine, Roseline et Évangeline. Les deux dernières ignoraient que la première fût leur rivale mais moi je le savais. Je savais aussi qu'Aigremoine cherchait Zinzolin pour le tuer. J'aurais peut-être dû le dire à Roseline, mais je tenais tant — par une curiosité coupable — à savoir ce que la fatalité complotait pour ces trois femmes que je voulais me garder de la dévier si peu que ce soit. J'aurais tout loisir le cas échéant, à payer de ma personne. Pour l'instant, la moindre initiative de ma part risquait de me précipiter dans ce que je craignais le plus au monde : la passion. Et d'ailleurs si les choses ici suivaient leur cours, Aigremoine n'aurait pas besoin d'agir, Zinzolin comptait désormais assez d'ennemis rassemblés pour se charger de lui.

Pendant que je réfléchissais à tout cela, mon sexe désœuvré s'était en désespoir de cause résigné à s'avachir contre ma cuisse et désabusé renonçait à me solliciter. J'étendis en croix de Saint-André mon long corps fatigué. Je fourrai sous ma tête les deux oreillers l'un sur l'autre. Je me rabattis le drap sur le visage pour y respirer l'odeur que le corps de Roseline y avait laissée. Je m'endormis.

à Rostov dans le chaland [illegible] pas encore occupés [illegible] pour [illegible] mais [illegible] la [illegible] peu que [illegible] on, [illegible] tout [illegible] cas [illegible] Pour [illegible] de [illegible] ne [illegible] d'autre [illegible] pas de plus [illegible] Il [illegible] Alors [illegible] comme [illegible] pour [illegible] de [illegible].

« Pendant que [illegible] et [illegible] de [illegible] et [illegible] sur [illegible] Et [illegible] avait [illegible].

Je fus réveillé par un charroi important qui se faisait sous mes fenêtres, accompagné d'ordres, d'exclamations et de hennissements. Un nouveau peloton de gendarmes sabre au clair faisait irruption sur la place, venant cette fois par la route de Sèderon.

Dans son sillage, une vinaigrette haut perchée se dandinait sur ses essieux élégants. De la terne caisse couleur poussière, un personnage s'extrayait faisant ployer le marchepied. Il devait être respectable, car le directeur était aux ordres et trois valets se passaient les bagages qui ne touchaient pas terre. Quand le voyageur redressa la tête en se tenant les reins, je reconnus le procureur de Kérénez.

Tandis que je contemplais ce mari avec indulgence, mes doigts caressaient encore la crémone où, quelques heures auparavant, l'adorable Roseline se cramponnait farouchement de ses petites mains tandis que je tirais ferme sur les cordons de son corset.

C'était une nouvelle énigme : pourquoi avait-elle quitté Montbrun alors que son mari y arrivait ?

Il ne me paraissait guère probable qu'elle eût entrepris à l'insu du procureur un voyage clandestin. Pourtant tout ce qu'elle m'avait dit me portait à croire qu'elle menait une vie fort libre et que Kérénez avait les idées larges.

Je descendis aux thermes dans un peignoir couleur cacatoès que j'avais acheté au rabais chez un Turc à la foire d'Apt. Naguère encore il impressionnait beaucoup par ses verts, ses rouges et ses jaunes, ma bouchère félone quand je le mettais pour la recevoir.

Je serrais *Le Constitutionnel* sous le bras qui était le cadeau matinal du directeur à tous les clients de première classe. Bref, je ne faisais pas figure parmi ces messieurs de la vallée du Rhône dont quelques-uns étaient assez huppés pour se faire suivre d'un valet de chambre portant leur serviette.

Je m'étais inscrit au programme des thermes, me disant que, puisque j'étais là, quelques bains d'une eau qui sentait un peu le pourri mais qui attirait tant de beau monde ne pourrait pas me faire de mal.

Les cuves s'ouvraient sur un long tunnel fumant qui expliquait la haute cheminée de brique, laquelle vomissait chaque matin dans l'air limpide, la fumée noire de trois cents kilos de résineux qu'on enfournait dans la chaudière. C'étaient des thermes troglodytes où les deux sexes étaient rigoureusement séparés. Un athlète tout en ventre et qui paraissait mou veillait sur ce bel ordre à l'entrée des deux tunnels et percevait les dîmes.

Les dames s'engouffraient pudiquement dans le souterrain et l'absence de tout corset pour chacune faisait parfois apparaître, sous les amples robes de chambre sans forme, des chairs qui pour l'instant s'abandonnaient mais qu'on remonterait tout à l'heure sévèrement avant le déjeuner.

Chez les hommes, à la surface des cuves, dans la pénombre de quelques quinquets fumeux, flottaient des ventres luisants gonflés à bloc et qui paraissaient macérer là depuis une éternité d'enfer. C'étaient en vérité de paisibles bourgeois faisant leur cure. Judicieusement allongés sur un siège submergé qui leur permettait de tenir hors de l'eau *Le Constitutionnel* enroulé sur un long bâton, ces messieurs parfois consultaient leur montre posée sur le rebord des cuves.

J'avisai une piscine un peu plus grande que les autres dont la surface était mal visible à cause des vapeurs qui s'y traînaient. Je vis flotter sous cette buée, un peu floues mais pourtant semblables, les six caricatures de Badinguet qui mangeaient ensemble hier au soir. Ces personnages sérieux comme des juges avaient la tête au ras de l'eau et tous arboraient le même regard morne pris pour pensif que leur idole devait à sa lithiase. Ce devait être difficile d'épouser ce regard pour des hommes en bonne santé. Ils y parvenaient néanmoins à force de fanatisme. Depuis que je m'étais coltiné le couperet de la guillotine sur l'épaule, j'avais tendance à voir partout des têtes coupées mais ici dans ce tunnel, au ras de l'eau et avec cette vapeur qui tantôt les dévoilait et tantôt les masquait, la ressemblance était horriblement parfaite.

Parfois ces messieurs tiraient leurs orteils hors du bassin pour les contempler gravement. Je cherchai Bellinfante mais ne le trouvai pas parmi eux.

Je commençais à imaginer qu'il était à la fois leur homme de paille et leur homme de main.

J'avais par précaution mis dans les poches de mon superbe peignoir ce que j'avais de plus précieux dans ma chambre : l'original de la lettre du procureur et les deux billets de cinq cents francs en morceaux. Je les tirai de leur enveloppe. Je les humai encore une fois pour bien m'assurer que leur parfum n'avait pas disparu et qu'il était bien le même que celui que j'avais respiré hier au soir dans le sillage de Bellinfante tandis que celui-ci arpentait devant moi le corridor de l'hôtel.

Non, je ne me trompais pas, c'était bien là le même sent-bon exclusif que j'avais prié l'ermite de Lure de me fabriquer. Une odeur peut-elle être considérée comme une pièce à conviction ? Je brûlais de le demander au procureur de Kérénez. En même temps, un scrupule bizarre m'envahissait à l'idée de rencontrer cet homme dont l'épouse partageait ma tendre intimité la nuit dernière. Il me semblait qu'il lirait cette intimité sur mon visage sitôt que nous serions face à face.

Il n'était pas question pour moi d'aller tremper mon anatomie dans le même baquet que les napoléonides. Au fond du tunnel, une dernière piscine plus humble était celle des secondes classes. J'y flairai quelques maladies paysannes dues aux courbatures que la terre inflige à ses bons serviteurs. Je m'y plongeai sans hésiter après avoir déposé mon peignoir bien en vue sur un portemanteau afin de garder un œil sur lui pendant les quarante-cinq minutes où j'allais subir les succions de cette eau mystérieuse qu'on disait chargée de tant de vertus. Autour de moi, toujours étrangement privées de leur corps immergé, cinq ou six têtes ridées me rappelaient mes pratiques. Je n'étais encore jamais venu prêcher les merveilles de mes traitements dans ce coin perdu. L'occasion me parut bonne. À voir leur mine dégoûtée, j'avais affaire à des gens qui se trempaient entièrement dans l'eau pour la première fois depuis leur baptême à leur corps défendant. Je me mis à leur vanter les bienfaits de l'hydrothérapie d'abord, ensuite ceux de la diète, ensuite ceux de la sobriété :

— Se lever de table avec la faim, leur dis-je, est le meilleur garant d'une bonne santé. Souvenez-vous aussi qu'avec une morale saine et une bonne décoction de racine de gentiane tous les matins à jeun, l'homme ne meurt que de vieillesse ! Et si tout à l'heure quelques-uns d'entre vous veulent parachever leur cure, je me ferai un plaisir de leur vendre quelques morceaux de cette racine de gentiane de Lure qui vous rendra forts comme des Turcs ! Elle est souveraine contre tous les maux !

— Et contre l'injustice aussi ? dit une voix douce.

Celui qui parlait ainsi avait placé sa nudité à côté de la mienne et sa tête coupée entre l'eau et l'air me fixait de ses yeux candides. Il m'avait rivé mon clou.

— Parce que, monsieur, poursuivit-il sur le même ton, nous quatre nous venons de Montclar et nous n'avons aucun besoin de prendre les eaux. Nous venons prêter main-forte à notre ami Zinzolin à qui on veut faire un mauvais procès. Mais peut-être êtes-vous de ceux qui l'instruisent ce procès ?

J'attestai les voûtes fleuries de salpêtre que jamais de la vie, qu'au contraire j'étais de ses amis.

— Alors, monsieur, me dit-il tristement, il ne vous reste qu'une chose à faire : vous saisir d'un fusil et venir nous rejoindre.

Il glissa vers ses compagnons et rien qu'à leur air hilare et bien qu'il me tournât le dos, je compris qu'il leur faisait un clin d'œil. Je sortis du cuvier avant l'heure prescrite tant j'étais troublé par cette rencontre.

J'allai tout de suite voir Cinabre à l'écurie. Cela faisait plus de seize heures qu'il était seul. Il me le marqua par son indifférence. Le palefrenier lui avait bien versé son avoine mais qu'est-ce que de l'avoine versée sans amour ? Je le pris par la bride et le sellai doucement. Il hennit en sortant au grand jour pour me signifier que la brouille était finie. Je lui dis en dialecte :

— Vas d'ounte vuos ! (Tu vas où tu veux !)

Je le grattai sur les naseaux, ce qu'il adorait. Il se dirigea tout de suite vers la montagne où régnait l'ombre la plus dense et où la route suivait un ruisseau bordé d'herbe verte. C'étaient les gorges du Toulourenc. En dépit que le soleil ne les atteignît pas, il y régnait en ce juillet une chaleur d'étuve. J'avais rendu les guides au cheval qui allait son train comme il voulait. Je lui avais promis cette sortie mais ni lui ni moi n'y prenions grand plaisir. D'autant que nous étions constamment dérangés dans notre rêverie par le charroi de quelques véhicules qui nous croisaient et qui descendaient vers Montbrun. C'étaient charrettes et chars à banc, boghets et jardinières. Il y avait même une grande victoria faite pour une nombreuse famille et où se tenait seule une jeune femme à l'air fort romantique. Je songeai à quelque foire ou à quelque mariage où ces paysans se seraient rendus. Mais le silence et les visages fermés de ceux que nous croisions ne plaidaient pas pour ces joyeux événements. Ils avaient plutôt des têtes d'obsèques et ce qui m'intrigua le plus ce fut qu'au fond d'un tombereau vétuste, je vis parmi trois gaillards qui ronflaient à poings fermés trois fusils sur le plancher qui tressautaient à chaque cahot.

Je revins tout pensif vers Montbrun et reconduisis mon cheval à l'écurie. Je montai à ma chambre pour me changer car le soir venait et j'avais grand faim, ne faisant qu'un repas par jour.

Quand j'ouvris ma porte après le grand air qui m'avait lavé l'odorat, je constatai que le parfum de Roseline dont je ne m'étais pas avisé qu'il existât pendant qu'elle était là, avait imprégné la literie, les placards, la salle de bains et qu'il flottait immatériel comme si cette chambre qu'elle n'avait occupée que quelques heures était devenue sienne pour l'éternité. Je poussai un soupir léger, tâchant de me remémorer si elle m'avait laissé quelque espoir de la retrouver. Mais non ! Elle avait prononcé des paroles définitives : « Vous n'avez pas d'âme, c'est pourquoi je vais vous oublier ! » Elle avait ajouté : « Je vais partir. Faire une très longue traite ! » Qu'avait-elle de si urgent à accomplir qui nécessitât cette randonnée ?

Je descendis tard. Je m'étais fait beau. J'avais passé mes chaussures vernies à la pâte à sabots dont je cirais ceux de Cinabre. Sans me vanter j'avais de la prestance. C'est facile quand on est maigre.

À la salle à manger, toujours dans leur cabinet particulier délimité par les plantes vertes, les napoléonides, serviette en pointe sous le col, mangeaient avec componction et en silence. J'appuyai un peu au passage mon regard sur leurs épouses. La lumière chiche leur faisait à toutes des ombres de moustache. Ces couples et tous ces compagnons, je comprenais qu'ils devaient s'ennuyer ferme dans la vie et qu'ils avaient dû achopper pour se distraire contre la première passion venue.

Le conseiller podagre méditait en tournant sa cuiller d'argent dans une timbale de fraises Chantilly. Son visage était animé du même sourire dissimulé que je lui avais vu la veille. Il était majestueusement installé dans son fauteuil comme un commandeur prêt à s'abattre sur un quelconque don Juan. Il ne manquait que la musique pour m'inquiéter.

Au fond de la salle, bien en vue, j'avisai le procureur de Kérénez. Il me fit de loin de grands signes, apparemment peu étonné de me voir et me désignant sa table d'un doigt impérieux.

— Venez ! Asseyez-vous ! Le directeur m'a signalé votre présence. Faites donc dresser votre couvert en face de moi, je n'ai pas encore commencé. Vous êtes au forfait, je suppose ? Comme moi ! Ainsi chacune de nos notes ne sera grevée que de notre propre repas ! Nous n'aurons pas à nous faire des politesses d'invitation !

— Permettez..., lui dis-je, timidement. En ce qui concerne la boisson...

— Soit ! Qu'à cela ne tienne ! Je suis en train de m'expliquer avec un excellent bordeaux et je sais que vous buvez chichement. Je demanderai donc que le vin ne figure que sur ma note !

Cette conversation insipide je la rapporte pour montrer combien nous autres à Forcalquier nous étions à l'aise avec notre ladrerie, combien peu elle nous gênait aux entournures tant nous la confondions avec le sens pratique.

En revanche j'étais penaud comme un collégien face au volumineux procureur et cela parce que, pour une nuit, j'avais fait le bonheur de sa femme. Je n'étais assis que d'une seule fesse et j'évitais de regarder en face mon vis-à-vis de crainte qu'il ne lût la traîtrise dans mes yeux. Il est étonnant comme deux pensées parallèles peuvent cheminer ensemble sans jamais se rencontrer car le procureur était plein du même sujet puisqu'il me dit :

— Ah vous savez ! Félicitations ! Votre adjuvant m'a redressé comme un seul homme !

Il fit la grimace.

— Mais quelle que fût la durée interminable de nos rapports et ma vigueur à la provoquer, il ne m'a pas semblé que Mme de Kérénez y prît plus de plaisir que d'ordinaire.

Je ne lui dis pas : « Parbleu ! » mais je le pensai si intensément que je dus encore baisser le regard. Heureusement le procureur était en devoir d'ingurgiter une énorme bouchée de tête de veau sauce gribiche que je jugeai digne d'être choisie pour mon entrée.

Il m'examina de pied en cap et me dit :

— Il ne me semble pas que vous ayez besoin d'une cure.

— Il ne me semble pas que vous non plus !

— C'est accessoire, me dit-il. Mais laissez-moi finir ma tête de veau avant qu'elle ne fige et je vous expliquerai mieux.

Il mangeait sans perdre une seconde, comme si le canon allait lui couper l'appétit tout soudain. Il me parlait en gesticulant de la fourchette comme s'il eût été vulgaire, ce qu'il n'était pas. Il se leva d'une pièce, se pencha en avant pour me glisser dans l'oreille :

— N'en faites pas semblant mais j'ai dans ma poche le décret d'amnistie concernant Zinzolin et signé du président.

— À la bonne heure ! Mais pourquoi me dites-vous ça à moi en confidence ? En quoi suis-je concerné ?

— Eh mon cher ! J'ai fait ce que vous m'aviez dit : j'ai temporisé ! En outre mes informateurs m'ont confirmé qu'on vous avait vu avec cet homme au moins en trois occasions. J'ai pensé que... Étant donné votre sens de la diplomatie, vous pourriez servir de truchement.

— Mais ne m'avez-vous pas dit à l'instant...

— Oh ce n'est pas si simple !

Il me fit signe de ne pas répondre. Une grande serveuse en blanc et noir s'attardait à déposer entre nous une soupière de daube, en nous souriant gravement. Nous étions, hélas, toujours prêts l'un et l'autre à nous laisser distraire par un peu de féminité affichée et cette grande fille ne manquait pas d'appas. Lorsqu'elle se fut enfin retirée nous poussâmes ensemble un soupir de regret que nous n'eûmes ni l'un ni l'autre le cœur de commenter.

— Ce n'est pas si simple, reprit Kérénez. Un fonctionnaire des finances trop zélé pour l'Empire et qui a grand besoin de le faire oublier, vient de se livrer à un travail de bénédictin. Il a collationné toutes les sommes passées par profits et pertes par l'administration de l'Empire, du fait des voitures de poste interceptées par Zinzolin et son âme damnée, en vingt ans de rapines. Il est arrivé à un chiffre astronomique !

— Oh astronomique...

— Parfaitement : astronomique ! Et ce n'est pas le moment, alors que l'ennemi nous réclame cinq milliards pour se retirer, que nous devons faire fi de ce magot ! Les petits ruisseaux font les grandes rivières.

— Ce Zinzolin est un grand philanthrope, dis-je prudemment.

— Allons donc ! Vous connaissez vous un philanthrope qui distribue autre chose que ses surplus ? Bon an mal an et sans coup férir tant sa Chabraque folle faisait peur à tout le monde, il arrivait à intercepter deux ou trois voitures chargées de numéraire. Se fiant au mode de vie de Zinzolin (il ne doit pas dépenser plus de trente sous par jour en comptant la nourriture de son cheval) nous en avons conclu qu'il y avait un magot et qu'il convenait avant de l'amnistier de lui faire rendre gorge. De sorte que je suis chargé de négocier avec Zinzolin : le trésor contre l'amnistie. Sinon, nous feignons de croire, probablement avec raison, que sa lutte clandestine contre l'Empire était en fait guidée par l'esprit de lucre, et la République lui fait son procès comme l'avait fait l'Empire et avec la même rigueur.

Il trempa dans sa sauce un gros morceau de pain qu'il laissa s'amollir dans son assiette pendant qu'il faisait gouleyer dans sa bouche une bonne gorgée de bordeaux.

— Le moment est particulièrement bien choisi, dit-il. Il a un chagrin d'amour, ce qui diminue toujours la résistance d'un homme.

Il me posa familièrement sur le bras sa main à manchette de malines.

— Vous voyez, mon cher ami, combien il était primordial de conserver Zinzolin en vie et combien cette lettre dont vous fîtes tant de cas ne peut m'être imputée à charge ? — Notez bien : je vous suis très reconnaissant de me l'avoir rendue ! — Mais n'allez surtout pas vous imaginer que la passion me guidait ! Je connais l'art de faire d'une pierre trois coups ! Primo : je ne disconviens pas que par là (encore qu'elle tarde à se manifester) je m'assure la reconnaissance d'une personne qui m'est chère. Secundo : je me fais bien venir du gouvernement, lequel, Zinzolin une fois exécuté, n'avait plus aucune chance de mettre la main sur le magot de celui-ci ; tertio : Zinzolin a contracté à mon égard une dette de reconnaissance qu'en homme d'honneur il va me payer en me remettant sa cassette !

Il disait ce mot faute de pouvoir en chercher un autre à la hâte. En réalité, dans son esprit, le trésor avait pris les proportions d'un coffre de mariage. Mon air de doute ne lui plaisait pas.

— Enfin ! s'exclama-t-il. Essayez d'imaginer : vingt ans de rapines et trente sous par jour de dépense ! Cet homme est un avare ! Il doit aimer contempler son or !

Il se pencha pour me dire en confidence :

— Je sais par mes observateurs que sa maîtresse est annoncée pour aujourd'hui ici ! Dès qu'il saura, et je m'arrangerai pour que ce soit tout de suite, Zinzolin accourra vers elle et c'est là qu'ils le cueilleront et que je lui mettrai le parti en main ! À la fin... Car c'est assez compliqué.

— Qui : ils ? Vos gendarmes ?

— Que non pas ! Me croyez-vous si grossier ? Les gendarmes ne sont là que pour faire cliqueter leur sabre et monter les faisceaux de leurs fusils. C'est *après* qu'ils me seront utiles. Pour le reste c'est une partie beaucoup plus subtile que j'entends jouer : et je pense que vous y avez votre rôle !

Je hochai la tête et lui dis :

— En tout cas, vous faites fausse route ! Je la connais la mystérieuse égérie de Zinzolin, elle s'appelle Aigremoine de Gaussan ! Sitôt qu'elle le verra devant elle, elle le tirera comme un lapin ! Ce n'est pas d'un chagrin d'amour qu'il souffre Zinzolin, c'est d'un chagrin de haine ! Et ne me demandez pas pourquoi. Moi-même je me perds en conjectures !

— Que me chantez-vous là ? Il n'y a pas trois mois que deux de mes informatrices les ont suivis au fond des bois. À l'effet de me rendre un compte exact, m'ont-elles dit, elles ont observé le couple pendant près de trois heures. Effectivement il ne manquait pas à leur rapport une seule cabriole. Seul le latin me permettrait de vous traduire tout ce qu'ils ont fait, tout ce qu'ils ont dit, le nombre de fois où ils ont atteint à l'orgasme ensemble !

Il laissa sa fourchette en suspens entre l'assiette et sa bouche tant le contenu de ce rapport l'impressionnait encore.

— Il y a trois mois peut-être ! lui dis-je. Mais aujourd'hui il n'y a plus d'amour au fond du panier ! Je le tiens de la propre bouche d'Aigremoine : elle le cherche pour le tuer !

Il me jaugea des pieds à la tête avec sagacité. Je lui fis l'effet d'un homme jaloux qui croit dur comme fer aux mensonges d'une femme. Il m'avait évidemment observé lors de la funeste soirée où l'abbé était mort. Il avait suivi notre marivaudage. Il en concluait qu'Aigremoine et moi avions eu partie liée et que Zinzolin m'avait supplanté. Il était évidemment difficile de croire que l'amour avait flambé entre ces deux êtres depuis si peu de temps et qu'il était déjà mort.

— Elle m'a dit ça, lui dis-je, pour le convaincre, le jour où j'ai précipité le couperet dans l'aven. Demandez-lui donc si elle aime toujours Zinzolin ! Demandez-le-lui !

Mes explications fournies sur un ton passionné n'avaient aucune prise sur lui. Il hochait la tête avec indulgence. Sa religion était faite. Aigremoine m'avait abusé. L'appât qu'il se promettait avec elle lui paraissait si bien adapté au piège qu'il voulait tendre qu'il n'entendait pas y renoncer pour quelques objections d'un homme apparemment aveuglé par la passion.

— Malheureusement..., dit-il.

Son front se serait assombri si à cet instant ne s'était penchée entre nous la serveuse qui débarrassait le couvert. Elle nous promenait sous le regard l'opulence d'une poitrine mal contenue et nous étions assez futiles tous les deux pour que ce détail nous attirât toute affaire cessante. La chose dura longtemps car le procureur attendait son dessert et la serveuse, armée d'un nécessaire d'argent, débarrassait la nappe de ses miettes avec une sensuelle application à l'aide d'un balai soyeux en forme de croissant de lune qui nous donnait fort à penser. Il nous fallut encore observer une minute de silence après le départ de cette femme active et c'est alors que le procureur poussa un gros soupir en répétant :

— Malheureusement... Cet agent du trésor dont je vous ai parlé s'est posé la question de savoir si, au lieu de l'État, ce magot de Zinzolin ne serait pas mieux dans la poche de quelques particuliers. Il s'en est ouvert à tout ce que les trois départements autour de son antre comptent de bonapartistes fanatiques, c'est-à-dire une douzaine d'hurluberlus, en comptant leurs épouses. Mais c'est assez pour faire peur ! L'idée mirobolante et qui dispense de tout scrupule, c'est de constituer un trésor de guerre qui servira à aider Napoléon ou son fils à se rétablir sur le trône ! Je ne sais pas s'il a réussi à les faire ajouter foi à cette utopie mais ce qui est certain c'est qu'ils se sont immédiatement constitués en vente...

— En vente ?

— Oui, vous savez bien ! Les carbonari ! ces cellules qui se réunissaient au fond des bois pour fomenter l'unité italienne. La chose n'a plus d'objet mais la manière ingénieuse dont tout ça était organisé a fait école auprès de quelques-uns ! Regardez-les s'ils sont beaux !

D'un signe de tête, il me désignait au loin les napoléonides dans leur cabinet particulier.

— Quelques-uns sont là avec leurs femmes, d'autres non. Ils savent que Zinzolin est dans sa ruine. Ils prennent les eaux avec constance. Ils attendent la bonne occasion. Ils sont prêts à prolonger leur cure, au risque de devenir diaphanes, jusqu'à la mi-octobre s'il le faut. Et c'est un cauchemar, croyez-moi, que de voir toutes ces têtes sans corps au ras de l'eau dans les cuves et qui vous regardent toutes avec l'œil glauque de Badinguet !

Je soupirai :

— Je sais... Je les ai vus !

— C'est M. Pourpre, armurier à La Motte-Chalancon, celui qui forge lui-même les canons de ses armes, qui les a tous équipés. Napoléon l'a décoré sur le champ de bataille, à Magenta, alors vous pensez ! Et puis imaginez un peu ce que c'est que de passer l'hiver à La Motte-Chalancon et vous me direz s'il n'y a pas de quoi se voir pousser une âme de carbonaro ! Ils ont tous une boîte de pistolets dans leur chambre. Parmi eux, il y a ce M. Meissonnier, c'est lui ce comptable du Trésor qui a évalué au plus juste le magot de Zinzolin. C'est lui l'âme de l'entreprise.

J'allais lui demander comment il savait tout ça mais je me souvins opportunément qu'il était procureur. À le voir ainsi mangeant solidement et buvant de même et bourgeoisement vêtu et même un peu à la diable, j'avais oublié sa qualité, comme j'avais oublié, hélas, que la nuit précédente je badinais avec son épouse.

— Et que comptez-vous faire ? lui dis-je. Si je puis me permettre.

— Vous pouvez, vous pouvez ! D'autant que je compte sur vous ! Je n'ai malheureusement pas les moyens d'attendre aussi longtemps que les compagnons d'Orion !

— Les compagnons d'Orion ?

— Oui. Eux, là-bas !

Il me désignait de la tête le cabinet des napoléonides.

— Oh, dit-il en riotant, je ne manque certes pas de renseignements sur eux ! Ils ont assez, chacun pour soi, d'ennemis pour que certains détails nous parviennent. Ils s'intitulent compagnons d'Orion parce qu'ils se sont conjurés une nuit, pendant l'année terrible, sous le regard glacial des étoiles !

Il m'observait du coin de l'œil. J'imaginai qu'il essayait sur moi une période de son réquisitoire lorsqu'il tiendrait sous son regard ce sextuor de conspirateurs.

— Tout cela est bel et bon, lui dis-je, mais je vous atteste que si vous mettez en présence Aigremoine et Zinzolin ni vous ni les compagnons d'Orion n'auriez plus rien à faire.

Il fit jouer ses manchettes en un assez joli envol et il me dit :

— Chaque chose en son temps, mon cher ! Il se peut que nous n'ayons nul besoin d'Aigremoine. Tout dépendra du résultat de la conférence que ces messieurs vont tenir entre eux. Si les renseignements que m'a fournis le directeur sont vrais — et il a intérêt à ce qu'ils le soient — ces messieurs vont aller fumer un cigare sans leurs épouses dans le salon acajou. C'est le directeur d'ailleurs qui leur a suggéré cette retraite où, leur a-t-il dit, ils seront tout à fait tranquilles.

Il me saisit par le bras avec une certaine surexcitation.

— Tenez ! Que vous disais-je ? Ils se lèvent ! Les femmes se font des politesses entre les plantes vertes trop rapprochées pour laisser passer de front deux dames avec leurs faux-culs !

Il s'esclaffa :

— Dirait-on pas des Parisiennes à la campagne ? Elles viennent tout simplement du Diois et des Baronnies !

Je m'étais mis debout moi aussi ayant terminé mon repas sans dessert comme d'ordinaire, de sorte que j'avais rattrapé M. de Kérénez qui se levait pesamment, ayant lui trop bien dîné. Les six compagnons d'Orion pirouettaient tous, la main sur le plastron comme s'ils avaient le bras en écharpe. Nous les vîmes s'estomper au loin dans la fumée de leur londrès et les chiches clartés des quinquets.

— Venez ! dit le procureur. Nous ne devons pas en perdre une !

Il m'agrippa par le bras pour me remorquer littéralement jusque derrière la grande crédence où s'entassaient les vaisselles à ranger. Là, dans un renfoncement, s'ouvrait une porte sale qui jurait sur la propreté du grand hall. Le procureur la poussa sans hésiter.

— Venez ! répéta-t-il. Il y a là-haut un œil-de-bœuf qui nous sera propice pour entendre sans être vus.

Les escaliers de service sont toujours hideux dans les hôtels. Celui-ci avait des murs gras comme couenne de porc. Le procureur et moi qui le gravissions à tâtons nous en avions les mains poisseuses de suint.

Au tournant du premier étage, un œil-de-bœuf béant éclairait un peu les ténèbres.

— C'est moi, dit Kérénez, qui ai demandé au patron de le laisser ouvert. Jetez donc un coup d'œil avec précaution.

Ce que je fis. Les napoléonides s'installaient à peine. Le brouhaha de chaises qu'on déplace sous soi s'estompait à l'instant.

Ce salon oblong était coincé entre l'escalier d'apparat et celui de service. L'œil-de-bœuf félon avait déjà dû servir en mainte occasion. Il était ménagé dans la courbe d'un caisson du plafond et se confondait avec les motifs de la décoration Empire. De plus, il existait au-dessous de lui, sur un faux palier, une banquette commode pour entendre sans être vus et même qui permettait de jeter un coup d'œil de temps à autre car aucun des conspirateurs n'aurait jamais l'idée de lever les yeux aussi haut.

Le procureur de Kérénez avait tiré un calepin de la vaste poche de sa redingote et il le compulsait à grand renfort de pouce mouillé dont il feuilletait les pages.

— J'ai ici, me chuchota-t-il, le pedigree de chacun de ces pèlerins. Je vous proteste qu'ils sont tous bons pères et bons époux et qu'ils n'ont jamais eu maille à partir avec la justice. Chut !

Une voix s'élevait en bas, comme provenant d'outre-tombe mais ce qu'elle disait était parfaitement terrestre :

— Messieurs, nous avons jusqu'ici communiqué par code à l'occasion de la poste grâce à notre factotum, l'excellent M. Bellinfante.

— Pourquoi n'est-il pas ici ? demandèrent deux voix à la fois.

— Ça c'est un sujet que nous aborderons si vous le voulez bien un peu plus tard. Pour l'instant, faisons un large tour d'horizon de la situation.

Le procureur gloussa. Ce « large tour » lui paraissait prometteur.

— Celui qui parle avec tant d'autorité, me souffla-t-il, c'est M. Pourpre, l'armurier de La Motte-Chalancon.

— Il y a un an, dit M. Pourpre, que nous nous sommes lancés dans cette œuvre de salubrité publique voyant la tournure que prenaient les événements. Que l'Empire ait subi une défaite ne nous délivre pas de nos obligations à son égard.

— Bien au contraire ! C'est maintenant que l'empereur et sa famille vont avoir besoin d'argent !

— Bien dit, monsieur Meissonnier !

— C'est l'agent du Trésor renégat ! dit le procureur. La tête pensante de l'opération.

— Messieurs, M. Meissonnier va vous faire brièvement l'historique de la situation. Écoutez-le attentivement.

— Je serai bref ! dit M. Meissonnier. J'ai consulté les bordereaux contresignés de tous les bureaux de messageries d'où provenaient les voitures attaquées par Zinzolin pendant vingt ans. Je ne vous dirai pas comment j'ai obtenu ces renseignements ni ce que ça m'a coûté en peines et soins. Vous trouverez mon mémoire et le détail de mes frais dans ce carnet que je ferai circuler tout à l'heure parmi vous. En fait vous n'avez besoin que de connaître un chiffre et le voici : en bref, les détournements de Zinzolin en vingt ans de rapines s'élèvent à quatre-vingt-trois millions.

Il y eut un murmure de respect et d'admiration pour ce chiffre qui imposait silence. Nous l'avions tous — y compris le procureur et moi-même — transformé en un amas colossal de biens périssables quoique hétéroclites selon le tempérament de chacun.

— Voici donc, reprit M. Pourpre, ce que nous devons faire et ce pourquoi nous sommes réunis. Reprendre à Zinzolin le produit de ses crimes et s'il est possible aller le porter à l'Empereur dans son exil.

— Possible ? Et si ça ne l'est pas ? demanda l'un des Badinguet qui avait un cou couleur aubergine.

— L'apothicaire Robert ! me chuchota le procureur. De Luc-en-Diois ! Mes informateurs ne savent pas pourquoi il est là. Il est royaliste ! Mais on chuchote fort qu'il a une affaire d'alcôve avec madame Meissonnier. Mauricette ! ajouta-t-il pour plus de précision.

Je penchai un peu trop souvent mon corps vers l'œil-de bœuf car le spectacle me subjuguait de ces six hommes qui accompagnaient leurs paroles ou leurs silences de mouvements convulsifs de mains où le geste de serrer les doigts sur quelque gorge revenait souvent. Ce qui, à leur niveau horizontal, ne devait guère apparaître était au contraire parfaitement visible à la hauteur surplombante où je les épiais et notamment le fait que leurs mains blanches et soignées, étalées sur l'acajou de la table, étaient des mains d'étrangleurs.

— Si ça ne l'est pas, dit M. Pourpre, nous le ferons fructifier en attendant des jours meilleurs. Avez-vous entendu parler, Melchior, de ces chouans qui en nonante-trois rachetèrent les biens de leurs nobles désormais qualifiés de nationaux et qui les leur rendirent fidèlement en nonante-huit ? Eh bien, c'est ce que nous allons faire.

— Il ne s'agissait pour aucun d'eux de quatre-vingt-trois millions ! bougonna le Melchior en question.

Je vis se lever un nouveau personnage qui n'avait pas encore parlé et qui le fit d'une voix posée. Le procureur venait de me souffler à l'oreille qu'il s'agissait de Me Chalgrin, notaire à Rosans.

— En attendant, dit ce calme personnage, si vous le permettez, je ferai des placements avantageux et, d'autre part, le cas échéant car nous allons maintenir vivace l'esprit de l'Empire, chacun d'entre nous pourra puiser dans le trésor pour financer nos frais de propagande, de représentation et de déplacements divers, dans les limites du raisonnable, il va sans dire.

— Confieriez-vous, me souffla le procureur, quatre-vingt-trois millions à un personnage qui s'est fabriqué une si anodine tête d'honnête homme ?

— Jamais de la vie !

Il y eut en bas un murmure spontané et très rapide qui saluait ce *dans la limite du raisonnable.* Ils étaient tous capables de chiffrer cette limite au centime près et ils s'en savaient un gré infini.

— À propos de frais, dit l'armurier, il faudra d'abord nous rembourser de notre cotisation sur l'affaire de la guillotine, soit quatre mille deux cents francs environ, ce qui nous fait sept cents francs chacun. Et sept cents francs ne se trouvent pas sous le pied d'un cheval !

Me Chalgrin de Rosans toussota.

— Je vous ferai modestement remarquer que pour moi ce fut mille.

— Comment pour vous ce fut mille ? dit aigrement M. Meissonnier.

— Mais oui, mon cher collègue ! Avez-vous oublié les frais exposés par M. Bellinfante ? Et que ce modeste employé de la poste ne pouvait pas assumer ?

— C'est vrai, mon cher Chalgrin ! Nous nous étions saignés aux quatre veines pour détourner ces sept cents francs à la vigilance de nos femmes et c'est vous, j'en conviens, qui avez exposé les frais supplémentaires. Je vous en fais mes excuses.

— Vous êtes d'autant moins fondé à l'oublier, mon cher Meissonnier, que c'est vous qui avez suggéré que, le cas échéant, si l'Empire ne se rétablissait pas, la quote-part de chacun d'entre nous sur l'invention du trésor serait proportionnelle à ce que chacun aurait avancé.

Je me délectais littéralement de ce spectacle de mes semblables aux prises avec un lointain mirage qui s'appelait quatre-vingt-trois millions et je me penchais vers eux de plus en plus imprudemment, le procureur aussi d'ailleurs. En bas, un nouvel intervenant venait de réclamer la parole en levant un index discret. Kérénez consulta fébrilement son calepin.

— M. Élie ! me dit-il à voix basse. C'est un chevillard de Crest. C'est lui qui vient du plus loin.

— Messieurs, disait M. Élie, après cet historique des faits, il est temps je crois de passer aux détails pratiques. Pour des raisons évidentes d'irresponsabilité collective nous nous sommes efforcés de nous identifier — oh modestement et dans de louables intentions ! — à Sa Majesté l'Empereur, autant que humainement faire se pourrait. De sorte que tout témoin décrira, la pénombre où nous agirons aidant, le même personnage, et comme le don d'ubiquité n'existe pas nous pourrons tous fournir un alibi aux cinq autres. Parfait ! Dans le même ordre de sécurité nous nous sommes toujours interdit de nous désigner un chef. Toutefois d'après ce que nous a dit M. Pourpre avant d'entrer en séance, nous pourrions peut-être nous en donner un maintenant, en la personne de M. Bellinfante.

— Que me chantez-vous là ? M. Bellinfante est fort dévoué, mais enfin il est facteur des postes et ce n'est pas une tête !

— À titre posthume, dit M. Élie, tout le monde peut être une tête.

— Que voulez-vous dire avec votre *à titre posthume* ? Et pourquoi M. Bellinfante n'est-il pas avec nous ce soir ?

— Je répondrai à ces deux questions, dit l'armurier Pourpre. Me Chalgrin et moi y avons beaucoup médité ensemble ce matin, en prenant nos eaux.

Ce Pourpre était un homme de précaution. Il se leva et, sur la pointe des pieds, alla ouvrir brusquement la porte du salon pour vérifier si personne n'écoutait. Le procureur et moi fîmes un retrait du buste hors de l'œil-de-bœuf. Ensuite l'armurier vint lentement se rasseoir.

— Hier au soir, dit-il, dans le corridor qui le menait à sa chambre, M. Bellinfante a fait une mauvaise rencontre. Il s'est trouvé nez à nez avec Brédannes... Vous savez, cette sorte de charlatan qui fait les foires avec toutes sortes d'orviétans dans ses poches.

Je ne me retournai pas, mais il me sembla qu'à côté de moi M. de Kérénez étouffait un gros rire derrière sa main. Dès lors ne me pesa plus aux épaules en une sorte de gêne le charmant souvenir de ma nuit dernière que j'avais eu la faiblesse de me reprocher.

— Celui-ci l'a reconnu, poursuivit M. Pourpre, et il a eu toutes les peines du monde à s'esquiver. Vous concevrez aisément mes chers collègues qu'un facteur des postes qui vient prendre les eaux à Montbrun, cette station à la mode, étant donné l'exiguïté de son traitement et qui, de plus, s'est grimé le visage à la Napoléon III, tout cela apparaîtrait éminemment suspect.

— Il va sans dire !

— Donc et puisque de toute manière nous arrivons au dernier acte et que M. Bellinfante ne peut plus nous être utile, je l'ai fourré ce matin dans la patache de Forcalquier. Et je vous avoue que cet incident m'a bien servi car...

M. Pourpre se lissa la moustache pour s'accorder un instant de réflexion.

— Car, reprit-il, les sentiments qui animent M. Bellinfante sont complexes et il y met trop de pointe. Je doute si nous les avons tous examinés objectivement et surtout si nous les partageons.

Par exemple, il a mis quelque grandiloquence dans l'affaire de la guillotine.

— Je dirai quelque poésie ! commenta aigrement Me Chalgrin.

— Si vous voulez ! Éliminer le bourreau et brûler les bois de justice, comme nous l'avions décidé en commun, suffisaient amplement à empêcher l'exécution de Zinzolin. Solution irréparable, je vous le concède et qui nous eût privés à jamais de son trésor. Mais était-il besoin de supprimer aussi l'escorte ? Les estourbir eût été suffisant. Et il me semble en effet qu'ici M. Bellinfante se soit laissé aller à un certain romantisme.

— Et le prêtre ! s'écria M. Meissonnier en levant les bras au ciel. Je vous avoue que mon sang de chrétien n'a fait qu'un tour lorsque j'ai eu vent de cela !

M. Pourpre fit le geste contrit d'ouvrir les mains comme s'il voulait signifier qu'il n'y pouvait rien.

— Que voulez-vous ! Il était si fier de son exploit notre Bellinfante. Ce n'est pas tous les jours qu'un homme ordinaire peut gracier à lui tout seul un condamné à mort en détruisant l'objet de son supplice ! Si fier, dis-je, qu'il s'en est ouvert à sa femme sur l'oreiller et que celle-ci, épouvantée par l'incendie de la guillotine beaucoup plus que par l'assassinat de cinq personnes, n'a fait qu'un saut jusqu'au prêtre le plus proche pour se contraindre en confession. Le prêtre séance tenante est venu chez Bellinfante pour le sommer de se dénoncer. Il ne restait plus à ce dernier qu'à supprimer le prêtre pour raison d'État !

M. Pourpre dut lire un certain désarroi sur les traits de ses commensaux car il ajouta :

— Ce prêtre d'ailleurs était mal portant et promis à une mort prochaine.

— Passe pour le prêtre ! gémit M. Élie le chevillard. Mais ce petit allumeur de réverbères qui n'en pouvait mais...

— Ça c'est la malchance, dit l'armurier. La dernière fois que j'ai rencontré Bellinfante, une nuit parmi les Mourres de Forcalquier, il m'a fait part de la cruelle nécessité où il était de supprimer les quatre coupe-jarrets qu'il avait appointés lors de l'affaire de la guillotine. Ils voulaient le faire chanter. Ils voulaient beaucoup plus que les mille francs chacun que nous avions votés. Ils avaient conservé une pièce à conviction essentielle : le couperet de la guillotine. Une certaine nuit ils ont apporté cet objet dans la remise de M. Bellinfante. L'allumeur de réverbères, malheureusement, les a surpris alors qu'ils en sortaient. À Forcalquier, même M. Bellinfante n'osait fermer sa remise de crainte de se singulariser. Le nommé Lulu, l'allumeur de réverbères, n'a eu que la peine de pénétrer chez Bellinfante pour découvrir le pot aux roses. Depuis, il accablait notre pauvre ami de sarcasmes, il le lardait de banderilles... Une nuit, exaspéré, Bellinfante a donné un coup de pied malencontreux à l'échelle du pauvre Lulu.

Nous enregistrâmes un silence de sépulcre qui dura trente bonnes secondes après ce récit sans concession.

— En somme, dit enfin M. Meissonnier d'une toute petite voix. En somme... Les cinq servants de la guillotine... L'abbé... Le pauvre Lulu et les quatre ruffians... Ça fait onze victimes en tout au crédit de M. Bellinfante. Ne croyez-vous pas que...

Il y eut un nouveau silence parmi les compagnons d'Orion que M. de Kérénez mit à profit pour me chuchoter :

— Ils sont consternés !

— Je crois, messieurs, reprit l'armurier de La Motte-Chalancon, que Me Chalgrin et moi, nous avons pris une mesure radicale mais que les circonstances imposaient.

Me Chalgrin leva un doigt timide pour préciser :

— C'est vous, monsieur Pourpre, qui avez eu l'idée, moi je me suis contenté d'approuver !

— J'espère, dit M. Élie, que vous ne l'avez pas livré à la police ? Il connaît tous nos secrets !

— Allons, mon cher Melchior ! me prenez-vous pour un enfant ? Non ! Dieu merci ! M. Bellinfante, qui m'honorait de son amitié, m'avait fait quelque confidence sur sa vie privée. Il est amoureux fou d'une bouchère de Forcalquier, une certaine Albertine, laquelle a un amant d'une jalousie maladive et maniaque du fusil de chasse, un certain Trescléoux, Clarisse je crois... Bellinfante et sa conquête se rencontrent aux Mourres dans une *espère* de chasse fort reconnaissable par le tuyau de poêle qui dépasse du mur. J'ai fait passer cette foule de renseignements par une personne digne de foi à ce certain Trescléoux. C'est d'autre part un farouche républicain qui n'ignore pas que Bellinfante est un farouche bonapartiste. Il n'y aura pas de quartier entre eux et je pense qu'à l'heure qu'il est nous pouvons parler de M. Bellinfante à l'imparfait.

— Comme quoi l'adultère..., dit M. Élie lugubrement. L'adultère ne paye pas...

— Cause toujours, mon bonhomme ! dit Kérénez. À l'heure actuelle, le Bellinfante doit déjà avoir les fers aux pieds !

Il me regarda en chuchotant :

— Eh bien, mon cher Brédannes ? C'est le récit de tous ces assassinats ? Vous faites une bien pauvre mine !

— Il n'y a pas de quoi avoir l'air gai.

Décidément, il était dit que cette année-là rien ne me serait épargné sur les variations de l'amour. En outre le mot *charlatan* était gravé au fer rouge sur mon âme. Je me sentais de minute en minute devenir beaucoup plus modeste et beaucoup moins heureux de vivre.

En bas, ces messieurs d'Orion serraient sur la table leurs mains d'étrangleurs autour de cous imaginaires avec de plus en plus de fébrilité. M. Pourpre qui bien qu'il n'y eût pas de chef paraissait de plus en plus en tenir lieu, M. Pourpre se caressait le menton et disait lentement :

— L'ennui, c'est que nous devons maintenant nous charger de la partie la plus délicate de l'affaire et vite, ce à quoi nous contraint la pression des autorités.

— Avez-vous vu, dit Me Chalgrin, ce peloton de gendarmes à pied d'œuvre sur le mail ?

— Nous l'avons tous vu et si les renseignements fournis par l'un d'entre eux resté bonapartiste sont exacts, il y en aura deux de plus qui convergent actuellement vers Montbrun.

— Il convient donc de faire très vite ! dit M. Élie.

— Oui, très vite ! Notre seule chance, c'est cet amendement Guerlin à une loi scélérate qui prévoit qu'on ne peut arrêter les gens avant le lever du jour.

— Il ne nous reste que sept ou huit heures avant le jour ! dit alarmé le notaire Chalgrin.

— Messieurs, dit M. Pourpre, vous avez bien tous vos pistolets armés ! Nous sortirons de nos chambres à deux heures du matin. Accordons nos tocantes ! J'ai vingt-deux heures quarante-trois.

Il y eut un bruit de rouleau froissé qu'on déroule sur une table. Me Chalgrin avait produit hors de son gilet en un geste de prestidigitateur un plan qu'il lissait maintenant sous ses manchettes.

— Voici un plan sommaire du château. Nous nous partagerons le travail : trois entreront par la porte dans la venelle et trois autres graviront le grand escalier de la terrasse.

— Effondré ! dit Melchior.

— Ne vous inquiétez pas de cela ! De l'autre côté c'est tout qui est effondré ! rétorqua le notaire. J'ai fait un état des lieux dans ma jeunesse pour le père de Zinzolin. Tout était déjà dans cet état et les tableaux n'étaient plus que des copies depuis belle lurette. Vous avez vu comme moi hier au soir qu'une seule croisée est éclairée par les flammes d'un âtre. C'est là que Zinzolin se terre. Il n'est plus sorti depuis huit jours. Il a un chagrin d'amour, paraît-il. Sa Chabraque le veille comme son propre enfant. C'est du moins ce que m'a dit la pourvoyeuse qui leur porte du pain et que j'ai habilement cuisinée.

— Cette Chabraque est agile et tire vite ! dit M. Élie dubitatif.

— En revanche, dit Me Chalgrin, Zinzolin a fait vœu à Notre-Dame de ne jamais tirer sur ses ennemis et jusqu'ici il a tenu parole.

— Oui, mais la Chabraque...

— Je vous trouve plaisant, mon cher monsieur Élie ! Quatre-vingt-trois millions ça ne se trouve pas non plus sous le pied d'un cheval !

Le procureur me tapota l'épaule et me chuchota :

— Je vous ferai remarquer que, chemin faisant, ils abandonnent le mythe du trésor gardé pour l'empereur.

— Sans doute ! dit M. Meissonnier. Mais quand nous nous serons emparés de Zinzolin, comment lui faire rendre gorge ?

— Ah ! s'exclama l'armurier Pourpre. C'est là la partie la plus désagréable du programme. Je vous ai dit qu'il y a un âtre dans la pièce où il se tient. Il est toujours entretenu car c'est là qu'il fait cuire ses aliments. Il nous sera fort utile. Il nous faudra en effet chauffer à blanc le canon de l'un de nos pistolets afin de le lui promener sous la plante des pieds. Aucun secret ne résiste à des pieds convenablement chauffés.

— Quoi ! Le torturer ?

— Ce sera le moment pour chacun de nous de se souvenir que ce bandit était condamné à mort par l'Empire. Nous tirerons au sort celui qui lui chauffera les pieds.

— Et ensuite ? dit M. Élie. Quand il nous aura livré son secret ?

— Nous l'exécuterons ! Et cela aussi nous le tirerons au sort et comme nous avons eu l'idée remarquable de nous rendre tant que possible tous plus ou moins semblables, pendant que l'un de nous restera au château pour l'opération, les autres se répandront par les allées de l'hôtel et les rues du village et iront même se promener un peu au nez et à la barbe des gendarmes afin que nous puissions les uns les autres grâce à notre signalement identique nous fournir mutuellement un alibi.

— Une truie n'y reconnaîtrait pas ses petits ! Surtout dans l'ombre qu'il fera !

On entendait le brouhaha satisfait de gens qui se congratulent après un fructueux échange de vues. Les chaises déplacées auguraient que la séance s'achevait et qu'ils allaient tous pour quelques heures goûter un repos bien gagné auprès de leur légitime.

— Mais bien sûr, dis-je au procureur, vous allez les faire arrêter avant qu'ils commettent l'irréparable ?

— Les arrêter, mon cher Brédannes ? Vous les avez entendus : ils vont chauffer les pieds de Zinzolin pour lui faire cracher son secret ! Me voyez-vous faire de même ? Hélas des obstacles insurmontables sont dressés par la loi devant les pas de la justice. *Non possumus !* Nous ne pouvons pas ! Eux, ils peuvent !

Il désignait du doigt le salon maintenant désert d'où montait vers nous l'exécrable odeur du londrès froid. M. de Kérénez m'invita à descendre à ses côtés l'escalier de service.

— Non ! Nous les arrêterons après ! Quand Zinzolin leur aura livré son secret. Et, ajouta-t-il dubitatif, je balance si je leur donnerai le temps de l'exécuter ou non. Un Zinzolin posthume nous arrangerait bien pour le procès...

Je l'observai à la dérobée. Il avait les yeux fixes de l'assoiffé devant le mirage. Il voyait un coffre plein d'or qu'il apportait en dot au nouveau régime afin de se refaire une santé républicaine.

Je le quittai devant sa chambre après sa molle poignée de main car, avait-il dit, une bonne fortune devait le visiter et son épouse arrivait demain. Alors...

J'allai, par les tilleuls, à la rencontre de ma nostalgie sur les allées du parc. Je me dirigeai vers les écuries, essayer de consoler un peu mon auvergnat qui devait se morfondre loin de mes gronderies habituelles. À côté de sa stalle, une jument fourbue essayait de reprendre souffle. Elle soufflait sa plainte désolée, tête basse et les flancs creux. On n'avait même pas pris le temps de lui jeter une couverture sur le dos. J'allai en arracher une à un tas en désordre sur des balles de paille.

— Quel est l'enfant de salaud qui a osé pousser cet animal à cette extrémité ?

— Une femme ! dit une voix à côté de moi. Elle est arrivée tout à l'heure. Une femme aussi fourbue que cet animal. En sortant d'ici, elle s'appuyait contre tous les piliers !

C'était un palefrenier auquel j'avais déjà eu affaire et qui me paraissait aimer les animaux. Je lui tendis dix francs.

— Tenez, lui dis-je. Ramenez-moi donc ici un seau d'avoine et une bouteille de bordeaux. De bordeaux, vous entendez ? Pas de n'importe quel vin. Vous me touillerez ça avec un bâton ensemble et vous le mettrez sous le nez de la jument.

J'avais vu faire ça quand j'avais sept ou huit ans à un hussard qui bivouaquait sur la place aux Herbes. La chose m'avait semblé étrange mais plus tard j'avais eu l'occasion de l'expérimenter et le remède avait fait son effet.

— Vous croyez ? dit le palefrenier. Et la dame ? Vous croyez que ça va lui plaire à la dame ?

— La dame ?

Je me redressai d'un pied.

— La dame je l'attends ! Si elle vient, elle m'entendra !

Je jugeai que mon auvergnat qui dormait à moitié n'avait pas besoin de moi et j'écourtai les effusions avec lui. En revanche, la jument perdue de fatigue et solitaire dans sa douleur de cheval, ne comprenant pas pourquoi elle avait perdu le souffle, me paraissait digne de compassion. Hélas j'ignorais son nom et son nom, pour un cheval, dit par son maître, c'est la moitié de sa vie. J'allai jusqu'à la remise aux équipages perdue dans le prolongement des écuries. Mon corbillard, les bras levés, se distinguait des boghets et autres calèches par son baldaquin et ses casoars blancs. Du tiroir sous le siège, je rapportai un onguent puissant que j'utilise après les longues traites pour mon auvergnat. Je me mis à masser avec ça les flancs de la bête fourbue qui ne se plaignait pas. Un cheval ne se plaint jamais, il est le muet reproche de Dieu envers l'homme. On ne sait pas ce que pense un cheval mais pour qui a regardé une seule fois ses yeux d'or, il est impossible de jurer qu'il ne pense pas.

Les soins auxquels je me livrais sur celui-ci m'obligeaient à flairer son poil presque malgré moi. L'odeur de la cavalière ne s'était pas encore évaporée dans la transpiration de la bête. Il existait au fond de ce mélange un relent de sent-bon lequel, quoique dénaturé, possédait encore son identité pour mon odorat infaillible. C'était celui que j'avais respiré dans le sillage de l'inconnue, à l'ermitage de Lure, le jour où Zinzolin s'y trouvait aussi.

La jument en dépit de mon onguent faisait piteuse mine et je sentais sur toute la surface de la peau battre son cœur puissant.

— Si seulement je connaissais ton nom !

— Elle s'appelle Pervenche ! dit une voix à côté de moi.

C'était le palefrenier qui revenait de commission.

— J'ai entendu la dame lui donner ce nom.

Il hésitait à poser devant la bête le mélange que j'avais prescrit.

— Eh bien ? Qu'est-ce que vous attendez ?

L'homme hocha la tête.

— Donnez-le-lui vous-même, dit-il, votre vulnéraire. Je préférerais ne pas être là quand cette bête va être prise des convulsions de la mort !

Mais je voyais bien qu'en entendant son nom la jument avait redressé la tête et que même elle avait eu un mouvement d'intérêt pour le seau de provende. Je lui donnai du « Pervenche » jusqu'à plus soif, en lui tapotant amicalement les fesses. Quand je la vis secouer la tête et se pencher délicatement sur le seau en le flairant favorablement, je me retirai sur la pointe des pieds.

Je sortis de cette écurie dans l'odeur pure des tilleuls, désemparé par ma solitude. J'allai même, par acquit de conscience, jusqu'au bout de l'allée où ruisselaient ces deux fontaines et notamment celle où Roseline se mirait hier au soir. Cet instant ineffable, vécu alors qu'elle ne s'était pas encore retournée vers moi, me gonflait le cœur. Il n'y avait personne, hélas, à sa place.

Je revins vers l'hôtel, vers le corridor et vers ma chambre, envahi d'un sentiment de tristesse et d'impuissance. Quelle que soit l'issue de la nuit le noble Zinzolin ne serait plus demain qu'un cadavre utile, puisque le procureur était bien décidé à lui laisser suivre son destin.

J'ouvris ma porte sans précaution, jetai mon écharpe blanche au hasard du parquet, balançai mes chaussures à élastiques et allumai à tâtons, à côté de la porte, le quinquet fumeux qui servait de veilleuse. Alors seulement je refermai le battant.

Je croyais être seul. Je ne l'étais pas. Un puissant ronflement en provenance de mon lit troublait profondément le silence. Je saisis le quinquet et m'approchai, la lumière haute. C'était Évangeline qui occupait ma place les bras en croix. Sa cravache de cavalière lui avait échappé des mains et voisinait sur le parquet le chapeau noir qu'elle avait projeté au loin. Sur ma table de chevet trônait égoïstement un objet que je n'eusse jamais cru voir dans ma propre chambre : c'était un pistolet d'arçon. Circonstance troublante, mes chaussures balancées sans précaution et sans viser étaient allées heurter les bottes avachies d'Évangeline répandues sur le parquet avec la cravache et le chapeau.

Elle ronflait délicieusement, puissamment. Sa forte poitrine se soulevait jusqu'à me cacher son visage car je m'étais agenouillé au pied du lit subjugué par cette apparition.

C'était la première fois de ma vie que je pouvais contempler une femme sans défense dormant comme un enfant. D'ordinaire, d'aucunes s'esquivaient à la hâte hors de ma couche, bien éveillées et toutes pimpantes de plaisir à l'idée de regagner leur propre lit solitaire ou conjugal.

La loupiote de l'entrée était notoirement insuffisante pour me permettre de goûter tous les détails du spectacle. Je communiquai la courte flamme à la mèche de la chandelle qui voisinait le pistolet. Alors, je vis sous celui-ci un billet grand ouvert portant ces lettres énergiquement tracées :

Éveillez-moi dès votre retour.

Mais pour tirer ce mot et le lire hors de son presse-papier improvisé, je dus déplacer l'arme légèrement et celle-ci sonna sur le marbre de la table de nuit. Alors, s'avança vers la crosse du pistolet une petite main rose dont il me parut incroyable qu'elle pût soupeser un tel objet. J'arrêtai doucement cette main au passage et vis un œil vert adorable s'ouvrir lucide entre des cils très longs.

— Enfin vous voici ! dit Évangeline. C'est Roseline qui m'a laissé le numéro de votre chambre. J'aurais pu aller directement dans la mienne mais alors j'y aurais dormi jusqu'à demain midi ! Et pendant ce temps l'irréparable se serait accompli !

— Qu'avez-vous fait à votre jument ? Vous êtes folle de l'avoir forcée ainsi !

— Mon cher, je me suis forcée bien plus qu'elle ! En quatre jours j'ai parcouru deux cents kilomètres ! Et je ne vous raconte pas par quels chemins. Je suis fourbue ! Prête à sombrer dans le néant ! Il ne le faut pas. Je dois être sur le qui-vive ! Zinzolin est en danger de mort. Je ne sais même pas si ce que nous avons fait est suffisant pour le sauver !

— Il ne le sera pas ! Trois pelotons de gendarmes vont cerner le château, je ne vois pas comment...

Elle se mit sur son séant pour me regarder intensément. En même temps elle me secouait comme un prunier.

— Mais les gendarmes ne sont rien ! cria-t-elle. Ce qui compte ce sont les compagnons d'Orion ! Avez-vous entendu parler des compagnons d'Orion ?

— Ils sont ici ! Six !

— C'est cela, dit-elle. Mais j'en attendais sept !

— À l'heure qu'il est, le septième, les dents ne doivent plus lui faire mal !

Elle poussa un profond soupir.

— Il en reste encore six ! Il faut absolument que je me tienne éveillée ! Parlez-moi, faites-moi l'amour ! mais faites que je ne me rendorme pas ! Tenez ! Ôtez-moi mon charivari ! Mais seulement cela ! Je regrette mais vous devrez vous contenter de mes seins enfermés. Il n'est pas question que je les libère. Je dois être sur le qui-vive ! Prête à intervenir sur-le-champ !

Elle poussa un petit cri.

— Doucement je vous en supplie ! Ce pantalon de cuir est un supplice au bout de trois jours en sa compagnie ! Saisissez-moi avec délicatesse ! J'ai les fesses en capilotade.

Sitôt que je l'eus débarrassée de son accessoire gênant elle me sauta dessus à califourchon.

— Excusez-moi, dit-elle, de commencer par la fin mais si je reste à plat dos, je vais m'endormir c'est sûr ! En dépit de vous ! Vous manœuvrerez une poupée de son !

Elle avait l'impatience brouillonne de ceux qui n'ont pas la tête à l'amour. Elle le faisait uniquement pour se tenir l'esprit sur le qui-vive. Elle était méthodique, froide et maîtresse d'elle-même. Je comprenais qu'elle avait décidé de m'exténuer tout de suite afin de rester sur sa faim, ce qui est bien le meilleur moyen pour une femme sensuelle de ne pas s'endormir. Je fis donc ce que je pus pour m'épargner. Je songeai avec application aux plus mauvais moments de ma vie, aux humiliations éprouvées, à la guerre, au rictus de haine de mes ennemis (étant en passe de réussir, je n'en manquais pas), aux femmes qui m'avaient dédaigné d'un grand rire insultant, me trouvant insuffisant, aux actes vils de ma vie (j'en avais commis), à la mort enfin comme ultime ressource. Je me mis à évoquer furieusement la vanité de nos chairs triomphantes, pour le moment si fort attentives à s'échauffer, à ce qu'elles seraient dans cinquante ou soixante ans d'ici : nos chairs d'abord boursouflées et grotesques puis, autour de nos os encore brillants, se liquéfiant après avoir éclaté dans la prison trop étroite pour leur expansion de nos cercueils inextensibles. Enfin... Toutes choses propres à retarder l'orgasme et quelquefois même à anéantir le désir sous la terreur. C'était là un exercice que je n'oserais recommander à personne mais qui me permet souvent d'obtenir la reconnaissance de mes bonnes fortunes.

J'avais enfin entre mes bras cette femme tant convoitée qui m'avait fait faire soixante kilomètres pour la rencontrer, qui m'avait fait perdre trois ou quatre foires bien achalandées, pour qui j'étais en train de dilapider mes économies dans cette ville d'eaux où je m'astreignais à une cure dont je n'avais nul besoin et, finalement, cette femme ne me disait rien qui vaille.

J'avais très vite cessé de m'occuper de ses seins car je m'étais aperçu tout de suite qu'ils ne profitaient pas de la fête. En dépit de leur splendeur, en dépit de mon admiration fervente qui les avait tout de suite extraits de leurs alvéoles, en dépit des effleurements de toutes sortes où je m'escrimais pour fixer leur attention, ils étaient totalement insensibles et ne servaient en rien à provoquer l'orgasme, et leur propriétaire ne paraissait même pas imaginer qu'ils pussent servir à quelque chose. C'étaient des ornements uniquement dévolus à provoquer l'homme et non à augmenter le plaisir de la femme.

En outre, contrairement à la lascive Roseline, ma bouche ne lui paraissait pas non plus utilisable en tant qu'instrument de plaisir. En bref, Évangeline se mouvementait avec vigueur, en dépit de ses fesses en capilotade qui lui arrachaient parfois des gémissements lorsque je les agrippais dans le feu de l'action, mais tout était fait d'une manière machinale. Son visage était constamment détourné vers ailleurs comme si elle était aux aguets de quelque chose qui se serait passé dans le corridor.

Évidemment elle en faisait trop et j'étais trop dur à cuire, retranché derrière les visions de nos charognes, pour qu'à la fin oubliant ma personne, elle ne s'abandonnât pas enfin au plaisir qui la sollicitait depuis si longtemps. Elle s'abattit enfin de tout son poids, le plus loin possible, me rejetant, poussant des cris où le plaisir et la fureur étaient égaux dans leur expression et je gardai longtemps sur mes risibles pectoraux les traces de griffes qui ne devaient rien au bonheur d'avoir joui par moi.

Si j'avais pu en douter, son regard meurtrier lorsque je le contemplai enfin dans son visage affalé contre l'oreiller, me l'eût confirmé sans ménagement. Il filtrait à travers ses paupières mi-closes chargé de toute la haine de qui fut heureux malgré soi.

On n'en apprend jamais assez sur son prochain comme je dis toujours. *Entre le 15 et le 31 juillet j'irai, seule, prendre les eaux à Montbrun-les-Bains.* Voici une femme qui préparait ses filets depuis des mois, qui, à travers la table du banquet aux ortolans, l'hiver dernier, avait su me suggérer de si tendres choses et qui ne l'avait fait que pour obtenir un allié, le cas échéant. Il devait y avoir longtemps que sa complice Roseline l'avait prévenue que l'hallali contre Zinzolin se ferait à Montbrun, l'été venu.

J'allais ouvrir ma bouche pour lui sortir ces évidences, peut-être lui faire quelque léger reproche concernant mon cœur qu'elle pouvait briser s'il n'eût été si bien trempé. Je n'en eus pas le temps.

— Chut ! fit-elle.

Je retins mon souffle. Le silence, sauf une rumeur comme celle d'une foire au lointain, était total autour de nous. Mais déjà Évangeline avait bondi hors du lit et avec prestesse enfilait ce pantalon disgracieux qu'elle nommait un charivari. Elle me tournait le dos en se tortillant pour l'ajuster. Je pouvais contempler quoique un peu rougeaude, à cause des longues traites à cheval, une des plus belles chutes de reins de ma carrière. Et elle n'était pas pour moi.

— Chut ! répéta Évangeline impérativement.

Alors j'entendis glisser sur la carpette du corridor des pas précautionneux qui trahissaient la présence de plusieurs personnes à la fois.

Évangeline avait sauté d'un seul mouvement sur sa cravache, son pistolet et son chapeau. Je ne sais comment elle avait eu le loisir d'enfiler ses bottes. Elle me serra le bras :

— Merci ! dit-elle. Merci de m'avoir tenue éveillée. Je savais bien que vous finiriez par me servir à quelque chose !

Elle avait la posture altière de qui n'aime pas. Elle devait la perdre devant Zinzolin et devant Roseline. Elle ouvrit la porte en soulevant le battant. À cet instant deux coups secs tintèrent au clocher de Montbrun. Deux heures ! Depuis minuit nous nous battions à faire l'amour et maintenant à deux heures tout était consommé et ne reviendrait pas. Cet instant, quoique dépourvu de toute tendresse, je ne l'oublierais jamais. Évangeline demeurerait un regret de ma vie. C'est poignant les fins d'amour qui laissent tout le reste d'une existence pour se souvenir.

— Venez ! dit-elle. Venez voir ce que la passion peut faire, vous qui n'êtes pas passionné !

Le corridor était large de trois mètres. Il y régnait une pénombre entretenue par la moitié des quinquets de service dont l'autre moitié avait été éteinte au début de la nuit. Une étrange théorie glissait devant nous, à cinq ou six mètres, sur la pointe des pieds. C'étaient les compagnons d'Orion au grand complet et tout de noir vêtus. Dans leur sillage l'odeur du vétiver régnait sur tout ce corridor comme à la fin d'une soirée de gala. Le fait d'avancer sur la pointe des pieds leur faisait des derrières ridicules sous leurs jaquettes. Ils se firent des ronds de jambe devant le tambour à qui passerait le premier.

Nous étions Évangeline et moi restés dans l'ombre des philodendrons qui souffraient de profusion au fond du hall plus mal éclairé encore que les corridors.

— Laissons-les prendre un peu de champ, dit Évangeline. De toute manière, nous savons où ils vont.

— Mais puisque vous savez tant de choses ! Comment pensez-vous vous opposer à six hommes résolus, armés de pistolets tout neufs ?

— Dieu y pourvoira ! dit-elle. Si j'ai fait mon travail convenablement.

La lune était rentrée dans l'ombre de la terre et en dépit de cela une étrange lueur traversée de pulsations éclairait la longue terrasse et les frondaisons. On eût dit les clartés à éclipse d'un incendie.

— Vous n'avez qu'un seul pistolet et vous n'êtes qu'une femme ! dis-je à Évangeline.

Dans cette étrange lueur qui venait de nulle part, les derrières des compagnons d'Orion, tout gonflés qu'ils étaient sur les côtés par la boursouflure des armes, m'apparurent pour ce qu'ils étaient : des derrières de bourgeois poltrons. Je les désignai à Évangeline et lui dis :

— La pire espèce en cas de panique ! À la moindre alerte ils tireront sur n'importe quoi et n'importe comment ! Ils oublieront leur projet qui est de s'emparer du trésor de Zinzolin. Vous devriez avoir peur et bien mesurer le danger !

— Mais j'ai peur ! Tenez ! Touchez-moi !

Elle attira de force ma main sur son sein gauche et avec dextérité m'en fit sentir le bout. Je sus cette fois qu'il pouvait s'émouvoir.

— Vous êtes étonné ? dit-elle. Pour me donner tous mes moyens il me faut le grand air. Je vais vous faire une confidence et vous comprendrez pourquoi j'ai aimé Zinzolin : je n'ai jamais été fichue de faire convenablement l'amour dans une chambre !

La lueur sous les arbres, à mesure que nous avancions vers la balustrade, nous permettait de distinguer de plus en plus de détails : le gravier de l'allée, les fleurs des seringas dont le parfum dominait l'odeur chaude du vétiver où baignaient ces messieurs d'Orion.

Soudain sans s'être consultés, les compagnons s'immobilisèrent d'un commun accord et se mirent à chuchoter avec animation. Il semblait qu'une sorte de désarroi se fût emparé d'eux. La lueur tremblante qui dissipait les ténèbres accrochait tantôt les arêtes pâles de leur nez, leurs moustaches effilées ou saisissait au ras du sol, à travers les balustres, leurs pantalons à sous-pieds.

— Mais que font-ils ? dis-je à voix basse. Pourquoi hésitent-ils ? Leur plan est tout prêt ! Ils veulent se saisir de Zinzolin pour le torturer ! Pourquoi ne descendent-ils pas l'escalier ?

— Attendez ! dit Évangeline. J'espère que c'est ce que je crois. Approchons-nous encore.

Elle me conservait étroitement contre elle par ma main qu'elle serrait sur son sein gauche. Je sentais aussi, des chevilles aux hanches, le galbe de ses jambes sous le cuir du charivari. Tout le reste de la péripétie jusqu'au dénouement se déroula pour moi dans l'odeur et le désir de cette femme devant moi qui, depuis qu'elle avait quitté les murs de ma chambre et ceux de l'hôtel, me prodiguait toutes les marques du désir le plus immédiat, le plus pressant, et c'était une étrange sensation pour moi que ce mélange de tragédie imminente et de volupté irrépressible qui nous englobait tous les deux, rendant toutes les choses irréelles autour de nous.

— Cette nuit est extraordinaire ! dit-elle.

Nous avions dépassé le dernier arceau des frondaisons et nous débouchions à notre tour sur l'esplanade tout en gravillon blanc au bout de laquelle se déployait en arc de cercle une balustrade de théâtre ponctuée d'énormes pots de fleurs débordant de géraniums rouges. Je fus étonné, ce fut la première chose qui me frappa, que, malgré la nuit profonde, les géraniums fussent rouges à ce point. C'était que la tête d'Évangeline, comme en un bal qu'elle eût commandé pour nous tout seuls, se penchait en arrière vers mon visage, le cou tordu et me masquait l'ensemble du panorama.

— Dieu soit loué ! dit-elle à voix basse. Je crois que nous avons réussi !

Elle s'écarta un peu, m'entraîna avec elle derrière le piédestal d'un chèvre-pied de mauvais goût qui suintait dans la pénombre rouge, de tout son plâtre malade.

— Regardez ! s'écria Évangeline.

Le château qui jusque-là nous était masqué par les arbres du parc, le château nous sautait au visage, ruisselant de lumière. Cette grande ruine sans grâce que j'avais vue dépenaillée et sordide était maintenant pimpante et rose de la moindre des pariétaires jusqu'aux tuiles restantes des toitures crevées. Il y avait des feux dont les lueurs se tordaient sur les murs, dans toutes les pièces ouvertes à tout vent, ce qu'il restait de vitres dans les fenêtres défoncées lançait des œillades rouges vers la nuit. La nuit répondait. Sur la terrasse où parfois des massifs de ronces remplaçaient quelques balustres renversés, de hautes flammes de feux de veille s'effilochaient dans l'obscurité.

Croyant au jour levant les martinets qui nichaient dans les génoises déchiquetées, commençaient à être incommodés par tant de clartés. Quelques-uns jaillissaient brièvement hors de leurs trous en piaillant comme des oisillons puis se heurtant à la vraie nuit étaient renvoyés brutalement comme par une muraille vers les ténèbres de leurs nids.

Les rues, les ruelles, les placettes, les parvis des lavoirs, étaient obstrués de feux de joie qui en interdisaient l'accès. Parfois, autour de ces feux, on distinguait des barbes hirsutes, des caracos bariolés, des coiffes d'aïeule, des oreilles de mulet alarmé, des bras de charrettes dressés vers le ciel. Une odeur puissante de saucisses grillées traversait l'espace entre le château et le parc des thermes où nous nous trouvions, fascinés par le spectacle, n'en croyant pas nos yeux, ayant tout oublié, sauf pour moi le sein chaud d'Évangeline qu'il me semblait bien sentir gonfler sous ma main, tant l'émotion la soulevait.

Mais quand nos yeux à tous se détachèrent du château, ils virent par toute la montagne que d'autres clartés convergeaient vers lui. Par les gorges du Toulourenc, par le chemin du col des Aures, par la vallée de l'Anary qui drainait ces lumières depuis Sèderon et Barret-de-Lioure, la nuit était constellée de loupiotes tremblantes et de fanaux qui se balançaient. Tout le tour de Montbrun nous apparaissait comme un champ de fête quand la liesse bat son plein. On voyait des chemins invisibles de jour que des lampions vacillants étoilaient comme des vers luisants. Il y en avait des myriades.

Montbrun et son château étaient le cœur d'une étoile vers quoi coulaient toutes ces branches de routes étincelantes. C'était une rivière de flambeaux qui déferlait depuis ces montagnes biscornues pour venir se confondre dans le creuset rouge de toutes ces fenêtres en fête.

— Voici ! me dit Évangeline à voix basse et dont les lèvres frôlaient mon oreille. Voici pourquoi, mon ami, les fesses me font mal ! Voici pourquoi tout à l'heure j'étais si mauvaise joueuse. Depuis trois jours que je sais par Roseline ce qui se trame contre Zinzolin, je suis allée réveiller au fond des combes tous ceux à qui cet homme a fait du bien. J'ai pris le cirque des Baronnies, Roseline (elle doit y être encore !) s'est chargée du versant de la Méouge. Nous nous sommes mises à genoux, nous avons fait sonner le tocsin. Nous avons rameuté par nos cris des gens qui se croyaient quittes depuis longtemps. Nous avons rassuré des femmes dans les fermes où nous arrivions dépoitraillées et où elles craignaient pour l'harmonie du ménage, mais à la vérité, mon ami, nous étions prêtes à donner dix fois nos corps pour amener une armée jusqu'ici !

— Et vous n'en avez pas eu besoin ? lui soufflai-je à mon tour dans le cou.

— Rarement ! dit-elle. Mais l'essentiel, c'est que presque tous soient là !

Nous étions nombreux maintenant dans ce jardin, devant cette balustrade en arc de cercle, à nous repaître de ces illuminations comme si nous étions seulement des bourgeois en cure observant les mœurs des indigènes, mais il était deux heures du matin. Derrière leurs persiennes closes les vrais bourgeois en cure, incommodés par les pulsions de ces lumières qui animaient la façade rose de l'hôtel, ces vrais thermaliens devaient retourner en gémissant leur oreiller sous leur tête, protestant ainsi inconsciemment contre cette nuit qui n'était pas naturelle.

Les six compagnons d'Orion s'étaient massés un peu à l'écart sous l'abri d'un tilleul, et leur tache noire agitée comme un nid d'hirondelles était le seul coin d'ombre que la liesse des illuminations épargnât. On entendait jaillir de leur groupe quelques courtes exclamations incrédules.

Le procureur tout seul avait fait à son tour crisser le gravier sous son pas. Dans son sillage, le conseiller podagre qui venait de Valence s'était fait porter dans son fauteuil par deux valets pleins de réserve qu'il avait congédiés du bout de sa canne, et il jouissait du spectacle avec des fossettes de joie sur ses grasses joues.

Le château de Montbrun n'avait jamais été à pareille fête, quand il était intact et que ses tenanciers austères ne rêvaient que d'établir leur religion sur toute la chrétienté, à coups de hallebardes et de tripes au soleil. Ce devait être la première fois qu'il riait de toutes ses fenêtres.

— Qu'est-ce à dire ? demanda, dans le vide, le procureur incrédule.

Il ne s'adressait à personne en particulier mais de derrière mon chèvre-pied, indécemment deux fois plus grand que nature, je lui répondis :

— Votre trésor ! Si vous pouvez le rassembler, il est à vous ! Zinzolin en a laissé des lambeaux à toutes les branches de cette forêt d'hommes. À ce jour, il doit être assimilé comme du fumier !

Le procureur haussa ses larges épaules et dit :

— Vous plaisantez ? Quatre-vingt-trois millions !

— Vingt ans ! Des milliers de miséreux semés par l'Empire dans l'éblouissement de ses lumières !

— Sans doute ! Mais tout de même : quatre-vingt-trois millions ! Il doit bien en rester quelque chose !

Ce chiffre lui obstruait l'entendement comme aux six compagnons d'Orion qui s'étaient agglomérés en cercle pour envisager les nouvelles dispositions à prendre. Pendant ce temps au loin, sur la terrasse de la citadelle, par les ruelles et les cours, d'autres feux s'allumaient partout. Nous en sentions de loin la chaleur et la calme consumation, et tous nos visages en étaient révélés, y compris ceux des conspirateurs à l'ombre du tilleul qui se croyaient bien camouflés sous leurs têtes de Napoléon III.

À ces dansants éclairages, le procureur, tourné vers moi et quoique fort préoccupé, ne pouvait pas ignorer que j'avais une main fermement emprisonnée par celle d'Évangeline contre son sein gauche que j'arrivais à peine à contenir. Il était impossible que Kérénez ne soit pas intrigué par le spectacle. Il le fut. Il vit aussi Évangeline dans la pénombre, collée contre moi par tout le poids de sa fatigue.

— Qu'est-ce à dire ?

Après la découverte de cette multitude de croquants agglomérés qui avaient investi le château où se tenait sa proie, notre couple était la seconde surprise de la soirée, aussi n'avait-il à lui opposer que le même étonnement :

— Qu'est-ce à dire ? répéta-t-il. Vous m'aviez promis et voici que je vous retrouve enlacée à cet homme sans aucune vergogne !

— Je vous avais promis ? dit Évangeline le sourcil haut levé.

Quel inépuisable sujet de découverte était pour moi cette nuit, moi qui me délecte toujours des détours de la nature humaine. Bien sûr qu'Évangeline avait promis, sinon le procureur ne lui eût pas mandé ce billet qui était malencontreusement tombé du manchon, ce soir d'hiver, lors de l'ortolanerie. *Je vous serais fort reconnaissant en retour — il me serait fort agréable — que vous tinssiez vos engagements.*

Ce procureur lui aussi méritait d'être finement observé. Il avait maintenant plusieurs idées en tête : les quatre-vingt-trois millions de Zinzolin à offrir à la République ; l'imprévu de cette multitude autour de sa proie ; la préoccupation de ne pas laisser s'évanouir dans la nature les compagnons d'Orion et maintenant, démasquée par les feux de joie, ma main retenue de force par Évangeline contre son sein. À cette méditation déjà conséquente, je décidai d'ajouter encore un élément et non des moindres.

— Ne croyez pas ce que vous voyez ! lui dis-je. Elle est simplement recrue de fatigue et je la soutiens en tout bien tout honneur ! Au surplus elle est follement amoureuse de Zinzolin et nous n'y pouvons rien ni l'un ni l'autre.

— Ni l'un ni l'autre ! souligna Évangeline dans un souffle.

— Mais, dis-je au procureur, j'ai quelque chose à vous communiquer de beaucoup plus important pour vous. À force de réfléchir, au sujet de vos rapports avec Mme de Kérénez... Il m'est venu une idée... Je pense que si vous... Approchez un peu votre oreille s'il vous plaît !

Quand il eut obéi, je lui livrai comme étant le fruit de ma réflexion ce que l'expérience de la nuit précédente m'avait appris sur Mme de Kérénez.

— Vous croyez ? s'écria-t-il.

Je branlai du chef sans répondre. Il resta désarçonné et méditatif durant quelques secondes. Je l'observais avec attention. Un homme qui a cinq idées à la fois dans la tête s'il est contraint très vite de les classer, de les assembler par ordre d'urgence, ne peut appliquer à aucune les solutions adéquates. J'avais appris ça moi, dans ma petite jugeote. Le procureur avait suffisamment de pain sur la planche pour n'en enfourner aucun convenablement.

Le gravier crissa sous un pas décidé. Un grand officier en bicorne chamarré d'aiguillettes et de galons dorés vint se mettre au garde-à-vous devant le procureur à six pas et fit le salut militaire. Il était suivi d'un cavalier démonté, en civil, couvert de poussière. L'homme portait encore ses bottes et respirait l'odeur conjointe de son propre corps et de celle du cheval, lesquelles attestaient qu'il avait fourni une longue traite. Il avait la mine fort défaite.

Le procureur voulut attirer à l'écart les deux arrivants mais le cavalier avait trop à dire pour ne pas le faire tout de suite.

— Au moins cent déjà ! s'écria-t-il. Et il en arrive toujours ! Presque tous avec des fusils de chasse et de la chevrotine plein les poches et assez d'eau-de-vie pour mettre le feu aux poudres !

— Presque tous, appuya le capitaine, avec femmes et enfants ! Et des aïeules, pour faire bonne mesure !

Le conseiller podagre intéressé s'était rapproché du groupe, suivi à distance respectueuse par ses deux valets prêts à le soutenir.

— Eh bien, mon cher Kérénez ? Nous voilà quinauds je pense !

Mais le procureur n'avait pas dit son dernier mot. Je voyais bien que seul le chiffre de quatre-vingt-trois millions lui trottait par la tête et que tout le reste de ses préoccupations il l'avait jeté à la poubelle.

— Il faudrait amener ici, souffla-t-il pensivement, au moins trois pièces de douze pour balayer toute cette canaille et que force reste à la loi.

— Tsst tsst tsst..., fit le conseiller de Valence. Gardez-vous-en bien ! Faire tirer le canon sur ce bandit de petit chemin totalement inconnu hors de la province, ce serait une faute de goût ! Jamais en haut lieu on ne vous pardonnerait ce ridicule !

— Ridicule ? ricana Kérénez. Celui qui par ces temps de consultations électorales diverses fera tirer sur le peuple, fût-ce pour l'intimider, et pour que force reste à la loi, celui-là sera sûr d'être rétrogradé pour toujours au tableau d'avancement si tout simplement on ne le destitue pas !

— Nous avons là, dit le capitaine, l'homme que vous avez demandé. Il s'est présenté tout à l'heure au poste de garde. Je me suis permis de vous l'amener.

— Venez, mon brave ! dit Kérénez.

Sous l'étrange lumière d'incendie si révélatrice de tous nos vices (« elle tremble, me dis-je, à force de nous regarder en face ») s'avançait un timide paysan sans beaucoup de physionomie et dont les traits blancs et mous n'exprimaient que l'anodine imbécillité de celui qui n'a jamais réfléchi au-delà du manger et du boire et de l'extraordinaire difficulté qu'il y a à se procurer l'un et l'autre. Il avait les yeux les plus francs du monde. Le procureur l'avait saisi familièrement par l'épaule et il l'entraînait avec lui loin de la lumière.

— Voici le plus dangereux moustique de toute la fête ! me souffla Évangeline. Savez-vous ce que le procureur va demander à cet homme ?

— Bien sûr que non ! Ils sont trop loin tous les deux pour que je les entende.

— C'est un faux témoin ! Au procès de Zinzolin il l'a déjà accablé en disant qu'il lui avait chauffé les pieds ! Nous ferions bien de le suivre.

— Il n'y a pas que lui ! Voyez : les compagnons d'Orion sont en train de s'esquiver.

Les six bourgeois en effet se défilaient vers le grand escalier. Au fil des marches, sous les lueurs rouges des feux, je voyais disparaître leurs chapeaux. Évangeline était tout à fait réveillée.

— Savez-vous, lui dis-je, ce que veut faire Kérénez ? Il va attendre que les compagnons aient chauffé les pieds de Zinzolin pour connaître où il cache son trésor. Ensuite seulement, il compte les arrêter !

— Promesse ! siffla Évangeline entre ses dents. Il peut courir !

Le procureur revenait. Il n'était plus avec l'homme. Il avait cet air épanoui de celui qui est en train de jouer un bon tour.

— S'il m'est permis de vous donner mon modeste avis, dit le conseiller au procureur, ce serait de renvoyer la plupart de vos gendarmes. Ces braves doivent avoir sur le cœur le désastre de Sedan. Ils doivent brûler d'en découdre. Et ils le feraient aussi bien contre ce menu fretin pour peu que, l'eau-de-vie aidant, ces croquants viennent les insulter sous le nez.

— Venez ! me dit Évangeline. C'est ce paysan qui ne me dit rien qui vaille !

Elle ôta brusquement ma main de son sein pour m'entraîner à sa suite dans l'escalier. De l'autre côté de la rue sur la place, les gendarmes s'agitaient autour des feux du bivouac. Certains se lissaient pensivement la moustache en suivant les mouvements désordonnés de la multitude au bord des rues du village et sur la route après le pont du Toulourenc, où des charrettes ornées de flambeaux continuaient d'affluer. C'était tout l'ost servile du sire de Montbrun qui accourait pour soutenir son seigneur. Les rues en pente du village retentissaient de cris, d'appels, de rires de défi. C'était une kermesse sur tout Montbrun en liesse. Il apparaissait aux fenêtres des villageois inquiets qui se demandaient à quoi rimait tout ce fracas.

Ces théores misérables descendaient des montagnes par les gorges du Toulourenc mais aussi ils descendaient de Dieulefit par les chemins qui serpentent au large des monts du Vaucluse jusqu'à la cuvette de Montbrun. On entendait taper à chaque cahot les fusils de chasse sur les planchers des charrettes.

Nous étions maintenant au milieu de la foule, Évangeline et moi, et certains hommes commençaient à la reconnaître.

— Vous voyez ! On est venus ! lui criaient-ils. Venez boire un coup avec nous !

Tous avaient apporté le meilleur de leur distillation et ils en comparaient le fruité à grand bruit de santés portées et les quolibets sonnaient de plus en plus haut.

— D'où es-tu toi ?

— De Mévouilhon !

— Et toi ?

— De Chauvac.

— Là où on met les ânes en sac !

— Vous me faites rire ! Moi je viens d'Arpavon !

— Et moi de Point-Sigillat !

— C'est toi qui me fais rire ! Moi je viens de Pelonne ! Et il a fallu qu'elle vienne me débusquer la luronne à Pelonne !

Il désignait la blonde Évangeline en clignant de l'œil pour tout un peuple comme s'il n'avait eu aucun mal à se l'approprier.

Ils semblaient prêts à camper tout un mois. Ils avaient dételé, confectionné des broches où ils enfilaient des gigots. Ils avaient même apporté des chaises, des pliants sur lesquels les aïeules faisaient tranquillement le bas *.

Un grand diable, genre coq de ruelle douleur de maison, tapait sur sa jambe de bois en proclamant qu'il avait eu la bonne emportée à Solferino par le brutal des Autrichiens et que sans Zinzolin il serait mort de faim, et que si les gendarmes voulaient le prendre Zinzolin, lui, il en tuerait d'abord trois ou quatre avant de mourir à côté du frère du peuple. Il se faisait bruyamment approuver par ses compagnons et par sa famille, femme et enfants compris.

C'était la rumeur d'un champ de foire qui venait à notre rencontre. Évangeline me serrait la main comme si elle avait peur de me perdre. Nous étions pareils à des enfants, exaltés comme eux, en découvrant, soudain émerveillés, le bon côté de

* *Faire le bas,* c'est-à-dire confectionner des chaussettes à l'aide de quatre aiguilles, était la préoccupation essentielle des vieilles de notre pays.

l'humanité. En vérité, à voir tant de ménages prêts à se faire tuer pour Zinzolin, il me vint à l'esprit que, dans bien des cas, c'était la femme qui avait entraîné le mari.

Je vis au loin, parmi la foule, trois compagnons d'Orion qui se frayaient chemin en direction de la ruelle qui commandait le second accès au château.

— Attention ! dis-je à Évangeline. Vos amis ne sont pas en garde contre des gens sans uniforme ! Ceux-là sont plus dangereux que les gendarmes ! Il faut les empêcher d'arriver jusqu'à Zinzolin.

Deux ou trois hommes, autour de moi, m'avaient entendu car je parlais à très haute voix. Je les vis s'éloigner à la hâte vers la ruelle, après avoir pris leur fusil.

Autour de nous, cernant les feux, les gens de la Drôme, quand ils ne riaient pas, avaient tous ces faces de mulets rétifs et irréductibles par des phrases parce que, dans leur vie, ils n'avaient jamais eu besoin de plus de cinq ou six mots en tout pour se faire entendre. Encore étaient-ils destinés à leurs troupeaux, à leurs chiens ou à leurs chevaux, la plupart du temps. Les prendre par la parole eût été difficile. D'autant que faute de murs où les accrocher, ils avaient tous formé des faisceaux avec les quatre ou cinq fusils de leurs hameaux respectifs. Ils avaient tous eu des pères, des frères, des grands-pères emportés par les guerres des deux Empires. Quand ils avaient vu cet homme, Zinzolin, se dresser contre Napoléon, ils ne l'avaient pas suivi bien sûr ayant femme et enfants mais ils en avaient gardé le remords et aujourd'hui que le héros avait besoin d'eux eh bien voilà ! Ils étaient là !

C'est ce que nous entendions dire au fil des groupes par des voix traînantes où il y avait des accents de dévotion.

— Venez ! me dit Évangeline. Ce paysan sans physionomie qui parlait à Kérénez ne m'a rien dit qui vaille. Il doit se préparer quelque sombre trame !

— Mais vous ne m'entraînez pas par le bon chemin ! Il faut passer par la ruelle.

— Nous risquerons moins de nous rompre le cou en y allant par les écuries.

Je m'étais muni à tout hasard d'un fanal emprunté à la calèche du conseiller Verdillon, la seule qui avait eu le privilège, son propriétaire étant podagre, d'accéder à l'esplanade de l'hôtel par le plan incliné des livreurs de marchandises

— Un fanal ! dit Évangeline avec mépris. Ne pouvez-vous vous fier à moi ? Je connais chaque mètre carré de ce château. J'ai été élevée ici chez ma grand-mère. Zinzolin m'a déflorée quand j'avais dix-sept ans contre la cuisse de sa jument ! Mon mari n'est qu'une couverture. Je l'ai épousé à condition que... Vous voulez me connaître ? Eh bien, connaissez-moi ! Je suis prête à donner ma vie pour Zinzolin et pourtant, depuis quelques instants, je brûle de recommencer avec vous ! Comment expliquez-vous cela ?

Elle me submergeait sous ses paroles volubiles. Elle m'entraînait vers une batterie de lavoirs et de fontaines qui jaillissaient au creux d'un bas-fond. Elles vomissaient de l'eau bruyamment par des mascarons baroques dont mon fanal révélait les bouches grandes ouvertes. Là, sous la voûte, s'ouvrait une porte basse à laquelle Évangeline donna un coup de botte.

— Venez ! dit-elle.

Elle me reprit la main. Le fanal tapait contre un mur de pierre sans ciment qui étincelait d'eau suintante sous la clarté. L'étroit boyau débouchait sous une immense voûte dont la lumière du fanal n'atteignait pas les murailles. Nos pas foulaient seulement un sable mou qui sentait la paille.

— Cent chevaux ! s'exclama Évangeline. Il y a quatre siècles le baron de Montbrun entrait ici de plain-pied avec cent chevaux et cent cavaliers. Tous couverts de sang ! Zinzolin doit ressembler à son ancêtre : irréductible ! Je crois que c'est pour ça que je veux le sauver.

Elle m'entraînait rapidement à sa suite, n'ayant cure du fanal qu'elle me commandait de jeter mais je me cramponnais comme un perdu à cette seule manifestation de la réalité et du bon sens qui me restât dans cette aventure, avec sa bonne odeur d'huile rance. Et tant pis si Évangeline me faisait miroiter avec insistance qu'avec mes deux mains libres, il m'eût été plus facile de mesurer à ses seins combien elle était émue.

— J'adore, disait-elle, l'atmosphère des écuries ! Celles-ci sentent encore toute une cavalerie ! Il n'y a pourtant plus que deux montures là-bas au fond. La morelle de Zinzolin et le percheron de la Chabraque. Que le diable l'emporte celle-là ! Elle ne parle pas ! Elle est laide, difforme, elle sent le crottin et pourtant, entre elle et moi s'il le fallait, il n'hésiterait pas une seconde !

J'étais noyé dans un océan d'obscurité et de paroles par cette femme passionnée. Depuis le jour où elle m'observait ce soir d'hiver, par-dessus le somptueux baron de fleurs qui ornait la table chez le comte, six mois s'étaient écoulés et enfin elle se dévoilait à moi sans pudeur et j'étais plus épouvanté que ravi.

— Je n'aurai jamais le temps, dit-elle, de tout aimer ! Avez-vous remarqué, cher, comme la volupté est un sacré mélange ?

Elle m'arrêta net contre elle, je me heurtai à son buste qu'elle garda serré contre moi. Elle m'ouvrit la bouche de force sous sa langue. Je sentis tous les détails de son corps en dépit du charivari. Elle me laissa à bout de souffle, raide de désir, ayant oublié Zinzolin, le château, les compagnons d'Orion et même la première partie de la nuit où pourtant nous étions déjà ensemble. J'étais subjugué par cette nouvelle femme qu'elle me dévoilait.

— Venez ! dit-elle brusquement. Nous n'avons pas le temps. Ce serait un sacrilège envers l'amour. Il me faut sauver Zinzolin.

À cet instant il y eut un grand cri et simultanément le choc énorme d'un corps qui se crevait en touchant le sol. Je levai haut le fanal sans éclairer la voûte là-haut à dix mètres au-dessus de nous. C'était un homme en effet. C'était l'un des compagnons d'Orion reconnaissable à sa mise. Son chapeau qu'il avait perdu dans la chute achevait sa course en roulant dans la poussière. L'homme avait les yeux grands ouverts et son regard était fixe. Je les avais tous suffisamment observés dans le salon ovale par l'œil-de-bœuf pour savoir qu'en dépit de son camouflage sous les accessoires pileux de Napoléon III, c'était l'infortuné M. Élie qui venait de perdre ainsi le sixième d'un rêve de quatre-vingt-trois millions.

— Voilà ! dit Évangeline avec calme. Voilà ce qui risquait de nous arriver si nous étions passés par la grand-porte ! Il est mort naturellement ?

— Oui.

— Ça en fait un de moins ! Ils ne sont plus que cinq ! Venez !

Elle m'avait déjà entraîné plus loin. Elle donnait un coup de botte à une autre porte vermoulue. Un escalier aux marches creuses à peine large comme nos corps apparaissait. Évangeline me précéda.

— Lâchez donc votre fanal et prenez mes seins entre vos paumes ! Ici il ne peut plus rien nous arriver ! Ça monte droit jusqu'au premier corridor cavalier. Hardi ! Pressez-moi ! J'adore les escaliers ! Si nous avions le temps... Mais nous ne l'avons pas ! Nous avons pris par le plus court mais je me méfie de ce paysan inodore... Le procureur lui a parlé sur le ton de la recommandation.

Elle donna un coup de genou dans un panneau solide, noir.

— Courbez-vous ! dit-elle.

La clarté, le bruit et le grand espace nous sautèrent à la fois au visage. Nous débouchions dans un long et large corridor où il y avait autant de monde que dans les ruelles et les placettes de Montbrun. Des flambeaux étaient fichés un peu partout. Des fusils tapaient contre les murailles de pierre brute. On sentait la fumée et le pied de porc comme un soir de ripaille. De chaque pièce au plafond effondré fusaient des rires et des appels, sur tous les entablements traînaient des bouteilles aux formes diverses mais toutes plus ou moins pleines de cette transparence plus fluide que l'air et qu'ils appelaient l'eau-de-vie. L'air sentait l'alambic à plein nez.

Du diable Vauvert venait l'adagio d'une sérénade à sons crevés qu'un cor de chasse sonnait pour donner du cœur à chacun. On n'était qu'à trente, quarante ou cinquante kilomètres de chez soi mais on ne l'avait jamais quitté. Le cor de chasse était là pour rassurer et dire que bientôt chez soi on retournerait.

— Venez ! répéta pour la quatrième fois Évangeline. Ils seront donc tous accourus ! Même ceux à qui peut-être une seule fois il a donné cent francs !

Ce château en réalité était plein comme un œuf de braves gens à mine patibulaire et de fusils de chasse en faisceaux. On faisait des feux dans les cheminées écroulées des chambres aux tapisseries en lambeaux. Les gens étaient assis à califourchon, pieds dans le vide, sur d'énormes solives qui avaient autrefois soutenu les planchers écroulés. Un jeune homme rêveur qui avait goûté à plusieurs eaux-de-vie et qui avait apporté ce cor de chasse pour célébrer Zinzolin, tirait de cet instrument un commentaire sombre de la vie qui faisait pleurer tout le monde.

Ils essayaient tous de retenir Évangeline, de la toucher. Ils se la désignaient avec de grands appels.

— Hé luronne ! Viens boire un coup.

Ils se renseignaient sur elle les uns les autres :

— C'est une bonne vivante !

Mais elle passait à travers eux, les yeux fixes. Elle avait même abandonné l'espoir que je puisse la suivre. Elle se hâtait, elle courait presque, me faisait signe sans se retourner.

— Venez ! Venez vite !

Elle s'engouffra dans un second escalier dérobé qu'elle emplissait tout entier de son volume tant il était étroit. Je suivais avec peine, à tâtons dans son ombre. C'était bien, dans son sillage, la même odeur de terroir qui régnait autour de la grande table ovale, ce soir d'hiver, au château de Gaussan. Je n'avais pas eu tort d'imaginer que toute cette compagnie passait sa vie dans les grands bois.

La lumière se fit devant moi. Je revis Évangeline en même temps qu'un coup de feu strident aboyait à mes oreilles. Nous débouchions à côté de l'âtre dans la pièce où hier j'avais découvert Zinzolin. C'était la Chabraque qui venait de tirer en l'air. La céruse pleuvait encore du plafond, aggravée de plâtras, sur une vingtaine de personnes qui occupaient les lieux et qu'illuminait seul le grand feu qui brûlait dans l'âtre. Je me trouvai nez à nez littéralement avec trois des compagnons d'Orion qui paraissaient avoir reçu sur leur frac un plein sac de farine et qui défouraillaient fébrilement leurs pistolets. Je n'eus pas le temps de croire quoi que ce soit. Dix paysans sans armes s'étaient jetés sur les compagnons. Ils les désarmaient, leur enfonçaient le chapeau sur la tête, les poussaient devant eux à coups de pied au cul vers la terrasse.

Zinzolin était dans son fauteuil dépaillé comme sur un trône. D'une violente poussée, Évangeline écartait la Chabraque qui lui barrait le passage.

Elle se mit à genoux devant Zinzolin, lui embrassa les mains.

— Mon Dieu ! dit-elle. Tu es vivant !

Je n'en avais jamais tant vu ni tant entendu de ma vie en une aussi maigre poignée de secondes.

Humble dans l'ombre cependant, le nez à peine illuminé par les reflets de l'âtre tant il se tenait en retrait, il y avait aussi ce simple paysan anodin, le sourire affable au coin de la lèvre, qui avait retiré son chapeau et le tenait poliment à la main. Tout à sa dévotion, Évangeline n'avait pas encore pu le voir. Lorsqu'elle leva les yeux le personnage insignifiant était obséquieusement penché vers Zinzolin et il lui disait :

— Monsieur ! Par pitié ! Je voudrais vous dire un mot en particulier.

— Je vous l'interdis ! cria Évangeline. Vous avez une tête de remords ! Je ne sais pas ce que vous avez à lui dire, mais je vous l'interdis !

Il y avait déjà autour de ce faible instrument du destin une demi-douzaine de paysans de la Drôme prêts à le faire passer à travers les solives jusqu'à l'étage au-dessous. Ils cernaient l'homme avec sollicitude, de très près, en lui soufflant à la figure leur haleine à l'eau-de-vie.

— Eh bien ! tonna Zinzolin. Qui est-ce qui commande ici ?

Il s'était mis debout, culbutant Évangeline qui lui embrassait les genoux et la Chabraque qui essayait de le retenir. D'un grand geste du bras il maintenait à dix pas le groupe de ses partisans qui menaçaient de faire un mauvais parti à l'homme perdu d'humilité qui était seul maintenant devant lui, tête basse.

— Ne l'écoute pas, je t'en supplie ! cria Évangeline.

Elle fourragea dans son charivari, en tira le pistolet qui ornait ma table de nuit il n'y avait pas deux heures de cela. Elle menaça l'homme :

— Si vous ouvrez la bouche je vous tue !

L'homme flageola sur les genoux en levant des mains suppliantes. Zinzolin se plaça entre lui et Évangeline, s'avança vers elle, indigné :

— Vous n'auriez quand même pas le front de tirer sur un homme désarmé ?

— C'est vous que sa langue va tuer ! gémit Évangeline. Je ne sais pas ce qu'il va vous dire mais c'est un piège. N'oubliez pas que vos ennemis sont plus intelligents que vous !

— Donnez-moi cette arme, ordonna Zinzolin. J'ignorais que vous étiez capable de tels excès !

Il parlait comme un homme qui n'aime plus et je savais qu'Évangeline en avait conscience. Elle lui tendit son pistolet, résignée. On voyait bien qu'il était son maître et qu'elle ne pouvait rien contre sa volonté.

— Parlez ! dit Zinzolin à l'homme.

Il se rassit posément dans son fauteuil dépaillé pour pencher son oreille vers l'inconnu qui ne lui dit que quelques mots. Alors Zinzolin se dressa tout droit. Il avait le regard perdu vers la terrasse où brûlaient tant de feux de joie. Il se mit en marche, un pas devant l'autre, derrière l'homme insignifiant qui avait l'air de le conduire en laisse.

Évangeline marchait à côté de Zinzolin qu'on eût dit hypnotisé et qui avançait comme un somnambule. Elle lui récitait une longue litanie de supplications, elle essayait d'entraver son avance, mais il la repoussait sans la voir, sans l'entendre, avec douceur, machinalement, comme il l'eût fait d'une mouche importune. Je suivais moi aussi et moi aussi j'avais le pressentiment d'un malheur.

Nous avons traversé la terrasse parmi les groupes qui reconnaissaient Zinzolin et qui s'approchaient de lui, hommes, femmes qui montraient du doigt aux enfants ce bienfaiteur qu'il ne faudrait jamais oublier. Leur foule se refermait derrière nous et marchait dans notre sillage. Le grand escalier aux degrés bouleversés et qu'il fallait dévaler comme un talus abrupt, c'est une multitude compacte et incrédule qu'il déversa vers la place balayée des lueurs des feux mais où l'on n'apercevait plus aucun gendarme. Zinzolin avançait avec peine, à la fois entravé par la solide Évangeline qui s'opposait à sa marche et qu'il écartait inlassablement et suivant, comme s'il était en laisse, ce paysan obséquieux qui n'avait pas remis son chapeau dont il balayait le sol à force de courbettes.

— Je ne vous cache pas, me dit beaucoup plus tard le procureur, que lorsque, depuis la terrasse, j'ai vu cette horde de croquants déferler vers l'établissement thermal, il m'est venu le grand regret de n'avoir pas conservé mon peloton de gendarmes. Il ne m'en restait plus que sept ! Juste ce qu'il fallait pour m'assurer des compagnons d'Orion. Le désastre !

Cette histoire où il avait risqué sa carrière, il ne l'oublia pas de sitôt.

— J'avais pourtant bien chapitré mon lourdaud de Goliath auquel j'avais promis la relaxe pour une affaire de lièvre pris au collet sur les terres des Du Chaffaut. Il ne s'agissait guère que d'un message bref, anodin, qu'il devait glisser dans l'oreille de Zinzolin et que celui-ci seul devait entendre.

Il poursuivait :

— Lorsque je l'ai vu gravissant de dos et en saluant à cul ouvert cet homme qu'il était en train de tirer comme avec une ficelle, je me suis dit : « À la bonne heure ! Le poisson a mordu ! » Puisqu'il était si désintéressé que ça ce Zinzolin, il n'allait pas tarder à m'avouer où il avait caché son magot contre le petit papier que je tenais dans ma contrepoche et qui le rendait libre de circuler à travers tout le territoire de la République. Amnistié ! C'était simple ! Eh bien non ! Mais qui aurait pensé ça ? Qui aurait pu imaginer ça ?

Des mois, des années plus tard, sous l'œil indulgent de son épouse, le procureur de Kérénez en levait encore les bras au ciel d'émotion.

— Je vous avais pourtant bien prévenu ! lui disais-je.

Mais il poursuivait sans m'entendre :

— Je lui avais dit : « Il vous suffira d'être là ! Puisque, d'après ce que vous me dites, vous voulez tant le revoir ! Puisqu'il veut tant vous revoir ! Vous n'aurez besoin de rien dire. C'est moi qui parlerai ! Sitôt qu'il nous aura avoué la cachette de son trésor, vous pourrez l'emmener où bon vous semblera. » Comment imaginer que c'est à la mort qu'elle voulait le mener ?

— Et c'est vous, lui disais-je, vous qui l'aviez fait venir ! C'est vous tout seul qui aviez imaginé ce beau coup !

— Ça paraissait louable de vouloir remettre en contact deux êtres qui s'aimaient !

Voici ce que prétendit toujours le procureur de Kérénez lorsque tout fut consommé. Mais il était encore incrédule des années plus tard.

— Et soudain, disait-il, je vous ai vus tous à la lueur des feux de joie. Quand j'ai aperçu Zinzolin je me suis dit : « C'est pas possible ! Hâve, maigre, voûté, n'ayant plus que le souffle, les genoux cagneux ! Et avec ça perdant ses cheveux qu'il avait déjà blancs ! Mais que pouvaient-elles donc toutes lui trouver, je vous le demande ? »

À chaque fois qu'il évoquait ce tableau, le procureur de Kérénez tourné vers sa femme lui posait toujours cette même question saugrenue.

— Mais il avait bien du charme, mon ami..., lui répondait-elle.

Nous étions maintenant dans le grand escalier de l'hôtel. Tous : le paysan courbé vers la terre, Zinzolin comme un somnambule qui cherchait vainement à apercevoir quelqu'un à la lueur des feux de joie ; Évangeline d'un côté et moi de l'autre qui le flanquions étroitement, la Chabraque qui avait mis son fusil en travers de la marche pour ralentir son maître et derrière ce quatuor quatre-vingts ou cent hommes armés qui soufflaient dans le vent une haleine d'alambic et prêts à tout balayer à coups de chevrotine à la moindre alerte. Deux ou trois d'entre eux étaient même armés de faux et l'un brandissait un fléau à battre le blé.

Le grand escalier nous vomissait en désordre sur l'esplanade de l'établissement thermal que seul, aucun de ces croquants n'aurait osé fouler de ses godillots, fût-ce le chapeau à la main. Mais à quatre-vingts et bien groupés, cette élégante terrasse n'apparaissait plus que comme un champ de bataille le cas échéant, et la peur avait changé de camp.

En haut du degré, notre foule était si compacte et enserrait si étroitement son héros en une telle cohésion que l'un des grands vases en faux albâtre, orné de guirlandes de plâtre, fut chassé de son socle. Il explosa sur le sol en répandant les larmes rouges de ses fleurs de géraniums.

Le procureur stoïque et le conseiller Verdillon dans son fauteuil comme un prince étaient là tous les deux bien en vue, et dans la pénombre derrière eux se tenaient seulement les grands valets qui voituraient le conseiller et quelqu'un que je ne reconnus pas tout de suite.

Il est difficile de décrire plusieurs actions simultanées lorsque l'œil et l'intelligence disposent de peu de secondes pour les découvrir, les comprendre et si possible y porter remède.

Aujourd'hui encore je m'interroge sur le mobile qui me fit agir, sur l'abnégation inattendue dont je fis preuve, en dépit de mon caractère douillet, de ma philosophie de sybarite et de mon scepticisme total à l'égard de tout héroïsme.

Tout me sauta à l'esprit en même temps à partir du moment où, Zinzolin étant parvenu à quatre pas devant lui, le procureur s'écarta pour lui révéler la divine surprise qu'il lui avait fait promettre par le paysan obséquieux.

— Le message était bref, me dit-il plus tard. Il ne comportait que ces quelques mots : « Elle vous attend sur la terrasse. »

Oui, c'était là qu'elle l'attendait. Sitôt que le procureur se fut écarté, je vis, sous la pulsation des feux de joie, le visage livide d'Aigremoine et avant même qu'elle ait pu faire un geste j'avais compris. Je hurlai :

— Attention Zinzolin ! Elle est armée !

— Armée ? cria le procureur.

Je compris en un éclair ce qui allait se passer si Aigremoine tirait. Ce serait un carnage. Les quatre-vingts croquants qui nous serraient de près avec des fusils et des fléaux à battre le blé ne comprendraient qu'une seule chose, c'est qu'on avait tué leur idole en l'attirant dans un piège, et le piège, c'était nous tous, les gens d'en face. Ni moi ni Évangeline ni l'imposant procureur ni le subtil conseiller podagre ni Aigremoine, laquelle avait fait probablement le sacrifice de sa vie, personne n'échapperait à la justice sommaire de tous ces braves gens imbibés d'alcool et pour qui Zinzolin représentait le sauveur. Heureux encore si dans leur enthousiasme, ils n'attachaient pas nos corps pantelants aux chambrières de leurs charrettes pour semer nos lambeaux en route jusqu'à ces endroits au tonnerre de Dieu où ils prétendaient gîter.

Je me jetai devant Zinzolin les bras écartés et je vis devant moi braquée la bouche du pistolet que brandissait Aigremoine.

— Tirez donc ! lui dis-je mais lui vous ne l'aurez pas ! Ils vous auront écrasée avant !

J'avais contre mon flanc l'énorme poitrine de la Chabraque qui était prête à rouler devant moi pour prendre le coup à ma place. Sur le visage d'Aigremoine se lisait le plus grand désarroi. Se souvenait-elle de m'avoir aimé ? Et c'est alors, madame, qu'en même temps que je tenais Aigremoine en respect comme on fait d'un grand fauve, par la seule force de mon regard, c'est alors que je vis briller sur sa gorge un éclat d'or qu'accrochait la lueur des feux de joie et que je me souvins en un éclair du bijou qui soulignait les tendons décharnés de l'homme que je couvrais de mon corps. Un grand pan de la vérité se dévoila devant mes yeux mais il n'était pas encore temps. Mon intelligence demeurait obtuse devant ces révélations qui auraient dû m'éclairer.

— Rattrapez-la ! criait le procureur. Arrêtez-la. Elle a voulu le tuer !

Il criait dans le vide bien sûr car il n'avait plus de main-forte à sa dévotion, et les choses étaient allées si vite que nul dans la foule n'avait aperçu le manège. Aigremoine avait déjà sauté la haie de buis qui bordait la route.

— Laissez-la ! criait Zinzolin. Je vous interdis d'y toucher ! Elle est à moi ! Obéissez ! N'avancez pas si vous m'aimez !

Il faisait face à ses fanatiques qui grondaient sourdement mais qui abaissaient leurs fusils braqués autant sur nous que sur la fugitive.

— Laissez-la ! haletait Zinzolin. Laissez-la ! Elle est à moi !

Il y eut un grand silence d'une seconde que soulignait seul le craquement des feux et au loin le galop d'un cheval vivement enlevé. C'était Aigremoine qui nous échappait et se perdait dans la nuit avec son secret.

Tout cela s'était passé en moins d'une minute et sauf mon avertissement, le cri du procureur et les ordres de Zinzolin, personne n'avait eu le temps de broncher.

Quelques grincements de volets aux étages attestaient que les curistes de Montbrun commençaient à s'alarmer. Ils pouvaient voir de là-haut, qui accrochait sur ses tessons les lueurs des grands feux, le vase à géraniums renversé et la terre noire autour qui maculait les fleurs rouges et qui jurait avec le blanc du gravillon.

Il y eut une houle frémissante sur la foule dense qui se pressait en haut de l'escalier. On vit, se faisant place, les bicornes des gendarmes qui tenaient des fusils à haute baïonnette. Ils étaient accompagnés par un fort bruit de chaînes. Ils criaient aux croquants de faire place à la loi et les croquants docilement s'écartaient et leur reflux vomissait hors de ses rangs, pêle-mêle, les sept gendarmes restant du peloton et les cinq compagnons d'Orion qui avaient laissé un des leurs victime du château piégé. Ils étaient diversement traités mais tous pareillement enchaînés. Je vis sourire de bonheur la bouche édentée de la Chabraque qui soutenait Zinzolin effondré.

Les gendarmes poussant devant eux les prisonniers arrivaient devant le procureur en faisant claquer les talons. Le grand capitaine qui avait dirigé l'opération rendait compte à mi-voix :

— Nous n'avons pas eu la peine d'aller les chercher, dit-il. Tous ces braves gens se les sont passés de main en main. Ils nous les ont livrés dans cet état !

Les cinq compagnons d'Orion émergeaient de la foule à leur tour. Ils étaient en haillons, certains n'avaient même plus que leurs mains pour cacher leur intimité. Me Chalgrin n'avait plus qu'une jambe de pantalon, M. Meissonnier, l'homme sagace qui avait évalué au plus juste le trésor de Zinzolin, M. Meissonnier était en chemise blanche et c'était tout. L'armurier de La Motte-Chalancon n'avait plus que ses chaussettes et son paletot sur lequel on avait épargné la rosette rouge. On sentait que chacun leur avait pris strictement ce qui faisait besoin. Ils avaient toutefois tous reçu tel nombre de coups de pied au cul qu'ils défilaient au garde-à-vous.

Il nous fallut subir (Dieu merci l'infortuné Élie était vieux garçon) le désarroi bruyant des épouses unanimement vêtues de longues chemises couleur violette impériale et qui descendaient le grand escalier pour découvrir ce désastre : leurs époux enchaînés, en haillons et à demi nus. Elles ne pouvaient pas se douter qu'ils venaient de vivre les plus belles années de leur vie en dehors d'elles.

Ils avaient pourtant, car il fallait mentir jusqu'au bout, des visages scandalisés comme si le destin les frappait d'injustice. Ils n'avaient pas du tout conscience d'être des bandits de grand chemin en dépit de ce qu'il restait de leurs jaquettes. Ils étaient prêts comme tous les forbans à regarder Dieu le Père au fond des yeux en lui protestant qu'ils faisaient ça pour sa plus grande gloire.

— Leurs armes ? demanda le procureur.

— Sauf le mort, trouvé au bas de l'écurie, ils n'en avaient aucune.

Il y aurait ainsi dans les fermes reculées de la Drôme des pistolets souvenirs flambant neufs qui ne serviraient jamais. On les accrocherait solidement par du fil de fer au manteau au-dessus de l'âtre et on les désignerait les soirs d'hiver en racontant l'épopée des compagnons d'Orion et surtout celle de Zinzolin : le père des pauvres, la consolation des nécessiteux.

— Celui-là, dirait-on, c'était celui de M. Meissonnier. Il en est revenu le bougre de Biribi ! Il est mort à Ribiers à nonante ans, entouré de la considération générale !

— Mais non, tu te trompes ! C'était celui de Me Chalgrin ! Mon pauvre père lui a donné huit coups de pied au cul pour lui apprendre à nous avoir fait tort lors du partage de l'oncle Désiré !

— On vous reprochera peut-être, dit le conseiller Verdillon avec bonhomie, d'avoir été un peu dispendieux dans vos dispositions mais ma foi le résultat n'est point si négligeable : l'énigme de la guillotine est résolue et les coupables sont aux mains de la justice.

C'était le moment pour moi de restituer à qui de droit les billets de banque autorisés par la loi que j'avais indûment confisqués. J'expliquai à Kérénez ce dont il s'agissait.

— Si le Clarisse Trescléoux n'a pas encore occis le facteur Bellinfante, vous aurez peut-être besoin de cette pièce à conviction pour confondre ce dernier. Il m'a tué un ami. Mon témoignage et celui de frère Calixte sont à votre disposition.

Je lui glissai à voix basse :

— Ce serait peut-être le moment de sortir votre papier de la poche. Cette multitude autour de Zinzolin qui s'est donné du cœur avec force eau-de-vie, est désœuvrée, indécise... Frustrée de quelque éclat. Il serait peut-être bon de vous faire acclamer.

Le procureur soupira :

— Quatre-vingt-trois millions ! Et je suis sûr qu'ils sont quelque part par là !

Il accusait le château d'un signe de tête. Je lui désignai toutes ces faces rendues patibulaires par la misère qui couvaient des yeux leur bienfaiteur et ne tarissaient pas de le bénir à voix basse.

— Ils sont là devant vous et vous avez des yeux pour ne pas les voir !

Il hocha très vivement la tête, leva les bras au ciel en un geste qui lui était familier.

— Quatre-vingt-trois millions ! À ces croquants ! Alors qu'avec ça on aurait pu rembourser une partie de la rançon que réclame le Prussien !

Il sortit de sa vaste poche un pli officiel qu'il défroissa de la main sur le socle du chèvre-pied qui m'avait abrité tout à l'heure.

— Monsieur le baron de Montbrun, dit-il d'une voix forte. La loi d'amnistie vous comprend dans son absolution. La République reconnaît que vos actes étaient justifiés par la nécessité de lutter contre l'usurpateur.

La multitude fit entendre un véritable mugissement de bonheur qui se mua vite en un formidable : — Vive Zinzolin ! qu'ils ne se lassaient pas de hurler. Mais il y avait l'aube impitoyable qui se levait. Il y avait les feux de joie qui fumaient en s'éteignant sous la rosée. Même en juillet l'aube désenchante les âmes. Il y avait longtemps que le dernier verre de *blanche* s'était évaporé dans les cerveaux. Il allait falloir songer à regagner les hauteurs de la Drôme après une nuit bien remplie. La débandade commença lentement mais tourna vite à la fuite éperdue. Quand ce fut le crépuscule du matin dans l'attente interminable du lever du soleil, il n'y avait plus sur la terrasse aux tilleuls que le grand vase brisé aux géraniums flamboyants dont le directeur de l'hôtel, en robe de chambre cramoisie, contemplait tristement les débris.

Je m'approchai du procureur qui devisait à voix basse avec le conseiller.

— Ah ! Brédannes ! s'écria-t-il. Mais dites-moi ! C'est courageux ce que vous avez fait là ! C'est donc l'un de vos amis ce Zinzolin ?

Il n'attendit pas ma réponse.

— Mais qu'est-ce qu'il lui a pris à cette petite Aigremoine de vouloir tuer Zinzolin ? Savez-vous que je vais être contraint de la poursuivre ?

— Tsst tsst tsst ! émit le conseiller Verdillon. Vous ne ferez rien de tel, mon cher ! Ce... commencement d'acte dont nous fûmes tous témoins fut néanmoins confidentiel et tout porte à croire qu'il ne se renouvellera pas.

Il fit un silence qui me parut interminable. Le procureur se mordait les lèvres en une moue dubitative. De cette voix embarrassée qu'ils ont tous lorsqu'ils vont évoquer un détail qui pèsera sur leur carrière, le conseiller reprit :

— Dans un autre ordre d'idée... Son père a les meilleures chances d'être élu sénateur. Notre parti y gagnerait en force !

— Ah, vous n'avez pas volé, lui dis-je, votre titre de conseiller ! Mais quant au fait que ça ne se renouvellera pas, ça...

Je contemplais de loin un trio de douleur qui se rapprochait de la balustrade. Telle une Iphigénie pitoyable, Évangeline qui m'avait oublié enveloppait Zinzolin de sa tendresse, et toujours naïvement armée de son fusil et de sa cartouchière (comme si tirer pouvait quelque chose contre un chagrin d'amour) la Chabraque pleurait. Ses larmes infiltraient les crevasses de sa petite vérole qui faisait de son visage une image brisée.

— C'est étrange..., dit le directeur de l'hôtel. Cette dame, Aigremoine de Gaussan, quand elle est arrivée, elle m'a demandé d'occuper la chambre de sa mère.

— Sa mère ? s'étonna le procureur. Mais il y a des années qu'elle est morte.

— Sans doute. Mais elle est venue ici. Il y a vingt-cinq ans. Pour pouvoir donner la même chambre à cette personne, j'ai dû consulter les anciens registres. Elle a bien séjourné ici à deux reprises, deux années de suite. Pour une cure, acheva-t-il.

Zinzolin marchant comme un vieillard, soutenu par la tendre Évangeline, avait atteint la balustrade et s'y était accoudé. Il regardait douloureusement vers le point le plus lointain de la route par où Aigremoine s'était sauvée.

— Mais pourquoi ? Pourquoi ? gémissait-il.

Pourquoi ? Je ne le savais pas encore mais je commençais à le deviner.

Quand je revins à Forcalquier trois jours plus tard seulement, pour avoir voulu épuiser le forfait qui me liait à l'hôtelier, les Montagnier effarés m'attendaient pour me reprocher mon absence. Ils me croyaient plus vulnérable que je ne le suis en réalité, aussi ne voulaient-ils laisser à personne le soin de m'instruire.

C'étaient deux ancêtres à la figure basse qui s'appuyaient chacun sur une canne, lui par vieillesse, elle par nécessité car elle était bancale de naissance.

— Eh bé ! Si vous saviez, monsieur Brédannes, ce qui s'est passé pendant que vous nous abandonniez ! Eh bé pardon !

Ils en secouaient tous les deux la main en cadence avec une vivacité de jouvenceau. Ils m'attaquèrent avant même que j'aie pu panser Cinabre. Ils voulaient à toute force l'un l'autre parler le premier.

— C'est un esclandre ! dit la vieille.

— Comment aller imaginer une chose ainsi ? renchérit le vieux.

Ils en avaient des plis de bonheur aux commissures de leurs yeux chassieux. La vieille en salivait un peu au coin des pointes basses de sa moustache.

Il relevait de leurs paroles confuses que, trois jours auparavant, tout Forcalquier avait vu défiler sur la place le facteur Bellinfante chargé de chaînes entre quatre gendarmes et écumant de fureur.

— Je l'avais jamais vu comme ça ! dit le vieux.

On l'avait arrêté à l'*espère* du Pantou, au milieu des Mourres, *in extremis,* alors que le Clarisse Trescléoux s'apprêtait à lui tirer dessus à travers le tuyau du poêle avec du plomb de douze !

— Pensez ! glapissait Montagnier. Ils s'étaient enfermés là-dedans avec l'Albertine et ils faisaient la chose sur la chaise dépaillée où le pauvre Pantou, quand il était encore en vie, s'assoyait pour tirer les chachas !

— Et lui en uniforme du gouvernement puis encore ! renchérit la vieille.

— C'est ensemble, avec le Clarisse, qu'ils ont traversé la place chargés de chaînes. Et il paraît que, tels quels et malgré les gendarmes, ils se tiraient encore des coups de pied de jalousie ! Ma belle ! Je me demande ce qu'ils lui trouvaient à cette Albertine !

Ainsi donc le procureur avait envoyé ses réquisitions juste à temps. Le facteur Bellinfante paierait la mort du pauvre Lulu. C'était ce qui m'importait le plus. Les Montagnier avaient gardé pour la fin ce qu'ils jugeaient devoir le plus m'impressionner.

— Je sais pas si c'est vrai mais soi-disant que l'Albertine elle en pleure encore des larmes de sang tellement elle l'aimait son Bellinfante !

— Eh bé vaï ! s'exclamait la vieille. Elle a le temps de rebouillir ! Soi-disant que son mari il l'a enfermée dans la cave aux salaisons après l'avoir laissée pour morte à force de la tabasser !

— Un esclandre je vous dis ! me soulignèrent ensemble les deux Montagnier.

Ils m'apprirent encore mais incidemment qu'un cavalier monté sur un bardot était venu trois fois soulever le heurtoir au portillon.

— Eh longtemps ! me dirent-ils. Il s'en allait plus ! Il est venu hier au soir encore ! Après dix heures ! Ça doit être une chose d'une extrême gravité !

Ils ne se trompaient pas. J'avais eu juste le temps de mettre une couverture sur le dos de Cinabre qui avait fourni une longue traite. L'angélus sonnait à la cathédrale et à l'hôpital. On heurta au portillon avec une grande fermeté. Je descendis en criant que je venais. Je vis Hilarion, l'âme damnée du comte. Il me dit :

— Vous arrivez bien tard !

Il avait le front tellement bas qu'on l'aurait cru imbécile. Par les bords, les cheveux lui touchaient les sourcils. Je m'effaçai devant lui. Il monta lourdement l'escalier, il se laissa choir dans la cuisine sur la chaise que je lui désignais.

— Elle va le tuer ! souffla-t-il. Elle va finir par y arriver. Il faut que je décharge ma conscience ! Il faut que vous empêchiez ça !

Il était assis de travers sur la chaise, un bras pendant le long du corps, un poing posé sur la table qu'il ouvrait et refermait.

— Vous comprenez, dit-il, oh ce n'est pas pour moi ! Mais mon maître va être élu sénateur Si

Henri V accepte le drapeau tricolore, le comte de Gaussan sera pair de France ! Je serai peut-être l'inspirateur d'un ministre ! Or la vérité jettera le discrédit sur lui. À la rigueur on pourrait étouffer un assassinat... Le passer sous silence. Mais pas la vérité ! La vérité fera rire ! On ne relève pas d'un rire du peuple ! Si mon maître est éclaboussé par le rire, il ne sera jamais ministre, et moi je ne serai jamais l'inspirateur d'un ministre. Et n'être pas au moins ça, monsieur, quand on est valet, c'est n'être rien !

À l'air hagard dont j'enregistrais ces extravagances on eût dit que c'était moi le fou et lui l'homme de bon sens. Le fait que cet Hilarion, de but en blanc, se livrât à moi dans toute sa candeur prouvait bien que lorsqu'un motif inavouable fait agir un homme, c'est toujours un enfantillage. Ainsi donc un grand garçon comme ça (il devait avoir quarante-cinq ans) voulait devenir l'inspirateur d'un ministre comme s'il s'agissait là d'une jouissance des dieux. Et son maître, probablement, voulait devenir ministre dans l'espoir d'habiter un jour quelque palais national. Ces messieurs, apparemment, n'avaient jamais respiré l'odeur de pourriture qui monte de chacune de nos carcasses de notre naissance à notre mort, car vouloir régner sur cette humanité qui respire une telle odeur, n'est-ce pas un enfantillage ?

« Et toi ? me soufflait impitoyable mon libre arbitre. Passer d'alcôve en alcôve et en tenir le compte, n'est-ce pas un enfantillage ? Et faire des bouillons pour soigner des gens en y croyant dur comme fer, n'est-ce pas un enfantillage ? Si encore tu n'y croyais pas ! Et connais-tu quelque chose au monde qui ne soit pas un enfantillage ? — Hé non ! rien ! — Alors tais-toi et écoute ce qu'il a à te dire cet homme ! »

— Je vais vous expliquer la vérité à vous pour que tout le monde ne la sache pas ! poursuivait Hilarion.

Je levai la main :

— Je ne suis pas un confessionnal et je tiens à ma tranquillité !

— Vous n'étiez pas tranquille non plus l'autre jour quand vous vous êtes jeté devant Zinzolin pour empêcher que madame ne le tue !

Je soupirai :

— Les nouvelles vont vite...

— Les gens aussi ! À l'heure qu'il est, Zinzolin, M. le Baron de Montbrun...

— Comment savez-vous ça ?

— Je vous dirai tout à l'heure. Zinzolin est donc en route pour Gaussan ! Madame lui a fait tenir un mot où il y a ça d'écrit : « Venez, mon cher cœur ! Tout est oublié ! J'ai été folle de jalousie ! Je vous attends à toute heure du jour et de la nuit chez moi à Gaussan. Je vous aime ! Nous sommes faits pour les grands bois tous les deux. Venez me chercher. Nous partirons ensemble. »

Il me récitait ces mots sacrés à la manière d'un procureur énumérant les attendus d'une sentence.

— Que feriez-vous, dit-il, si vous receviez un tel billet ?

— Oh ! fis-je.

Mon exclamation désolée contenait tout un monde d'étonnement et d'inquiétude qui ne pouvait pas plus longuement s'exprimer.

— Je ne vous demande pas qui vous a communiqué la teneur de ce billet ?

— Madame est arrivée à sa folie l'autre soir vers huit heures. Elle était fourbue et haletante. En dépit de cela, elle s'est jetée sur son écritoire et elle a composé ce billet et elle a incontinent ordonné à l'un de ses tâcherons de se mettre en selle et de le porter à son destinataire. « D'une traite ! » a-t-elle ajouté.

— Fort bien ! Et ce tâcheron ?

— Ils sont tous à la dévotion de M. le Comte et celui-ci se fie à moi pour expédier les affaires courantes. Je ne lui rends compte que des choses que je juge indispensables. Ce tâcheron n'est parti pour Montbrun qu'après m'avoir vu. Actuellement le baron doit avoir le billet en main. Probablement même s'est-il déjà mis en route. Poussé par la passion, il ne fera de Montbrun à Gaussan, comme le messager, qu'une seule traite. C'est dire si les choses sont imminentes !

Par l'une des lucarnes je regardai avec inquiétude le soir qui bleuissait.

— Il tendra les bras à madame qui le guettera en haut du degré. Elle est capable de le guetter trois jours durant sans bouger tant elle a envie de le tuer. Il n'y a que vous qui puissiez l'en détourner.

— Mais à Montbrun, on lui a retiré son pistolet !

— Il y en a six au râtelier à Gaussan ! Tous plus chatouilleux les uns que les autres ! Certains... ont déjà servi.

— Mais pourquoi Aigremoine veut-elle tuer son amant ? par jalousie ?

Hilarion baissa la tête et son poing sur la table cessa de marteler le bois.

— Les choses, dit-il, seraient restées dans les limites du raisonnable si ce démon n'avait pas vu ma fille ou plutôt si ma fille n'avait pas vu ce démon !

— Votre fille ? N'était-ce pas la colombine qui nous aidait l'hiver dernier à suspendre nos manteaux ? Mais... Elle n'a pas plus de quinze ans !

Je voyais très nettement cette figure rose de porteuse de pot-au-lait, laquelle m'avait débarrassé de ma limousine et que j'avais vue ployant en arrière sous le faix de la bure, avec son regard furtif et ses seins sous le caraco lacé qui devaient être fermes comme des kakis verts.

— Il faut vous dire, monsieur, que Madame l'avait emmenée à la folie Turpin pour seconder sa femme de chambre. Madame, pendant tout le temps où elle a eu des rendez-vous avec Zinzolin, ne venait guère au château. Elle ne tenait pas à ce que son père et cet individu se rencontrent. C'est à la Folie que Colombine, ma fille, l'a vu...

À quinze ans les choses vont vite hélas ! Elle a vu ce cavalier sous un saule au clair de lune immobile et qui attendait Madame. J'avais eu le tort de dire à table devant ma mère et ma fille que Madame avait un nouvel amant pour se consoler, sauf votre respect monsieur, de n'avoir pu vous mettre dans son lit. Colombine, c'est aussi son nom, a pris feu comme une bourrée de sarments ! Trois jours ! Au bout de trois jours on ne pouvait plus la tenir ! Elle aimait Zinzolin et elle haïssait Madame.

Je murmurai :

— *Quinze ans, ô Roméo ! L'âge de Juliette !*

— Plaît-il, monsieur ?

— Oh rien ! Je soupirais !

— C'est moi, monsieur, qui n'arrête plus depuis ce jour de soupirer ! Car lorsqu'elle a vu que Zinzolin dans les jambes de qui elle se jetait chaque fois qu'elle l'apercevait attendant Madame, bref quand elle a vu qu'il ne lui accordait pas un regard et que ces deux-là étaient soudés l'un à l'autre, alors, monsieur quand elle a compris ça, elle est devenue comme folle ! Je l'ai battue, monsieur ! À coups de ceinturon ! Sur les jambes ! Sur le dos ! C'était comme si je tapais sur du marbre ! C'est à peine si elle gémissait.

Cette fois il se tordait les mains de désespoir.

— Alors, reprit-il, quand elle a compris, vraiment, c'est sa haine pour Madame qui s'est mise à flamber Le temps de bien réfléchir au mal qu'elle pouvait causer et à un moment où je ne la surveillais pas (j'ai mon travail, monsieur, je ne peux pas toujours lui être dessus !). À ce moment-là, elle est allée chercher la lettre. Elle est entrée chez Madame sans frapper. Elle la lui a jetée à la figure en la lui récitant ! Heureusement, je suis arrivé quand Madame était sur le sofa, à demi évanouie, et la lettre était sur le tapis. Je l'ai reprise prestement.

— Une lettre ?

— Oui, monsieur, une lettre. Et là, je vais faire appel à toute votre compréhension car ce qui me reste à dire n'est pas facile. Pour commencer, monsieur, ma défunte femme était femme de chambre chez feu Mme la Comtesse, la mère de Madame Une femme de chambre, monsieur, pour une noblesse quelle qu'elle soit, c'est une sœur ! Elle vit avec vous seule, sauf votre sommeil, c'est-à-dire quelquefois seize heures par jour ! Nous, monsieur, mon aïeul était palefrenier chez le grand-père de M. le Comte, mon père était maître de chai et moi j'ai été de tout temps le confident du comte actuel, si j'osais, monsieur, je dirais que nous nous sommes élevés ensemble. Enfin, monsieur, pour bien vous faire comprendre : les Gaussan et nous, nous étions parallèles !

Hilarion se tut pour rassembler les fils de son histoire. J'en profitai pour lui glisser un verre de semoustas entre ses bras qui soutenaient sa tête. Il faut toujours un peu de plaisir matériel pour conforter l'âme de quelqu'un qui raconte, même si c'est une tragédie, même si elle le touche de près.

— Quant à ma femme, monsieur, je n'en voulais pas, je vous le dis bien franchement. Elle était belle et joyeuse que c'en était indécent. J'avais grand-peur d'être cocu. Mon père non plus n'en voulait pas. C'étaient des gens de peu : sa mère était lavandière au château et son père garde-champêtre du village. (Il lui manquait une jambe depuis Magenta.) En plus c'était un rouge ! C'est vous dire ! Non vraiment, je n'en voulais pas ! Un jour, elle m'attend. — Oh comme il y a longtemps de cela ! — Elle m'attend à la gloriette du jardin d'hiver. Elle me dit :

« Tu vois ça ? C'est ma dot si tu veux de moi ! »

Et elle me brandit une lettre devant le nez.

« C'est pour le piéton de la diligence de Valence qui passe à Montbrun, me dit-elle. C'est une lettre de Madame pour M. le Baron de Montbrun. Elle ne partira que si tu ne veux pas de moi. »

Je haussai les épaules.

« Si tu crois qu'il suffit d'une lettre.

— Ce sera notre paratonnerre ! Jamais les Gaussan ne pourront se séparer de nous. Si tu dis oui je l'ouvre, tu la lis et elle ne part pas ! »

Il faut dire, monsieur, qu'à ce moment-là, j'avais vingt ans et que la Berthe, ma femme, elle avait sa bouche si près de la mienne que je sentais son souffle sur ma moustache. Qu'est-ce que vous auriez fait à ma place ? J'ai lu la lettre... On s'est mariés. On n'a eu notre fille que dix ans après et c'est ça, monsieur, qui a fait le malheur. Alors qu'Aigremoine, elle, avait déjà dix ans... Parce que, monsieur, vous savez comment les gens du monde aiment à s'amuser de leurs domestiques. Défunte Mme la Comtesse n'arrêtait pas de couvrir sa femme de chambre de sarcasmes :

« Eh bien, ma pauvre Berthe ! Vous êtes bréhaigne ou bien c'est votre mari qui est un mulet ? »

Ma femme arrivait en larmes à l'office. Je lui disais :

« Prends patience ! On va faire ce qu'il faut ! »

Et regardez, monsieur, comme le destin est cruel. Un soir où la comtesse avait été particulièrement piquante, ma femme les nerfs lui lâchent et elle lui parle de cette fameuse lettre et elle lui dit qu'elle est jamais partie et elle lui dit que si elle insiste elle ira la mettre sous les yeux de M. le Comte et elle la met plus bas que terre que jamais dans son état normal elle se le serait permis. Parce que, nous l'avons su tout de suite après, elle était enceinte depuis huit jours ! La comtesse est tombée en pâmoison. Ma femme affolée lui a fait respirer des sels. Quand elle est revenue à elle, la comtesse, elle a dit à ma femme :

« Vous m'assassinez, ma pauvre Berthe ! Je sais maintenant pourquoi le seul homme que j'aie jamais aimé m'a renvoyé toutes mes lettres sans explication. N'ayant plus de nouvelles, il a cru que je ne l'aimais plus. Et moi... Je lui ai renvoyé toutes les siennes ! Et c'était vous notre destin, pauvre imbécile ! »

Et elle est partie dans son boudoir et elle a pris au passage un pistolet au râtelier et elle s'est fait sauter la cervelle. Voilà !

Il fit semblant de vouloir boire un petit coup de semoustas mais il n'en eut pas le cœur. Il approcha seulement ses lèvres du verre puis il le reposa.

— Nous ne l'avons pas emporté en paradis. Trois ans après il y a eu cette épidémie de typhoïde dont vous avez entendu parler. Ma femme en est morte. Moi je m'en suis tiré. J'avais plus un cheveu ni un poil de sourcil. Je me suis dit que cette pauvre petite, ma fille, si jamais je disparaissais elle serait sans rien. Elle serait mise sur les routes par les gens du château. Alors, dès qu'elle a eu l'âge, je lui ai parlé de la lettre et je lui ai dit où elle était cachée. Ça a été ça mon crime. Sitôt que Colombine, ma fille, a compris que Zinzolin ne la regarderait jamais, c'est elle, cette fois, qui est allée chercher la lettre et qui l'a jetée à la figure d'Aigremoine.

— Vous l'avez cette lettre ?

Spontanément, Hilarion ouvrit sa soubreveste et il tira de sa contrepoche un billet couleur vieil ivoire roulé de la même manière que l'invitation du comte à son ortolanerie et de la même matière. Je méditai quelques secondes sur le destin de ce papier sur lequel on pouvait écrire au choix soit une invitation à dîner, soit un arrêt de mort. La comtesse Pons s'était tuée pour ce billet, Zinzolin risquait d'en mourir tout à l'heure et moi par le même papier, avec le simple truchement de caractères différemment disposés, j'avais pu m'enorgueillir d'une invitation à dîner.

Un sceau qui avait été rouge mais qui maintenant noircissait de vieillesse pendait brisé au bas de la missive. Je la lus en tremblant.

— Oh pute de mort !

Je me posai la main sur la bouche après ce juron, le seul que je me fusse jamais permis. Je rendis à Hilarion précipitamment ce papier comme s'il me brûlait les doigts.

— Une aussi bonne raison de vouloir tuer un homme, lui dis-je, je ne crois pas qu'il en existe une autre !

Quant à lui il se refusait à reprendre la lettre. Il reculait pour ne pas la toucher.

— Personne d'autre que vous, monsieur, ne peut la mettre sous les yeux de Zinzolin. Si moi je lui avoue que j'ai détourné cette missive, il me tuera c'est certain.

— Et il fera bien ! dis-je pensivement.

— Que voulez-vous ! dit Hilarion. Cette lettre, c'était notre toit. C'était le secret de Gaussan qui devenait nôtre. Nous étions assurés de les servir pour toujours. Il y a des choses dans la vie, monsieur, qui sont plus fortes que la loyauté ! Celui qui aurait voulu se passer de notre famille aurait dû franchir l'obstacle de cette lettre.

— Alors ? Pourquoi ne laissez-vous pas aller le cours des choses ?

— Ah ! monsieur ! Quand on a derrière soi une longue lignée d'honnêtes gens, il est bien difficile de s'en départir ! Et puis... Il me faut penser à la gloire de mon maître : Si Aigremoine tue Zinzolin, c'est sa pairie qu'on assassine !

— Je sais ! Et vous ne serez jamais l'éminence grise d'un sénateur.

Je m'étais entre-temps résigné à devenir le messager du destin. J'enfermai dans ma contrepoche le billet fatal. Je calculai le temps qu'il m'avait fallu pour revenir de Montbrun. Encore n'avais-je pas pris par le plus court. Je suivais en pensée l'itinéraire du messager, le peu de temps qu'il avait fallu à Zinzolin pour lire le billet et se mettre en route, échappant à la vigilance de la Chabraque et d'Évangeline, et quitte à crever sa jument. Poussé par l'espoir, il serait là dans la soirée. Je dis à Hilarion :

— Mon cheval est fatigué et le seller prendrait trop de temps : il est en train de manger. Je monterai votre bardot ! Vous rentrerez à Gaussan à pied.

J'étais déjà dehors. J'enfourchai le bardot anguleux qui lui-même renâclait devant mes genoux cagneux qui le serraient. Les Montagnier navrés me regardaient partir. C'était une fin d'histoire qu'ils ne connaîtraient pas.

Je fis ce que je pus pour atteindre Gaussan avant la nuit. Il faisait sur la plaine de Mane un de ces soirs majestueux qui vous incline à faire confiance en Dieu. Les mares harmonieuses auprès desquelles je passais étaient criblées de grenouilles qui coassaient rêveusement. Les fontaines de

Mane résonnaient sous les lavoirs. C'était un soir d'été où il aurait fait bon s'attarder sous les berceaux des platanes truffés d'oiseaux qui s'anuitaient. Je n'avais au cœur que l'angoisse d'arriver trop tard. Zinzolin connaissait tous les raccourcis à travers bois, de Montbrun à Gaussan. Il avait dû tous les emprunter.

J'arrivai dans l'allée du château. J'enrênai à quelque tronc le bardot d'Hilarion, bien avant le tournant qui livrait le bâtiment aux yeux du visiteur. La nuit était tombée. Je me tenais coi, encore bouleversé par le contenu de ce billet qui crissait contre ma poitrine et que je connaissais par cœur.

Il restait encore un liséré violine tout au bout du plateau d'Aurifeuille, mais je ne distinguais plus les branches des sycomores. Je m'étais avancé à pied jusqu'au tournant d'où l'on voyait surgir le château, au milieu des boulingrins. Il était glauque. La dernière lueur du crépuscule laissait deviner encore la couleur blonde de ses pierres. Derrière certaines de ses fenêtres, déjà quelques lumières palpitaient à travers les vitres. Il n'y avait aucun signe d'agitation, ce qui me rassura un peu. Si Zinzolin m'avait précédé, il y en aurait eu. Depuis le tronc qui me dissimulait, il me sembla voir à l'étage, derrière une croisée obscure, un mystère qu'une main tenait soulevé.

Je revins lentement vers l'arbre où j'avais enrêné le bardot. Tout le long du chemin, dans la sérénité de la nuit d'été je me répétais cette lettre écrite vingt-cinq ans auparavant et qu'une seule lecture avait suffi pour que je la retienne par cœur.

Soudain j'entendis au loin le galop soutenu d'un cheval lancé ventre à terre. Avant de me jeter les bras écartés dans l'axe du chemin, j'eus le temps de me dire : « Il va t'écraser ! » Mais puisque je m'étais mis en tête de détourner le destin, il n'était plus temps pour moi de calculer en termes de sécurité.

Je vis surgir la morelle de l'ombre comme un cheval d'enfer. Elle était cabrée écumante devant mes cris d'arrêt. Zinzolin en avait plein les bras pour l'empêcher de me renverser tant son élan la portait plus loin.

Il me couvrait d'imprécations diverses sans même m'avoir reconnu tant il ne supportait pas le moindre obstacle entre lui et sa passion. Il était parvenu à immobiliser sa jument qui frémissait sous tant de contrainte. Je me fis connaître car il était désormais impossible de distinguer les traits de quiconque.

— Mais qu'est-ce que vous faites encore là, sur mon chemin ?

— Ah, lui dis-je, je suis chargé d'une bien pénible mission et, si vous descendez, je m'en acquitterai.

Il mit pied à terre. La lune venait de se lever et maintenant dans le cirque des collines, on voyait même notre ombre se détacher sur le sol blanc.

— Ne croyez pas, lui dis-je, qu'elle vous attend frémissante d'amour. Elle veut toujours vous supprimer et j'ai tout lieu de croire qu'ensuite, elle se supprimera elle-même.

J'atermoyais car les choses qui me paraissaient parfaitement raisonnables tant que je n'avais pas eu Zinzolin devant moi, à mesure que celui-ci approchait, qu'il mettait pied à terre, qu'il se dressait telle une muette interrogation, me paraissaient de plus en plus difficiles à exprimer. Pour l'instant tout était encore abstrait mais dans un instant cette abstraction se transformerait en désespoir.

« Malheur à celui par qui le scandale arrive. » Cette parole d'Évangile ambiguë à souhait qui me venait à l'instant à l'esprit signifiait-elle que le malheur est promis à celui qui crée le scandale ou à celui qui le dévoile ? Le verbe *arrive* ne déterminait absolument rien mais eût-on écrit *éclate* que le mystère fût demeuré entier.

Il n'était plus temps hélas de peser le pour et le contre. Je sentais Zinzolin aussi frémissant que sa jument et prêt à m'écarter, à me jeter à terre, à se précipiter loin de mes paroles et vers sa mort. Mais puisqu'il voulait mourir, je pouvais aussi bien le tuer tout de suite en quelques mots. Je lui dis avec le calme qui permet d'être parfaitement audible :

— C'est votre fille.

— Qui est ma fille ? dit-il machinalement.

La réalité ne pénétrait pas aisément son intelligence.

— Aigremoine ! dis-je. C'est votre fille. Tenez ! Cette lettre vous est adressée. Vous devriez la tenir depuis vingt-cinq ans.

J'avais tiré de ma poche un bout de chandelle et mon briquet amadou que j'actionnais en soufflant sur le cordonnet.

— Baissez-vous ! dis-je.

Accroupis au pied d'un platane nous devions être comiques tous les deux, lui ânonnant péniblement les mots qui le poignardaient et moi qui lui tenais la chandelle au-dessus du billet.

Je ne sais pas, mon cher, si vous allez être heureux ou malheureux de cette nouvelle, mais nos amours ont porté leur fruit.

Je m'astreins toujours, par précaution, à honorer la chambre du comte au moins trois fois par mois depuis que nous nous connaissons, mais ici par malchance, pendant que j'étais à Montbrun, il était parti une huitaine courre le chamois chez son cousin de Menthon.

Il va me falloir jouer serré sur les dates. Dieu merci, j'ai affaire à un homme de cheval qui a les yeux fixés sur ses ambitions politiques et dont l'orgueil ne conçoit même pas que je puisse être autre chose que son objet. Mais je vous écris la mort dans l'âme car pour un temps plus ou moins long, il va falloir ne plus nous rencontrer.

On ne sait pas ce qui peut arriver, aussi à sa naissance, je passerai au cou de notre enfant la croix de larmes qui est le signe de ma famille et dont j'espère que vous porterez toujours celle dont je vous ai fait don.

Faites-moi savoir cher, par le canal habituel, que vous aurez bien reçu cette nouvelle.

Zinzolin se tut. Il était recroquevillé au pied de l'arbre et il faisait corps avec la terre. La lettre reposait dans l'herbe. Je l'approchai de la chandelle et la fis se réduire en cendres. Je savais qu'un homme qui a reçu un tel coup doit être giflé pour revenir à la vie. Je le secouai.

— Eh bien quoi ? Il n'y a pas là de quoi se crever les yeux !

Il se remit debout lentement en s'aidant du tronc de l'arbre.

— Elle a raison, dit-il. Il faut qu'elle me tue !

Il s'était mis en marche. Je suivais, subjugué. Nous étions courbés l'un et l'autre sous le poids mythologique de nos us et coutumes.

Zinzolin s'avançait d'un pas ferme vers son destin. Je tournais autour de lui, tantôt le dépassant et tantôt le suivant, tantôt me laissant écarter comme un enfant par son bras impatiemment étendu et tantôt réussissant à entraver sa marche.

Je lui disais les choses les plus raisonnables du monde. J'essayais en vain, en élevant la voix dans la nuit jusqu'à l'octave du désespoir, d'exprimer celle de la création froidement indifférente aux nuances qui nous mettaient tant en émoi. Mais le poids de nos tabous est si intimement scellé à notre nature que je n'y croyais pas moi-même. Ma vie en eût-elle dépendu que je n'aurais pas fait l'amour avec ma sœur et à cette seule évocation mes cheveux se dressaient sur ma tête, tandis que je m'efforçais de persuader Zinzolin qu'il n'avait commis aucune faute en le faisant lui avec sa fille, surtout en ignorant qu'elle l'était.

Pendant que je sautillais, armé de mes arguments dérisoires, autour de Zinzolin, l'image d'Œdipe aux yeux crevés, tâtonnant d'un bâton sonore contre tous les sphinx du monde, cette allégorie ne cessait de m'aveugler.

Cette image universelle qui opposait le malheur des individus à l'intérêt des sociétés en un amalgame mystérieux, on ne savait par qui inventé et pourtant si pratique, ne cessait de s'imposer à moi, finalement à peu près aussi irréfutable que l'argument de la nature indifférente à ces obstacles à l'amour et qui n'en tient aucun compte chez aucun animal sauf chez l'homme. De sorte que, découragé, je me laissais distancer par ce personnage si profondément respectueux des ficelles qui le tiraient à hue et à dia.

Depuis qu'il avait achevé de lire la lettre ses mains s'étaient refermées sur la croix de larmes qu'il portait au cou et ne la quittaient plus comme s'il s'agissait d'une boussole qui l'eût guidé.

Nous avions dépassé le tournant qui nous masquait le château. Il faisait un clair de lune qui allongeait devant nous nos ombres démesurées. Nous avancions dans l'allée maintenant dépourvue d'arbres et que balisaient seuls les buis des boulingrins et les haies de rosiers. Nous étions, disproportionnés dans l'aire immense du plateau qui prolongeait les terres du château, deux pantins lunaires poursuivant une étrange valse : Zinzolin avançant comme un automate et moi qui tournais autour de lui avec une inexorable régularité de satellite. Ma voix parfois aiguë et discordante dans l'objurgation devait atteindre la cime des arbres.

Nonobstant nos grotesques pirouettes, j'avais pu d'un coup d'œil me convaincre qu'à la fenêtre d'angle du premier étage, les doigts qui tout à l'heure retenaient le mystère l'avaient laissé retomber. Je vis une lampe haute se déplacer vivement d'une croisée à l'autre et finalement tourner par les impostes qui éclairaient le grand escalier. Soudain dans l'antichambre jusqu'alors obscure, la main qui haussait la lampe déposa celle-ci sur une console, chassant l'ombre vers les murailles. Il ne fallut pas trois secondes pour que s'ouvre la porte vitrée en haut des marches. Aigremoine surgit l'arme au poing. Elle devait guetter cet instant depuis si longtemps qu'aucune parole n'aurait pu la faire reculer

J'entendis une galopade effrénée du côté de la pièce d'eau. Un paon réveillé sur la branche où il s'anuitait se mit à pousser des « léon ! » de panique. Zinzolin se présentait au bas du degré en haut duquel Aigremoine le mettait en joue. Il me sembla qu'il ouvrait son paletot pour s'offrir. Je vis briller au cou du père et de la fille la croix de larmes dont la comtesse les avait enchaînés ensemble à leur insu.

Alors une masse blanche et chaude se jeta sur Zinzolin en un embrassement précis avant que j'aie pu faire un geste. La détonation éclata au même instant. Tous les oiseaux des grands arbres s'envolèrent en même temps et les pigeons du colombier en rosaces. Je vis Zinzolin debout tenant toujours sa poitrine offerte en un geste théâtral. À ses pieds achevait de palpiter la forme blanche qui avait reçu la décharge à sa place. Le premier je me penchai sur elle. C'était la fille d'Hilarion. Elle avait pour un instant encore ce visage poupin de colombine rose de confusion qui va si bien aux filles de quinze ans. Je lui soutins la tête jusqu'au dernier soupir.

J'entendis le bruit du pistolet d'Aigremoine qui cascadait de marche en marche. Je la vis s'enfuir vers les écuries. Il se faisait un grand tohu-bohu autour de moi. Je vis passer le visage du comte affolé et celui d'Hilarion qui me parut impénétrable. J'entendis un second coup de pistolet qui me sonna aux oreilles. Je vis surgir, et l'on m'écarta sans ménagement, la figure basse du valet. Je vis très distinctement qu'il plaçait entre les doigts encore flexibles de sa fille l'autre pistolet avec lequel il venait de tirer en l'air et qui sentait le silex. Nos regards se croisèrent. Je me redressai. Il y avait des domestiques à toutes les fenêtres. Je vis foncer en silence sur les boulingrins la jument balzane d'Aigremoine.

Il ne fallait pas que tout cela fût en vain. Je me mis à courir vers l'arbre où j'avais laissé le bardot d'Hilarion. Je l'enfourchai. Au loin un grand miroitement de moire sous la lune m'indiquait que la jument et sa maîtresse venaient d'emprunter le seul chemin qui conduisait à la folie Turpin.

Je m'y jetai à sa suite, mais un bardot rustique ne saurait rivaliser avec un demi-sang anglais. J'arrivai à la folie alors que tous les tâcherons alertés par l'odeur accouraient à la hâte vers la maison.

— Elle s'est enfermée avec un réchaud à soufre ! disaient-ils, affolés.

Je leur recommandai de s'armer de haches et de détruire la porte. Il fallut aussi abattre celle de la chambre où elle s'était barricadée. L'odeur d'abord nous fit reculer de trois mètres. C'était celle du soufre en combustion que l'on brûle dans les chambres mortuaires et qui perpétue les relents de la mort des semaines durant. Aigremoine debout devant une console, un linge sur la tête, semblait prendre une inhalation. En réalité, elle appuyait tendrement la joue contre les flammèches fugaces du soufre qui fondait.

Je réussis à lui sauver les deux yeux et la moitié du visage.

Le reste...

Le procès eut lieu à Digne sous soixante centimètres de neige qui avaient fait reculer les plus braves. Le procureur de Kérénez était apaisé comme un grand fauve qui a bien dîné. Il avait eu droit au théâtre de la justice trois mois auparavant. Il avait obtenu la tête du facteur Bellinfante et la perpétuité pour trois des compagnons d'Orion. De sorte qu'il enveloppa les débats concernant Aigremoine coupable d'homicide par erreur sur la personne de Colombine, d'un mol réquisitoire chèvre-chou qui n'excluait pas les circonstances atténuantes, en dépit du silence de l'accusée et eu égard aux déboires du comte qui s'était fait battre aux élections à cause de cette lamentable affaire.

Le visage à moitié détruit de l'accusée fit plus d'effet sur le jury que son mutisme acharné et son refus de se défendre.

La cour qui ne supporte jamais de n'avoir pas sa curiosité satisfaite aurait au contraire voulu obtenir le maximum. Mais moi j'avais parlé. Oh pas devant la cour ! Pas devant le jury ! Mais devant la rumeur publique et celle-ci peut atteindre en un clin d'œil même des jurés isolés du monde par précaution. Le peu qu'ils surent de cette histoire romanesque, qu'on avait voulu passer sous silence, leur fit l'effet d'une tragédie antique. Ils frissonnèrent en pensant qui à leur mère qui à leur fille. Ils oublièrent la victime et acquittèrent Aigremoine en leur âme et conscience.

J'étais seul sur mon corbillard bleu à attendre la comtesse de Gaussan, lorsque celle-ci sortit du maigre palais de justice. Devant la porte verte qui venait de se refermer sur elle, elle hésitait indécise, n'osant affronter avec ses chaussures de ville dérisoires les soixante centimètres de neige qui régnaient.

Son cheval lui manquait beaucoup de même d'ailleurs que son pistolet dont elle cherchait machinalement la place autour de son ceinturon de cuir. De tout son visage détruit, elle faisait bravement face aux curieux furtifs auxquels le froid gelait les dents.

— Excusez-moi, lui dis-je, il va falloir que je vous porte !

Les gens s'écartaient peureusement de sa hideur sitôt qu'ils pouvaient s'en apercevoir car la moitié de son visage était demeuré intact.

— Je n'ai demandé à personne de venir me chercher !

— Il va falloir vous habituer, ma chère, à ce que le monde ne vous obéisse pas. Il fait dix degrés sous zéro. Dès que le soleil va disparaître, il fera moins quinze ! Aucun orgueil ne résiste à moins quinze. Vos pieds et vos mains sont gelés ! Le froid sur votre front vous coupe les idées s'il vous en reste encore. Je vous offre la maison d'un ami que j'ai chauffée pour vous. Je ne vous dirai plus un mot. Le temps de laisser à vos pensées le soin de se réchauffer même si elles sont néfastes. On ne résiste pas à moins quinze degrés ! Regardez là-bas ! Même le terrible procureur de Kérénez courbe l'échine en regagnant sa voiture !

Je l'enlevai dans mes bras jusqu'au corbillard où, même engoncée dans la limousine dont je l'avais enveloppée, elle eut tout loisir, en dépit de la courte distance, de mesurer la prépondérance de l'hiver sur tous les autres malheurs.

Nous ne prononçâmes pas une parole. Je lui fis une omelette aux truffes dont elle chipota la moitié et lui ouvris la porte d'une chambre dont j'avais bassiné le lit à édredon. Il ne s'agissait pour le moment que d'apprivoiser l'ennemi principal : le froid qu'il faisait. Je demeurai toute la nuit dans le salon à tisonner le feu en me demandant pourquoi je voulais absolument maintenir Aigremoine au-dessus de la mort. Je me répondis à l'aube que, tel Zinzolin, ce m'était une jouissance suprême que de faire reculer le destin par un peu de compassion.

Elle apparut au matin tout armée de sa nouvelle laideur, s'efforçant, des deux côtés de son visage, de ne me montrer jamais que le mauvais.

— Vous ne comprenez pas ? dit-elle. Non seulement j'ai fait l'amour avec mon père mais encore j'y ai pris plaisir ! Mais encore je le regrette !

— C'est une chose aisément compréhensible, lui dis-je en lui servant son café bouillant, si l'on se place du point de vue de Sirius et, ne vous en déplaise, c'est à cette hauteur désormais que je vous convie à me suivre.

Je la ramenai à la Folie le lendemain où je me mis à la veiller avec l'aide de cette femme de chambre qui l'avait si bien secondée lors de l'affaire Turpin. Cette créature n'arrêtait pas de pleurer la beauté perdue de sa maîtresse. Nous nous relayions autour d'Aigremoine pour la réapprivoiser aux commodités de la vie.

L'hiver fut long, lugubre, sans merci. Je passais mon temps à donner du grain sur la neige aux oiseaux aux abois. On en ramassait morts de froid le matin. Je pestais contre la nature, je l'insultais, je lui montrais le poing.

— Le point de vue de Sirius ! me dit Aigremoine certain matin. Donnez !

Elle me prit des mains le sac de graines de tournesol et se mit à l'éparpiller autour d'elle. La femme de chambre voulut s'écrier. Je mis un doigt sur mes lèvres et lui chuchotai à voix basse :

— Ne soulignez pas !

Aigremoine, trois jours plus tard, cueillit un perce-neige et me l'apporta.

— Regardez ! dit-elle.

Ses deux yeux étaient intacts. Seule toute la peau du côté gauche de sa tête s'était recroquevillée comme sous l'effet de la terreur de vivre.

J'avais pendant ce temps négligé mes pratiques. Les Montagnier dépérissaient d'ennui, sans nouvelles qu'ils étaient de mes frasques ni de mes déconvenues. L'un d'eux mourut, de froid ou de déplaisir de n'être plus au courant de rien.

Quand en fin mars la neige se retira vers Lure et que le printemps nous livra la vision de nos oliviers sans verdure, aux troncs éclatés sous le gel, je profitai d'un matin tout pimpant de printemps qui nous révélait à cru, et un à un, les désastres commis par l'hiver, pour aller trouver le comte à Gaussan.

Je m'étais fait aussi beau que le soir où j'accourais à son invitation, plein de fatuité. J'arrêtai mon corbillard sur l'esplanade où depuis longtemps, faute de visiteurs, l'herbe s'était mise à croître.

Le comte fourrageait son feu n'ayant pu encore s'accoutumer à la tiédeur de mars. De l'autre côté de l'âtre, Hilarion, au brassard noir en souvenir de sa fille, veillait sur son maître avec un air de sanglier. Je fis bouffer mes manchettes en grand seigneur et je dis au comte :

— Je pourrais m'en dispenser car nous sommes majeurs tous les deux mais je veux faire les choses en grand : je viens vous demander la main de madame votre fille.

Le comte saisit une paire de pincettes et s'avança vers moi dans l'idée de me démolir le portrait. Hilarion lui arracha l'accessoire des mains.

— Dans l'état où elle est, dis-je, aucun des hobereaux des parages ne se commettra plus avec elle. Ils sont trop bêtes. Vous n'êtes pas fini et, dans trois ans, il y aura d'autres élections. Aux yeux du peuple rien ne passe comme une tragédie. Il vaut mieux faire pleurer que rire. Avec votre fille à mon bras, je me présenterai en tiers contre le candidat de gauche. Ma popularité fera le reste. Je me désisterai pour vous. Chaleureusement !

— Acceptez ! dit Hilarion qui commençait là son rôle d'éminence grise.

On nous maria à Notre-Dame dans un vacarme assourdissant de cloches et devant le tout-Forcalquier rassemblé. J'avais exigé qu'Aigremoine fût en blanc et qu'elle montrât sans voilette, son visage à découvert.

— Je ne serai jamais votre femme, vous m'insultez avec votre pitié !

— Je n'ai jamais eu pitié de personne et j'avais davantage compassion de vous lorsque votre beauté était intacte !

Je la laissai longtemps méditer sur cette ambiguïté. Elle surveillait avec soin mon expression lorsque, exprès, d'un coin obscur, elle surgissait à l'improviste devant moi, armée de son épouvantable aspect.

C'était une astuce d'enfant. Sa laideur était aussi ordinaire pour moi que l'eût été sa beauté. Et si vous m'avez lu, madame, jusqu'ici avec attention, vous savez maintenant, contrairement à la populace, que le massacre qu'elle avait fait subir à son visage ne pouvait me faire ni chaud ni froid. Il faut être piètre observateur de la nature humaine pour ne pas avoir remarqué cette banalité : qu'on fait l'amour les yeux fermés et qu'il faut faire effort, y penser ou qu'on vous le commande pour les tenir ouverts, ainsi la communication s'établit dans ce néant de ténèbres où est né le monde et chacun pour soi puise sa jouissance en cet abîme obscur.

Mais j'avais eu raison hélas. Tout le monde prit ma recherche de l'extrême plaisir que j'avais à tordre le cou au destin d'Aigremoine pour de l'abnégation. Ceux qui la virent pendant tant d'années, immobile et héraldique à côté de moi sur la banquette du corbillard, présentant à la foule son mauvais côté, purent croire que mon sacrifice était immense et que je devais être loué pour cela.

Il y avait plus grave hélas que ce malentendu. Aigremoine n'oubliait pas Zinzolin.

Comme une prière quotidienne elle me répétait chaque soir

— Jamais plus je ne ferai l'amour ! Fût-ce avec vous !

Je lui fis accomplir le tour des Basses-Alpes et de ses gens, juchée à côté de moi, sur le siège du corbillard. Je la hissai au sommet de Lure. Nous fûmes, sur le plateau de Majastres, avidement attaqués par la foudre qui n'eût pas dédaigné de nous souder l'un à l'autre en un tas informe pour l'éternité. Je l'arrêtai (c'était une chose que Cinabre n'avait jamais aimée et que j'imposais à mon cheval à chaque passage), je l'arrêtai, dis-je, au beau milieu des Clues de Barles qui sont ma cathédrale. Du bout de mon fouet je lui désignai tels soyeux plissements de la pierre.

— Que peut chaloir, je vous le demande, que vous ayez fait l'amour avec votre père, à ces dentelles rigides qui pourtant se ploient docilement à leur destin depuis plus de trente millions d'années et qui continuent à le faire sous nos yeux ? Et quel intérêt peuvent y trouver, dans le même ordre d'idées, ces deux paysans là-bas qui retournent leur foin et qui ne sauront jamais votre nom ?

En dépit qu'elle me rabrouât, qu'elle menaçât de descendre du corbillard, ce qu'elle ne fit jamais, je continuai inexorable à user l'acte d'inceste en le tournant sur toutes ses faces, jusqu'à le rendre enfin ennuyeux à force d'être rabâché.

— Si encore vous l'aviez su l'un et l'autre ! Mais vous l'ignoriez !

— Et la croix à larmes d'or ?

Elle me la montrait à son cou car jamais elle ne s'en était dessaisie.

— Vous ne pouviez pas savoir ce qu'elle signifiait. Ce ne sont pas des objets si rares ! Mais pourquoi vouliez-vous tant me reprendre cette lettre qui n'avait aucun rapport avec vous ?

— Parce que j'ai cru, après coup, que c'était celle que Colombine me récitait par cœur. Je vous avais vu la ramasser, la jeter et venir la reprendre.

Et, bien que ce soit avant le drame, j'ai imaginé que vous étiez au courant. Je ne savais pas à ce moment-là que mon destin était lié à une lettre. Mais par la suite en réfléchissant... J'ai pensé qu'elle était tombée en votre possession. J'ai imaginé que Colombine vous l'avait remise !

C'était le soir, au coin du feu, que je l'apprivoisais ainsi, à reprendre tous les détails du drame afin d'en ôter les épines une à une. Je la regardais ensuite, droite et décente, regagner sa chambre et regrettant, en admirant sa chute de reins, le temps qui passait et que nous perdions.

Mais la hideuse nature travaillait pour moi, en dessous, en catimini, à force de patience et de longueur de temps. Elle accumulait peu à peu, elle additionnait les privations que s'imposait celle qui la repoussait avec horreur. Elle savait — et moi aussi hélas — que la partie n'était pas égale.

Aigremoine allait avoir vingt-cinq ans. Souvent le soir ainsi, après l'avoir suivie des yeux, j'allais, tel un voyeur immonde, coller mon oreille à sa porte. Je restais là debout, tous mes sens tendus vers le silence de la chambre. Je crus d'abord une nuit être le jouet de mes rêves. J'entendais grincer les ressorts du sommier sous le poids de quelqu'un qu'on cuit sur quelque gril. Mais la chose se renouvela et s'augmenta. Il m'arriva enfin d'entendre un suppliant gémissement d'enfant. Je regagnai précipitamment mon lit épouvanté plus qu'émerveillé devant la puissance de la nature.

Ce fut cette nuit-là, ou la suivante, qu'Aigremoine enfonça ma porte plutôt qu'elle ne l'ouvrit.

— Je vous en supplie ! criait-elle. Délivrez-moi !

Ce fut à peu près à cette époque que j'eus des nouvelles de Zinzolin. L'enveloppe portait en titre : « Correrie de la Grande Chartreuse. »

J'ai été l'occasion de trop de malheurs en ce monde pour ne pas m'en retirer.

Ça n'avait pas été sans mal. Roseline et Évangeline l'avaient inlassablement escorté, entravant sa marche, lui contant tous les bonheurs de la terre, sous prétexte de ramener avec elles sa jument Julie à laquelle il vouait tant d'amour.

Tandis que je lisais sa lettre, je l'abandonnais souvent pour imaginer ces deux pauvres femmes devant la porte verte inexorable qui ouvrait sur la fin du monde. Combien de félicités avaient-elles dû lui promettre pour le retenir de ce côté ? C'était l'hiver par ces montagnes. Les grands épicéas mugissaient leur triste désapprobation. Je me figurai la véhémence de ces deux jolies bouches luttant contre Dieu, évoquant les grands feux de bois, les grands feux de chair dont il était tant friand, disant qu'il ne fallait pas, justement, offenser Dieu par trop d'orgueil masqué d'humilité et se faire un trophée d'un péché mortel car, dirent-elles, il ne pouvait y avoir qu'un seul Œdipe par tout l'univers.

Mais le guichet où Zinzolin avait déjà heurté s'était entrebâillé sur le visage bénin d'un frère lai. L'histoire que le baron de Montbrun avait à raconter pesait d'un poids suffisant pour qu'on le jugeât apte à se séparer du monde. On n'en entendit jamais plus parler.

J'imaginais, par les échos que j'en eus, la défaite

de ces deux pauvres femmes qui avaient voué leur vie à ce chevalier. (La Chabraque, elle, était déjà morte d'abandon.) Leur retour jusque parmi nous fut une épopée érotique. Elles se saoulèrent lascivement d'amour contre tous les beaux hommes qu'elles purent alerter sur leur désespoir.

Mais ce fut tout. Dès que Roseline fut à Digne et Évangeline à Forcalquier elles ne quittèrent plus le deuil. Évangeline eut même plus tard un enfant de son mari et contribua à ce qu'il devînt préfet ailleurs. Roseline fut moins aisée à dompter et se servit de son deuil apparent pour concilier son devoir de réserve avec les ressources infinies de son imagination.

Une nuit, un soir où son inséparable Julie, sa femme de chambre, venait souffler les chandelles à notre chevet, Aigremoine, comme par jeu, la renversa cul par-dessus tête, à portée de mes yeux et de ma bouche. Il y eut de grands rires fous de leur part à toutes deux. Mais j'étais sur le qui-vive et je savais qu'Aigremoine n'oubliait jamais son visage détruit. Je me levai et dis que, puisqu'on me prenait ma place, j'irais moi me réfugier seul chez Julie.

— Non ! cria Aigremoine. Revenez ! C'est elle qui ira !

Elle me tendait les bras comme un bébé fait à sa mère. Je l'avais rassurée pour toujours, en déposant à ses pieds mon humble frivolité. C'était tout ce que je pouvais donner en ce monde.

[illegible]

[illegible] qu'elles [illegible]

[illegible]

Une [illegible]

[illegible] lui.

[illegible]

Elle me [illegible]

DU MÊME AUTEUR

Aux Éditions Denoël

LA MAISON ASSASSINÉE
LES COURRIERS DE LA MORT
LA NAINE
L'AMANT DU POIVRE D'ÂNE
LE MYSTÈRE DE SÉRAPHIN MONGE
POUR SALUER GIONO
LES SECRETS DE LAVIOLETTE
PÉRIPLE D'UN CACHALOT
LA FOLIE FORCALQUIER
LES ROMANS DE MA PROVENCE (*album*)
L'AUBE INSOLITE
UN GRISON D'ARCADIE

Aux Éditions Gallimard

Dans les collections Folio et Folio Policier

LE SANG DES ATRIDES (Folio Policier *n° 109*)
LE SECRET DES ANDRÔNES (Folio Policier *n° 107*)
LE TOMBEAU D'HÉLIOS (Folio *n° 2210*)
LES CHARBONNIERS DE LA MORT (Folio Policier *n° 74*)
LA MAISON ASSASSINÉE (Folio Policier *n° 87*)
LES COURRIERS DE LA MORT (Folio Policier *n° 79*)
LE MYSTÈRE DE SÉRAPHIN MONGE (Folio Policier *n° 88*)

LE COMMISSAIRE DANS LA TRUFFIÈRE (Folio Policier *n° 22*)

L'AMANT DU POIVRE D'ÂNE (Folio *n° 2317*)

POUR SALUER GIONO (Folio *n° 2448*)

LES SECRETS DE LAVIOLETTE (Folio *n° 2521*)

LA NAINE (Folio *n° 2585*)

PÉRIPLE D'UN CACHALOT (Folio *n° 2722*)

LA FOLIE FORCALQUIER (Folio Policier *n° 108*)

Aux Éditions Fayard

LES ENQUÊTES DU COMMISSAIRE LAVIOLETTE

Aux Éditions du Chêne

LES PROMENADES DE JEAN GIONO (*album*)

Aux Éditions Alpes de lumière

LA BIASSE DE MON PÈRE

COLLECTION FOLIO POLICIER

Dernières parutions

1.	Maurice G. Dantec	*La sirène rouge*
2.	Thierry Jonquet	*Les orpailleurs*
3.	Tonino Benacquista	*La maldonne des sleepings*
4.	Jean-Patrick Manchette	*La position du tireur couché*
5.	Jean-Bernard Pouy	*RN 86*
6.	Alix de Saint-André	*L'ange et le réservoir de liquide à freins*
7.	Stephen Humphrey Bogart	*Play it again*
8.	William Coughlin	*Vices de forme*
9.	Björn Larsson	*Le Cercle celtique*
10.	John Sandford	*Froid dans le dos*
11.	Marc Behm	*Mortelle randonnée*
12.	Tonino Benacquista	*La commedia des ratés*
13.	Raymond Chandler	*Le grand sommeil*
14.	Jerome Charyn	*Marilyn la Dingue*
15.	Didier Daeninckx	*Meurtres pour mémoire*
16.	David Goodis	*La pêche aux avaros*
17.	Dashiell Hammett	*La clé de verre*
18.	Tony Hillerman	*Le peuple de l'ombre*
19.	Chester Himes	*Imbroglio negro*
20.	Sébastien Japrisot	*L'été meurtrier*
21.	Sébastien Japrisot	*Le passager de la pluie*
22.	Pierre Magnan	*Le commissaire dans la truffière*
23.	Jean-Patrick Manchette	*Le petit bleu de la côte Ouest*
24.	Horace McCoy	*Un linceul n'a pas de poches*
25.	Jean-Bernard Pouy	*L'homme à l'oreille croquée*
26.	Jim Thompson	*1275 âmes*
27.	Don Tracy	*La bête qui sommeille*
28.	Jean Vautrin	*Billy-ze-Kick*
29.	Donald E. Westlake	*L'assassin de papa*
30.	Charles Williams	*Vivement dimanche !*
31.	Stephen Dobyns	*Un chien dans la soupe*

32.	Donald Goines	*Ne mourez jamais seul*
33.	Frédéric H. Fajardie	*Sous le regard des élégantes*
34.	Didier Daeninckx	*Mort au premier tour*
35.	Raymond Chandler	*Fais pas ta rosière !*
36.	Harry Crews	*Body*
37.	David Goodis	*Sans espoir de retour*
38.	Dashiell Hammett	*La moisson rouge*
39.	Chester Himes	*Ne nous énervons pas !*
40.	William Irish	*L'heure blafarde*
41.	Boileau-Narcejac	*Maléfices*
42.	Didier Daeninckx	*Le bourreau et son double*
43.	Sébastien Japrisot	*La dame dans l'auto avec des lunettes et un fusil*
44.	Jean-Patrick Manchette	*Fatale*
45.	Georges Simenon	*Le locataire*
46.	Georges Simenon	*Les demoiselles de Concarneau*
47.	Jean Amila	*Noces de soufre*
48.	Walter Kempley	*L'ordinateur des pompes funèbres*
49.	Tonino Benacquista	*Trois carrés rouges sur fond noir*
50.	Dashiell Hammett	*Le faucon de Malte*
51.	Hervé Jaouen	*Connemara Queen*
52.	Thierry Jonquet	*Mygale*
53.	Auguste Le Breton	*Du rififi chez les hommes*
54.	Georges Simenon	*Le suspect*
55.	Emmanuel Errer	*Descente en torche*
56.	Francisco González Ledesma	*La dame de Cachemire*
57.	Raymond Chandler	*Charades pour écroulés*
58.	Robin Cook	*Le soleil qui s'éteint*
59.	Didier Daeninckx	*Le der des ders*
60.	Didier Daeninckx	*La mort n'oublie personne*
61.	Georges Simenon	*L'assassin*
62.	Howard Fast (E.V. Cunningham)	*Tu peux crever !*
63.	Maurice G. Dantec	*Les racines du mal*
64.	René Barjavel	*La peau de César*
65.	Didier Daeninckx	*Lumière noire*
66.	Chester Himes	*La reine des pommes*

67. Sébastien Japrisot	*Compartiment tueurs*
68. James Crumley	*La danse de l'ours*
69. Marc Villard	*La porte de derrière*
70. Boileau-Narcejac	*Sueurs froides*
71. Didier Daeninckx	*Le géant inachevé*
72. Chester Himes	*Tout pour plaire*
73. Sébastien Japrisot	*Piège pour Cendrillon*
74. Pierre Magnan	*Les charbonniers de la mort*
75. Jean-Patrick Manchette	*L'affaire N'Gustro*
76. Jean-Bernard Pouy	*La Belle de Fontenay*
77. A.C. Weisbecker	*Cosmix Banditos*
78. Raymond Chandler	*La grande fenêtre*
79. Pierre Magnan	*Les courriers de la mort*
80. Harry Crews	*La malédiction du gitan*
81. Michael Guinzburg	*Envoie-moi au ciel, Scotty*
82. Boileau-Narcejac	*Le bonsaï*
83. W.R. Burnett	*Quand la ville dort*
84. Didier Daeninckx	*Un château en Bohême*
85. Didier Daeninckx	*Le facteur fatal*
86. Didier Daeninckx	*Métropolice*
87. Pierre Magnan	*La maison assassinée*
88. Pierre Magnan	*Le mystère de Séraphin Monge*
89. Jean-Patrick Manchette	*Morgue pleine*
90. Georges Simenon	*Les inconnus dans la maison*
91. Stephen Humphrey Bogart	*Le remake*
92. Mark McShane	*Les écorchés*
93. Boileau-Narcejac	*Terminus*
94. Jerome Charyn	*Les filles de Maria*